Editora Charme

O SEGREDO DE JAKE

PENELOPE WARD

AUTORA BESTSELLER DO NEW YORK TIMES

Este livro é um trabalho de ficção.
Todos os nomes, personagens, locais e incidentes são produtos da imaginação da autora.
Qualquer semelhança com pessoas reais, coisas, vivas ou mortas, locais ou eventos é mera coincidência.

1ª Impressão 2021

Produção Editorial - Editora Charme
Capa - RBA Designs.
Foto - Shutterstock.com
Adaptação da capa e Produção Gráfica - Verônica Góes
Tradução - Ananda Badaró
Preparação - Monique D'Orazio
Revisão - Equipe Charme

Esta obra foi negociada por Brower Literary & Management.

FICHA CATALOGRÁFICA ELABORADA POR
Bibliotecária: Priscila Gomes Cruz CRB-8/8207

W256f Ward, Penelope

O Segredo de Jake/ Penelope Ward;
Tradução: Ananda Badaró; Preparação: Monique D'Orazio;
Revisão: Equipe Charme; Capa: RBA Designs
Campinas, SP: Editora Charme, 2021.
344 p. il.

Título original: Jake Undone

ISBN: 978-65-5933-008-9

1. Ficção norte-americana | 2. Romance Estrangeiro
I. Ward, Penelope. II. Badaró, Ananda. III. D'Orazio, Monique.
IV. Equipe Charme. V. Góes, Verônica. VI. Título.

CDD - 813

www.editoracharme.com.br

PENELOPE WARD

AUTORA BESTSELLER DO NEW YORK TIMES

PARTE 1

PRÓLOGO
JAKE

Ela adorava puxar meu piercing labial. Era o que mais gostava de fazer.

— Ai... assim é um pouco forte demais, amor — eu disse. — Você é muito danada, sabia?

Ela aparentemente não gostou do meu comentário, pois me arranhou no rosto.

— Caramba, menina! Essas suas unhas são umas garras.

Ela puxou meu lábio de novo e começou a rir dessa vez.

Eu adorava sua risada.

Sorri e balancei a cabeça.

— Já chega. Cansei de você.

Ela riu ainda mais, e era contagioso porque agora eu estava rindo também.

— Você é muito fofa. Sabe que eu nunca vou me cansar de você, não é?

Eu a abracei com força e a levantei enquanto o cheiro de merda pairava no ar.

— Caramba, menina. O que foi que sua mãe te deu hoje de manhã?

Minha sobrinha começou a dar risadinhas como se me entendesse. Aquela gargalhada gostosa era música para os meus ouvidos. Holly tinha apenas seis meses, mas eu podia jurar que ela entendia tudo o que eu dizia. Procurei uma fralda e uns lenços e comecei a tirar a carga.

— Aaaah, então o que você comeu era verde. Ótimo.

Nesse momento, o telefone tocou e vi no identificador de chamadas que era Alex, um dos meus parceiros de estudo da faculdade. Por que diabos ele estava me ligando?

Levantei as mãos.

— Fique aí, Holly. Não se mexa — falei, pegando o telefone sem fio.

— Ei.

— Jake, cara, onde é que você está?

— Estou em casa cuidado da minha sobrinha. O que houve?

— Você esqueceu que o professor Sarma mudou a prova pra hoje de manhã?

Cocei a cabeça.

— Não mudou, não. Ele mudou a prova pra terça.

— Hoje é terça.

Me dei conta de que ele estava certo.

— Ah, merda!

Minha irmã, Allison, tinha mudado o dia de eu ficar com Holly essa semana e isso ferrou comigo.

— Porra! — gritei no telefone.

— Ainda dá pra chegar aqui a tempo se você se apressar.

Antes que eu tivesse a chance de responder, olhei para Holly no sofá e vi que ela havia conseguido pegar no bumbum e estava cheia de cocô nos dedos.

— Alerta vermelho, Alex. Tenho que ir. — Desliguei o telefone e corri para a bebê, que ainda estava sorrindo para mim, mais feliz do que pinto no lixo. — Ok, minha linda. Isso foi tudo culpa do tio Jake. Vamos limpar você e depois correr. Ainda consigo chegar na última meia hora da prova se nos apressarmos.

Holly deu gritinhos de alegria em meio ao caos.

Eu a levei para a pia, segurando-a com uma mão enquanto usava a outra para lavar suas mãos e bumbum vigorosamente na torneira, passando sabonete líquido. Essa sujeira era pesada demais para lenços umedecidos.

Depois de ficar limpinha e cheirando a sabonete, eu a enrolei e a apoiei no meu peito, no *canguru* que minha irmã tinha deixado, peguei a bolsa com as fraldas e saí correndo pela porta.

Holly pulava para cima e para baixo enquanto eu corria pela rua para a estação de trem.

Embarcamos e os olhares e reações que eu recebia dos passageiros engomadinhos eram típicos. Podia imaginar o que estavam pensando: *Quem é esse filho da mãe tatuado, cheio de piercings, todo de preto, carregando uma bebezinha inocente em um canguru?*

Visualizei o alerta para crianças desaparecidas sendo acionado para a polícia de Boston. Eles me olhavam como se eu fosse pular em cima deles com essa bebê no peito, mas essas pessoas críticas sempre me faziam rir.

O trem parou de repente. O condutor anunciou um pequeno problema mecânico e disse que continuaríamos a viagem em alguns minutos.

Dez minutos e uma mamadeira de fórmula infantil depois, o trem começou a se mexer de novo.

Eu tinha estragado tudo hoje. Se tivesse sorte, pegaria o professor no fim da aula e usaria a carta da compaixão com Holly a reboque.

Quando chegamos à estação Ruggles, estava chovendo muito. Peguei um saco plástico do Walmart da bolsa e o coloquei no topo da cabeça de Holly como um chapéu, tomando cuidado para não cobrir seu rosto.

Correndo pelas poças, finalmente chegamos ao prédio. Quando entrei na sala, estava um cemitério. O professor Sarma tinha ido embora. Perdi a prova e não pude nem mesmo explicar minha situação.

Merda.

Voltamos para fora e agora estava chovendo muito.

Holly estava dando risadinhas de novo e começou a soluçar.

Ajeitei a sacola plástica, afastando-a de seu rosto.

— Do que você está rindo? Hein?

Olhei para a frente e vi que Holly estava olhando diretamente para uma garota girando e dançando na chuva. Todos à nossa volta estavam procurando abrigo, mas essa garota olhava para o céu, deixando a água escorrer nela e desfrutando de cada segundo. Com certeza não parecia se importar com quem estava olhando.

Depois de alguns minutos observando a cena, maravilhado, caminhamos lentamente em direção a ela. Quanto mais perto chegávamos, mais animada ficava Holly, agitando os braços e as pernas no canguru.

Ela provavelmente era aluna da Northeastern University e parecia ter dezessete ou dezoito anos, mais ou menos da minha idade. Estava com uma saia longa e leve que girava junto com ela, e tinha o cabelo ruivo e cacheado cascateando pelas costas. Era muito gatinha.

Estava de olhos fechados quando levantou a cabeça e abriu a boca para beber um pouco da água da chuva. Não me notou lá parado olhando para ela. Ela deu piruetas de novo, abrindo os braços para pegar as gotas.

— Oi — eu finalmente disse.

A garota parou de repente, parecendo surpresa, abriu os olhos e sorriu.

— Ah... Oi.

— Você sempre dança na chuva assim?

Ela olhou para Holly.

— Você sempre pega bebês no Walmart?

Eu ri e balancei a cabeça.

— Meu nome é Jake — falei, estendendo a mão.

Ela não estendeu a dela, mas sorriu.

— Jake, esse bebê é seu?

— Não, é minha sobrinha. Ela tem uma irmã gêmea que está com a avó, mas essa aqui prefere a mim, então fico com ela algumas manhãs por semana para que minha irmã possa fazer as coisas dela.

Holly estava esticando a mãozinha rechonchuda e a garota a pegou. Ela cheirava a patchuli e sussurrou algo para Holly, então me olhou de volta, mas não disse nada.

Eu não tinha certeza de *por que* ainda estava parado ali, mas havia algo muito intrigante nela. Uma capa para violão estava no chão a alguns metros e me fez pensar se ela tocava ou estudava música. Eu estava apenas apreciando viver o momento com ela sob a chuva.

Finalmente ela olhou meus braços e disse:

— Gostei das suas tatuagens. São bem sexy.

— Obrigado. Você também é bem sexy.

— Você não me parece o tipo babá, Jake.

— É, bem, as coisas nem sempre são o que parecem por fora.

Naquele momento, eu não fazia ideia de como aquela afirmação seria profética... com relação a *ela.*

Houve um ressoar de trovão ao longe e ela finalmente abriu um sorriso. Então vieram as palavras que mudariam minha vida.

— Oi, eu sou a Ivy.

NINA

SEIS ANOS DEPOIS

— Bem-vinda ao Brooklin — disse Reza, meu motorista, enquanto me ajudava a sair do táxi amarelo. Ele tirou minha bagagem do porta-malas, e lhe dei uma gorjeta.

— Obrigada. Foi ótima a conversa — respondi ao observá-lo ir embora, me deixando sozinha para encarar minha nova vida.

Não estava tão pronta para que ela começasse, então fiquei parada na calçada, olhando o prédio antigo que era a minha casa agora, enquanto os carros corriam pela rua movimentada.

O apartamento em que moraria com três colegas ficava em cima de um restaurante grego chamado Eleni's, e o cheiro de limão, alho e frango grelhado saturava o ar ali fora.

A vizinhança não era nada parecida com a pequena cidade rural de onde eu vinha, no Vale do Hudson, norte do estado. Sério, esse poderia ser um novo episódio de *The Real Worlds*, da MTV: *Caipira do interior que tem medo de trens e multidões se muda para Nova York. Vamos narrar suas dificuldades e tormentos e assistir entretidos enquanto a cidade a devora.*

A *vibe* era diferente ali e pude perceber imediatamente que tinha muita cultura. A área parecia cosmopolita e tinha, ao mesmo tempo, um ar de cidade pequena. Me lembrou de filmes como *Os bons companheiros*. Fiquei arrepiada porque, apesar de me assustar pra caramba, sempre foi meu sonho morar perto de Manhattan. O Brooklyn era o mais perto que eu conseguiria.

Cheguei de tarde, então tinha certeza de que meus colegas de apartamento, que nem conhecera ainda, estavam trabalhando. Quis tirar um tempo para me acostumar com o apartamento sozinha, talvez tomar um banho na banheira.

Eu iria morar com meu amigo de infância, Ryan, e outras duas pessoas: um cara e uma garota cujos nomes eu sequer sabia. Quando fui aceita no curso de Enfermagem da Universidade de Long Island, no campus do Brooklyn, falei logo com Ryan para ver se ele poderia me ajudar a encontrar um apartamento. Aconteceu que um de seus colegas tinha se mudado recentemente, então o momento foi perfeito.

Os degraus rangiam enquanto eu subia a escada. O som baixo de uma mulher falando palavrões quando passei pelo segundo andar fez com que me perguntasse sobre os vizinhos.

Nosso apartamento ficava no terceiro andar, e tive dificuldade com a chave antes de abrir lentamente a porta, que dava direto para a sala principal.

Era melhor do que eu esperava. Havia uma pequena cozinha americana à esquerda. Olhei em volta e percebi como a sala de estar era acolhedora, com um sofá de canto marrom de camurça e uma manta de tricô multicolorida em cima dele, que parecia ter sido feita pela avó de alguém. Tinha uma parede de tijolos que lhe conferia personalidade, e estantes de livros embutidas do outro lado da sala, perto de uma grande janela com um canto de leitura que deixava entrar bastante luz do sol. Me senti como se estivesse invadindo a casa de alguém. Tive que lembrar a mim mesma de que essa era minha casa agora.

Depois da sala, havia dois quartos em cada lado do corredor e um banheiro logo em frente, no fim dele. Ryan disse que deixaria a porta do meu quarto aberta e tinha um post-it na primeira porta à esquerda que dizia "Quarto da Nina". Um *smiley* tinha sido desenhado ao lado do meu nome, o que imediatamente me deu certo conforto em uma situação angustiante.

Levei a mala para dentro e joguei a bolsa de lona na cama de casal. As paredes eram de um cinza pálido e não tinha janelas. Aquele quarto definitivamente precisava de umas melhorias, e eu mal podia esperar para ir às compras no dia seguinte. Estava cansada demais para lidar com a decoração naquele momento.

Abri a mala e comecei a arrumar minhas coisas quando, de repente, percebi uma música baixa que parecia vir de um dos quartos. As portas estavam fechadas, então inicialmente presumi que não tinha ninguém em casa. Abri minha porta para ouvir e suspeitei de que viesse do quarto diagonalmente oposto, no fim do corredor.

Então ouvi a risada de uma garota junto com a música. *Merda*. Não estava pronta pra conhecer ninguém. Fiquei parada me perguntando se deveria apenas me esconder no quarto e fingir que não estava ali ou atravessar o corredor e dar um oi.

Antes que pudesse pensar duas vezes, ouvi uma voz masculina gemendo. E aí a garota gemeu também.

Merda. Eles estão transando.

Ponderei se deveria sair do apartamento de fininho e fazer as compras naquele momento em vez de no dia seguinte. Seria estranho esbarrar com eles se soubessem que eu os tinha ouvido.

Depois de dez minutos tentando ignorar a cama rangendo entre os "isso, vai" e "aaaaah" da participante feminina muito vocal, decidi correr dali.

Estava parada atrás da porta do meu quarto prestes a sair quando a do outro lado do corredor se abriu de repente, liberando o som de heavy metal e risadas. Congelei atrás da porta, incapaz de abri-la ou fechá-la completamente com medo de ser descoberta. Então fiquei parada, espiando pela fresta levemente aberta.

Tudo o que pude ver foram pés passando pelo meu quarto, mas não consegui ver os rostos. O cara era alto e estava com roupas escuras, e a garota tinha uma grande rosa roxa tatuada no tornozelo.

Eles ficaram conversando e rindo na sala por alguns minutos e depois ouvi um barulho de chaves e a porta batendo.

E então o apartamento ficou sinistramente silencioso. Aliviada, concluí que tinham saído juntos.

Ainda bem que acabou.

Passei o resto da tarde sozinha desfazendo as malas. Depois de guardar todas as roupas, fui até a cozinha fazer um chá de camomila e relaxei enquanto me acostumava com os meus arredores. Quando estava colocando a água fervente, ouvi a porta da frente ser trancada.

— Niners! — Ryan gritou ao me ver na cozinha.

Coloquei o chá no balcão e corri para o meu velho amigo, dando-lhe um abraço apertado.

— Oi! Eu vim!

— Veio sim. Como foi a viagem? — ele perguntou.

— Nada má, só algumas horas de ônibus e peguei um táxi até aqui.

— Um táxi? Deve ter sido caro. Você não quis pegar o metrô saindo da estação de ônibus, né? Eu imaginei.

Olhei para os pés.

— Não, ainda não cheguei nesse nível. Preciso trabalhar isso.

Ryan me conhecia desde que eu tinha dez anos e era o melhor amigo do meu irmão mais velho, Jimmy. Por causa disso, era como um irmão para mim também e sabia bem mais do que devia sobre mim, não só coisas boas.

Ryan suspirou.

— Então ainda não está pegando o metrô nem andando de elevador nem de avião. Do que mais tem medo atualmente? Da própria sombra?

— Eu *estou* trabalhando nisso, Ry... eu te falei.

Ele balançou a cabeça e tocou meu ombro gentilmente.

— Só vai piorar, Nina.

A verdade é que, nos últimos anos, medos irracionais tinham começado a governar minha vida. Fugia de certas situações como o diabo foge da cruz e percorria distâncias maiores e inconvenientes, como pegar um ônibus em vez de ir de avião de Nova York ao Texas visitar minha amiga em Houston, ou ir de escada em vez de usar o elevador.

Com os anos, a situação foi ficando cada vez pior e se tornou bem paralisante. Me impedia de fazer coisas que eu adoraria fazer, como viajar pelo mundo. Alguns anos atrás, no ápice, comecei a desenvolver um completo pavor de sair de casa. Graças à terapia cognitivo-comportamental, eu tinha conseguido superar a agorafobia. Então eu melhorei muito, mas muitas fobias ainda permaneciam.

Isso tudo começou com um ataque de pânico que tive um dia na escola. Estávamos em uma viagem de campo para a Biblioteca Pública de Nova York e alguns colegas de sala e eu ficamos presos em um elevador escuro. Comecei a hiperventilar e achei que fosse morrer. Quinze minutos depois, o elevador voltou a funcionar, mas o estresse pós-traumático daquele momento ficou. Desde então, passei a evitar multidões, metrôs, altura, espaços fechados ou qualquer outra coisa que me fizesse sentir presa.

— Como você vai trabalhar em um hospital um dia se não consegue usar um elevador, Nina? Vai dizer aos seus pacientes moribundos para apertarem o cinco e se virarem enquanto você sobe de escada?

— Ry, até lá, eu já terei isso sob controle, ok? Agradeço a preocupação, mas tenho que fazer as coisas no meu tempo. Por enquanto, preciso apenas focar nas aulas, que começam segunda.

— Ok, vou te deixar em paz... por enquanto.

Revirei os olhos e sorri.

— Muito obrigada.

Ryan olhou em volta e fez um gesto, abrindo os braços.

— Então, gostou do apartamento?

A verdade era que eu estava um pouco ansiosa por morar longe de casa pela primeira vez, mas me fiz de durona.

— Gostei. Meu quarto está um pouco sem cor, mas nada que não possa ser melhorado.

Ele começou a andar pelo corredor e acenou para que eu o seguisse.

— Vamos, deixa eu te mostrar a casa.

— Como você sabe, o primeiro quarto aqui à esquerda é seu agora — disse ele, apontando.

Fiz que sim com a cabeça e o segui enquanto ele entrava no quarto seguinte à esquerda e ao fim do corredor, logo depois do meu.

— Esse é o meu quarto.

O quarto de Ryan era imaculado, com cores neutras e sem bagunça. Na cômoda tinha uma foto dele e do meu irmão Jimmy andando de barco no rio Hudson. Sorri ao ver que ele a tinha exposta ali. Peguei a foto e olhei o quarto.

— Uau, maníaco por limpeza como sempre, Ry.

— De fato, Troll.

— Estava me perguntando quanto tempo ia demorar pra você vir com esse apelido.

Ryan e Jimmy sempre implicaram comigo quando éramos menores por causa da minha semelhança com as gêmeas Olsen daquele velho programa *Três é demais*. Me chamavam de "a trigêmea perdida". O nome começou como "Trolsen", que é uma mistura de "Trigêmea" e "Olsen", e com o tempo evoluiu para "Troll". Apesar de ser um apelido carinhoso, me incomodava às vezes. De fato, com minha compleição pequena, cabelo louro escuro e comprido e olhos azuis muito grandes, eu realmente parecia um pouco com as famosas gêmeas.

Ryan saiu do quarto e eu o segui.

— Ok, você pode precisar de uns óculos escuros pra ver esse — falou, ao abrir a porta do outro lado do corredor.

— Esse... é o quarto do Jake.

Jake. O quarto do sexo.

Se esse quarto tivesse uma música-tema, seria *Welcome to the Jungle*, do Guns N' Roses. Era um completo contraste com o quarto do Ryan. Era nebuloso, almiscarado e misterioso. Agora entendi o que ele quis dizer com os óculos escuros. As paredes eram laranja-neon. Todo o resto era preto: móveis pretos, roupa de cama preta e uma persiana preta na janela para proteger da luz, já que esse quarto tinha janela.

Era como se todos os componentes do quarto contradissessem a outra parte: laranja-neon e preto, janela brilhante com persiana preta. Além disso, tinha uma grande coleção de gárgulas sobre a cômoda, mas bem ao lado dela havia uma foto em preto e branco de duas menininhas adoráveis e idênticas. Quem quer que esse cara fosse, ele era um enigma.

— Qual é a do Jake? — perguntei.

Ryan passou a mão pelo cabelo loiro e curto e riu.

— Jake... como eu posso resumir o Jake? Ele é... diferente.

Eu ri.

— Como assim *diferente*?

— Ele é legal... só é muitas coisas. Tem que conhecê-lo pra entender o que estou falando. Ele é de Boston. Vai e volta de lá todo fim de semana. Não sei o que faz lá ou se tem um negócio paralelo ou algo do tipo. Ele é meio reservado. Sei que a família dele mora lá. Aparentemente é próximo das sobrinhas — explicou, apontando para a foto.

— Com o que ele trabalha?

— Na verdade, é impressionante como ele é inteligente. É engenheiro em uma empresa aqui na cidade e consegue consertar qualquer coisa que quebra na casa, mas, quando você o vir, vai ficar tipo "ele é engenheiro?".

— Como assim, quando eu o vir?

Ryan sorriu.

— Ele é interessante.

— Ok. Se você diz...

Eu não disse ao Ryan que já tivera uma prévia dos interesses do Jake. Jamais poderia admitir que estava escondida atrás de uma porta ouvindo Jake "entreter" sua convidada.

Ryan me levou de volta ao corredor, abrindo a porta logo em frente à minha.

— Esse... é o quarto da Tarah.

Era o melhor da casa. Como o do Jake, tinha janela, mas era pintado com um delicado tom de lavanda. Tinha uma estante embutida branca, muito organizada com livros e fotos, e o quarto cheirava a roupa limpa. Parecia ter sido tirado de uma página do catálogo de decoração. O sol entrava no quarto, e eu desejei que aquele fosse o meu.

— Então, como a Tarah é?

Ryan ficou corado.

— Ela é muito legal.

— Ela por acaso não está com o Jake, está? — indaguei, pensando no encontro que tinha ouvido mais cedo.

— Claro que não! Por que está achando isso? — respondeu ele rispidamente.

— Estava só me perguntando.

— Acredite, não tem nada acontecendo entre a Tarah e o Jake.

— Isso porque...

O rosto de Ryan ficou vermelho de novo e ele me deu um olhar que respondeu minha pergunta.

— Tarah... e *você*? — perguntei.

Ele sorriu.

— Sim.

— Sério?

— Sim, é recente... fez seis semanas agora. Espera só até conhecê-la. Ela é incrível.

— Que bom, Ryan. Fico muito feliz por você, mas e se não der certo? Quero dizer, vocês moram juntos. Não seria estranho?

— Provavelmente, mas não quero me preocupar com isso agora.

— Bom, mal posso esperar pra conhecê-la.

— Acho que vocês duas vão se dar muito bem. Ela é colorista em um salão na cidade. Hoje ela trabalha até fechar, mas deve chegar em casa umas nove.

De repente, bocejei e meu estômago roncou.

— Estou morrendo de fome, mas não tive chance de comprar comida.

— Não precisa. Vamos descer para o Eleni's. É por minha conta. Tem uma comida grega fenomenal.

— Eu sei. Senti o cheiro no caminho pra cá.

Quando Ryan e eu descemos, ouvi os mesmos palavrões do apartamento embaixo do nosso. A mulher parecia ter um sotaque jamaicano.

— Qual é o problema da mulher do segundo andar? — indaguei.

— Ah, aguarde. Esse é apenas outro benefício de morar aqui, Troll. Se eu te contar, vai estragar. — Ele riu.

— Ok, não vou nem perguntar.

Depois de um jantar incrível, com direto a salada grega e espetos de frango, voltamos ao apartamento para comer uma baclava que o dono, Telly, nos ofereceu para me dar boas-vindas ao bairro. Depois de apenas uma refeição, eu já entendia que precisaria limitar meu consumo no Eleni's ou ficaria quebrada e gorda.

Fiz um café enquanto Ryan tirava os pratos e relembrávamos o ensino médio.

— E aí, Troll, nenhum namorado no momento?

Suspirei.

— Não. Saí com um cara há algumas semanas, mas não estava sentindo nada. Quando soube que estava prestes a me mudar, decidi terminar. Não valia o esforço.

— Bom, nem todo mundo é como Stuart, né?

Stuart foi meu primeiro namorado no ensino médio. Ele era sensível e doce e o alvo constante das piadas de Jimmy e Ryan.

— Argh, por que tinha que falar dele? Coitado do Stuart, ele era ótimo.

Ryan riu com sarcasmo.

— Ele era *muito* mulherzinha. Stuart e seus passarinhos de papel! O que ele fazia mesmo?

Eu ri ao relembrar.

— Ah, o Stuart era a coisa mais fofa. Ele sabia a combinação para abrir o meu armário e fazia aqueles lindos pássaros de origami com cartolina. Então eu os desdobrava e tinham poeminhas dentro de cada um que rimavam. Era romântico.

Nesse momento, ouvi passos se aproximando atrás de nós e uma voz rouca e profunda que me interrompeu disse:

— Essa é... a coisa MAIS ESTÚPIDA que eu já ouvi.

Quando me virei, a reação imediata, porém indesejada, das minhas entranhas ao vê-lo me disse que eu estava em apuros.

Reality Show, Cena Três, entra em cena à esquerda: colega de apartamento sexy e mulherengo.

Então vieram as palavras que mudariam a minha vida.

— Oi, eu sou o Jake.

2

Jake estendeu o braço coberto de tatuagens, me encorajando a apertar sua mão e abrindo um sorriso que poderia apenas ser descrito como diabólico.

— Você deve ser a Nini — disse ele.

Tossi nervosamente e um som estranho, que não identifiquei bem, saiu da minha boca. Pode ter sido meu corpo dizendo: *Bem, olha só, ela não está morta da cintura pra baixo, afinal de contas.*

Ele era muito lindo.

— É Nina, na verdade — respondi, apertando sua mão áspera, sentindo um anel de prata em seu polegar. O calor da sua pele no breve contato não me escapou, nem o fato de que minha mão demorou mais tempo do que deveria. Pode ter tremido.

— Eu sei seu nome. Tô só te zoando. — Ele abriu um sorriso travesso e deu uma piscadela. A reação do meu corpo àquilo me fez questionar minha própria sanidade.

Ele cheirava a uma mistura de cigarro e colônia que era estranhamente excitante. Tinha um piercing na sobrancelha e outro no lábio inferior e seus incisivos eram pontudos e afiados. Seus olhos eram verdes, salpicados de amarelo, ainda mais realçados por seu contrastante cabelo curto e escuro.

Parando para pensar, Jake era como um gato preto – lindo, mas muito provavelmente dava azar se cruzasse o seu caminho.

— Prazer em te conhecer, Jake.

Ele se apoiou no balcão da cozinha, cruzando os braços, e me deu uma examinada que me fez sentir um arrepio na espinha.

— Então, quem é esse Stuart, por que ele está fazendo poemas em pássaros de origami pra você e quem cortou as bolas dele?

Eu ri.

— Stuart era meu namorado no primeiro ano do ensino médio. Ryan decidiu tocar no assunto sem motivo nenhum.

— O que te traz ao Brooklyn?

— Começo o curso de Enfermagem na segunda-feira. Na Universidade de Long Island.

Jake coçou o queixo, sarcasticamente pensativo.

— Mas ela não fica em Long Island?

— Tem um campus no Brooklyn. Na verdade, não é longe do apartamento.

Ryan interrompeu:

— Com seu medo de metrô, isso é uma coisa boa.

Lancei um olhar mortal para Ryan.

Ótimo. Ele iria me envergonhar na frente do Jake.

— O que é agora? — Jake perguntou, erguendo a sobrancelha.

— Muito obrigada, Ryan — eu disse, muito puta.

Ele me deu um olhar condescendente.

— Desculpa. Saiu sem querer.

— Não é nada — respondi, olhando para Jake, fazendo um gesto com a mão, esperando que mudasse de assunto.

Jake continuou a me encarar interrogativamente.

— Você tem mesmo medo do metrô ou algo do tipo?

— Ela tem medo de tudo: aviões, elevadores, altura... — Ryan soltou um suspiro frustrado.

Arregalei os olhos para ele de novo, então olhei para Jake e dei de ombros, tentando minimizar.

— Eu só fico um pouco nervosa em lugares lotados e fechados. Só isso.

Jake assentiu lentamente em confirmação.

— É tipo uma fobia. Então, lugares que te fazem se sentir presa?

— Sim, basicamente.

Jake apertou os olhos para mim e parecia estar examinando meu rosto em busca da verdade. Sua expressão se entristeceu, como se de alguma forma tivesse visto através da minha tentativa de fingir que minhas fobias não eram nada. Nossos olhos se encontraram e, naquele momento, senti uma conexão inexplicável com ele, que ia além de qualquer atração física.

Ele coçou o queixo.

— Hum.

Desconfortável, mudei de assunto imediatamente:

— Então, onde você trabalha?

— Sou engenheiro eletricista em uma empresa aqui na cidade. Projetamos iluminação para estádios. E, à noite, eu danço... em uma boate de *strip tease*.

Não tinha como saber, mas tive certeza de que meu rosto deve ter ficado pálido.

— Sério?

— Sim.

— Uau — reagi.

Ele olhou para Ryan.

— Você não lhe disse que ela ia morar com a porra do Magic Mike?

Ryan só riu, avaliando minha reação.

Jake parecia estar se divertindo e mordeu o lábio inferior, seus dentes batendo contra o piercing. Então soltou uma risada alta.

— Estou só te zoando de novo.

— Você *não* é stripper?

Ele riu e balançou a cabeça.

— Gostei de você. É um alvo fácil. Vai ser divertido te ter por perto. A propósito, eu sou mesmo engenheiro. Meu colega de sala, Raj, fica muito puto quando tento tirar a roupa e fazer uma *lap dance* nele, então parei de fazer strip há um bom tempo — ele brincou.

Que pena.

Caramba, de onde está vindo isso?

Não podia acreditar no quanto eu era ingênua às vezes, mas por que não teria acreditado nele? Com a sua estatura e a forma como o moletom preto apertava seu peito claramente definido, seu corpo com certeza passaria pelo de um stripper. Além disso, eu não sabia nada sobre ele. O que sabia era que Jake era um babaca e não parecia ser o tipo de cara por quem eu *deveria* me sentir atraída. Ou pelo menos essa foi a minha primeira impressão dele.

Olhei mais uma vez as várias tatuagens coloridas no seu antebraço direito. No esquerdo, tinha apenas um dragão. Me perguntei o que mais tinha debaixo das roupas.

Ele foi até o outro lado da cozinha, pegou uma banana de uma penca com umas vinte delas, descascou-a e comeu a primeira metade em uma mordida só enquanto olhava direto para mim, sorrindo.

Ryan riu.

— Esqueci de falar, aquele ali é o cacho de bananas do Jake. Achamos que ele é parte humano, parte macaco.

Olhei para Jake.

— Você gosta de bananas, hein?

Ainda mastigando, Jake respondeu:

— Demais, adoro banana. Humm. — Ele tirou a outra metade da banana da casca e colocou a coisa inteira na boca, gesticulando para mim com a casca, de boca cheia.

— Er-ua?

— Hã?

— Quer uma? — disse ele com mais clareza.

Levantei a mão.

— Não, obrigada. Tô bem.

Ainda mastigando, ele continuou a olhar para mim e o meu coração acelerou.

— Eu te disse que Jake era interessante — Ryan quebrou o silêncio desconfortável.

Observei Jake lamber lentamente os lábios depois de terminar a banana. *Ele com certeza é interessante.*

Então a porta da frente se abriu e entrou uma menina bonita de cabelo preto e curto com um corte *pixie.*

Reality Show, Cena Quatro, entra no palco à direita: melhor amiga instantânea.

Estava com um lindo tubinho azul e imediatamente deixou cair a bolsa, que era praticamente maior do que ela, foi até Ryan e lhe deu um selinho.

— Oi, amor — cumprimentou Ryan e então se virou para mim. — Essa é a Nina. Nina, essa é a Tarah.

Ela me deu um susto quando me abraçou de repente.

— Ouvi muito falar de você, Nina. Estava te esperando! Estou em menor número aqui. Você não me disse que ela era tão linda, Ryan.

— Ah, obrigada... você também — eu respondi. — É muito bom saber que não vou ser a única mulher na casa.

Tarah tinha olhos castanho-claros amendoados, definidos, sobrancelhas grossas e lábios cheios. Era pequena, com uma pele suave, cor de oliva, e pude ver claramente o que Ryan tinha visto nela. Fiquei curiosa sobre a sua nacionalidade.

— Posso perguntar... você é italiana... espanhola?

— Não, na verdade, sou persa. Minha família é do Irã.

— Ah, sabia que era algo assim. Você tem uma aparência muito exótica.

Tarah sorriu, e Ryan disse:

— Sim, de onde Nina e eu viemos, existem duas etnias: branca e mais branca.

Todos rimos e então notei Jake indo em direção ao corredor, para o seu quarto. Fiquei estranhamente desapontada por sua saída repentina.

Tarah imediatamente começou a mexer no meu cabelo.

— Quem faz suas luzes?

— Ninguém. Essa é minha cor natural.

— Sério? Menina, você é muito sortuda. Sabe quanto as pessoas me pagam para ter luzes exatamente como as suas?

— Que bom que não preciso pagar por elas. Vou estar bem sem dinheiro esse ano, já que vou tentar não trabalhar e apenas focar na faculdade em tempo integral.

— Enfermagem, né? É provavelmente um curso bem puxado.

— É sim. Então, quanto mais eu focar na faculdade, melhor. Tenho dinheiro suficiente guardado pra pagar meu aluguel e alimentação este ano.

— Bom, se precisar de qualquer coisa, me avise, ok? — disse Tarah.

— É muito gentil da sua parte. Obrigada.

Ela tinha um olhar amável e senti que seríamos muito amigas.

Ryan cutucou Tarah, beijou sua testa e olhou para mim.

— Eu te disse que ela é incrível.

Era óbvio que Ryan estava apaixonado. De repente, sentindo que estava de vela, pedi licença para terminar de desfazer as malas, mesmo sabendo que já tinha arrumado quase tudo mais cedo.

— Vou te dar boa-noite mais tarde — disse Tarah quando acenei.

Quando cheguei no meu quarto, liguei a única luz, uma lâmpada pequena, e me deitei na cama, olhando para o teto. Tinha sido um dia longo e, apesar de que o normal deveria eu estar cansado, minha mente continuou acelerada.

Decidi tomar um banho. Juntando todos os meus produtos de higiene e colocando-os em um porta-shampoo, peguei meu roupão e saí para o corredor.

O som de algum tipo de música alternativa vinha do quarto de Jake, mas a porta estava fechada. Me ocorreu que, a partir de agora, toda vez que eu usasse o banheiro ou tomasse banho, teria que fazê-lo na porta ao lado da de Jake, já que seu quarto ficava logo ao lado do banheiro.

Enquanto a água quente caía sobre mim, tentei relaxar. Tinha muita coisa na cabeça, da ansiedade com as aulas começando na segunda à minha atração indesejada pelo meu colega de apartamento tatuado, cheio de piercings e muito sexy, que, com base em primeiras impressões, muito provavelmente era garoto de programa.

Enrolei o cabelo molhado em uma toalha, amarrei o roupão e tirei as roupas sujas do chão. Espiando cautelosamente o corredor antes de escapar da segurança do banheiro repleto de vapor, voltei para o meu quarto na ponta dos pés e fechei a porta.

Depois que desembaracei o cabelo molhado, coloquei uma blusinha rosa e um short e peguei meu Kindle para ler um pouco antes de dormir.

Uns vinte minutos lendo e alguém bateu na porta. Imaginando que fosse Tarah, não pensei duas vezes antes de abri-la sem sutiã.

A visão de Jake parado ali completamente sem camisa e recém saído do chuveiro com o cabelo molhando me fez tremer nas bases. Ele cheirava ao sabonete líquido masculino cujo perfume eu tinha sentido no banheiro. *Aquele com o qual eu tomaria banho a partir de agora.*

Gotas de água escorriam pelo seu peito definido até o tanquinho. Seu peito não era tatuado, mas agora vi que ele tinha uma tatuagem tribal na lateral do torso e nos braços. Sabia que ele era atraente, mas realmente me atordoou como era lindo despido.

Engoli em seco, quase sem conseguir falar.

— O... oi... E aí?

O olhar quente de Jake me queimava quando ele encarou rapidamente meus seios sem sutiã e depois para os meus olhos de novo. Ele lambeu os lábios e, eu juro: eu senti. Poderia descrevê-lo como elétrico, mas era mais como um dragão cuspindo fogo pela minha garganta, inflamando uma explosão molhada na minha vagina.

Então ele tirou a mão do bolso e me entregou... uma calcinha.

— Encontrei no chão do banheiro... achei que você fosse querê-la.

Eu a peguei, morrendo de vergonha. Era a calcinha suja que eu estava usando o dia todo e devia ter caído da pilha de roupas que trouxe do banheiro.

Cobrindo os seios com os braços, peguei a calcinha e fiquei sem palavras enquanto ele estava ali parado na minha porta.

— Obrigada.

Ele me olhou por alguns segundos, riu maliciosamente, mas não disse mais nada e se virou. Eu o observei ir embora e notei que suas costas eram tão definidas quanto a frente enquanto ele passeava pelo corredor, sua calça preta quase baixa o suficiente para mostrar o topo da sua bunda redonda e firme.

Balançando a cabeça, respirei fundo e fechei a porta lentamente.

Esse não era o tipo de cara com quem você morava e via todo dia. Era o tipo que vinha brincar apenas à noite nas suas fantasias mais profundas e obscuras.

Fique. Longe. Nina.

Estava suando, mesmo tendo acabado de tomar banho. Depois de alguns minutos, quando meus hormônios finalmente acabaram de dançar *Macarena*, voltei para a cama e tentei focar em algo além do meu colega de apartamento. Quando finalmente tinha tirado meus pensamentos dele, olhei para a direita e percebi algo na minha mesa de cabeceira que passou despercebido mais cedo.

Ai, meu Deus.

Alguém devia ter colocado ali quando eu estava no banho.

Alguém. Eu sei exatamente quem foi.

Era um pássaro de origami de cartolina preta, igual aos que Stuart fazia pra mim, mas, espera... não era um pássaro.

Era um morcego.

Eu o segurei e cobri a boca para conter o riso perplexo. Olhei em volta como se alguém estivesse no quarto me observando, mas, claro, estava sozinha.

Desdobrei o morcego e vi uma mensagem escrita embaixo da asa esquerda em tinta de gel prateada.

Bem-vinda à "Casa".

— Jake

P.S.: Como está o tio Jesse? [1]

1 Personagem de *Três é demais*. Em inglês, Full House. (N. T.)

3

Era sábado de manhã e Jake já tinha saído antes que eu pudesse agradecê-lo pelo meu presentinho.

Como Ryan explicou, ele ia para Boston todo fim de semana e geralmente voltava no domingo à noite a tempo de trabalhar na segunda.

A primeira coisa na minha cabeça quando acordei era o morcego, como era complexo e como Jake agora tinha entrado na onda de pessoas implicando comigo por causa da minha semelhança com as gêmeas Olsen. Pelo menos, eu as achava bonitas e tomei como um elogio.

Ryan e Tarah estavam na cozinha comendo panqueca quando cheguei.

— Senta aqui com a gente, Troll — convidou Ryan.

Tarah me olhou com animação.

— Nina, a gente deveria ir fazer compras hoje. Tirei o dia de folga.

— Sério? Ótimo... preciso muito arrumar meu quarto.

Ela bateu palmas com animação.

— Perfeito. Vamos nos divertir muito. — Ela me passou o melado. — Então, está nervosa com o começo das aulas?

— Estou... principalmente com o pré-requisito de Matemática. Nunca fui boa nessa matéria. Eu reprovei no ensino médio, na verdade.

Ryan apontou o garfo para mim.

— Você deveria pedir ajuda ao Jake. Ele é um gênio nessas coisas de matemática e ciência.

— Passo. O Jake parece um pouco ocupado pra me ensinar.

Tarah colocou uma xícara fumegante de café na minha frente e disse:

— Sério. Você deveria pedir se ficar com dificuldade.

— Ok — respondi, mais para calar a boca deles. Eu sabia bem que nunca ia pedir ajuda a ele.

Naquela tarde, Tarah e eu fomos fazer compras no Kings Plaza. Ela me ajudou a escolher um edredom rosa e cinza, umas pinturas florais, um tapete felpudo cinza e uma luminária rosa. Meu pai tinha me dado permissão para usar o seu cartão de crédito para algumas coisas do apartamento, mas eu sabia que essa farra de gastos seria o último oba-oba por um tempo.

Paramos para tomar *frozen* no caminho de casa e Tarah insistiu em pagar o meu. Nos sentamos a uma das mesas para conversar.

— Então, você e o Ryan, como aconteceu? — perguntei.

Ela fechou os olhos brevemente e suspirou.

— Ele é um amor, não é? Ficamos amigos por um tempo no começo, sabe? Éramos colegas de apartamento há uns três meses antes de qualquer coisa acontecer. Uma noite, tínhamos a casa só para nós e ficamos acordados até tarde conversando sobre assuntos aleatórios. De repente, olhei para ele e pensei... Humm.

— Humm — eu a imitei, rindo.

Tarah pegou uma colher cheia de *frozen* e continuou falando de boca cheia.

— Sempre o achei um fofo, mas foi uma coisa gradual vê-lo como algo mais.

Então parei de me esquivar e fiz a pergunta para a qual eu realmente queria a resposta. Limpei a boca e soltei:

— O que você acha do Jake?

Ela revirou os olhos.

— Jake. Hummm. Por onde eu começo?

Comecei a comer meu *frozen* rápido demais.

— Qual é a dele? — perguntei de boca cheia.

Tarah pegou uma framboesa do copo, comeu-a e disse:

— Bom, primeiro de tudo, o óbvio... ele é muito gato, né?

Fiquei um pouco surpresa com seu comentário direto e senti uma pontada de ciúme, mas lembrei que ela estava com Ryan e que teria que ser cega para não achar Jake extremamente atraente.

— Ele é ok — respondi, indiferente.

— Jake é... legal. Quero dizer, ele gosta de fazer brincadeiras. Não passamos muito tempo com ele. Obviamente ele tem suas coisas, indo e voltando de Boston nos fins de semanas e tudo o mais. E fica na dele na maior parte do tempo em que está em casa.

— Você acha que ele tem uma namorada em Boston?

— Ele nunca mencionou e nunca lhe perguntei na cara, mas há definitivamente algo acontecendo lá. Ele mencionou uma irmã e sobrinhas de quem é muito próximo, mas volta todo fim de semana, então não pode ser só por elas. Jake não se abre, na verdade, mas tudo bem. Ele é respeitoso, e todos nos damos bem. E, caramba, aquele cara sabe consertar qualquer coisa que quebra na casa. É impressionante como ele é inteligente. Tem um exterior duro, mas há definitivamente alguém em casa lá em cima — ela disse, apontando para a cabeça.

— Sim, ele parece legal. — Decidi não contar a ela sobre o morcego. Meio que gostei de guardar isso para mim.

Tarah se inclinou na minha direção.

— Por que está se perguntando se ele tem namorada? — Ela parou e abriu um enorme sorriso. — Você gosta dele!

Era só eu ou estava ficando quente aqui?

Levei na brincadeira.

— Não, claro que não! Quer dizer, não nesse sentido.

— Então por que seu rosto ficou vermelho como essa framboesa?

Passei o fim de semana ocupada enchendo a geladeira com as minhas comidas preferidas e arrumando meu quarto. Tarah e eu passamos a noite de domingo no meu quarto recém-decorado fazendo as sobrancelhas e pintando as unhas.

Naquela noite, virei de um lado para o outro na cama, estressada com o início das aulas no dia seguinte.

Era mais ou menos meia-noite quando ouvi a porta da frente se abrir e, em seguida, alguém passando pelo meu quarto e indo em direção ao fim do corredor. Sabia que era Jake voltando de Boston. Imediatamente, as borboletas que estavam adormecidas no meu estômago o fim de semana inteiro ganharam vida e me mantiveram acordada a maior parte da noite.

4

Era um dia chuvoso de início de setembro no Brooklyn, mas a caminhada de cinco quarteirões do apartamento ao prédio principal da universidade na esquina da Flatbush com a Dekalb era moleza.

Naquele semestre, eu iria fazer Psicologia, Anatomia e Fisiologia, Produção Escrita em Língua Inglesa e Matemática Finita. Tinha certeza de que podia dar conta de todas as disciplinas com pouca dificuldade, exceto Matemática, que sempre tinha sido uma disciplina praticamente impossível para mim. Infelizmente, era obrigatória para o curso de Enfermagem e, se eu não tirasse pelo menos um 6,0 na média, estaria ferrada.

Matemática foi a última aula do dia e eu quis chorar quando vi a ementa e dei uma olhada no livro-texto. Ainda por cima, o professor Hernandez parecia ser um babaca. Ouvindo sua aula enquanto ele escrevia problemas no quadro, comecei a suar. *Selecione um número "n", multiplique-o por 4, some 10 ao resultado, divida a soma por 2 e subtraia 5 do quociente. Hã?*

Eu odiava Matemática, simples assim. Meu cérebro não tinha sido feito para entender números, mas tanto estava em jogo nessa aula, e eu estava determinada a encontrar um jeito de superá-la. Meus pais certamente não continuariam a pagar minha faculdade se eu não conseguisse passar nas disciplinas. Eu devia a eles tentar o máximo que pudesse, apesar da minha atual falta de fé em mim mesma.

Me sentindo derrotada, voltei para casa na chuva depois da aula. Já estava estressada só com a pequena quantidade de dever de casa que recebi e uma prova de Matemática marcada para quarta-feira.

Estava a um quarteirão do apartamento, quando uma van passou em uma poça bem ao meu lado, fazendo com que o que parecia uma onda de água me atingisse. Agora eu estava encharcada e parecendo um pinto molhado.

Chegando na entrada do nosso prédio, notei a mulher que morava no segundo andar espiando da janela, me observando chegar. Ela parecia ter uns sessenta e poucos anos.

Ainda parada na calçada embaixo, acenei.

— Oi, sou Nina Kennedy. Acabei de me mudar para o andar de cima.

A mulher me olhou e não disse nada. Estava com um lenço enrolado na cabeça e não parecia nem um pouco feliz.

Era constrangedor, mas dei mais uma chance.

— A senhora mora no segundo andar?

A mulher cerrou os olhos e pareceu ficar com mais raiva a cada segundo. Finalmente, ela colocou parte do corpo para fora da janela e, com um forte sotaque jamaicano, respondeu:

— Vá se foder!

Meu coração começou a bater mais rápido.

— Como?

— Vá se foder! — ela repetiu e então fechou a janela abruptamente.

Fiquei ali na chuva, chocada, sem saber se corria para dentro do prédio ou para longe dele.

Aquele definitivamente não era o meu dia. Abri a porta da frente e fiquei ofegante ao subir as escadas, passando pelo apartamento dela até o terceiro andar.

O que tinha de errado com ela? Por que me disse aquilo? O que foi que eu fiz?

Entrei no apartamento e bati a porta atrás de mim, me encostando nela, inspirando e expirando fundo. Aquele encontro me chocou tanto que levei alguns segundos para perceber Jake parado na minha frente comendo uma banana.

— O que diabos aconteceu com você? — ele perguntou.

Eu continuava ofegante e então disse enquanto recuperava o fôlego:

— Eu fui... atacada... verbalmente pela mulher do segundo andar.

Ele quase se engasgou quando começou a se curvar. Estava rindo tanto que nenhum som saía da sua boca.

Parou apenas para falar:

— Ela também tentou te afogar?

Revirei os olhos.

— Não, isso foi outra coisa.

Jake continuou a rir descontroladamente. Ele segurou a barriga como se estivesse com dor e bateu no balcão, então disse:

— Agora você é oficialmente da família.

— O quê?

— Você acabou de sofrer um ataque Ballsworthy.

— Balls o quê? Como?

Minha reação o fez rir ainda mais. Meu corpo enrijeceu quando ele veio até mim e me deu um rápido abraço amigável e um tapinha nas costas, o que fez soar o alarme para as borboletas no meu estômago.

— Está tudo bem. Você está bem. Ela é inofensiva.

Senti um arrepio.

— O que tem de errado com ela?

— Essa é a sra. Ballsworthy. Ninguém sabe por que ela é assim. Alguns dias, ela manda a gente se foder e, nos outros, está perfeitamente normal. Uma vez, eu não estou brincando, ela fez um bolo de chocolate pra nós. Estava escrito "Vão todos se foder" no topo. Foi o bolo mais delicioso que já comi. Ela poderia ter colocado merda nele, mas eu ainda teria comido outro pedaço de tão bom que estava.

Aquela história acabou com o meu mau humor e comecei a rir com o absurdo de tudo aquilo. Enxuguei as lágrimas.

— Está pegando no meu pé de novo?

— Na verdade, não. Nem mesmo *eu* poderia inventar essa merda se tentasse.

Ele e eu tivemos um ataque de riso simultaneamente e, quando passou, encarei seus olhos de esmeralda por alguns segundos. Seus olhos foram dos meus até a minha boca e de volta para os meus de novo.

— Sério, você parece ter tido um dia difícil — disse ele.

Balancei a cabeça.

— Você não faz ideia.

Jake foi até a geladeira, abriu uma cerveja, deu um gole e me entregou a garrafa.

— Me conta.

Dei um longo gole, e o fato de que minha boca estava agora onde a sua tinha acabado de estar não me passou despercebido.

— Obrigada.

Ele puxou uma cadeira e se sentou com as costas dela para a frente enquanto eu desabafava.

— Estou ferrada na faculdade. Tem essa disciplina de Matemática Finita em que preciso tirar pelo menos 6,0, já que é pré-requisito pro curso de Enfermagem, e nunca consegui entender Matemática. É como uma deficiência cerebral que tenho.

Ele apertou os olhos em desacordo.

— Conversa fiada. Nada disso. Você só precisa do professor certo.

— Bom, o professor Hernandez não é uma pessoa legal, pra começo de conversa, e, com relação ao seu estilo de ensino, é o mesmo que estar falando em chinês comigo. Ele só lê o livro em voz alta e não explica nada.

Jake pegou a cerveja da minha mão, deu um gole, me devolveu e me olhou bem nos olhos.

— Como eu disse, você precisa do professor certo.

— Mas meu professor é uma droga!

Ele soltou um leve arroto.

— Não é não. Ele é ótimo.

— O que quer dizer com isso? Não ouviu nada do que eu falei?

— Quis dizer... ele é incrível. Porque... *ele*... sou *eu*.

— Você?

— Sim. Eu vou ser seu professor. Vou te ensinar. Matemática é fácil demais pra mim.

— Você... *me* ensinar...

Seus olhos se arregalaram e ele me deu um olhar ameaçador.

— Sim. A menos que queira reprovar — disse ele com firmeza.

— Não. Não, não quero.

— Tudo bem, então.

Cocei a cabeça.

— Quando isso vai acontecer?

— Algumas noites por semanas. Vamos montar um horário.

— Por que você quer fazer isso por mim? Qual é a pegadinha?

Estava prestes a tomar um gole da cerveja quando ele a arrancou da minha mão e bebeu o resto. Meus olhos se fixaram nos seus lábios envolvendo a boca da garrafa antes de ele batê-la na mesa.

— O quê... as pessoas não podem fazer nada pelas outras pessoas sem ter segundas intenções?

— Acho que sim. Mas, sério, não precisa fazer isso.

— Não preciso. Tem razão. Eu quero. Não teria oferecido se não quisesse. Já te falei, Matemática é fácil pra mim. A parte difícil é te manter motivada.

— Motivada?

— Sim. Veja, as pessoas são capazes de coisas incríveis quando estão motivadas.

— Não ser expulsa da faculdade de Enfermagem não é motivação suficiente?

Ele sorriu maliciosamente e balançou a cabeça em desacordo.

— Não, não é. Posso sentir que não é o suficiente pra você. Precisa de algo que vá realmente te fazer querer passar, como se sua vida dependesse disso.

Esfreguei as têmporas.

— Não estou entendendo.

— Vou te explicar. Ok, então... vou te ensinar, certo? Se tirar acima de 9,0 em todas as provas, maravilhoso! Estou fazendo meu trabalho porque você deveria estar acima de 9,0 em todas as provas. Se tirar menos de 9,0, terá consequências.

— Consequências?

Ele assentiu devagar, com um sorriso travesso.

— Consequências.

— Tipo quais?

— Tipo... quando te conheci, você disse que tinha medo de muitas coisas. E, pela sua cara, posso sentir que é mais do que um medo leve. Precisa superar isso, Nina.

Estremeci com a seriedade do seu tom e com o fato de que, pela primeira vez, ele tinha me chamado pelo nome.

— Não estou entendendo.

— Deixa eu explicar. Vou te ensinar, mas, para cada nota menor que 9,0, você terá que enfrentar um dos seus medos.

Senti o pânico chegar sorrateiramente, e meu coração começou a acelerar. Sem dizer nada por vários segundos, apenas olhei para ele antes de perguntar:

— Pode ser mais específico?

— Não precisa surtar desse jeito. Eu vou estar lá com você. Faremos algo que te assusta, que você tem evitado, mas não saberá o que é até chegarmos lá. É a melhor maneira, para que não desenvolva ansiedade tentando prever. Vamos te expor até que não te assuste mais. Veja, pelo que posso dizer da sua linguagem corporal, estou te deixando muito nervosa agora, e isso é bom, porque significa que vai suar a camisa pra mandar ver nessas provas. De qualquer maneira, você ganha. Só talvez não veja dessa maneira.

Ele só podia estar brincando comigo. Eu mal conhecia esse cara, mas ele conseguia me ler como um livro.

— E se eu não quiser participar dessa aposta?

Jake se levantou e jogou a garrafa na lata de lixo reciclável.

— Aí você está por conta própria, *chica*.

Tive vontade de vomitar, não apenas por estar prestes a reprovar em Matemática, mas porque sabia que estava prestes a concordar com esses termos. Me assustou pra caramba, mas, ao mesmo tempo, senti uma excitação agridoce como nunca senti antes.

Ele estendeu a mão.

— Fechado?

Hesitei e então apertei a mão dele enquanto ele apertava a minha com força.

— Fechado.

Meu Deus, se meu corpo reage assim apenas com o toque da sua mão, não consigo imaginar o que faria se ele...

— Quer começar amanhã à noite? — ele perguntou.

— Ok.

— Me dá seu celular.

Olhei para ele com estranheza.

— Me dá seu celular — insistiu.

Não perguntei por que, apenas o entreguei a ele. Para ser sincera, pela maneira como eu vinha reagindo a esse cara, eu provavelmente teria feito qualquer coisa que ele me pedisse.

— Fique aqui — ele disse.

Ele saiu pelo corredor até seu quarto, o que me deixou extremamente nervosa. Não o queria olhando meu histórico de navegação ou minhas mensagens, mesmo não havendo nada comprometedor.

— O que você está fazendo com o meu celular? — gritei.

— Não se preocupe. — Ouvi-o gritar do quarto.

— Pode me devolver, por favor? — Por que estava dando ouvidos a ele plantada ali na cozinha feito idiota?

Alguns minutos depois, ele voltou e me devolveu.

— Salvei meu número nele. Então, se por alguma razão precisar falar comigo, já tem meu número. Também vou te ligar se sair tarde do trabalho amanhã à noite antes de estudarmos.

— Ok, obrigada.

— Não tenha medo. Você vai se sair bem.

Assenti silenciosamente, me perguntando como eu tinha me metido nessa.

Jake pegou uma banana, depois o seu casaco e o notebook do sofá.

— Tenho que voltar para o trabalho. Só passei em casa porque esqueci meu notebook. Até mais tarde.

— Ok. Até mais tarde. Ah, espera... Jake?

Ele se virou.

— O que foi?

— Não te agradeci pelo morcego.

Ele não disse nada, só sorriu, piscou e colocou a língua para fora, brincando. Pela primeira vez, percebi que também tinha um piercing na língua.

Porra.

Quando ele saiu, fechei os olhos e suspirei.

É, eu estava bem encrencada... de várias maneiras.

Da rua, ouvi Jake gritar ao longe.

— Vá se foder também, sra. Ballsworthy!

Cobri a boca com as mãos, rindo. Meu novo lar era um lugar bizarro, mas não tinha outro onde eu quisesse estar agora.

Então olhei o celular e percebi que ele tinha mudado o papel de parede da tela. Era um daqueles dizeres "Fique Calmo e Siga em Frente", mas basicamente resumiu meu dia, em honra ao meu encontro com nossa adorável vizinha, com:

5

Terça era meu dia sem aulas na faculdade, então lavei roupa e esperei nervosamente minha aula com Jake naquela noite. Eu tinha 22 anos, mas o nível de obsessão que estava experimentando me fez sentir como se tivesse dezesseis.

Ainda não conseguia acreditar que tinha concordado com os termos da aposta. Na verdade, eu não ia conseguir tirar mais de 9,0 nas provas, não importava o quanto estudasse, então já poderia começar a me preparar mentalmente para o pior. Embora o que Jake tinha me proposto me apavorasse, eu nem considerei dizer não para ele.

Ele era diferente de todos os caras que já conheci, não apenas por ter uma aparência diferente — no bom sentido. Ele tinha uma autoconfiança e um jeito dominante que era difícil de resistir, mas que estranhamente também me fazia sentir segura.

Na minha cidade pequena, os caras que conheci quando era adolescente até me mudar para cá eram padrão. Eu ainda tinha que conhecer alguém como Jake: obscuro e perigoso por fora, mas inteligente e esperto por dentro; alguém que dominasse o ambiente no segundo em que colocasse os pés nele.

Meu último namorado sério, Spencer, não poderia ser mais diferente de Jake. Era um cara do tipo arrumadinho, que ia à igreja e que não só meus pais, mas todo mundo amava. Era alguns anos mais velho e vendia seguros, mas, olhando para trás, se me perguntar, a única coisa em que era realmente bom era em vender uma falsa impressão de si mesmo. O que minha família não percebia era que, por trás daquele exterior impecável, estava um homem que tentava me repreender constantemente com críticas e insultos. E, ainda por cima, ele me traiu. Senti como se tivesse desperdiçado três anos e não tivesse ganhado nada com isso, exceto um certificado em Introdução ao Escroto. Foi o único cara com quem eu já tinha transado. Que desperdício.

Balancei a cabeça, tentando me livrar dos pensamentos em Spencer enquanto continuei a dobrar as camisetas na lavanderia do subsolo. Então meu celular tocou e vi que era meu pai.

— Oi, pai.

— Oi, querida. Só pra saber como você está. Como vão as coisas na casa nova?

Não consigo parar de ficar obcecada pelo meu colega de apartamento.

— Tudo bem até agora.

— Como está o Ryan?

Quem?

— Está ótimo. Acontece que, na verdade, ele está namorando minha outra colega de apartamento, Tarah.

— Sério? Que ótimo. Ela é gente boa?

— Sim, muito.

— Bom, você sabe que Ryan é como família para nós. Então eu não poderia estar mais feliz por ele estar aí pra cuidar de você.

Na verdade, a cabeça do Ryan está totalmente na Tarah. Tenho sorte se ele perceber que ainda moro aqui.

— Eu também — concordei.

Meu pai suspirou.

— E o outro colega de apartamento. Um cara, né?

Sim, um cara muito gostoso, com tatuagens e piercings no rosto... e na língua... e Deus sabe onde mais... e que às vezes tenho vontade de lambê-lo.

— Jake... o nome dele é Jake. Cara legal, um pouco calado... é engenheiro.

— Ah, ótimo, ele deve ser bonzinho e nerd. Não preciso me preocupar. — Ele riu.

Pai, você deveria estar muito preocupado.

— Isso mesmo. Ele é um pouquinho nerd.

— Como estão as aulas até agora?

Vou reprovar em Matemática.

— Tudo bem. Matemática vai ser um desafio.

— Bom, confio em você, querida. Você fez essa grande mudança pra cidade e sei que não vai se permitir fracassar.

Só queria ter confiança em mim mesma.

— Obrigada, pai. Preciso voltar a dobrar minhas roupas. Diga a mamãe que a amo.

— Ok, querida. Te amo. Tchau, tchau.

Eram 16h30 e, como eu não tinha dormido nada na noite anterior, decidi tentar tirar um cochilo, já que Jake não estaria em casa até depois das seis.

Ajustei meu alarme — ou achei que tinha ajustado — para 17h30. Então você pode imaginar minha surpresa quando acordei e vi que eram 19h45. Meu coração bateu acelerado e fiquei mais do que agitada quando percebi que tinha dormido demais.

Me levantei e cocei a cabeça, olhando o despertador e percebendo que, sim, eu tinha ajustado o alarme para às 5h30, *da manhã*, o que não serviu de nada.

Merda!

Esfreguei os olhos e desembaracei o cabelo sem saber com o que iria me deparar quando saísse do quarto.

Para piorar, olhei para a minha mesa de cabeceira e meu pulso acelerou quando descobri evidências de que Jake tinha estado no meu quarto enquanto eu dormia. Ali, ao lado da minha caixa de lenços, tinha outro morcego de origami. Balancei a cabeça sem acreditar e comecei a desdobrá-lo.

Você sabia que baba?
Isso não é nada legal.
Aparecer é minha regra número um.
Agora levante-se, sua boba. Está atrasada.

Morrendo de vergonha nem começava a descrever como eu me sentia. Apesar de preferir ficar imóvel naquele momento, sei que precisava sair e encarar a fera. Peguei um chiclete da bolsa para mascarar meu bafo de sono e me olhei rapidamente no espelho. Peguei meus livros de Matemática e o programa da disciplina e saí para o corredor.

Quando cheguei ao quarto de Jake, sua porta estava bem aberta e pude ver que estava sentado na cama de fone e escrevendo no notebook. Ele não me notou, então fiquei ali por um minuto admirando-o.

Seu cabelo estava liso como se tivesse acabado de tomar banho e tinha uma mecha solta na testa. Seu cabelo era lindo, brilhante e escuro, e ficava preto intenso quando molhado. Estava com uma calça cargo e uma camiseta azul-marinho que apertava seus músculos e exibia seus braços tatuados. O quarto cheirava a vela de canela, almíscar e cigarro, apesar de ainda não o ter visto fumando na casa. Suas pernas longas estavam esticadas até o fim do comprimento da cama. Estava batendo o pé com rapidez e nervosamente enquanto digitava, balançando a cabeça no ritmo da música.

Agarrei meu livro e fiquei nervosa só de olhar para ele enquanto previa o sermão que iria me dar por dormir no horário da nossa aula.

Acabei tossindo para ele ver que eu estava parada na porta.

Jake levantou o olhar e tirou lentamente o fone.

— Olha só quem finalmente decidiu acordar.

Continuei na porta. Balançando o morcego de papel que ele fez, eu disse:

— Sinto muito, Jake. De verdade. Ajustei o alarme para de manhã em vez da tarde.

Ele fechou o notebook e se sentou na beira da cama. Não estava sorrindo.

— Devia pedir desculpas a si mesma. É você que vai reprovar.

Ok, durão.

— Por que você não me acordou?

— Tentei te cutucar, mas você nem se mexeu. Tive que checar seu pulso pra ter certeza de que ainda estava viva. Então você peidou, aí vi que estava tudo bem.

— Não peidei, não! — Eu ri, mas estava morrendo por dentro.

— Tô brincando. Relaxa.

Meu Deus, obrigada.

— Quando é sua primeira prova?

— Amanhã.

Ele balançou a cabeça e suspirou.

— Amanhã... — Revirando os olhos, ele passou as mãos pelo cabelo com frustração.

— Sim. O professor Hernandez não perde tempo.

— Bem, então foi bom você ter cochilado porque espero que esteja pronta pra ficar acordada a noite toda.

Merda. Ele estava falando sério. Não tinha um tom de piada em sua voz, o que tornava a situação ainda mais intimidadora.

Olhei para os meus pés e então de volta para ele.

— Eu sinto *muito*.

Os olhos verdes de Jake arderam nos meus por alguns segundos.

— Eu não mordo, sabia? — disse ele em voz baixa.

— Como?

— Por que ainda está parada na porta usando seu livro como escudo?

Ri nervosamente ao entrar no quarto. Ele tinha razão. Eu estava hesitando, mas não pelo motivo que ele provavelmente achava.

Eu queria... que ele mordesse... e é isso que me assusta.

Controle-se, Nina.

— Estudamos aqui ou na sala? — perguntei.

— A decisão é sua. É você quem precisa se concentrar.

— Ok. Aqui está bom. Tarah e Ryan provavelmente vão chegar em casa e querer ficar na sala.

Péssima escolha. O quarto dele é de longe o lugar que mais vai me distrair.

— Vamos começar, então. — Jake estendeu a mão. — Me mostre o exercício.

Eu lhe mostrei o livro e a ementa enquanto ele puxava a cadeira de madeira e se sentava, colocando as pernas no pé na cama. Me sentei no chão com as pernas cruzadas.

— Não precisa se sentar no chão. Me sentei aqui para você ficar na cama.

— Ok, obrigada — respondi ao me levantar e me sentar na cama. O colchão era firme e era como estar em um mar daquele cheiro masculino. O edredom preto era surpreendentemente macio, e passei as pontas dos dedos por ele enquanto o observava ler a ementa.

— Ok, essa merda não vai ser fácil pra você — disse ele.

— Obrigada pelo voto de confiança. Essa é certamente uma sutileza.

Ele me olhou.

— Vamos começar com o problema de programação linear.

Cocei a cabeça e me inclinei para a frente.

— Ok.

— Você tem que criar um problema como o listado aqui usando o mesmo modelo, mas com suas próprias variáveis, e então precisa resolvê-lo. — Ele sorriu. — Podemos deixá-lo interessante se quisermos.

— Hã?

— Sim. Tudo o que diz é que tem que envolver transporte.

— Sim.

Eu não fazia ideia do que ele estava falando.

— O exemplo do livro usa um comerciante transportando madeira para depósitos.

— Sim.

— Então podemos usar, por exemplo... um cafetão transportando prostitutas pelo país.

— Como é?

— Precisamos te manter acordada, então vamos com essa. O problema é encontrar a maneira mais econômica de transportar as prostitutas para várias cidades.

Esfreguei as têmporas e ri.

— Ai, meu Deus. Ok.

— Primeiro, você precisa determinar as variáveis. Tem duas variáveis, x e y. Se x representa o número de prostitutas a serem levadas de Nova York a Los Angeles, então, desde que Los Angeles precise de 25 prostitutas, o número de prostitutas a serem levados da Filadélfia a Los Angeles é 25 menos x.

Ele olhou para ver se eu estava prestando atenção e continuou:

— E se y representa o número de prostitutas a serem levadas de Nova York a Las Vegas, então desde que Las Vegas precise de 30 prostitutas, o número de prostitutas a serem levadas da Filadélfia a Las Vegas é 30 menos y.

Ele montou uma tabela de custos mostrando as rotas de transporte, o número de prostitutas e vários custos de cada rota. Por fim, gerou uma fórmula e me fez revisar o problema inteiro até que eu entendesse. Apesar de demorar mais de uma hora, finalmente o entendi. Estava impressionada com como eu era capaz se estivesse interessada o suficiente para me dedicar.

E eu definitivamente estava interessada.

Também resolvemos um problema de nutrição em que o objetivo era elaborar uma receita de baixo custo que fornecesse os níveis de proteínas, calorias e vitamina B12 necessários. Tivemos que escolher as variáveis novamente e lhes atribuir valores diferentes. Jake substituiu as amostras usadas no livro por coisas que me faziam rir. Nesse caso, a receita era para o "bolo de merda" da sra. Ballsworthy e os ingredientes eram chocolate, merda e farinha de trigo integral. Mais uma vez, ele montou uma tabela para organizar os dados e, depois de mais uma hora, eu era finalmente capaz de repassar a fórmula inteira sozinha.

Ele estava muito animado e parecia nunca se cansar quando eu não conseguia entender o que ele dizia. Em vez disso, apenas encontrava outro jeito de me explicar o problema, como se gostasse do desafio. Suas tabelas e gráficos tornavam as coisas fáceis de entender e, depois de revisar aqueles dois exemplos repetidamente, estava começando a achar que eu talvez *conseguisse* passar na prova amanhã. Se pelo menos pudesse lembrar da metodologia de Jake e aplicá-la a qualquer problema que o professor Hernandez elaborasse...

No final da noite, estávamos os dois sentados no chão, esticados com folhas de papel por todo lado. Eu estava muito cansada, mas ainda não estava pronta para o fim da sessão de estudos.

Comecei a bocejar e Jake acertou minha testa com uma bolinha de papel.

— O que me diz... mais um exercício?

Bocejei novamente e concordei.

— Claro, mais um.

— Nada de cair no sono em cima de mim.

Eu bem que queria cair no sono em cima de você.

— Ok, vamos tentar esse — ele disse, ao começar a traçar uma nova tabela com outras variáveis.

Sentada no chão com as pernas cruzadas próxima a ele, olhei para a sua intensa expressão enquanto ele escrevia em golpes duros, audaciosos. Estava superfocado e era uma das pessoas mais inteligentes que eu já tinha conhecido. Sua inteligência o deixava ainda mais sexy na minha cabeça e me fez sentir ainda mais incapaz. Ele era um fodão.

Meus olhos estavam grudados na maneira como sua língua se movia de um lado para o outro pelo lábio inferior enquanto ele se concentrava, seu piercing de língua batendo contra o metal do piercing nos lábios. Era tão erótico, que eu estava passando muito do limite ao pensar nisso enquanto ele estava tentando me ajudar. Quando meu olhar vagueou pelos seus braços tatuados, também concluí que seu aroma masculino misturado com a fumaça de cigarro era o cheiro mais excitante que eu já sentira.

Seus olhos de repente dispararam na minha direção, como se pudesse me sentir encarando-o, e olhei para o lado instintivamente.

Apesar de não o estar mais encarando, minha mente ainda ia a lugares que sei que não deveria, como qual seria a sensação da sua língua... em mim. Eu sabia a resposta. Não tinha certeza se era porque estava exausta ou meramente pelo fato de que fazia tempo que não ficava com um homem, mas, de repente, estava vivenciando uma sobrecarga sensorial quando se tratava dele.

Ele parou de escrever e olhou na minha direção.

— Ok... então dois trens a 241km de distância viajam um de encontro ao outro no mesmo trilho... — Ele parou e balançou a mão na frente do meu rosto.

— Terra chamando Nina.

— Hã? — Então percebi que estava olhando sua boca esse tempo todo.

— Não está prestando atenção — ele disse com firmeza, sua voz rouca vibrando em mim.

— Eu... Desculpa.

— Quer parar? — Ele parecia frustrado comigo.

Em vez de responder sim ou não, minha mente exausta – e com tesão – decidiu pegar um atalho.

— Doeu? — perguntei.

Jake apertou os olhos.

— Doeu o quê? — ele reagiu abruptamente, quase parecendo irritado comigo.

— Isso. — Apontei para o seu piercing na boca. — O piercing na língua, o na boca o na sobrancelha, todos eles. Doeram muito?

Dando de ombros, ele disse:

— Não lembro. Eu os coloquei quando tinha uns dezesseis anos. Tinha muito mais deles na época também, mas não acho que foi tão ruim assim. — Ele levantou a sobrancelha com um sorriso malicioso. — Por que... está considerando colocar um?

Dei risadinhas como uma colegial bêbada.

— Eu? Não, hã-hã. Não acho que conseguiria aguentar a dor.

Os olhos de Jake ficaram sombrios e encontraram os meus.

— Às vezes, se estiver disposta a aguentar um pouco de dor na vida, Nina, você pode descobrir um prazer que nunca saberia que existia de outra maneira.

Me senti corar.

— Ainda estamos falando de piercings? — Minha voz baixou para um sussurro. — Está falando de... piercings... lá embaixo?

Seus olhos se arregalaram e ele fechou o livro.

— *Lá embaixo?* Não, na verdade, estava me referindo ao seu medo de tudo, Nina, mas agora acredito que *você* possa estar se referindo a se tenho um piercing no meu pau.

Morta de vergonha, olhei para o chão e balancei a cabeça vigorosamente.

— Ai, meu Deus. Esqueça tudo o que falei! Acho que estou tão cansada que estou delirando. É hora de ir dormir.

Imediatamente comecei a juntar os papéis desordenadamente, peguei meu livro e me levantei, falando rápido:

— Jake, muito obrigada. Acho que realmente entendi agora. Te falo como me saí depois da prova amanhã.

Ele se levantou, mas não disse nada.

Saí do quarto andando de costas, derrubando as coisas e tropeçando no seu cesto de papel, o que o fez rir.

Praticamente corri para o meu quarto e, quando abri a porta, a voz de Jake me parou no corredor.

— Respondendo sua pergunta, Nina, *aquele* prazer vale a dor também.

Pasma, entrei no meu quarto e bati a porta atrás de mim, me preparando para outra noite de agitação.

6

Quando eu estava na sala de aula pensando sobre a sessão de estudo de ontem à noite, o professor Hernandez começou a falar com a turma e me acordou do meu devaneio.

— Por favor, silêncio, pessoal. Temos muito a fazer hoje. Vamos passar a primeira parte da aula revisando alguns dos exemplos que vocês entregaram. A segunda metade será a prova.

Ele parou por mais ou menos um minuto olhando a pilha de exercícios entregues.

— Onde está a srta. Kennedy?

Levantei a mão.

— Aqui, senhor.

O professor Hernandez colocou os óculos e examinou o papel um pouco mais de perto antes de olhar para mim.

— Cafetões e prostitutas, srta. Kennedy?

Meu coração afundou no estômago quando lembrei que tinha entregado os dois exemplos que Jake e eu fizemos para o exercício, sobre transporte e o problema de nutrição mundial. *Ops.*

Por favor, não fale do bolo de merda da sra. Ballsworthy.

A sala irrompeu em riso com a referência ao cafetão e, quando começou a passar, respondi:

— Sim, senhor.

Ele balançou a cabeça e examinou o documento novamente.

— O que posso dizer é que tem sorte de a solução estar correta, srta. Kennedy.

Balancei a cabeça silenciosamente, querendo me esconder em um buraco.

Quando o foco da atenção da turma finalmente saiu de mim, minha respiração normalizou. Assim que o professor foi para o exercício de outro aluno, meu celular vibrou e começou a tocar uma música que não reconheci imediatamente, interrompendo ruidosamente a aula.

Então percebi rapidamente que era *Everywhere You Look*, a música tema da série *Três é demais*.

Não. Não. Não. Não.

Olhei para a tela e vi o nome de Jake.

Silenciei o telefone imediatamente e o barulho da música foi substituído pelo som dos meus colegas de sala rindo e sussurrando.

Ele não fez isso.

Fez sim. Porra, Jake.

Aparentemente, quando ele pegou meu telefone naquele dia, deve tê-lo programado como um toque de celular "especial" para as suas chamadas.

Olhei para a expressão severa do professor Hernandez.

— Srta. Kennedy, sugiro que silencie seu telefone durante a minha aula.

Engoli em seco.

— Me desculpe.

Enquanto o professor continuava a aula, o cara do meu lado disse:

— Essa foi clássica.

Me virei e notei que ele tinha um sorriso muito bonito. Na verdade, ele era *muito* bonito, não do tipo sombriamente lindo de Jake, mas no estilo juvenil com traços bonitos. Seu cabelo curto e castanho-claro era bem cuidado e ele tinha grandes olhos azuis e um nariz pequeno perfeito, salpicado de sardas.

— Meu nome é Alistair — ele sussurrou, estendendo a mão.

Eu a apertei e sorri.

— Nina.

O professor Hernandez olhou na minha direção novamente. Alistair percebeu, então paramos de falar, voltando nossa atenção para a frente da sala.

Depois de alguns minutos, olhei o celular e vi uma mensagem de Jake.

Jake: Como foi a prova?

Nina: Estou na aula. Não fizemos a prova ainda. Ele está revisando os exercícios e chamou minha atenção pelo exemplo da prostituta. E obrigada pelo toque de celular. Foi a cereja do bolo.

Jake: Do bolo de merda? kkk O prazer é meu. Depois me fala como foi a prova. Preciso saber se tenho que começar a planejar. (Insira uma risada maligna aqui).

Eu ri, apesar da mensagem me deixar muito desconfortável e me lembrar do que eu estava enfrentando. Meu telefone vibrou de novo.

Jake: Pare de surtar, Nina.

Como ele sabia que eu estava surtando? Ri para mim mesma, guardei o celular na bolsa e olhei para Alistair, que sorria para mim.

O professor Hernandez instruiu a turma a guardar todos os celulares e começou a entregar as provas.

Os problemas apresentados eram muito semelhantes ao exercício de casa, então comecei a fazer as tabelas e a analisar todas as informações como Jake me mostrou.

Quando terminei, sabia que tinha acertado pelo menos dois dos cinco problemas, mas não tinha certeza do resto.

Consegui sentir a dúvida e a ansiedade aumentando e então o professor sinalizou que nosso tempo acabou. Ele circulou pela sala para recolher as provas e nos disse que as corrigiria depois da aula e postaria os resultados on-line à noite. Criou uma página em seu site onde poderíamos fazer o login para ver os resultados das provas.

A turma foi liberada e, quando eu estava saindo da sala, ouvi Alistair atrás de mim sem fôlego.

— Nina, espere.

— Oi. — Sorri. — Como foi na prova?

— Muito bem. Acho que acertei todas, na verdade.

— Queria poder dizer o mesmo. Sei que acertei pelo menos duas, mas não tenho certeza das outras três.

— Bom, se estiver com dificuldade, ficaria feliz em te ajudar depois da aula qualquer dia.

— É muito gentil da sua parte, mas, acredite ou não, eu, na verdade, tenho um ótimo professor particular e ainda assim não consigo ir bem, então...

Alistair fez que sim com a cabeça e me deu outro largo sorriso.

— Bem, talvez pudéssemos só passar um tempo juntos qualquer dia?

Eu hesitei.

— Claro. Seria ótimo.

— Ótimo. Hã, me dá seu número. Eu salvo no meu celular.

Enquanto o observava salvar meu contato, me senti desconfortável e, no fundo, sabia que tinha a ver com minha crescente atração pelo Jake. Eu tinha certeza de que não era o tipo dele, mas ainda não conseguia evitar a minha paixonite. Acho que, estranhamente, ao concordar em sair para um encontro com Alistair, me senti desleal aos meus sentimentos. Nunca fui de focar em mais de um cara ao mesmo tempo, mesmo se o cara em questão não fizesse a menor ideia de como eu me sentia, mas precisava superar isso. Tinha certeza de que não era saudável achar que algo iria acontecer entre mim e Jake, especialmente depois da escapadinha sexual que eu tinha ouvido assim que me mudei. Meu colega de apartamento claramente tinha suas próprias "coisas" rolando. Isso, além do fato de que ele desaparecia para Boston todo fim de semana... bem, mesmo se eu fosse seu tipo, o que eu não era, não daria...

Alistar interrompeu meus pensamentos.

— Ei... ainda está me ouvindo?

Não percebi que tinha me distraído.

— Desculpe, estava pensando na prova — menti.

Ele devolveu meu celular enquanto caminhávamos em direção à saída.

— Então, qual é a da música de *Três é demais*?

— Aff. Meu amigo mudou meu toque de celular sem eu saber. É uma piada interna sobre eu me parecer com as gêmeas Olsen.

Jake era meu amigo? Acho que sim.

Pare. De. Pensar. No. Jake.

Alistair sorriu.

— Sério? Eu não teria pegado a referência. Quer dizer, elas são bonitas e tudo, mas você é muito mais.

— Nossa, obrigada. Você é a primeira pessoa que me diz isso.

— Bem, é verdade — ele respondeu. Ali estava seu sorriso de duzentos watts de novo.

— Obrigada.

— Então... preciso correr. Tenho uma aula de Psicologia que começa em alguns minutos logo ali.

— Ok. Boa aula.

— Tchau, Nina. Eu te ligo.

Naquela tarde, no caminho para casa, pensei em um plano para adular o Jake, assim ele iria devagar comigo com toda essa questão da punição encarando os medos. Talvez pudéssemos entrar em um acordo em que eu tivesse pelo menos um pouco de voz sobre o que ele iria escolher para eu fazer. Por exemplo, apesar de andar de metrô ser algo que eu evitasse, não chegava nem perto do pavor que eu tinha de elevadores. Tinha certeza de que ele não compreendia como eu tinha ficado incapacitada ao longo dos anos e como iria ser difícil encarar meus medos.

Mesmo não tendo recebido minha nota ainda, eu tinha certeza de que não iria ser acima de 9,0, então precisava colocar meu plano em ação. Dizem que se conquista um homem pelo estômago. Eu sabia exatamente o que cozinhar para ele.

Tarah e Ryan chegaram em casa juntos quando eu estava ligando o fogão.

— O que está fazendo, mocinha? — Tarah perguntou.

— Tentando salvar minha pele.

Ela riu.

— O que vai cozinhar?

— O Jake falou alguma coisa da nossa aposta?

Tarah balançou a cabeça.

— Não. Na verdade, Jake nunca me diz nada. Tem a ver com as aulas?

— Sim. Basicamente, toda vez que eu tirar abaixo de 9,0 na prova, ele vai me fazer encarar uma das minhas fobias. É uma punição meio doentia, na verdade.

Ryan riu.

— Não brinca! Isso é brilhante!

— Sabia que você ia gostar, Ryan.

Tarah passou a mão nas minhas costas.

— Desculpa, amiga. Concordo com o Ryan. Você não pode viver assim, especialmente agora que mora aqui. Imagina como sua vida vai ficar mais fácil se conseguir superar toda essa merda.

— Eu só não gosto de ser forçada a isso.

Ryan aumentou o tom de voz.

— Ninguém está te forçando a nada e você sabe disso, Nina. Concordou com a aposta do Jake porque sabe que precisa ser pressionada ou nunca vai mudar. Essas coisas só pioram quanto mais você as deixar te dominarem.

Eu sabia que ele tinha razão.

Ryan e Tarah saíram para jantar no Eleni's. Uns vinte minutos depois, eu tinha acabado minha obra-prima quando ouvi a porta se abrir.

Jake bateu a porta e começou a fungar.

— Que cheiro é esse?

Sua reação imediata ao aroma me fez rir.

— O que você acha que é?

Sua passadas largas em direção à cozinha ficaram mais rápidas a cada passo.

— Sinto cheiro do paraíso. O que você fez? Não é...

Mordi o lábio inferior e concordei com um sorriso.

— É sim.

— Bananas Foster? Bananas Foster?!

— Sim. Fiz pra você, como agradecimento por me ajudar ontem à noite. — Caí na risada com sua reação, seus olhos saltando das órbitas.

Jake não disse nada, só se sentou, pegou uma porção enorme com a colher, jogando a cabeça para trás em êxtase, e gemeu.

Já ouvi esse gemido antes. Balancei a cabeça para tirar da mente o pensamento perturbador de Jake com outra mulher.

Sua boca estava cheia.

— Aff. Hummmm. Ah, meu Deus. Você sabe que isso aqui é como se fosse meu sonho erótico, né?

Há uma analogia: o que Bananas Foster são para Jake... Jake é para Nina.

— Sabia que você ia gostar.

— Gostar... Nina... eu *adorei* — disse ele ao pegar outro pedaço enorme. Ele comeu em silêncio por alguns minutos com os olhos fechados pela metade do tempo.

— Onde aprendeu a fazer?

— Eu fiz aula de sobremesa na minha cidade uma vez. Na verdade, não é tão difícil de fazer. É só manteiga, açúcar, rum, sorvete de baunilha, canela, licor, e, claro, banana.

Ele continuou a devorar a porção inteira até o prato ficar limpo. Me sentei do outro lado da mesa com o queixo nas mãos apenas observando, como uma espectadora de um esporte.

Ele passou o dedo repetidamente pelo prato, lambendo os últimos restos, o que fez minhas entranhas formigarem.

De repente, desejei ser aquele prato.

Quando não sobrou mais nada, ele fechou os olhos uma última vez, abriu-os lentamente, balançou a cabeça e disse:

— Humm... hummm... hummm. Prometa que vai fazer pra mim de novo.

Eu ri de como ele estava falando sério.

— Podemos ver.

— Acho que você não entendeu. Essa foi a melhor coisa que já provei na vida. Ninguém nunca fez nada assim pra mim. Minha mãe não conseguia cozinhar quando eu era criança. Ela trabalhava muito e tudo, especialmente depois que o meu pai morreu, mas nunca cozinhou, nunca fez doces. É por isso que comecei a comer tanta banana, pra começo de conversa.

Essa foi a primeira vez que Jake partilhou algo importante sobre si comigo.

— Quantos anos você tinha quando seu pai morreu?

Ele pareceu ter sido pego de surpresa pela pergunta, mas respondeu olhando para o prato.

— Cinco, quase seis anos.

Meu coração ficou partido por ele.

— Sinto muito, Jake.

— Sim, eu também. — Ele tossiu e mudou rapidamente de assunto.

— Enfim, você vai fazer isso pra mim de novo, ok?

— Bem, eu realmente fiz como um agradecimento, mas tenho que admitir... pode ter uma segunda intenção.

Ele limpou a boca com um guardanapo, amassou-o e jogou-o em mim de brincadeira.

— Ah, é?

— Sim. Na verdade, estava esperando que talvez você fosse devagar comigo se eu não tirar acima de 9,0... talvez me deixar opinar um pouco no quanto estou disposta a ir com essa coisa da punição.

Ele jogou a cabeça para trás, rindo, e consegui ver seu piercing na língua. Ele coçou o queixo, fingindo pensar sobre isso, e então respondeu:

— Hã... não.

— Jake... — choraminguei.

— Nina... — ele zombou de mim no mesmo tom.

— Eu tô muito ferrada.

— Ah, tenha um pouco de fé. Já recebeu sua nota?

— Tenho certeza de que já saiu. Só preciso entrar na internet e ver se foi postada no site do professor Hernandez.

Ele foi até o corredor e voltou com o notebook, colocando-o no balcão.

— Olha.

Digitei nervosamente o endereço do site quando ele se inclinou perto de mim. Consegui sentir a banana e o rum no seu hálito e pude senti-lo respirar no meu ombro, o que me deixou inquieta enquanto eu digitava a senha.

A primeira coisa que vi foi a nota de Alistair: *Alistair York: 10,0.*

Rolando a página, olhei a minha e lá estava: *Nina Kennedy: 7,8.*

Meu peito se contraiu com emoções confusas. Tirei 7,8, o que foi melhor do que eu jamais poderia esperar, mas longe do que precisava para evitar ter que passar pelo teste de Jake.

Jake e eu nos viramos um para o outro ao mesmo tempo, e o brilho em seus olhos me disse que eu estava encrencada.

7

Na tarde de quinta, estava limpando a cozinha quando recebi uma mensagem de Jake.

Jake: Vou sair mais cedo do trabalho e chego em casa por volta das 15h30. Te encontro em casa. Então vamos sair. Esteja pronta.

Alguns minutos depois, ele enviou outra mensagem.

Jake: Pare de surtar, Nina.

E então as ruminações começaram. Não fazia ideia do que estava reservado para mim, e ele especificamente não me deu nenhuma dica para que eu não "surtasse". Bem, não saber me fazia surtar ainda mais.

Tomei um banho para passar o tempo e não conseguia nem pela minha vida decidir o que vestir. O que alguém vestia para um encontro com o desastre? Independentemente de onde acabaríamos naquela noite, eu estaria suada, apreensiva e em pânico.

Finalmente escolhi uma calça jeans e uma camiseta preta justa. Eu devia ficar confortável, por que precisaria me arrumar? Até parece que ele ia notar como minha bunda era bonita quando eu estivesse caída no chão hiperventilando.

Às 15h15, decidi me sentar e esperar na sala, tentando me distrair assistindo a um *talk show*. O assunto era experiências de quase morte. Desliguei, pois era um gatilho para a minha ansiedade.

A porta se abriu e Jake entrou com algumas sacolas de compras, sorrindo de orelha a orelha.

— Oi, pequena miss sunshine! Está animada com nosso encontro?

Aquilo, de repente, me deixou enjoada e não consegui dizer se era porque ele chamou de encontro ou se porque eu estava prestes a fazer papel de boba esta noite.

— Não sabia que era um encontro.

— É um encontro com o destino. A liberdade aguarda quando conseguir superar toda essa merda que está fazendo a si mesma.

Obrigada por esclarecer a coisa do encontro, idiota.

O fato de ele estar incrivelmente gostoso, com uma camiseta vermelha xadrez aberta, mostrando uma camiseta preta justa por baixo, não estava ajudando meu estado mental confuso.

Estiquei o pescoço para espiar as sacolas.

— O que você comprou?

Ele me afugentou.

— Só algumas coisas de que vamos precisar.

— Ótimo — respondi com sarcasmo.

Jake levou as sacolas para seu quarto enquanto eu esperava no sofá. Ele voltou com uma grande mochila preta.

— Vamos, Nina. Está pronta?

Me levantei e engoli em seco.

— Tão pronta quanto jamais estarei.

Outra onda de náusea bateu quando chegamos à calçada e percebi que não tinha mais volta.

Para deixar as coisas piores, a sra. Ballsworthy estava na janela nos observando e, quando a olhei, ela me lançou um olhar muito reprovador antes de fechá-la. É tudo o que eu precisava agora. Jake não percebeu, então não comentei.

Consegui senti-lo me olhar enquanto eu olhava para o chão em nossa caminhada juntos, nossos passos em sincronia. Em determinado momento, ele parou de andar e eu me virei para encará-lo.

— Por que você parou? — perguntei.

Ele se aproximou de mim e colocou as mãos nos meus ombros. Tremi com o contato inesperado e, enquanto estávamos parados na esquina, ele me encarou nos olhos atentamente.

— Nina, posso perceber que você está com todos esses pequenos cenários na cabeça agora. Não está ajudando. A única coisa que vai acontecer com você é o que está acontecendo no momento, não todas as possibilidades desastrosas na sua mente. Então corta essa, ok? Não vou deixar nada te acontecer.

Apesar de não ter gostado do seu tom de voz, a última parte me trouxe certo conforto.

Continuamos andando até chegarmos onde acreditei que fosse nosso destino. A estação de metrô da Dekalb Avenue. Estava sinceramente aliviada que ele tenha escolhido o metrô como meu exercício, já que esse era o menor dos males. Mesmo assim, quis enrolar.

— Para onde vamos?

Ele levantou os braços e sorriu.

— Manhattan, baby!

— É isso? Quanto dura a viagem?

— Não muito, mas eu não calculei. — Jake desceu alguns degraus até a estação enquanto fiquei parada na calçada acima. Ele se virou e me olhou.

Meu pulso acelerou e fechei os olhos, incerta do que fazer em seguida. Várias imagens minhas, presa como uma sardinha naquela lata de aço, passaram pela minha cabeça. Quando abri os olhos, ele estava no mesmo lugar. Seus grandes olhos verdes brilhavam da escuridão das escadas.

*Ele era tão lindo, m*as eu simplesmente não conseguia me mexer.

Ele ficou lá parado pacientemente nos degraus, me esperando descer. Eu estava congelada. Finalmente, ele estendeu a mão na minha direção e me encorajou silenciosamente com seu olhar firme a descer e pegar o metrô.

— Nina, vamos. Estou com você — ele finalmente disse.

Naquele momento, algo estalou dentro de mim e fui em direção a ele. Sua mão quente envolveu a minha e nossos dedos se entrelaçaram. O anel em seu polegar estava apertado contra a minha pele quando ele segurou minha mão com força e me levou pelas escadas, que cheiravam a urina.

Se eu não estivesse com tanto medo de agir como uma completa lunática no trem, esse momento teria sido épico. Era uma mistura de emoções, de medo e o desejo brilhando acima de tudo. Meu corpo estava tremendo de confusão.

Senti um frio repentino quando Jake soltou minha mão para pagar nossos bilhetes.

Ele agradeceu ao funcionário do metrô e me surpreendeu quando segurou minha mão de novo. As borboletas no meu estômago agora estavam dando cambalhotas enquanto ele me guiava pelas catracas.

Nos sentamos em um banco enquanto esperávamos o metrô chegar. Infelizmente, ele soltou minha mão.

Então ele me deu um tapinha nas costas.

— Está indo bem até agora.

— Sim — consegui dizer enquanto respirava fundo. Continuei balançando a cabeça sem motivo e desejei que o trem chegasse logo.

O trem B finalmente se aproximou e arranhou os trilhos em uma parada estridente. Ele pegou minha mão de novo e me levou até o trem lotado, que estava cheio de passageiros voltando do trabalho.

Não tinha nenhum assento livre, o que não importava para mim. Preferia ficar em pé, já que tornava a saída mais fácil se eu tivesse que saltar na próxima parada.

Quando as portas do trem se fecharam, o pânico começou a se estabelecer. Me senti completamente presa e comecei a tremer descontroladamente.

Jake colocou as mãos nos meus braços trêmulos, fazendo com que minhas emoções conflituosas lutassem. O desejo estava ganhando por um fio.

— Tudo bem se sentir nervosa, Nina. Não é para você estar confortável. Pare de lutar contra isso e deixe esses sentimentos aparecerem.

Quando ele me soltou, meu corpo ansiou pelo retorno do seu toque. Só queria que ele me abraçasse até que aquele sentimento desastroso passasse ou até sairmos do trem. Tentando me acalmar, foquei em uma bebê sentada no colo da mãe. Se ela conseguia fazer isso, eu também conseguiria. Ela sorriu para mim, e eu sorri de volta.

Jake estava olhando para mim, mas minha vergonha me impediu de fazer contato visual. Estava tremendo enquanto me segurava em uma barra. Era difícil aceitar os sentimentos desconfortáveis em vez de lutar contra eles. O trem balançava e eu não conseguia dizer se era seu movimento normal ou minha visão distorcida devido ao nervosismo.

Pulei quando Jake segurou meu queixo, forçando meus olhos nos seus.

— Como você está?

— Bem. Só quero que isso acabe.

— Nossa parada é a próxima. — Ele sorriu.

O alívio imediato me inundou ao ouvir isso, e os últimos minutos da viagem foram um pouco mais suportáveis porque agora tinha uma luz no fim do túnel.

Quando o trem parou na estação da Oitava Avenida, segui Jake para fora dele. Minha respiração desacelerou imediatamente e me senti nas alturas. Estava livre.

Virando-se para mim na plataforma, ele sorriu e disse:

— Você conseguiu. Foi tão ruim assim?

Respirei em sinal de alívio.

— Foi mais ou menos como eu esperava, mas estou feliz que acabou. Podemos pegar um táxi pra casa agora?

Ele me olhou em silêncio por vários segundos antes de me guiar pelas catracas e subir as escadas para as ruas de Manhattan. O barulho e os cheiros da cidade eram um brusco contraste com a estação de metrô escura. Esperei que, pelo menos, ele estivesse me levando para um lugar legal.

— Jake? Para onde estamos indo?

Ele parou de repente em frente a um restaurante chinês. O cheiro de frango assando e molho shoyo era nauseante. Ele se virou para mim enquanto enxames de pessoas voltando para casa do trabalho esbarravam em nós.

— Nina...

Então tive uma epifania, olhando para a grande mochila que ele disse ter suprimentos, e meu coração parou.

— O metrô. Aquele não era o exercício... era só uma maneira de chegar até aqui. Você está me levando para outro lugar, não é?

Jake confirmou com a cabeça.

— Precisa confiar em mim, ok?

O pânico começou a crescer de novo. Os sons das buzinas dos carros pareciam mais altos enquanto meus nervos ficavam cada vez mais sensíveis.

Lambi os lábios nervosamente enquanto andávamos lado a lado pelas calçadas de Nova York.

Virei a cabeça na sua direção, enquanto continuávamos a andar em um ritmo rápido.

— Para onde você está me levando, Jake? Me diz!

— Se eu te disser, você vai surtar. Espere até chegarmos lá e lembre-se do que falei. Eu não deixaria nada de ruim acontecer com você.

— E se eu não conseguir?

— Você sempre tem uma escolha, mas, se escolher fugir disso, nosso acordo está encerrado. No fim, você sabe que estaria apenas se decepcionando.

Depois de caminharmos em silêncio por mais uns três quarteirões, ele parou em frente a um arranha-céu.

— Aqui estamos.

Hesitei antes de segui-lo pela porta da frente. Um homem corpulento e com uma aparência amigável nos saudou e fez um cumprimento de mão com Jake.

— Jake, cara, como você está? — Ele sorriu.

— Bem, Vinny. Essa é minha amiga, Nina.

Vinny estendeu a mão.

— Nina, é um prazer.

— O prazer é meu.

Jake se virou para Vinny.

— Podemos ir?

— Sim, cara. Sem problema nenhum. Fique o tempo que precisar.

— Valeu, Vin. Te devo uma. — Jake se virou para mim. — Vamos.

— Quem é ele?

— Um velho amigo. Ele supervisiona o prédio.

Jake me guiou pela entrada e por um corredor. Sabia aonde isso ia dar e não era nada bom. Paramos em frente a um elevador e ele apertou o botão.

Esse era meu pior pesadelo.

— Jake, escute, não sei se o Ryan já te disse alguma coisa, mas essa coisa toda... todos os meus problemas... começaram em um elevador. Foi onde meu primeiro ataque de pânico aconteceu. Estava no ensino médio e fiquei presa e... — implorei.

— Mais um motivo pra superar isso. Se você entrar em um agora, pode ajudar a desfazer o dano criado pela sua própria mente.

Agarrei seu braço e insisti:

— Por favor... faço qualquer coisa, menos isso. — Meus olhos começaram a lacrimejar.

Quando a porta se abriu, ele colocou a mão dentro para impedi-la de fechar. Quando olhou de volta para mim, percebeu que eu estava começando a chorar.

— Porra, Nina, não chore. Vamos, prometo que nada vai acontecer com você lá dentro.

Balancei a cabeça e cobri o rosto para mascarar as lágrimas. Estava decepcionada comigo mesma por reagir daquela forma, mas era um salto grande demais para dar tão cedo. Só a visão daquela caixa da morte me fez querer correr para longe. Não conseguia imaginar ter que colocar os pés nela.

Ele jogou a mochila no elevador e continuou parado na entrada, segurando a porta com uma das mãos e estendendo a outra para que eu a segurasse.

Pensei em correr. Pensei em fingir desmaio. Pensei em gritar por ajuda, mas, no fim, olhei nos olhos do Jake, decidindo confiar nele, e segurei sua mão, deixando-o me puxar para dentro do elevador. Ele tentou me soltar, mas segurei sua mão com mais força.

— Deixa a porta aberta — exigi.

— Ok. Podemos ir devagar.

Jake manteve a mão no botão de abrir a porta.

— Você me diz quando estiver pronta para dar um passeio.

— Eu nunca vou estar pronta. Você não entende? Nunca vou estar pronta pra essa porta fechar.

— Então precisa me deixar decidir, ok? Você confia em mim, Nina?

Olhei para seus olhos suplicantes e apertei sua mão com mais força.

Por que ele se importava? Por que queria fazer isso por mim?

— Eu provavelmente não deveria confiar em você, Jake, mas a verdade é que confio. Só estou assustada.

Eu sabia que tinha que fazer isso. Se não conseguisse hoje, com esse cara louco que estava disposto a me ajudar, nunca conseguiria fazer sozinha. Estava só piorando com o tempo. Mesmo se isso me matasse, sabia que tinha que deixá-lo fechar a porta.

— Nina, vou deixar a porta fechar agora, ok?

Assenti em silêncio e observei-o tirar o dedo do botão. Quando as portas se fecharam completamente, comecei a tremer descontroladamente. Lembranças da última vez que estive em um elevador passaram pela minha mente.

Ele apertou um botão e, quando o elevador começou a subir, eu instintivamente me apoiei nele, me segurando nele com toda força. Consegui sentir seu peito se contrair quando minhas unhas cravaram nele, e fechei os olhos, inspirando seu cheiro para acalmar os nervos. Estava tão apavorada que não me importava como parecia boba. Precisava que ele me segurasse porque senti que ia desmaiar.

— Você está indo bem — ele sussurrou no meu ouvido, que estava bem abaixo da boca dele.

— Olha, estamos no quinquagésimo agora.

Balancei a cabeça, que estava enterrada em sua axila.

— Não me fala! Não quero saber em que andar estamos.

Meu coração estava batendo acelerado contra ele por pelo menos um minuto.

Jake me cutucou.

— Nina, você conseguiu. Chegamos ao octogésimo andar. — Ele me soltou do seu abraço e eu ainda estava com a respiração ofegante quando as portas se abriram.

— Quer andar um pouco por aqui ou quer descer logo?

— Voltar pra baixo. Por favor — pedi. Só queria acabar logo com aquilo.

— Você que manda — disse ele ao apertar o botão, e as portas se fecharam.

Comecei a me acalmar um pouco. Só tinha que me controlar para não hiperventilar ou desmaiar no caminho de volta e conseguir sair viva daquela caixa. Agarrei sua camisa de novo, usando-o como apoio. Senti seu hálito e o chiclete de menta que ele estava mastigando.

Espiei os números e vi 65, 64, 63, 62 e então aconteceu: uma sacudida enorme quando o elevador parou abruptamente.

O pânico que me percorreu naquele segundo foi o mais esmagador que já senti e meu corpo queimou como se um incêndio tivesse começado dentro dele.

— Jake! Jake? Estamos presos! O que está acontecendo? O que está acontecendo? — gritei.

— Shh. — Ele estava tentando me acalmar e demorei alguns segundos para perceber sua expressão relaxada... e sua mão no botão de parar.

— Por favor, me diga que... *você*... não acabou de parar esse elevador?

— Calma. Nina. Cal...

Eu o golpeei no peito com toda a minha força.

— Que porra, Nina. Para! — ele gritou, segurou minhas mãos e prendeu as duas nas palmas das suas.

Ele era forte e eu não tinha chance de soltá-las. Ele bloqueou o acesso aos botões enquanto segurava minhas mãos.

Eu estava ofegante.

— Você me disse que não me forçaria a fazer nada com que eu não estivesse confortável. Estou te implorando... para liberar esse elevador... *agora*!

Ele apertou minhas mãos, segurando-as com ainda mais firmeza.

— Nina, se acalme. Está tudo bem. Você não vê que tem que suportar isso? Tem que passar pelo momento de pânico. Se conseguir passar dele e ver que nada acontece, pode fazer qualquer coisa.

— Eu não quero. Não vale a pena!

— O que não vale a pena?

— Passar por isso... esses sentimentos horríveis! — Senti como se estivesse começando a hiperventilar, meu fôlego aparentemente impossível de ser recuperado.

— Nada está acontecendo com você agora. Somos só você e eu aqui. É isso. Está tudo na sua mente.

Ele soltou minhas mãos e segurou meu rosto.

— Olha pra mim. — Ele me encarou nos olhos e consegui apenas imaginar a aberração que ele via o olhando de volta. Ele chegou mais perto e, apesar dos meus nervos, minhas pernas formigaram quando senti seu hálito na minha boca ao dizer:

— Se você me fizer apertar esse botão, o acordo está cancelado.

— Ok... o acordo está cancelado... aperte. Agora!

Ele tirou as mãos do meu rosto e ficou na frente dos botões, cruzando os braços. Balançou a cabeça com veemência.

— Não.

— Jake... aperte o botão.

— Não. Você voltaria à estaca zero. Tem que superar e a única maneira é passando por isso. Não vou te deixar desistir tão fácil.

Comecei a gritar por socorro e tentei empurrá-lo para longe do painel, mas ele era muito forte, então esmurrei a parede com frustração.

Eu estava tremendo, me sentindo derrotada, e disse baixinho:

— Foda-se! Não acredito nisso.

— Bem, essa é uma maneira de passarmos o tempo, mas não tenho o hábito de fazer isso com mulheres no meio de um ataque de pânico. É muito confuso... difícil dizer o que realmente está causando a respiração intensa.

Contive o riso, mas não o deixei perceber.

— Muito engraçado.

— Eu estava brincando, claro. Só estava tentando te fazer rir, mas aparentemente não está funcionando — ele respondeu enquanto continuava parado em frente ao painel, seus braços tatuados cruzados sem sair do lugar.

Fui para o outro lado do elevador e deslizei até o chão. Me abracei, balançando para a frente e para trás, tentando acalmar meu pânico. Com os olhos fechados, consegui ouvir o som de Jake abrindo o zíper da mochila e tentei imaginar que estava em outro lugar, qualquer lugar que não presa naquela armadilha.

Inspira. Expira.

Vários minutos se passaram em silêncio enquanto mantive a cabeça baixa, curvada em posição fetal. Estava começando a me acalmar um pouco quando aconteceu o que parecia uma explosão.

Um terror absoluto me tomou quando pulei e gritei ao mesmo tempo. Quando olhei para Jake, ele estava no chão rindo histericamente, coberto de espuma, segurando... uma garrafa de champagne.

Filho da puta.

— Jake! Que porra? Que PORRA?

Champagne gotejava da garrafa que ele segurava acima das nossas cabeças.

— Estamos comemorando!

— Você é doente!

— Estamos celebrando sua sobrevivência, Nina! Faz doze minutos e trinta e três segundos desde que o elevador parou e você ainda está viva.

Sua palhaçada só piorou quando ele tirou duas taças de champagne da mochila, seguidas de um pequeno cobertor, que ele afofou dramaticamente antes de colocá-lo no chão.

— O que você está fazendo?

— O que acha que estamos fazendo? Estamos fazendo um piquenique.

Ele então tirou um iPod, uma caixa de som e umas comidas que ele tinha comprado no mercado: biscoitos, homus e cerejas com cobertura de chocolate.

— Você não está falando sério!

— Seríssimo. Precisamos mudar sua conotação negativa de elevadores. Da última vez que você esteve nessa situação, associou com escuridão e desgraça. Agora, da próxima vez que ficar presa em um, pensará no piquenique incrível que vamos fazer.

Jake serviu o champagne nas duas taças e me entregou uma. Não estendi a mão.

— Você está sendo um idiota.

Ele me olhou feio.

— Pode pegar, ou eu posso beber tudo. Então você vai ficar presa nesse elevador com um idiota *bêbado.*

Soltei um suspiro e peguei a taça, relutante. Ele começou a abrir os pacotes que tinha trazido e colocou uma cereja com cobertura de chocolate na boca.

— Essas aqui são uma delícia. Prova — disse ele ao me estender a caixa. Não estava com fome, mas peguei uma e provei. Ele tinha razão. Era uma delícia.

Balancei a cabeça ao perceber que, por alguns segundos, ele tinha realmente me distraído e parei de focar no potencial para o desastre. Estava vivendo o momento sem nem perceber. Embora não tenha ido completamente, o medo de alguma forma diminuiu no meio daquela situação absurda.

Continuei calada no canto do elevador e revirei os olhos quando Jake passava um pouco de homus em uma bolacha e a comia. Quando achei que as coisas não poderiam ficar mais bizarras, ele começou a mexer no seu iPod, conectando-o a uma caixa de som. Demorei alguns segundos para perceber que música ele tinha colocado para tocar: *Free Falling*[2], de Tom Petty.

Esse babaca! Comecei a rir e cobri a boca.

---

2 Queda Livre. (N. T.)

Jake, que tinha ficado sério a maior parte do tempo, tirando a parte de estourar o champagne, também começou a rir quando viu que tinha atravessado minha amargura.

— Nina Kennedy, eu ouvi uma risada? Você está mesmo fazendo pouco dessa situação perigosa e ameaçadora em que estamos? Que vergonha!

Comecei a rir ainda mais e ele jogou uma cereja em mim ao abrir um sorriso perverso.

— Jake, você não bate bem da bola, sabia?

— Ah! Falando em bola... — Ele levantou o dedo e procura algo em sua mochila.

— Você precisa provar as *minhas* bolas, Nina. Prova. — Ele abriu um sorriso sarcástico quando viu que tinha conseguido me deixar envergonhada.

— Por que está vermelha?

Rindo, eu respondi:

— Não quero provar suas bolas, obrigada. — Quando ele me estendeu a caixa mesmo assim, olhei para ela e disse: — Bolinhas de castanha-do-pará com cobertura de chocolate? Nunca provei. — Peguei uma e comi. — Humm. É bom.

Seu sorriso brilhou através do vidro enquanto ele tomava mais champagne.

— Viu?

Vários minutos se passaram enquanto brincamos ouvindo música, provando as comidinhas e terminando o champagne. Meu nível de medo diminuiu ainda mais.

Balancei a cabeça quando percebi que a próxima música da playlist "Apavorar Nina" de Jake era *Stuck in the Middle with You*[3], do Stealers Wheel.

— Gostou dessa, hein? — Ele riu.

Balancei a cabeça, apenas olhando para ele, abismada.

— Você é louco... mas quer saber? Não estou mais em pânico, então faz algum sentido.

Ele deu uma piscadela.

---

3 Preso no meio com você. (N. T.)

— Boa menina.

Algo na forma como ele disse isso me fez tremer. Sabia que devia estar me acalmando porque meu corpo, de repente, ficou superconsciente da presença dele.

O desejo estava ganhando de novo.

Mais músicas cuidadosamente selecionadas tocaram uma após a outra enquanto continuávamos a comer e, já que meus nervos estava se anestesiando, comecei a perceber as outras coisas que estava perdendo, tipo como o cheiro dele era incrível. Dessa vez, era só colônia, sem o cigarro. Seu cabelo estava perfeitamente arrumado com gel. A camiseta justa que estava usando por baixo da camisa xadrez apertava seu peito. As mangas estavam dobradas, mostrando os antebraços fortes. Olhei atentamente as tatuagens coloridas do seu braço direito sem conseguir decifrar o que queriam dizer. Estava com uma calça jeans e tênis pretos Converse. Seus pés estavam bem ao meu lado e eram grandes, talvez tamanho 43. Aquilo me lembrou de sua mão e de como a senti, grande e quente, ao segurar a minha na viagem de metrô.

Ele cheirava bem o suficiente pra comer.

— Terra chamando Nina! — Jake interrompeu meus pensamentos.

Eu pisquei.

— Oi.

— Está satisfeita?

Balancei a cabeça.

— Como?

— Posso guardar as coisas?

— Ah... sim... hã... sim.

Encostei a cabeça na parede, exausta do meu episódio de pânico autoinduzido mais cedo. Não estava completamente calma de jeito nenhum, mas estava surpresa em ver que tolerá-lo realmente funcionou. Tinha certeza de que, se não conseguisse escapar de uma situação aterrorizante, eu desmaiaria ou mesmo morreria de pânico. Os sentimentos realmente acabam diminuindo. E se você consegue atingir aquele ponto, é, na verdade, revigorante. Para baixo todo santo ajuda, acho.

Jake tinha acabado de guardar as coisas na mochila quando a música mudou. Ele se juntou a mim, encostando a cabeça na parede e fechando os olhos. Estava sentado longe de mim, e ansiei que ele viesse mais para perto. O tom dessa música era completamente diferente das outras. Era doce, com pouquíssimos instrumentos. A cantora tinha uma voz tranquilizante, simples. Não era familiar, mas a letra era de tirar o fôlego. A música era sobre uma mulher que ficava presa com um estranho no elevador. Ela desconfiava dele no início, mas começava a gostar dele e se apaixonava. Então acabava percebendo que ficarem presos juntos estava escrito e era mágico.

Abri os olhos para olhar para Jake, que estava de olhos fechados.

— Quem canta essa música? — perguntei.

— Eu a encontrei na internet e se chama *Stuck in the Elevator*[4], de Edie Brickell. Gostou?

— Sim. Gostei.

— Ótimo.

— Mas você ainda é louco.

Ele abriu os olhos, se virou para mim e sorriu. Suas covinhas me pegaram de jeito naquele momento. Então ele fechou os olhos de novo, ouvindo a música, e, mais uma vez, pude olhar seu lindo rosto em paz, sem ele saber. Seu nariz era perfeito, nem tão grande nem tão pequeno. Seus lábios eram vermelhos, e o inferior, com o piercing, era um pouco mais proeminente. Vi que seus cílios escuros eram bem mais longos do que os meus.

Pensei em como meu pai reagiria se soubesse que eu estava presa em um elevador com um cara com uma aparência tão "perigosa" como Jake. Meu pai provavelmente não perceberia a ironia: que Jake tinha feito mais por mim do que todos os caras engomadinhos que eu já tinha conhecido, juntos. O babaca do meu ex apenas ria das minhas fobias em vez de me ajudar com elas. Estava muito ocupado me traindo.

Na verdade, não sabia muito sobre a vida do Jake no fim das contas. O que eu, com certeza, sabia era que ele era complexo e fechado. Para alguém que tinha feito tanto por mim em um curto período, oferecia muito pouco de si. Mas ele não precisava dizer nada para que eu soubesse que o que a gente via por fora *não* era o que era por dentro. Sua escolha dessa música tão emocional confirmava isso.

Tinha tantas coisas que eu queria perguntar a ele, tantas coisas que eu

4 Presa no elevador. (N. T.)

queria saber, mas tinha medo de descobrir. Não queria mesmo descobrir o que eu suspeitava... que ele tinha uma namorada em Boston. Era sua namorada que eu tinha ouvido com ele no dia em que me mudei? Não aparecera nenhuma garota na casa desde então. Na verdade, eu não queria mesmo ouvir que não era seu tipo.

Me perguntei se ele realmente compreendia o quanto o que tinha feito por mim naquele dia significava. Também me perguntei se ele sabia que eu me sentia exatamente como a mulher cantando na música. Que, se eu tivesse que estar presa em um elevador com alguém, ficaria feliz que fosse com ele.

Desviei o olhar quando ele abriu os olhos abruptamente e perguntou:

— Quer ir embora?

— Quer dizer que vai acabar com o meu sofrimento?

— Sim, esse era o acordo. Quando você finalmente relaxasse... ah, eu diria algo no meio de *It's a Small World After All*[5]... a missão foi cumprida. Sabe, quando não está hiperventilando, você é na verdade bem divertida de se estar perto. — Ele sorriu.

— Pronta pra ir andando?

Pensei um pouco.

— Só um minuto. Deixa essa música terminar.

Jake piscou para mim de novo e, de repente, eu não tinha mais certeza se queria ir embora.

5 É um mundo pequeno, afinal. (N. T.)

8

Na manhã seguinte, acordei com outro morcego de papel na minha mesa de cabeceira que dizia:

Você não fugiu... foi até o fim.
O sr. Morcego está orgulhoso de você.

Eu me perguntei quando ele o tinha colocado lá e se eu estava dormindo e babando quando ele fez isso. Apertei o morcego contra o peito, fechando os olhos, sorrindo de orelha a orelha. Tive uma sensação muito grande de realização depois do dia anterior. A volta de metrô para casa também foi mamão com açúcar depois de sobreviver ao elevador.

Era sexta-feira, então Jake já tinha saído de casa. Geralmente pegava o trem da Amtrak para passar o fim de semana, indo direto do trabalho. Eu não o veria até domingo à noite ou segunda, dependendo da hora que ele voltasse para o Brooklyn.

A casa ficava muito entediante nos fins de semana sem ele por perto. Tarah e Ryan me chamavam para sair com eles pela cidade ou ver um filme, mas eu geralmente recusava e optava por ficar em casa para estudar ou lavar roupa.

No começo da noite de domingo, já tinha terminado a maior parte dos meus trabalhos da faculdade e minhas coisas e estava sozinha em casa de novo. A porta do quarto do Jake estava aberta, então entrei, me estatelando na sua cama. Seu cheiro característico estava por todo o edredom. Enterrei o nariz nele, imaginando que fosse ele.

Me sentei na sua cama por um tempo e olhei em volta, pulando levemente no colchão firme.

Tinha uma coleção de canetas na mesa de cabeceira e um isqueiro.

Estranhamente, próximo às canetas, havia quatro daqueles cata-ventos que as crianças ganham em festivais. Peguei um e assoprei, observando-o girar. Jake era tão enigmático.

Abri a gaveta da mesa de cabeceira e imediatamente a fechei quando vi um pacote de camisinhas dentro, ao lado de uma carteira de cigarros. Me lembrou do fato frustrante de que o cara por quem eu estava apaixonada estava transando com outra pessoa ou com *outras* pessoas que não eu. Cigarros, camisinhas... *cata-ventos*, coisas que você normalmente encontra no quarto de um cara de 24 anos, sabe?

Me levantei e fui até a foto na cômoda, das suas sobrinhas gêmeas, que ficava ao lado da coleção de miniaturas de gárgula. Talvez os cata-ventos fossem para elas. As meninas eram lindas e se pareciam muito com ele, com o mesmo cabelo escuro, olhos claros e covinhas.

Seu armário estava aberto e cheirava ainda melhor do que o edredom. Passei o dedo pelas camisas penduradas, em sua maioria pretas e azul-marinho, com algumas em estampa xadrez misturadas, e olhei para o chão do armário, para a bagunça de sapatos espalhados, a maioria Converse e Dr. Martens.

Me sentei de novo na cama e notei uma pilha de grandes blocos de desenho na escrivaninha. Peguei o primeiro deles e fiquei arrepiada quando o abri.

O que encontrei me tirou o fôlego. O primeiro desenho era um retrato surpreendentemente realista de um homem numa moto. O homem foi desenhado de costas e apenas seu rosto estava virado para trás, olhando por cima do ombro. Seus olhos pareciam estar me olhando direto da página. Como ele conseguia fazer aquilo estava além da minha compreensão. O desenho, com sua textura e sombreamento, parecia ganhar vida. *Jake desenhou isso?* Era incrível.

Continuei olhando o livro e cada desenho era melhor do que o anterior. Outro era do mesmo homem andando de moto nas nuvens, no céu. Também tinha muitos desenhos da mesma mulher ou garota, de cabelo cacheado e revolto. Em um deles, ela estava dançando na chuva com uma saia longa que parecia se mexer na imagem. Eram todos feitos somente a lápis com misturas de carvão e grafite.

Tinha outra imagem de uma borboleta, mas o centro era uma mulher em vez do tórax de um inseto. Os desenhos eram intrincados e a atenção aos detalhes era impressionante. Me senti culpada por olhar o caderno, mas Jake o deixou na mesa, então não poderia ser algo que ele estivesse tentando esconder. *Não é?* Pelo menos, eu queria acreditar nisso.

Terminei de olhar o primeiro bloco de desenhos e fiquei ansiosa por mais. Peguei a pilha inteira e devorei todos com os olhos. Uns eram de pessoas; outros apenas cenas de natureza. Alguns eram tão deslumbrantes que tive que parar e olhá-los por vários minutos cada um, examinando cada detalhe. Então voltei para algumas das figuras de novo. Eu não conseguia tirar a imagem da cabeça.

Estava buscando freneticamente nessas imagens pistas sobre a vida de Jake. Com cada desenho, ficava mais e mais confusa sobre os possíveis significados. Eram baseados em pessoas reais ou só personagens que ele tinha criado na imaginação? Jake era cada vez mais complicado do que achei no início.

Em determinado momento, deitei a cabeça no seu travesseiro preto, desfrutando do rústico aroma masculino que invadia meus sentidos. Entre os desenhos e o cheiro inebriante, eu estava superexcitada.

Vários minutos se passaram e fiquei gradualmente sonolenta, decidindo fechar os olhos. Aquela era a última coisa que lembrava antes de acordar com Jake parado na minha frente com um olhar fulminante enquanto estava deitada na sua cama em meio a uma pilha de seus desenhos.

Eu estava sonhando? Esfreguei os olhos com a claridade repentina. A constatação de que a situação não era imaginada fez meu coração querer pular para fora do peito. Senti que também estava prestes a perder o controle da bexiga, então contraí os músculos entre as pernas e pulei, me encostando contra a cabeceira.

— Jake... eu posso explicar.

— Que porra é essa, Nina? — ele sussurrou roucamente, o tom de voz irritado.

Seu olhar triste e desapontado me assustou e fiquei ainda mais apavorada porque eu o tinha colocado ali ao violar sua privacidade.

Seu cabelo estava ensopado de chuva, que agora eu conseguia ouvir batendo contra a janela.

Sob circunstâncias diferentes, estar abrigada no seu quarto durante uma tempestade teria sido um sonho, um que não incluía ele me olhando como se quisesse me matar.

Ele continuou parado na minha frente e eu sabia que tinha que dizer alguma coisa, mas as palavras simplesmente não saíam. Notei que sua mochila estava jogada desajeitadamente no chão.

Depois de vários segundos, limpei a garganta e comecei uma mentira inofensiva.

— Hã... algumas horas atrás, eu estava sozinha em casa e a sua porta estava aberta. Achei que tinha deixado meu caderno de Matemática aqui, então entrei. Vi esses blocos de desenho. Só ia espiar o primeiro, mas quando vi como o primeiro desenho era incrível... não consegui parar de olhar.

Ele engoliu em seco e continuou com um olhar fulminante, mas não disse nada. Seu peito inflava enquanto ele inspirava e expirava. *Merda.*

Continuei:

— Devo ter fechado os olhos e adormecido.

Jake piscou repetidamente, mas ainda estava em silêncio. Um fio de água da chuva escorreu pela sua testa.

Minha voz estava tremendo.

— Eu sinto muito. Nunca deveria ter achado que era certo olhar suas coisas. Só para constar, esses são os desenhos mais fenomenais que eu já vi.

Fiquei lá sentada contra a cabeceira, congelada, com os joelhos no peito. Jake não disse nada ao chegar mais perto e pegar os blocos de desenho, empilhando-os. Então os devolveu ao seu lugar original na mesa.

— Mais uma vez, eu sinto muito — eu disse.

Comecei a me levantar, planejando voltar para o meu quarto, humilhada. Então senti uma pegada forte no meu pulso e a volta da sua voz me chocou.

— Está indo pra onde?

— Pro meu quarto.

Ele me empurrou gentilmente de volta para a cama e soltou meu pulso.

— Fique.

Hã? Meu coração bateu mais forte.

— Ficar? O que você quer dizer?

— Quero dizer... você estava confortável aqui. Fique.

— Não está com raiva de mim?

Ele balançou a cabeça.

— Eu não disse isso. Você não deveria ter bisbilhotado.

— Eu sei. Sinto muito, de verdade.

Jake não respondeu minhas desculpas. Em vez disso, foi até a porta, fechou-a e desligou a luz. Olhei para o relógio digital, que dizia ser 23h30. Era mais tarde do que eu achava. Apenas os postes lá de fora iluminavam o quarto agora, enquanto ele tirava a jaqueta molhada e a jogava no chão. Depois, puxou a camisa por cima da cabeça.

Ah... uau... Ok.

Apertei o lábio inferior com força e meu corpo tremeu quando ele se aproximou da cama.

Sim, isso parecia mais com o sonho que eu tinha imaginado.

— Vai mais pra lá — disse ele em voz baixa.

Me virei de lado e fui mais para a direita, encolhendo os braços abaixo do queixo.

Uma sensação indescritível me invadiu quando senti seu peito duro contra as minhas costas. Depois ele colocou o braço em volta da minha cintura. Ele estava... deitado de conchinha comigo.

Puta merda.

Fechei os olhos, respirando o cheiro masculino do seu corpo: suor misturado com colônia e chuva, e esperava que ele não sentisse o meu nervosismo. O quarto estava completamente silencioso, tirando o som da chuva bombardeando a janela, mas senti que ele podia ouvir meu coração batendo na boca.

Sua respiração era pesada e pude senti-la no meu pescoço. Em determinado momento, eu me mexi inadvertidamente e esbarrei no metal do seu piercing na boca, e isso fez eu me encolher.

Ele falou em voz baixa bem nas minhas costas, sua voz vibrando em mim:

— Você está se mexendo muito. Está à vontade com isso, Nina? Prefere voltar pra sua cama?

— Não. Eu quero ficar.

Ele não fazia ideia do quanto.

— Ótimo. — Seu corpo pareceu relaxar mais junto ao meu depois que eu disse que queria ficar. Seu nariz estava enterrado no meu cabelo e consegui senti-lo me cheirar. Ele pegava na minha cintura, e o calor da sua respiração atrás de mim continuou a me deixar louca. Minha calcinha estava encharcada da carência aumentando entre as minhas pernas.

Não entendi o que a conchinha queria dizer ou, na verdade, como uma coisa tão inocente podia fazer meu corpo responder dessa forma. Só sabia que era incrível estar tão perto dele e que minhas emoções estavam caóticas. Aquelas borboletas no meu estômago? Estavam formando uma fila para dançar conga agora.

Depois de dar uma espiada nos seus pensamentos com aqueles desenhos e de me conectar com ele no elevador semana anterior, me deitar ao seu lado assim era a experiência mais íntima que eu já tivera.

— Jake?

— Oi.

— Sinto muito por invadir sua privacidade.

Após uma longa pausa, ele respondeu em meio aos meus cabelos:

— Tudo bem, Nina.

— Obrigada.

— Nina?

— Oi?

— A sua gaveta de calcinhas pode ser rearrumada essa semana. Só avisando.

Minhas costas se moveram em direção à boca dele quando eu ri. Comecei a relaxar e, minutos depois, adormeci em seus braços.

9

Duas semanas depois, as coisas com Jake estavam mais estranhas do que nunca. Nunca mais dormi na sua cama depois daquela noite e nunca falamos sobre a conchinha ou os desenhos que descobri. Na manhã seguinte ao sono no seu quarto, acordei com a cama vazia porque ele já tinha saído para o trabalho.

Ele me ensinou Matemática mais algumas vezes e não fez nenhum esforço para levar as coisas adiante comigo quando estávamos só nós dois no quarto dele. Eu estava basicamente agindo como se nada tivesse acontecido. Como um mecanismo de defesa, tinha me convencido de que era melhor assim. Na realidade, sua indiferença me deixava furiosa e, infelizmente, ainda mais fisicamente atraída por ele, se é que era possível.

A única coisa positiva com a raiva que eu sentia era que isso me fazia focar mais nos estudos. Agora estava em uma competição mental secreta com ele, determinada a tirar acima de 9,0 na próxima prova. Não queria lhe dar a satisfação de me levar em outra expedição de medo e senti como se precisasse provar isso a mim mesma. Pelo menos era uma maneira positiva de canalizar a frustração sexual.

Isso não queria dizer que não fechava os olhos à noite e o imaginava deitado atrás de mim. Saber como realmente parecia uma maldição. Manter meus sentimentos em ordem era muito mais fácil antes daquela noite, mas também estava determinada a seguir em frente com relação à minha paixão pelo Jake.

Então, em uma noite de segunda, quando Alistair me chamou para sair na sexta à noite seguinte, minha resposta foi: “Claro, por que não?”. Jake estaria a caminho de Boston quando Alistair fosse me buscar no apartamento, então não seria estranho. Não que Jake se importasse, mas eu me sentia melhor em saber que ele não estaria lá para bisbilhotar o meu encontro. Alistar era exatamente o extremo oposto de Jake, exceto pelo fato de que ambos eram muito inteligentes.

Na quarta-feira da semana do meu encontro, cheguei em casa tarde da faculdade e encontrei Ryan, Tarah e Jake sentados na sala assistindo à televisão.

Era incomum ver todos em casa ao mesmo tempo.

Acenei para eles silenciosamente sem fazer contato visual e fui direto para o meu quarto. Estava de péssimo humor e passei a maior parte da caminhada para casa com raiva de mim mesma por ficar obcecada por Jake de novo. E, quando a sra. Ballsworthy mandou eu "me foder" ao entrar, pela primeira vez, devolvi o insulto em voz alta, de tão mal-humorada que estava.

Chegando no meu quarto, tirei a roupa e coloquei uma calça de moletom rosa e uma camiseta confortável. Estava prestes a começar um novo livro no Kindle quando Jake apareceu na porta.

Ele esticou os braços para cima e tocou o topo do umbral. Por que ele tinha que parecer um troféu tatuado e cheirar tão bem? Sua camisa subiu diante de mim, mostrando a barriga de tanquinho.

— O que foi... não fala mais? — ele provocou.

Jake caminhou lentamente na minha direção.

— O que deu em você?

Não disse nada em resposta, então ele continuou:

— Ou o problema é que você não deu para nada... ou para *ninguém* ultimamente?

Coloquei o Kindle na cama em choque. *Aquele filho da mãe.*

— O que foi que você disse?

Ele levantou as mãos.

— Relaxa, Nina. Foi só uma piada! Você está tensa. Pessoas tensas precisam transar, não acha? Só uma piada.

Joguei um travesseiro nele.

— Sai daqui.

Ele o jogou de volta em mim.

— Porra. Eu estava só brincando. Você costumava gostar do meu senso de humor doentio — disse ele, parecendo bem irritado.

— Bom, eu não achei engraçado.

— Por que está tão estranha ultimamente? — ele gritou.

— *Eu* estou estranha?

Ele me olhou, fazendo cara feia.

— Sim, Nina, você está.

Eu bufei.

— Tanto faz.

Jake só balançou a cabeça antes de sair e bateu a porta do seu quarto.

Coloquei a cabeça entre as mãos, arrependida do que tinha acabado de acontecer. Era *eu*? Estava sendo um pé no saco essas últimas semanas e o tratando diferente porque, de alguma maneira, me senti rejeitada por ele? Acabei tornando a coisa da conchinha algo que não era?

Talvez precisasse controlar melhor meus sentimentos, porque perdê-lo como amigo não era uma opção. Tinha muito poucas pessoas com quem eu podia contar ali em Nova York e precisava dele na minha vida.

Me levantei imediatamente e fui até o corredor para pedir desculpas, mas esbarramos um no outro enquanto ele estava passando pelo meu quarto.

— Ai — eu disse, esfregando o nariz.

Ele segurou brevemente os meus ombros.

— Cuidado, apressadinha.

— Na verdade, vim pedir desculpas. Acho que *eu* estou um pouco mal-humorada ultimamente. Só estou estressada com a faculdade e com a prova de Matemática de hoje.

Ele balançou a cabeça

— Eu não deveria ter dito aquilo, Nina. — Seu olhar era sincero e vi que estava falando sério.

— Tudo bem. Eu sei que você estava só brincando.

Jake estendeu a mão.

— Amigos?

— Amigos — concordei, saboreando o calor da sua mão firme na minha e desejando que sua ideia de amizade envolvesse mais do que um aperto de mão, algo como... hã... chupar seu lábio inferior.

Sim, eu sou um caso perdido.

Ele soltou minha mão e andamos até o fim do corredor para a cozinha juntos. Ryan desligou a televisão que ele e Tarah estavam assistindo na sala.

— Tarah e eu estamos descendo pro Eleni's pra comer um rango. Querem ir?

Jake estava bebendo direto de uma garrafa de suco quando parou e me olhou, aguardando minha resposta.

— Não, obrigada. Não estou com fome... vou só ficar em casa lendo — eu disse.

Jake então balançou a mão.

— Não, cara. Também passo.

— Ok, pessoal. Aproveitem! — respondeu Tarah ao sair do apartamento com Ryan.

Quando a porta se fechou, Jake foi até o sofá e ligou a televisão. Era uma visão rara, já que ele passava a maior parte do tempo escondido em seu quarto ouvindo música. Estava zapeando pelos canais, espalhando suas longas pernas pela mesa de centro, quando olhou na direção da cozinha, para mim.

— A nota da sua prova não deve estar postada agora?

— Sim. — Sorri, culpada, sabendo que com certeza já estava no site. Eu estava enrolando para descobrir o resultado.

— Você já olhou?

— Não.

Sem dizer nada, Jake saiu e voltou com o notebook.

— Vamos, Nina... é o dia D. Mal posso esperar para te levar nessa próxima. É errado eu estar esperando por uma nota baixa?

— Sim... muito errado — falei ao abrir o notebook.

Ele estava esfregando as mãos com uma expectativa debochada.

— Está tentando acender uma fogueira com as mãos?

— Só me preparando para o inevitável.

— Obrigada pela confiança — respondi ao digitar a senha.

— Vai ser uma boa. Você deve estar esperando um 7,0.

A animação de Jake com a nossa próxima aventura me deixou com sentimentos confusos, para dizer o mínimo. Enquanto rolava a página, mais uma vez, percebi o nome de Alistair antes do meu.

Alistair York: 9,0. Bem, ele não é perfeito, no fim das contas.

Jake se inclinou para a frente. Sua respiração parou porque ele viu antes de mim:

Nina Kennedy: 9,4.

Puta merda!

Quando vi meu nome, tive que piscar várias vezes para ter certeza de que era de verdade. Estava pasma quando me virei para ele.

O sorriso com covinhas de Jake era maior do que o do Coringa e ele jogou a cabeça para trás.

— Nina Kennedy... você é foda, garota — disse ele ao me puxar com força na sua direção para dar um abraço de parabéns.

Fechei os olhos e desfrutei do calor e da familiaridade de estar em seus braços de novo no meio da animação que senti em ter conseguido algo que achava ser praticamente impossível. Eu estava eufórica. Meu coração batia forte contra o seu peito.

Ele se afastou com os braços ainda nos meus e seus olhos brilhavam quando ele me sacodiu.

— Nina, você conseguiu! Você conseguiu, porra! Temos que comemorar.

— Jake, *você* fez isso. Não tenho como agradecer o suficiente por toda a sua ajuda.

Eu queria beijá-lo.

Ele continuou sorrindo para mim e perguntou:

— Aonde você quer ir? O que quer fazer? O que você quiser.

Quero te sentir dentro de mim.

— Na verdade, sei exatamente o que quero fazer agora.

— O quê?

— Quero fazer sua sobremesa preferida.

— Não... fala sério. Você não deveria ter que cozinhar esta noite.

— Eu quero — insisti. — Te devo muito por isso e eu mesma quero um pouco. Além disso, ainda tenho todos os ingredientes da última vez no armário.

— Bem, se você insiste. Suas Bananas Foster são como crack, então não vai ouvir nenhuma reclamação de mim.

— Imaginei que não.

Quando estava pegando a panela, o rum, os temperos e as bananas, Jake se inclinou no balcão, me seguindo com os olhos enquanto eu andava pela cozinha.

— Estou um pouco decepcionado pela excursão que você vai perder. Ia ser ótima. Mas sempre tem a próxima vez.

— Agora você me deixou curiosa sobre o que estava reservado pra mim. Algo me diz que escapei de uma *daquelas*.

Seu sorriso disse tudo.

— Você não faz ideia.

— Você é perverso — eu disse, jogando nele uma banana, que ele pegou. — Pode descascar. Eu corto.

— Eu dou conta. Sou bom em tirar camadas lentamente — ele respondeu com uma piscadela.

— Achei que tinha dito que não era um stripper de verdade.

— Não significa que eu não dê meus shows particulares.

Devo ter perdido o juízo por um momento. Apesar de ter rido dele, as imagens que surgiram na minha cabeça me fizeram cortar as bananas mais rápido e com mais força. E, de repente, a faca que eu estava usando escorregou e mergulhou bem no meu dedo.

— Ai... merda! — eu gritei. — Ai!

O sangue jorrou e a dor era excruciante. Jake se levantou imediatamente, segurando minha mão.

— Caralho, Nina!

— Aaai, ai, ai.

O que aconteceu em rápida sucessão nos dez segundos seguintes quase me fez derreter. Ele procurou uma toalha por perto e não encontrou nenhuma. Por instinto, enrolou o meu dedo na ponta da sua camiseta e o apertou. Quando o levantou e viu que ainda estava sangrando muito, colocou-o o na boca e o segurou lá, chupando-o com força para parar o sangramento.

Pegou. Meu. Dedo. E. O. Chupou.

Lembra daquele ditado sobre sentir a dor para alcançar um prazer que você nunca conheceu antes? Bem, acho que, pela primeira vez na vida, eu finalmente o entendi.

Ele estava completamente sério, entretanto, naqueles segundos aplicando pressão no meu machucado. Estava tentando fazer o sangramento parar. Não era para ser um afrodisíaco, mas, claro, tudo o que Jake fazia tinha esse efeito em mim, ele sabendo ou não, e, bem, isso só me fazia perder a cabeça.

Não era exagero dizer que aqueles segundos do meu dedo preso na sua boca quente enquanto ele respirava rapidamente eram mais excitantes do que o sexo com Spencer jamais foi; dez vezes mais. As sensações conflitantes de prazer e dor eram algo que eu nunca tinha experienciado juntas ao mesmo tempo.

Sua boca fez um som de estalo quando ele soltou meu dedo no ar frio e estava com um pouquinho de sangue no lábio. Ele tirou a camiseta, agora manchada, e a envolveu firmemente no meu dedo. Não consegui evitar de olhar para o seu corpo. Parecia que tinha sido esculpido em pedra.

O sangramento diminuiu, mas não parou.

— Vamos enrolá-lo aqui por enquanto — disse ele, segurando meu dedo com firmeza na camiseta.

— Você está com sangue. — Levantei nervosamente a ponta do meu dedo para o seu lábio inferior e o limpei suavemente. — Bem aqui.

Em vez de enxugá-lo com a mão livre, ele deslizou a língua de um lado para o outro lentamente pelo lábio inferior, lambendo o resto enquanto olhava para mim. Meu coração parou por um segundo. Era estranhamente erótico e meu corpo se acendeu todo. Ele me olhava nos olhos enquanto segurava meu dedo embrulhado, e eu senti algo mudar. Não conseguia apontar o que era — sem trocadilhos —, mas algo parecia diferente entre nós naquele momento. Era um sentimento que eu definitivamente nunca tinha sentido antes.

A cozinha estava completamente silenciosa quando ele interrompeu a encarada, olhando meu dedo embrulhado. Ele limpou a garganta, e sua voz saiu grossa.

— Vou ver o que temos no banheiro pra primeiros socorros.

Ainda em estado de perplexidade, fiz que sim com a cabeça, mas não disse nada quando ele saiu pelo corredor, voltando com gaze, água oxigenada e uma bola de algodão. Tentei olhar para o ferimento e não para o seu peito nu enquanto ele soprava no corte antes de colocar gaze e um esparadrapo para segurá-la.

— Isso deve servir por enquanto — falou, antes de soltar minha mão. — Você pode querer dar uma olhada nele amanhã. Se estiver pior, tem uma unidade de emergência no fim da rua. Com sorte, não vai precisar de pontos.

Senti como se tivesse perdido mais do que sangue no processo, como, talvez, minha capacidade de falar.

— Ok — murmurei.

O olhar de Jake era sincero.

— Sinto muito que tenha se machucado tentando fazer algo legal pra mim.

Sem saber o que responder exatamente, sorri e respondi:

— Sinto muito que você teve que chupar o meu sangue como um vampiro.

Seu olhar permaneceu no meu e isso me deixou inquieta apenas porque ele não estava rindo da minha piada.

— Eu não faria isso por qualquer pessoa, Nina.

Meu lábio tremeu em resposta e eu ri nervosamente, sem saber o que inferir daquela afirmação. Só sabia que esta noite não estava ajudando nem um pouco a minha promessa de superá-lo.

— Obrigada.

Jake estava jogando fora as bananas que eu tinha cortado.

— Vou pegar outra camiseta — disse ele. — Por que não troca de roupa e encontramos Tarah e Ryan lá embaixo?

— Não sei...

— Vamos, precisamos comemorar a sua prova, e essas bananas já eram. Já bebi sangue demais pra uma noite.

Joguei um pedaço de banana nele.

— Muito engraçado.

Ele estava inabalável.

— O que me diz?

Não tive como negar.

— Ok, vou me trocar.

Mais ou menos dez minutos depois, ele saiu do banheiro com um frescor de colônia. Seu cabelo estava molhado e ele vestia uma camisa cor de vinho de manga comprida que apertava o peito e uma calça preta que apertava a bunda. Sua aparência e seu cheiro estavam incríveis

Eu tinha colocado uma blusa preta de botão, uma calça jeans escura e o salto de 15 centímetros que geralmente usava quando me sentia inexplicavelmente inadequada. De alguma forma, aumentar minha altura me dava uma falsa sensação de poder quando eu sentia que precisava. Não sabia por que estava nervosa de ir lá para baixo com Jake.

Algo parecia diferente entre nós naquela noite. Talvez fosse a coisa de chupar o sangue. Não sei.

Quando entramos no Eleni's, as luzes estavam mais fracas e tinha uma banda grega tocando no canto do restaurante. O proprietário, Telly, imediatamente veio na nossa direção e trouxe duas cadeiras para a mesa de Tarah e Ryan. Estava lotado para um dia de semana.

Nossos colegas de apartamento estavam tomando café e comendo a sobremesa quando Jake e eu nos sentamos com eles.

— A que devemos a honra? — Tarah brincou e me deu um abraço.

Jake segurou meu braço e levantou minha mão.

— Nina tirou 9,4 na prova. Pra comemorar, cortou o dedo fora e ficou com um desejo repentino por comida grega.

Ryan segurou minha mão.

— Que...

— É, em parte, verdade. Não cortei meu dedo fora, mas quase fiz isso tentando preparar Bananas Foster.

Tarah se encolheu.

— Cacete! Você tá bem?

— Vou ficar bem. O enfermeiro Jake cuidou de mim.

— Quem é o enfermeiro agora, otários? — Jake brincou.

Tarah olhou para Jake e então para mim e falou:

— Vocês dois são muito fofos juntos.

Jake não disse nada. Eu olhei para ela, embasbacada, depois fiz cara feia.

Por que ela foi falar isso?

Tive vontade de matá-la, mas mudei de assunto imediatamente.

— Então, o que tem de bom no cardápio do jantar?

Antes que Tarah pudesse responder, uma voz feminina sensual veio por trás de nós.

— Na verdade, a melhor coisa no menu é a *moussaka*, mas Jake vai pedir o mesmo de sempre, *avgolemono* e *spanakopita*... não é, Jake?

Me virei e o meu coração parou quando percebi uma garota muito atraente com o cabelo preto e longo, mais ou menos da minha idade, com uma blusa decotada, que deixava muito pouco para a imaginação, e um avental transparente amarrado firmemente em volta da cintura.

Isso não teria me incomodado tanto se ela não estivesse despindo Jake com os olhos. Eu conhecia aquele olhar; porra, eu era a dona daquele olhar.

— Sim, Des — Jake confirmou.

Ela piscou sedutoramente.

— Oi, Jake. Quanto tempo.

Ele só olhou para ela e não respondeu. Ryan quebrou o silêncio constrangedor que se seguiu.

— Desiree, essa é a nossa nova colega de apartamento, Nina. Nós crescemos juntos. — Ele se virou para mim e continuou: — Nina, essa é a Desiree, filha do Telly.

— Prazer em conhecê-la, Nina — disse ela, olhando direto para Jake.

— O prazer é meu — respondi, sentindo um nó no estômago.

Houve uma pausa constrangedora e então "Des" começou a apresentar os especiais do dia. Não ouvi nada porque estava obcecada com a revelação de que o Jake era um ímã de mulheres, e eu era apenas mais uma na longa fila que o queria. Isso não era novidade. Só era a primeira vez que eu testemunhava isso em primeira mão e em público.

— Então, o de sempre, Jakey? — Ela deu uma piscadela. Ele só confirmou com a cabeça, fazendo pouco contato visual.

Ela olhou para mim, sinalizando que era a minha vez de pedir. Não tinha mais vontade nenhuma de comer e não fazia ideia do que era a maior parte das coisas no cardápio, então respondi:

— Hã... vou querer a mesma coisa.

Desiree olhou para Jake de novo sugestivamente e foi fazer nosso pedido. Sua bunda rebolava enquanto ela se afastava e eu me sentia mais insegura a cada segundo. Só para constar, os saltos que eu estava usando não estavam ajudando em nada nessa situação.

Jake olhava o cardápio de sobremesas, balançando a cabeça ao som da música que a banda estava tocando.

Provavelmente sentindo a tensão no ar, Ryan e Tarah só se olharam.

Não aguentei mais e interrompi o silêncio:

— O que diabos foi que eu pedi mesmo?

Todos começam a rir ao mesmo tempo.

— Nina, espero que goste de sopa de ovo, limão e arroz e torta de espinafre. — disse Ryan.

Na verdade, considerando a minha recente perda de apetite, isso na verdade parecia horrível.

— Humm — respondi com sarcasmo.

Então Jake chutou minha perna debaixo da mesa, brincando, e eu o chutei de volta. Continuamos fazendo isso um com outro e, em determinado momento, ele prendeu meus pés nos dele para que eu não o chutasse mais. Era uma maneira estranha de fazer contato, mas me deliciei com isso.

Minha atenção então se voltou para uma família sentada na mesa em frente à nossa. A menininha estava se balançando de um lado para o outro e parecia muito agitada. Percebi Jake acenando para eles.

— Oi, Jake — a mãe da menina chamou.

Ele se levantou da mesa para ir até eles e se ajoelhou ao lado da cadeira da menina, ficando em frente ao seu rosto para chamar sua atenção.

— Oi, Marina.

A menina, que parecia ter oito ou nove anos, não disse nada e começou a chorar.

— Ela está tendo uma noite ruim — explicou o pai de Marina.

Jake estalou os dedos e respondeu:

— Espere. Tenho uma coisa pra ela. Quase me esqueço. — Então ele saiu correndo do restaurante e subiu em direção ao nosso apartamento.

Me virei para o Ryan.

— O que há com o Jake e a menininha?

— Essa é Marina, a filha da irmã do Telly, Georgette. Eles vêm muito aqui. Ela tem autismo, então não fala.

— Entendi — disse, tentando não olhar muito para a linda menina com cachinhos castanhos emoldurando o rosto. Ela estava começando a chorar mais alto e sua mãe tentava consolá-la.

Jake voltou para o restaurante com a coleção de cata-ventos que eu tinha visto na noite em que entrei no seu quarto. Não consegui evitar um sorriso.

Ele se ajoelhou perto da menina de novo e entregou todos os cata-ventos para ela.

— Marina... olha. Lembrei que você tinha um desses na última vez que esteve aqui e que gostou muito. Toda vez que passo por alguém os vendendo agora, tenho que comprar um pra você — ele falou.

Marina pegou os cata-ventos e os enfileirou na mesa... Ela os levantou um por um e os soprou, rindo histericamente cada vez que giravam. A alegria nos seus olhos me fez esquecer da minha ameaça mais cedo e colocou um sorriso no meu rosto.

— Imaginei que isso melhoraria seu humor — disse ele ao se levantar.

A mãe da menina sorriu para Jake.

— Querido, você é tão gentil. Obrigada. Agora vamos conseguir jantar em paz.

— Não se preocupe. Foi um prazer — ele respondeu antes de voltar para a nossa mesa.

Jake não pareceu perceber meu olhar de completo deslumbramento quando me ocorreu que ele era tão lindo por dentro quanto por fora.

— Foi tão gentil você os ter comprado pra ela. Eu os vi no seu quarto — elogiei.

— E você achou que eu fosse um louco?

— Bem, você ainda é louco, mas... — Franzi o nariz para ele, brincando.

— Sim, cara... sério. Olha pra ela. Ela está superfeliz agora — Tarah ecoou meu sentimento.

Jake olhou para a menininha enquanto falava.

— Cedric, meu cunhado, tem uma irmã autista. Quando vi Marina pela primeira vez, os trejeitos dela me lembraram muito os da Callie. Era impressionante e aí entendi. É como se eles estivessem presos em seus corpos, mas há muito ali dentro esperando pra sair. Você só precisa saber quais chaves usar pra destrancar.

Nós quatro continuamos a observar Marina brincando com os cata-ventos até Desiree se aproximar com uma bandeja cheia de comida. Enquanto ela colocava os pratos quentes na mesa, seus olhos estavam cravados em Jake.

Meu Deus, eu posso ter sido indiscreta ao olhá-lo às vezes, mas ela estava flertando incansavelmente e a odiei imediatamente por isso. O fato de ela ser absurdamente linda não ajudava. Jake, por outro lado, começou a comer e não parecia afetado por ela de maneira alguma. Imagino que ele estivesse acostumado com as garotas se atirando nele.

Depois que terminamos de comer, um grupo de pessoas no canto formou um círculo e começou a dançar ao som da banda grega. Desiree veio tirar nossos pratos e me olhou feio. Era porque ela estava com ciúmes? Jake e eu ficamos brincando de forma insinuante a noite toda e ela olhava constantemente na nossa direção, mesmo quando estava servindo outros clientes.

Pode vir.

Não gostei do jeito dela. Mesmo que meu relacionamento com Jake continuasse platônico, me sentia superprotetora em relação a ele e com certeza não queria que aquela assanhada ficasse com ele.

Nós quatro permanecemos até quase a hora de fechar e comemos uma travessa inteira de baclava. Já era tarde quando subimos de volta para o apartamento, então fomos todos para os nossos quartos.

Exausta dos acontecimentos do dia, fui ao banheiro lavar o rosto, mas não tomei banho. Mal podia esperar para me enterrar debaixo das cobertas. Quando minha cabeça tocou o travesseiro, outro morcego de origami me encarava na mesa de cabeceira. Eu ri e o abri.

Parabéns de novo por conseguir a nota. Imagine as possiblidades quando você finalmente transar.

Obs.: Brincadeira, Nina! Só testando de novo sua habilidade de aceitar uma piada.

Obs2.: Seu sangue tem gosto de banana.

Ele com certeza era louco, mas nunca deixava de me fazer rir.

10

Sexta-feira de manhã, acordei nervosa, ansiosa pelo meu encontro com Alistair naquela noite. Ele vinha me pegar às 19h e me levar para um restaurante italiano popular na rua da universidade.

O fato de eu não estar ansiando pelo encontro tanto quanto tinha esperado e de não conseguir parar de pensar no Jake estava me incomodando. Felizmente, como sempre, meu colega de apartamento ia para Boston no fim de semana direto do trabalho e não seria uma distração hoje à noite. Não era saudável focar tanto nele e estava convencida de que sair com Alistair era um passo necessário na direção certa.

Mas tinha que passar por um dia inteiro de aulas antes de poder me concentrar em coisas como o que vestir e o que fazer no cabelo.

Alistair se sentou no lugar de sempre, ao meu lado, na aula de Matemática, e imediatamente falou dos nossos planos quando se virou para mim e sussurrou, com um brilho nos olhos:

— Mal posso esperar pra te levar pra sair hoje à noite.

Só fiz que sim com a cabeça, sem querer que o professor Hernandez escutasse nada. Foi bom eu estar prestando atenção na aula, porque Hernandez me chamou para o quadro para resolver um problema sobre Diagramas de Venn.

— Srta. Kennedy, sombreie as partes do diagrama que correspondem ao conjunto.

Quando destaquei as partes corretas dos círculos em vermelho, ele balançou a cabeça, concordando.

— Muito bom, srta. Kennedy. — E então sussurrou para mim com um leve sorriso: — A aluna que mais progrediu até agora esse ano.

Talvez ele não fosse tão babaca assim, afinal. Com um sentimento de realização, não consegui conter o sorriso. Alistair me deu um "toca aqui" quando voltei para a cadeira.

Depois da aula, andamos pelo corredor até a saída e os olhos azuis de Alistair brilharam para mim quando ele disse:

— Te pego às 19h.

Ele era um cara realmente bonito; talvez, naquela noite, eu sentisse algo mais forte por ele em um ambiente diferente.

— Ok, está ótimo. Até mais tarde.

Naquela tarde, Tarah estava fazendo o jantar na cozinha quando cheguei da faculdade. O apartamento cheirava a cebola e alho.

— E aí, menina — eu disse, colocando a mochila no sofá.

— E aí! Estou fazendo arroz e frango. Essa dieta sem glúten é um saco. Quer?

— Não, não posso. Obrigada. Na verdade, acredite ou não, tenho um encontro hoje à noite.

Tarah deixou cair a espátula e a pegou, agitando-a minha frente.

— Como é que é? Como eu não sabia disso?

— Não é nada de mais. Nem sei se gosto dele dessa forma. É um cara da minha aula de Matemática. O nome dele é Alistair.

— Nome interessante.

— Sim, nem me fale, mas ele é bem bonito... e gentil... e inteligente.

— Ao contrário do supergostoso... não tão gentil... e superinteligente Jake? Sabe, achei que estava rolando alguma coisa entre vocês, mas estava errada, então?

— Por que você acha isso?

— Não sei. Tem essa *vibe* entre vocês ultimamente. Senti quando estávamos no Eleni's naquele dia. Vocês dois são opostos, mas parecem combinar de alguma forma juntos.

Eu sei.

Dei de ombros com frustração.

— Bem, diga isso a ele.

— Eu sabia! Sabia que você gostava dele — ela reagiu, apontando a espátula para mim.

Levantei as mãos em protesto.

— Por favor, não vamos falar disso agora, ok? Tenho que focar nesse encontro.

Ela revirou os olhos.

— Quis dar um tapa naquela vaca da Desiree naquele dia. Ela claramente quer colocar as mãos nele.

Senti um nó no estômago quando ela falou da Desiree.

— Podemos não falar sobre o Jake agora?

— Ok, ok... seu encontro. Primeiro: você vai com que roupa?

— Aquele meu vestido preto da Donna Karan...

— Você quer dizer seu único vestido? Não. Sem graça. Você vai pegar algo do meu guarda-roupa. Próximo: o que vai fazer no cabelo?

— Estava pensando em um coque.

— Não. Vou secá-lo e fazer alguns cachos soltos bem sexy. E a maquiagem?

— O de sempre. Um pouquinho de rímel e brilho labial.

Ela fechou os olhos e balançou a cabeça, discordando.

— Não. Vamos fazer um olho esfumado. Você vai ficar muito gata pra esse encontro, Nina. Qual é mesmo o nome dele?

— Alistair. — Eu ri.

— O Alistair não vai nem saber o que deu nele.

— Ok, você que manda, T. Vou tomar um banho. Talvez a gente possa fazer isso depois que você terminar de jantar.

Meia hora depois, saí do banheiro e encontrei Tarah já no meu quarto com vários vestidos estendidos na cama. A toalha pequena que eu estava usando não era grande o suficiente para cobrir meus seios, estão me esforcei para mantê-la fechada no peito e evitar dar um show particular.

— Nina... Meu Deus do céu, menina... você tem uns peitões! Não sei se já tinha percebido até agora. Definitivamente nós vamos mostrá-los hoje.

Deixar Tarah me vestir da cabeça aos pés pode não ter sido uma boa ideia, no fim das contas.

— O que quer dizer com mostrá-los?

— As meninas, as três, vão sair com o Alistair hoje à noite. — Ela deu uma piscadela.

— Qual desses quatro vestidos você quer experimentar primeiro?

— Aquele. — Apontei para o que parece menos revelador.

— Imaginei que ia dizer isso. Vamos tentar esse — disse ela, pegando outro, de renda cor-de-rosa sem alças. Ele não fechava nos peitos, então não era uma opção.

Também não tive sorte com os outros dois que experimentei. O último vestido era envelope, roxo fluorescente e decotado, mas cabia em mim como uma luva. A cor era um pouco viva demais para o meu gosto, mas esse parecia ser *o vestido*. Era bem revelador, mas não tinha como negar que deixava meu corpo bonito.

— Você tem curvas nos lugares certos. Eu mataria pra ter seu corpo.

Pensei no meu ex e em como ele sempre dizia que eu ficaria mais bonita se perdesse peso para ficar mais "atlética", mesmo eu já sendo bem magra, exceto pelos peitos e bunda.

— Ok, esse aqui ganhou. Qual é o próximo passo pra me transformar em uma *drag queen*?

— Vamos colocar uma jaqueta em você, então vamos fazer o seu cabelo e maquiagem e te vestimos por último. — Tarah começou a tirar o *babyliss* e a maquiagem de uma grande bolsa preta.

Depois de uma hora e meia secando meu cabelo, fazendo o *babyliss* e a maquiagem, ela me entregou um espelho. Minha transformação em uma gata glamourosa era surpreendente, na verdade. Meus olhos azul-claros pareciam pelo menos três vezes maiores com a sombra cinza e o rímel. Ela também colocou um batom rosa-pink escuro que fazia meus lábios ficarem agradavelmente cheios. Meu cabelo estava perfeitamente arrumado em cachos grandes e suaves, nos quais ela colocou spray para ter certeza de que iam segurar. Suas habilidades eram incríveis. Alistair não ia acreditar no que veria.

Eram 18h30 quando Tarah me ajudou a entrar no vestido roxo sem bagunçar meu cabelo e maquiagem.

— Espera aqui. Tenho os sapatos perfeitos — disse ela ao correr para o seu quarto e voltar com um escarpin incrível.

— Que lindo. — Olhei dentro. — Manolo Blahnik? Tá brincando!

— Eu tinha uma coisa com sapatos. Não mais, mas acumulei uma boa coleção. Qual é o seu tamanho?

— Ok, Carrie Bradshaw. Aparentemente, calçamos o mesmo número —

respondi ao colocar os sapatos e ver que ficaram perfeitos. Vários centímetros mais alta, me olhei no espelho que ficava na porta do meu armário. Na verdade, eu não poderia estar mais feliz com a minha aparência.

— Uau. Nem sei como te agradecer, T.

— De nada, gata. Você foi como uma tela em branco. Foi divertido. — Ela sorriu.

Tarah pegou seus acessórios de cabelo e maquiagem e saiu por um momento para guardá-los no seu quarto, me deixando sozinha na frente do espelho. O roxo era um pouco chamativo demais para o meu gosto, mas até que era revigorante vestir algo diferente do meu preto de sempre.

Meu corpo estremeceu de repente quando uma silhueta masculina apareceu atrás de mim no espelho. Não era qualquer silhueta masculina. Era como aquele momento em um filme de terror. Exceto que, na minha cabeça, isso era pior.

— Nina, Barney, o Dinossauro, te ligou. Ele quer a pele dele de volta.

— Jake! O que está fazendo aqui? Você deveria estar indo pra Boston.

— Bom te ver também.

— Bem, é só que você geralmente vai direto do trabalho e...

— Perdi o Amtrak das 17h15, então posso pegar o último trem às 21h30 ou ir só amanhã de manhã.

— Ah. — Lambi os lábios nervosamente, me esquecendo do batom.

Merda. Merda. Merda.

Me virei e o encarei. Seus olhos imediatamente vaguearam devagar pelo meu corpo, me banhando com o seu olhar. Meu coração estava batendo rápido e fiquei arrepiada. Era exatamente isso que eu estava tentando evitar. Na verdade, provavelmente nem teria aceitado o encontro se soubesse que Jake estaria em casa para me ver sair.

Ele nunca estava em casa dia de sexta. Por que hoje?

— Nina... você está...

— Interessante? — eu o interrompi.

Ele continuou olhando o vestido.

— É uma maneira de dizer — ele respondeu, quando seus olhos voltaram a encontrar os meus.

Tarah entrou nesse momento e parecia tão chocada quanto eu em vê-lo.

— Jake!

— Tarah! — ele imitou seu tom, sem tirar os olhos de mim. Eu diria que ele estava me despindo com eles, mas, sinceramente, o vestido deixava pouco para a imaginação.

Ele finalmente saiu da porta e se sentou na minha cama, balançando para cima e para baixo levemente.

— Não sabia que íamos sair esta noite, Nina.

Tarah me olhou, procurando permissão nos meus olhos.

— Nós... não vamos a lugar nenhum. *Ela* tem um encontro.

Ele se virou para mim e sorriu, mas não parecia genuíno. Era mais debochado.

— Entendi. — Ele parou e perguntou: — Ele vai te levar para algum cassino de Las Vegas com essa roupa?

— Eu acho que ela está linda, na verdade — rebateu Tarah.

Eu fiquei sem palavras e só balancei a cabeça.

Jake continuou a me encarar com um olhar tão intenso que dava para achar que seus lindos olhos verdes podiam ter furado um buraco no meu vestido.

— Divirta-se — desejou, como se não fosse sincero. — E não se esqueça de levar uma jaqueta. Vai pegar pneumonia vestida assim. — Então ele se virou, foi até o corredor em direção ao seu quarto e bateu a porta.

Eu preferia estar saindo com você... seu babaca.

Eram 18h55.

— São quase 19h. Ele deve chegar a qualquer momento — disse Tarah.

— Pode me fazer um favor e recebê-lo quando ele vier me buscar? Só queria sentar aqui um pouco e me situar.

— Sem problema, amiga. Eu entendo. — Ela saiu do quarto, fechando a porta atrás de si.

A colônia de Jake ainda permanecia no meu quarto e eu a respirei. Sua aparição surpresa me balançou completamente. Me deitei na cama, com cuidado para não bagunçar muito o cabelo, e tentei inspirar e expirar para relaxar. Não estava funcionando. Ainda estava abalada com a encarada de Jake, com suas palavras e com o fato de que meu corpo estava ansiando por ele minutos antes de eu sair com outro cara. Se eu tivesse sorte, ele ficaria no quarto até eu sair.

Uns dez minutos depois, ainda deitada na cama, no mesmo lugar, escutei uma batida na porta da frente. Me sentei de repente e ouvi Tarah abri-la e cumprimentar Alistair.

— Ela está só terminando de se arrumar. Fique à vontade. Vou dizer a ela que você está aqui.

Os passos de Tarah chegaram mais e mais perto até que ela entrou no meu quarto, fechando a porta atrás de si.

— Você está bem? — ela sussurrou.

— Sinceramente? Não.

— É por causa do Jake?

Respirei fundo e confirmei com a cabeça em silêncio.

— Bem, vamos, não quero deixar sua companhia adorável esperando. Ele é um fofo e você está linda, gata. Conversaremos sobre o idiota depois.

Me levantei e segui Tarah para a sala. Alistair estava de pé com as mãos nos bolsos, com uma calça cáqui e uma camisa branca de linho com as mangas dobradas. Seu cabelo castanho-claro estava perfeitamente partido para o lado e com gel. Seu sorriso era magnético.

— Oi, Alistair.

— Oi, Nina. Uau. Você está... incrível — elogiou ele ao se aproximar de mim e beijar minha bochecha.

Tarah me cutucou e falou:

— Obrigada, Alistair.

— Obrigada. Graças a ela — eu respondi, apontando para Tarah.

Sua cabeça foi de um lado para o outro lentamente enquanto ele absorvia minha aparência.

— Bem, você já era linda antes, mas... cara, eu estou... sem palavras.

Rindo, eu revelei:

— Essa também foi a minha reação.

A porta da frente se abriu e Ryan entrou. Tarah logo foi até ele para dar um abraço.

— Oi, amor.

— Oi — disse ele, beijando sua testa antes de olhar para mim e Alistair.

— Troll... caramba, você está bonita.

Alistair se virou para mim.

— Troll?

— Longa história.

Ryan foi até Alistair, estendendo a mão.

— Eu sou Ryan. Nina e eu crescemos juntos.

Eles deram um aperto de mão e um silêncio constrangedor ficou entre nós quatro por alguns segundos.

— Para onde vocês vão? — Ryan perguntou.

Olhei para Alistair, buscando orientação, e ele respondeu:

— Aquele restaurante italiano novo perto da universidade, o Porcello's. Dizem que é muito bom. — Ele se virou para mim. — Se você quiser. Nem pensei em te perguntar aonde você queria ir.

— Ela sempre quis ir para o Top of the Rock — uma voz rouca soou atrás de nós.

Merda.

Me virei e vi Jake parado ali. Ele me encarou pesado e continuou:

— Não é, Nina? Você adora uma boa vista do topo de um arranha-céu. Ouvi dizer que a paisagem é incrível e que a comida é ótima.

— É aquele no topo do Rockerfeller Center? — Alistar perguntou.

— Podemos deixar esse pra outra vez. Estou animada pra ir a esse restaurante italiano — respondi, olhando feio para Jake, que estava com um olhar intimidador e parecia estar avaliando Alistair.

Jake estendeu o braço tatuado na direção de Alistair.

— Não fomos apresentados. Eu sou Jake. — Estava sorrindo, mas seu sorriso era irritado e não sincero.

Eles deram um aperto de mão e percebi o brusco contraste entre o braço marcado e definido de Jake e o de Alistair, que era liso e com pelos loiros.

— Eu sou Alistair.

— Ass Hair[6]? — A expressão de Jake era calculista.

Alguém me mata agora.

Não parecendo nem um pouco satisfeito, Alistair falou:

---

6 Quer dizer "cabelo de bunda". (N. T.)

— Não... Ali-stair.

— Ah... desculpe, foi mal — Jake respondeu, olhando para mim.

Enfurecida não era uma palavra dura o suficiente para descrever como eu estava me sentindo em relação a ele.

Ainda estava olhando feio para Jake quando disse:

— Alistair, acho que a gente já deveria ir.

— Depois de você — ele ofereceu, fazendo um gesto para eu ir à sua frente. Ignorando Jake, ele olhou para Tarah e Ryan.

— Prazer em conhecer vocês.

— O prazer foi meu. Divirtam-se! — desejou Tarah.

Os olhos de Jake estavam penetrando os meus, e as bordas de suas orelhas estavam vermelhas. Quando Alistair e eu chegamos à porta, me virei uma última vez para encontrar o olhar do Jake ainda fixo em mim. Não estava dizendo nada, mas, naquele momento, seu olhar era diferente. Dessa vez, não tinha nenhum sarcasmo, nenhuma raiva. Ele só parecia... magoado... como se não quisesse que eu fosse. Então articulou com os lábios silenciosamente um "Tchau" antes de virar as costas.

Ele tinha sido um completo babaca, mas, Deus me ajude, eu teria largado tudo por ele esta noite se ele tivesse me pedido.

O restaurante ficava a vários quarteirões de distância. Durante a caminhada, Alistair e eu tivemos a chance de nos conhecermos, falando da faculdade e dos nossos gêneros de música preferidos e hobbies. Descobri que nós dois gostávamos muito de Radiohead, The Killers e Coldplay. Ele crescera em Connecticut, não muito longe da cidade, e pareceu ter tido uma vida privilegiada, o que era um contraste direto com a minha criação modesta nas brenhas do norte do estado de Nova York.

No meio do caminho, ele segurou minha mão. Apesar de não me importar, não pude evitar de perceber que meu corpo teve pouca ou nenhuma reação em tocar sua pele. Pensei em quando Jake parou nas escadas durante nossa viagem de metrô e estendeu a mão para eu pegá-la. Lembrei de como foi incrível quando segurei sua mão pela primeira vez e quando nossos dedos se entrelaçaram. Não tinha comparação e isso estava me aborrecendo agora.

Pare de pensar no Jake.

Tínhamos reserva, então nos sentamos assim que chegamos ao Porcello's. O restaurante era lindo, com uma luz suave, mesas à luz de velas e fotos de clientes famosos nas paredes. Aquela música, *Mambo Italiano*, estava tocando ao fundo.

Maddie, nossa garçonete, colocou dois copos de água e leu os especiais do dia em alta velocidade antes de pedirmos cada um uma taça de cabernet sauvignon.

— Dizem que eles têm o melhor Penne a la Vodka — disse Alistair.

Vodka. Foi tudo que entendi.

— Humm. Estava pensando em pedir o Camarão Scampi. Será que posso pedi-lo sem o Scampi?

Alistair colocou a água de volta na mesa e cobriu o rosto, rindo.

— Nina... você não sai muito pra comer, não é?

— Como assim?

— Não existe Scampi. Camarão Scampi é camarão com macarrão no alho e óleo. Scampi é só o nome do prato. É como...

— Bananas Foster?

Lá estava ele de novo.

— Sim. Exatamente. — Ele parou e me olhou como se eu tivesse três anos de idade.

— Você é adorável, Nina.

Me senti uma idiota.

— Bom, então... vou pedir o Camarão Scampi. Parece delicioso.

Alistair abriu seu sorriso característico de duzentos watts.

— Que tal pedirmos um aperitivo? O que você quer?

— Que tal os espetos Jerk de frango?

— Você que manda. — Alistair fechou o cardápio e então disse: — Falando nisso, seu colega de apartamento é um babaca.

Meu estômago embrulhou e eu vasculhei meu cérebro por uma resposta.

— Jake? Ele não é tão ruim assim. É um pouco babaca, só isso — respondi, engolindo minha água imediatamente.

— Ele parece ser um perdedor.

Como é que é?

Ouvi-lo chamar Jake de perdedor me tirou do sério. Tinha muitas palavras que eu poderia usar para descrever meu colega de apartamento: sarcástico, intimidador, sabe-tudo, até babaca lhe cabia às vezes, mas "perdedor" certamente não era uma delas.

— Por que diz isso?

— Ah, olha pra ele. Ele tem piercing na sobrancelha. Parece um perdedor.

Ok, agora eu estava ficando com muita raiva.

— Então você o está julgando porque ele tem piercings e tatuagens?

— Sim... entre outras coisas. Tenho certeza de que a mãe tem muito orgulho dele.

— Muitas pessoas não veem essas coisas como algo negativo. Muitas as acham bem interessantes, até mesmo atraentes, especialmente mulheres.

Especialmente eu.

— Bom, eu acho ridículo.

— Na verdade, ele é engenheiro e é muito inteligente. — Olhei para o guardanapo no meu colo e suspirei antes de pedir: — Vamos mudar de assunto.

Decidi que era melhor encerrar aquela conversa antes que eu falasse algo de que fosse me arrepender. Estava esperando o alarme de incêndio soar a qualquer momento, porque tinha certeza de que estava saindo fumaça das minhas orelhas.

Alistar fez que sim com a cabeça. Acho que percebeu que tinha me aborrecido.

— Ótimo.

Maddie voltou para pegar nosso pedido. Por fora, fiz uma expressão alegre, mas, por dentro, estava decepcionada com como, na verdade, Alistair era mente-fechada e crítico. Não havia dúvida de que Jake foi um completo babaca com ele. Se ele só o tivesse chamado de babaca e parado aí, tudo bem. Mas atacar alguém com base na sua aparência era ignorante e inaceitável para mim.

Nossa conversa durante o jantar murchou enquanto ficamos lá comendo entre grandes blocos de silêncio. Estava começando a achar que o ponto alto da noite tinha sido aprender o verdadeiro significado de Camarão Scampi.

Precisando dar uma respirada, pedi licença para ir ao banheiro e fiquei na cabine muito mais tempo do que o normal. Minha mente vagueou de novo em pensamentos sobre Jake e seu olhar decepcionado quando saí com Alistair.

Fora da cabine, me olhei no espelho. Fechei os olhos e pensei na maneira como o Jake tinha me olhado de cima a baixo e quando colocou os olhos em mim pela primeira vez vestida assim. Seu olhar me deu arrepios e eu quis muito atravessar o quarto e beijá-lo. Mas qual era a novidade? Então ele me perguntou para onde "nós" íamos. Se não estivesse indo para esse encontro, teria passado a noite com ele? A verdade era que eu preferia ter passado qualquer período de tempo com Jake, mesmo que fosse só uma hora antes de ele ter que pegar seu trem. Eu ansiava por passar um tempo com ele mais do que qualquer coisa porque nunca me senti tão viva. Queria estar com ele o tempo todo.

Eu só queria... *ele.*

Eu o queria.

Não conseguia negar meus sentimentos ou o fato de que tinha certeza de que ele iria partir meu coração mesmo nunca tendo sequer me tocado. Comecei a ficar muito emotiva de repente, então concluí que era o vinho e tentei espantar os pensamentos nele por enquanto.

Alistair ia pensar que eu estava me drogando ali se eu não me apressasse, então me situei e entrei de novo no salão.

— Ei, eu estava prestes a pedir pra alguém ir te procurar lá dentro — disse ele, sorrindo.

— Desculpe.

Alistair colocou um cardápio na minha frente.

— Que tal uma sobremesa?

Por que não? É a única coisa nessa noite que parece boa.

Alistair apontou para a lista de sobremesas.

— Você não falou mais cedo de Bananas Foster? Eles têm, se você quiser.

Que ótimo.

— Na verdade, acho que vou querer o bolo de chocolate — respondi, e claro que me lembrei do bolo da sra. Ballsworthy... o que me lembrou de... sim, eu era um caso perdido.

Decidimos a sobremesa e Alistair pediu licença para ir ao banheiro.

Peguei o meu celular para olhar o Facebook, porque aquele encontro estava empolgante demais, para não dizer o contrário, e meu coração parou. Não tinha visto uma mensagem de Jake que havia chegado mais ou menos uma hora antes.

Nina, eu fui um babaca com você e com seu amiguinho.

Me desculpe.

E a piada sobre o Barney foi idiota.

Na verdade, você estava deslumbrante.

Deslumbrante. *Deslumbrante.* Ele achou que eu estava deslumbrante. Essa foi a primeira indicação verbal de que ele me achava atraente e agora as borboletas no meu estômago estavam fazendo uma dança grega.

Li a mensagem quantas vezes consegui antes de Alistair voltar para a mesa.

Guardei o celular quando a sobremesa chegou e, infelizmente, meu cérebro e apetite devem ter ido embora juntos, porque agora eu estava ali... *deslumbrada.*

Alistair voltou e se sentou.

— Está se sentindo bem, Nina?

— Sim... acho que meu olho foi maior do que a barriga. Vou levar o bolo pra viagem.

Ele fez que sim com a cabeça porque estava com a boca cheia de cheesecake. Eu só queria chegar em casa o mais rápido possível no caso de Jake não ter ido embora. Ele disse que tinha a possibilidade de ir só na manhã seguinte.

Alistair segurou a porta para mim quando saímos do restaurante. O ar frio da noite bateu no meu rosto e espalhou meus cachos por todo lado.

— Qual é a graça? — perguntou.

Devia estar sorrindo para mim mesma enquanto caminhávamos, pensando na mensagem. E, apesar de Alistair estar segurando minha mão, só conseguia pensar no quanto queria dormir ao lado de Jake naquela noite.

Alistair se inclinou para me beijar quando me deixou na porta do apartamento e eu mantive a boca fechada, deixando, mas não o encorajando a tentar o tipo de beijo que sonhei em ter com Jake.

Intencionalmente não o chamado para entrar, eu lhe desejei um bom fim de semana e disse que nos veríamos na aula da próxima semana. Teria que inventar uma desculpa para não aceitar mais outro convite para um encontro com ele, se precisasse.

O apartamento estava silencioso e todas as portas dos quartos estavam fechadas. Meu coração acelerou quando me aproximei do quarto do Jake e bati na porta.

— Jake?

Nada. Bati de novo.

Ele tinha ido embora.

Senti uma mistura de tristeza, frustração, anseio e alívio, apenas por ter certeza de que eu teria dito ou feito algo estúpido essa noite se ele estivesse aqui — como talvez pular no pescoço dele.

A solidão tomou conta quando voltei para o meu quarto e tirei os saltos da Tarah. Puxei o vestido por cima da cabeça, coloquei uma camiseta branca comprida e prendi o cabelo em um rabo de cavalo.

A água deve ter escorrido por minutos a fio no banheiro enquanto eu tirava a maquiagem do rosto, perdida em pensamentos, sem prestar atenção no tempo.

Passei a odiar os fins de semana, quando Jake estava longe. Mesmo que não estivéssemos juntos como um casal, eu sentia sua falta e me sentia segura quando ele estava por perto.

Quando tentei dormir, a agitação tomou conta de mim. Não conseguia parar de pensar nele e de repassar a noite inteira na minha cabeça.

A insônia estava saindo vitoriosa, então me levantei e fiz um chá em vez de ficar rolando na cama à toa.

Enquanto tomava meu chá de camomila e assistia à TV na sala, me ocorreu que o Natal e o fim do semestre chegariam antes que eu me desse conta. Isso queria dizer que as sessões de estudo iriam terminar. Tirar acima de 9,0 na próxima prova, de repente, pareceu menos importante do que ter a oportunidade de passar ainda mais tempo com Jake, mesmo que o pensamento de outra "excursão" me apavorasse.

Desliguei a televisão e voltei para o meu quarto quando passei por ele impulsivamente, indo em direção ao quarto do Jake em vez do meu. Abri a porta e pulei imediatamente.

Ele estava lá. Dormindo!

Não acredito.

Me aproximei da cama lentamente para olhar mais de perto quando percebi que eram só vários cobertores amontoados para parecer um corpo. E tinha um boné de beisebol no travesseiro.

Que diabos?

Puxei as cobertas. Embaixo tinha um morcego de origami. Eu o abri:

Procurando alguém?

Cobri o rosto com uma mistura de vergonha e descrença que ele, de alguma forma, soubesse que eu iria para o seu quarto de fininho naquela noite. Determinada a esconder o fato de que caí como um patinho, ou nesse caso — como um morcego —, dobrei-o com cuidado de volta e o coloquei sob as cobertas, mas não antes de enterrar o rosto no travesseiro, desfrutando do cheiro almiscarado. O cheiro de cigarro tinha ido embora quase completamente, fazendo eu me perguntar se ele estava tentando parar de fumar.

Antes de ir embora, percebi outra coisa: mais três morcegos amassados na cesta de papel. Tirei-os de dentro e vi que ele tinha começado a escrever algo em cada um deles antes de amassá-los e jogá-los fora. Era como se estivesse se esforçando para encontrar as palavras certas e desistido.

O primeiro só dizia: Espero que seu encontro tenha sido ótimo...

O segundo: Como o Ass Hair se compara...

O terceiro: Você estava...

Uau... Ok. Não imaginava que ele, na verdade, pensava tão profundamente sobre o que escrever nessas coisas. A descoberta me deixou lisonjeada e confusa. Como ele acabou chegando à conclusão de que a melhor estratégia seria me fazer pensar que ele estava dormindo ia além da minha compreensão.

De volta à minha cama, olhei para o teto e concluí que aquela noite provava que Jake sabia provocar um efeito sobre mim. Só não conseguia descobrir qual efeito eu tinha sobre ele e se ele pensava em mim da mesma forma.

Uma palavra se repetiu na minha cabeça até que eu finalmente adormecesse: *deslumbrante.*

11

Eu tinha tirado mais duas notas boas nos exames seguintes em novembro e agora estava com média geral 8,0 em Matemática. Jake estava feliz por mim, mas um pouco decepcionado toda vez, porque, aparentemente, estava ansioso para seu próximo exercício de enfrentamento de medos planejado, que continuava sendo adiado pelas minhas notas excelentes.

Quem diria que isso se tornaria um problema?

A cada nota acima de 9,0, eu cozinhava algo especial para Jake como agradecimento por me ajudar. Ele não pareceu gostar tanto do pão de banana quanto da Bananas Foster, mas ainda o comeu inteiro de olhos fechados. Da segunda vez, fiz uma torta cremosa de chocolate e banana para ele, e sua resposta foi nada menos do que orgástica. Falando sério, ele ficou balbuciando coisas que eu nem conseguia entender. Na verdade, era divertido observar.

No feriado de Ação de Graças, me gabei para os meus pais sobre o meu colega de apartamento nerd que estava me ajudando com Matemática e eles disseram que mal podiam esperar para conhecê-lo. Eu lidaria com o fato de ter que segurar o queixo da minha mãe quando o momento chegasse.

Faltava apenas uma prova para o semestre acabar. Algumas semanas antes, Jake e eu estávamos estudando, no início de uma noite de quinta. Como sempre, ele estava mantendo o foco completamente nos estudos.

Mas aquela foi a noite em que tudo mudaria entre nós.

Em determinado momento, em preparação para um problema de Matemática, ele foi até a gaveta e pegou alguma coisa, jogando-a na minha frente. Era um par de dados.

Ele me olhou atentamente e apontou para eles.

— Você vai me dizer quantos resultados diferentes são possíveis. Então vamos fazer você descobrir de quantas maneiras pode obter uma soma de cinco.

Olhando os dados, algo deu em mim quando uma antiga lembrança de jogar General com meu irmão Jimmy me veio à mente. O objetivo desse jogo era obter mais pontos jogando cinco dados para fazer determinadas combinações. Mesmo baseado em pura sorte, Jimmy sempre ganhava de mim. Pude ouvir a voz do meu irmão, clara como o dia: "General!" e foi o suficiente. *General*. Aquela foi a palavra que me fez irromper em lágrimas pela primeira vez em anos. Olhando os dados, eu chorei enquanto Jake observava apavorado.

— O que... o que está acontecendo, Nina?

Cobri o rosto para esconder as lágrimas, que não paravam de cair.

Jake estava na mesa, mas veio até onde eu estava sentada na cama e se virou para mim.

— Nina?

Enxuguei as lágrimas e olhei para ele.

— É meu irmão. Esses dados... por alguma razão, foram o gatilho de uma lembrança pra mim. Meu irmão e eu costumávamos jogar General para passar o tempo quando ele...

— O quê? — Ele piscou, confuso.

— Era uma das poucas coisas que conseguíamos fazer juntos... antes de ele morrer.

Jake me olhou em silêncio, seus olhos piscando rapidamente em uma tentativa de absorver a bomba que eu tinha acabado de soltar.

— Nina... meu Deus... eu sinto muito. Esse é o irmão naquela foto no quarto do Ryan?

Confirmei com a cabeça e funguei.

— Sim, Jimmy era meu único irmão.

— O que aconteceu?

— Ele teve leucemia.

Ele olhou para o chão e suspirou.

— Eu não fazia ideia. Você nunca disse nada. Achei...

— Eu sei. Ryan e eu não falamos mais sobre ele. Às vezes, é doloroso demais pra nós dois. Fiquei surpresa por Ryan até mesmo ter aquela foto em um porta-retrato, porque sei que fica arrasado de verdade com isso.

Ele fechou os olhos brevemente, olhando para o lado, e então me olhou de novo. Eu tinha parado de chorar, mas ainda estava abalada com as lembranças dos últimos dias do meu irmão. Aquelas eram imagens contra as quais eu tentava muito lutar diariamente, e dois dadinhos conseguiram desfazer completamente tudo que trabalhei tão duro para enterrar.

Jake me assustou quando colocou a mão no meu joelho.

— Por que não quer pensar nele?

Era difícil admitir a verdadeira razão pela qual era tão difícil pensar em Jimmy e nunca falei sobre isso. Nunca. Mas eu queria contar a ele. Queria contar ao Jake porque confiava nele, e ele sempre tinha feito eu sentir como se ele não fosse me julgar pelos meus defeitos.

Ele manteve a mão no meu joelho, e usei a tatuagem de dragão no seu antebraço como foco para juntar meus pensamentos.

— No fim da vida do meu irmão, eu não conseguia suportar vê-lo definhar. Era doloroso demais. Ele só era um ano e meio mais velho do que eu. Éramos muito próximos. Ele tinha dezenove anos quando morreu. Estava no último ano do ensino médio.

Quando comecei a ficar com lágrimas nos olhos de novo, ele apertou minha perna com mais força e disse:

— Tudo bem. Não tenha pressa.

Levei o olhar do dragão até os olhos de Jake e pude ver meu reflexo neles.

— Nós tentamos de tudo. Doei minha medula para ele porque eu era compatível.

Jake fechou os olhos como se doesse nele me ouvir dizer aquilo.

— Ele fez um transplante de células-tronco, mas não foi bem-sucedido. No início, nós tínhamos muita esperança. Depois ela foi destruída e não sobrou mais nada. Ele ficou doente por mais ou menos dois anos até o perdermos.

Querendo silenciosamente que eu continuasse, ele apertou meu joelho de novo.

— Quando ele estava no hospital, nós jogávamos esse jogo, General. Foi por uns seis meses antes dele morrer. Mais ou menos no último mês, ele estava tão doente, tão magro que eu não conseguia suportar ver... não aguentava vê-lo assim.

Parei para recuperar o fôlego.

— Eu deixei de ir vê-lo, Jake. Simplesmente parei de visitar meu irmão. Sequer estava lá quando ele morreu. — As lágrimas começaram a descer de novo enquanto lembrava da época mais dolorosa da minha vida, sem ser mais capaz de falar com coerência.

Ele me envolveu com o braço, me puxando para perto. Fechei os olhos e afundei a cabeça no calor do seu peito enquanto chorava.

Ele falou suavemente no meu ouvido:

— Ele sabe que você o amava, Nina. Você o amava tanto que não pôde suportar vê-lo sofrendo. Ele sabe. Se não soubesse na época, onde quer que esteja, para onde quer que a gente vá, ele sabe agora.

Olhei para ele.

— Você acredita nisso?

— Sim, acredito. Não teria dito se não acreditasse.

— Como pode ter certeza?

— Não tenho como ter cem por cento de certeza, mas é preciso ter fé cega. Precisa acreditar na sua intuição. O fato é que é mais provável que haja um objetivo para essa coisa fodida que chamamos de vida. Seu irmão... ele teve um propósito. Só o cumpriu mais rápido que você ou eu.

— Quero acreditar nisso.

Ele me soltou de repente e foi até o armário, tirando os blocos de desenhos que olhei na noite em que entrei em seu quarto. Abrindo em um dos retratos do homem na moto, ele se sentou de volta na cama ao meu lado e olhou um pouco para ele antes de falar.

— Esse é o meu pai — disse ele, com os olhos ainda focados no desenho.

Fiquei de queixo caído com o fato de que a imagem perturbadora que mais se destacou entre seus esboços era, na verdade, do seu pai. Ele tinha um olhar ardoroso enquanto continuava a olhar para a imagem sem dizer nada.

— Essa é a minha preferida. A que ele está olhando para trás — respondi.

Depois de uma longa pausa, ele finalmente falou:

— Essa é a última lembrança que tenho dele. Ele morreu nessa noite em um acidente de moto. Eu só tinha cinco anos, mas lembro desse momento do desenho muito claramente. Ele ia sair pra encontrar uns amigos. Me disse pra ser um bom menino pra minha mãe e que me levaria pra nossa lanchonete preferida pra tomar café da manhã no dia seguinte. Por alguma razão, ele me olhou uma última vez antes de partir e isso ficou comigo.

Aquilo estava partindo meu coração.

— Não sei o que é pior: não ter a chance de dizer adeus à pessoa ou vê-la sofrer primeiro — falei.

Ele deixou o caderno de lado e se virou para mim.

— Ambos os cenários são ruins. Meu ponto é: por mais doloroso que tenha sido perder meu pai dessa forma, eu nunca quero esquecê-lo. Nunca. Faço tudo que está ao meu alcance pra lembrar dele, pra lembrar das pequenas coisas que ele me ensinou, mesmo com aquela idade.

Respirei fundo e fiz que sim com a cabeça, pensando no que ele falou em reação a Jimmy. Tentei tanto afastar os pensamentos da doença do meu irmão que todas as lembranças boas dele estavam sendo afastadas também, de forma que nada tinha sobrado dele.

Algumas lembranças engraçadas aleatórias vieram à minha mente de repente porque eu permiti que viessem.

— Meu irmão era um piadista. Um pouco como você.

Ele sorriu.

— É?

— Jimmy era descarado. Uma vez, ele levou uma almofada de pum para a igreja e a colocou no assento de uma velha senhora no banco na frente do nosso. Meus pais o puseram de castigo por umas três semanas depois disso. — Balancei a cabeça, lembrando desse dia.

— Sempre que brigávamos e eu tentava ficar com raiva dele, ele me segurava e fazia cócegas nos meus pés até eu implorar por perdão. Ele sabia que isso me deixava louca. Às vezes, ele chamava Ryan para pegar o outro pé. Eles me atacavam.

Jake ergueu uma sobrancelha.

— Você tem cócegas nos pés, hein? Tenho que lembrar disso da próxima vez que você se distrair durante uma aula de Matemática.

— Não tem não!

— Mas, veja, te faz sorrir pensar nessas coisas. Precisa lembrar apenas dos momentos bons com ele. Os últimos dias do seu irmão não definem quem ele foi. Pode escolher entre lembrar dele como quiser, como escolhi lembrar do meu pai na moto... só saindo para um passeio. Por isso eu desenho. É uma terapia pra mim e me ajuda a gravar na memória as coisas que quero lembrar.

Ele fechou o bloco de desenho e o devolveu ao armário. Fiquei um pouco desapontada por ele não ter mostrado um pouco dos outros desenhos. Todos devem ser significativos para ele de alguma forma, mas eu já estava no lucro. Esse foi o máximo de informação que Jake já me deu sobre sua vida. Não estou reclamando, exceto pelo fato de que ele voltou para a cadeira da escrivaninha em vez de se sentar perto de mim de novo.

Quando ele desligou o computador, bateu palmas e disse:

— Sabe do que você precisa hoje à noite, Nina?

Pergunta interessante e você pode adivinhar para onde minha mente estava indo.

— Do que eu preciso, Jake?

— Você precisa ficar trêbada — ele respondeu, se levantando e colocando sua jaqueta preta. — Vamos, chega de estudo hoje à noite.

Eu o segui pelo corredor e parei no meu quarto para me ajeitar e pegar um casaco.

— Para onde vamos? — perguntei, enquanto ele estava na porta do meu quarto esperando.

— Não se preocupe. Você vai gostar. Confie em mim. — Seu sorriso questionável e malicioso me dizia que talvez eu não devesse.

Depois de uma caminhada de sete quarteirões até a Brooklyn Avenue, paramos em um prédio com uma placa de neon cor-de-rosa brilhante que dizia: *Kung Pao Karaoke.*

— Vamos cantar karaokê? — gritei no meio do barulho repentino enquanto ele segurava a porta para mim.

— Bem, vamos tomar uma ou duas *scorpion bowls*[7], mas, se você ficar bêbada o suficiente, sim, talvez.

O lugar estava lotado e o cheiro de gordura e álcool enchia o ar. Uma mulher claramente bêbada de cabelo cacheado e tatuagem de borboleta estava

7 A Scorpion Bowl é uma bebida alcoólica de estilo havaiano compartilhada, servida em uma grande tigela de cerâmica com canudos, tradicionalmente decorada com temas polinésios. (N. T.)

arrebentando com *Living on a Prayer*, do Bon Jovi, enquanto os clientes iam à loucura. Ela não poderia cantar para salvar a própria vida, mas claramente isso não importava aqui.

— Então, o que você achou? — Jake perguntou quando nos sentamos a uma pequena mesa no canto; felizmente, no lugar mais distante do palco.

— É legal. Nunca tinha vindo a um bar de karaokê chinês. Você já veio aqui antes?

— Uma vez, com o pessoal do trabalho. Estava bêbado demais para lembrar de muita coisa.

— Ah. Você geralmente vem pra comer ou só beber aqui?

— Depende do que é a sua fome.

Algo na forma como ele me olhou e lambeu o piercing na boca quando disse isso soou galanteador.

— Tô com fome.

— Ok. Vamos pedir uma bandeja pupu de aperitivos e uma *scorpion bowl*. Pode ser?

— Ótimo.

Depois que o garçom veio e anotou nosso pedido, Jake me assustou ao cutucar minha perna com a sua por debaixo da mesa.

— Nada de falar de coisas tristes agora, ok? Quero que você se divirta.

— Você não vai me fazer subir lá, vai?

Sua boca se abriu lentamente em um sorriso. Ali estavam as covinhas que tinham se escondido até agora.

— Sabe que não faço você fazer nada que não queira.

— Ótimo, porque eu precisaria de muito álcool dentro de mim para ir até lá e fazer isso.

Uma mulher veio e trouxe a imensa *scorpion bowl* para a mesa. Parecia mais uma pia com dois canudos.

— Falando no diabo... — disse ele.

— Acho que *você* é o diabo hoje à noite, Jake. Tá tentando me matar? Olha o tamanho desse negócio.

— Eu já... ouvi isso antes — ele respondeu com uma piscadela.

Meu Deus. Eu mesma armei essa pra mim.

Respondi às imagens mentais que isso evocava dando um gole imenso da tigela. Essa bebida era bem mais forte do que parecia e tossi com o impacto dela na minha garganta.

Ah, meu Deus. Lá vinham as imagens de novo.

Jake puxou a tigela para si.

— Ei... devagar aí, bebum.

Tossi de novo.

— Esse negócio é muito forte. Engana! Parece ponche de frutas e tem gosto de álcool isopropílico.

— Depois de um tempo, você não vai mais sentir.

— Ainda bem que vamos voltar pra casa a pé.

Ele ergueu a sobrancelha.

— *Eu* vou te carrega*r* pra casa, você quer dizer.

— Provavelmente.

— Falando sério, Nina. Dá pra ver que você é ruim de copo, então vá no seu ritmo. Não quero que passe mal. — Ele parou. — Ah, falando em ruim de copo, qual é mesmo o nome do cara com quem você saiu naquele dia? Como foi?

— Ha-ha, muito engraçado. O nome dele é Alistair. Foi ok, mas não vou sair com ele de novo.

— Algum motivo específico?

Você.

— No fim das contas, ele meio que era um perdedor.

— Sim, eu poderia ter te dito isso. Ele estava de mocassim. Quantos anos ele tem? Setenta? — Ele riu.

— É, na verdade, eu não tenho muita sorte com homens. Meu último namorado, Spencer, era o rei dos perdedores.

Jake se encostou na cadeira e cruzou os braços.

— *Spencer...* ele parece ser um babaca pretensioso.

— Ele é... um babaca... e um babaca infiel.

Jake fez que sim com a cabeça em silêncio e olhou em volta, então seus olhos encontraram os meus.

— Bom, eu nem conheço o cara, mas se ele traiu *você*... é um completo imbecil.

Nem sabia como responder a isso, mas cada nervo do meu corpo imediatamente o fez.

Felizmente, a bandeja pupu veio e não tive que dizer mais nada. Começamos a comer asas de frango, rolinhos primavera, costeletas de porco e espetinhos de carne com molho teriyaki. Era um daqueles silêncios confortáveis em que nenhum de nós dois sentia que precisava falar. Só enfiamos o pé na jaca nos petiscos, nos revezando ao beber da *scorpion bowl*, apreciando a companhia um do outro.

Quando terminamos de comer, só sobraram as chamas no centro da bandeja. Ele a empurrou para o lado, jogando um pacote de guardanapos em mim, e me pegou desprevenida quando continuou nossa conversa anterior de onde tínhamos parado.

— Então... Spencer... foi o seu último namorado?

— Sim. Terminamos pouco mais de um ano atrás. Pensando bem, foi a melhor coisa que já me aconteceu. Além de eu ter descoberto que ele me traía, ele não fazia nada além de me criticar.

Ele franziu as sobrancelhas com um olhar irritado.

— Como assim *criticar*? Que tipo de coisas ele te dizia?

A conversa estava realmente tomando esse rumo?

Dei de ombros.

— Vejamos... o que ele *não* dizia? Primeiro, ele não tinha nenhuma tolerância com as minhas questões de ansiedade. Só zombava de mim em vez de tentar entender a condição. E criticava meu corpo sempre que tinha a chance.

— Ele criticava *o seu* corpo — disse Jake, mais como uma afirmação do que como uma pergunta.

— Sim... o tempo todo.

— Sério...?

— Ele dizia que eu não era atlética o suficiente, que eu tinha que perder cinco quilos e que minha bunda era grande demais.

Por que contei tudo isso? Devo estar bêbada.

— Nina... espero que não se importe se eu for direto.

— Não me importo.

— Esse... *Spencer*... esse cara precisa de óculos e de um soco na cara. Não há nada de errado com o seu corpo... absolutamente nada. Espero que você não tenha dado ouvidos a ele.

Eita.

— Essa é a parte triste. Por um tempo, eu acreditei. Olhando pra trás, percebo que ele adorava me colocar pra baixo. Na época, eu realmente achei que fosse gorda e eu era mais magra do que sou hoje.

— Nina... — ele começou a dizer alguma coisa e parou. — Deixa pra lá. Só saiba... que ele estava errado, ok?

— Diga o que você ia dizer — pedi, dando mais um gole da bebida.

Ele deslizou o piercing da língua entre os dentes, olhando na direção do palco, e disse:

— Não sei se deveria.

— Desde quando você ficou tão cheio de dedos?

Ele deu um gole e respondeu enquanto brincava com o canudo:

— Desde que essa conversa chegou no assunto peitos e bunda.

Ri um pouco mais alto do que o normal e suspeitei que o álcool estava começando a bater... em nós dois.

— Sério, seja lá o que você vai falar, não vou ficar ofendida.

Ele deu outro longo gole da tigela, lambeu os lábios e soltou:

— Ok... nesse caso, Nina, não apenas como seu amigo, mas como homem, te digo sinceramente que você tem um corpo incrível. É perfeito. E o idiota do seu ex-namorado tinha razão sobre uma coisa: você tem mesmo a bunda grande.

Eu cuspi a bebida.

— Como?

Ele me alcançou e tocou o meu ombro.

— Deixa eu terminar. Você tem uma bunda grande... mas é a bunda mais espetacular que já vi. Tem um corpo violão que qualquer homem sabe que é a coisa mais sexy que existe. Você é linda e o que te deixa ainda mais atraente é que você não faz a menor ideia disso.

Me agarrei na cadeira, pasma com as palavras inesperadas que saíram da sua boca.

Ele acha que eu sou linda.

Acha que minha bunda é grande!

Ele acha que minha bunda é espetacular?

Quis dizer a ele imediatamente como eu me sentia, que achava que *ele* era o ser humano mais lindo do planeta, mas os pensamentos não formaram uma frase coerente e só saiu um:

— Obrigada.

— De nada.

Ficamos em silêncio por alguns minutos, observando um cara careca e uma mulher que parecia ser sua mãe cantarem *On the Road Again*, até perceber que minha bexiga estava pronta para explodir.

— Onde é o banheiro?

— Acho que é no final daquele corredor atrás do palco.

O bar girou um pouco quando me levantei. Ao me afastar, me perguntei se ele estava olhando para a minha bunda. Ainda não conseguia acreditar no que ele tinha acabado de me dizer. Estranhamente esse foi o melhor elogio que já recebi.

O banheiro estava encardido, o chão era grudento e só tinha um vaso sanitário funcionando. Precisava tanto ir ao banheiro que poderia ter facilmente contado até cem ao fazer xixi e ainda teria mais para sair. Depois que lavei as mãos, como o espelho só ia até a cintura, não consegui evitar e pulei algumas vezes para dar uma olhada na minha bunda. Queria ver o que ele quis dizer com "espetacular". Uma mulher entrou e me olhou como se eu fosse louca.

Quando voltei para o salão e me sentei de novo, Jake tinha saído da nossa mesa e achei que ele tivesse ido ao banheiro. Isto é, até me virar para o palco e vê-lo lá de pé com um microfone na mão.

Um grupo de meninas em uma mesa na frente começou a assobiar para ele e gritar coisas como:

— Ei, gostoso.

Não consegui entender tudo o que elas dizem, mas essa cena toda de repente me deixou enjoada.

O apresentador perguntou:

— Qual é seu nome?

— Spencer — Jake respondeu, batendo com a mão no microfone.

Ai, meu Deus. O que ele estava fazendo?

— O que você vai cantar, Spencer?

Jake sussurrou algo para ele e então falou no microfone:

— Essa é uma música especial para Nina. Por favor, me perdoa por ser um bundão.

Olhei em volta do salão, cobri o rosto com vergonha e lágrimas de riso se formaram nos meus olhos.

A música começou e Jake procurou por mim. Quando nossos olhos se encontraram, ele balançou a cabeça com a música e me deu um lindo sorriso com covinhas que me fizeram querer correr para o palco.

Quando começou a cantar, a multidão foi à loucura e várias mulheres começaram a dançar perto dele. Outras pessoas bateram palmas. Ele batia o pé no ritmo da música enquanto cantava e não era nada mau.

Todos, menos eu, pareciam reconhecer a música. Não entendi a relevância até ele chegar em um verso. Então entendi. Entendi completamente e... comecei a rir histericamente.

Me virei para o cara do meu lado.

— Qual é o nome dessa música?

— É *Fat Bottomed Girls*[8], do Queen.

Os olhos do Jake encararam os meus e balancei a cabeça para ele. Meu rosto devia estar vermelho como um pimentão. Ele viu que eu estava rindo e tropeçou em um dos versos porque começou a rir da minha reação. Estava balançando para frente e para trás ao cantar, me olhando o tempo todo.

Não podia culpar aquelas mulheres por olharem para ele. Estava incrivelmente gostoso com os quadris balançando de um lado para o outro. Seus olhos verdes brilhavam sob as luzes e a camisa branca sob a de xadrez azul de botões estava grudada no peito, deixando pouco para a imaginação. Ele sempre usava as mangas dobradas para mostrar as tatuagens nos antebraços.

Quando terminou a música, a multidão foi à loucura e vi que sua testa estava brilhando sob as luzes quentes. Estava suado e gostoso pra caralho. Várias mulheres queriam um pedaço dele. Ouvi uma gritar:

— Você pode fazer o que quiser com essa bunda gorda.

8 "Garotas com a bunda gorda." (N. T.)

Aff.

Ele começou a voltar para a nossa mesa quando algumas garotas da mesa da frente o pararam. Eram atraentes e o ciúme bombeou pelas minhas veias enquanto ele conversava educadamente com elas. Uma delas agarrou sua camisa e colocou um pedaço de papel no bolso da frente, fazendo minha cabeça girar. A bebida começou a bater quando lembrei a mim mesma que esse cara ia partir meu coração.

Jake interrompeu a conversa quando percebeu que eu estava observando. Ele se afastou e cortou uma das garotas no meio da frase. Quando se sentou de volta na mesa, as batidas do meu coração começaram a regular de novo.

— Você é um cara popular — eu disse.

Ele riu.

— Bom, você não pode cantar uma música como essa e não esperar atrair todas as garotas de bunda grande na casa como um ímã.

— Sim, eu vi que uma delas te deu o número do telefone.

— Ah... sim — ele respondeu, tirando o papel do bolso e o jogando no resto das chamas da nossa bandeja pupu.

— Que pena — fingi decepção.

Ele suspirou sarcasticamente e me deu um sorriso.

— Não é?

— Acho que só tem uma garota com bunda gorda com quem você vai embora.

Ele deu uma piscadela.

— É. Estou sentindo que vou te levar pra casa hoje à noite.

Nosso garçom veio e tirou a nossa *scorpion bowl* e a bandeja, trazendo a conta e dois biscoitos da sorte.

Quando tirei a carteira da bolsa, Jake disse:

— Pode guardar isso aí.

— Eu vou pagar a minha parte.

— Nina, pode guardar. Eu pago. Você nem está trabalhando e foi minha ideia sair.

Eu o escutei e coloquei a carteira de volta na bolsa.

— Obrigada.

— Eu que agradeço. Precisamos fazer você se soltar e ficar bêbada mais vezes.

— Acho que me soltei *muito* essa noite.

— Sim... eu também acho. — Ele sorriu.

Apontei para os biscoitos.

— Não vai ver sua sorte? Pegue o que está na sua frente. É o que veio pra você. Eu vou primeiro.

Abri o meu e o li em voz alta:

— *Quando uma porta se fecha, outra abre.*

Pensei em como aquilo era verdade. Todos os momentos dolorosos da minha vida tinham me levado até bem ali, até aquela noite incrível com aquela pessoa incrível. Não tinha nenhum outro lugar no mundo onde eu quisesse estar.

— Sua vez — eu disse.

Jake alcançou seu biscoito, pegou-o e o abriu.

— A garota da bunda grande faz o homem sorrir.

— Nada disso!

— Tô brincando! Tô brincando!

— O que diz de verdade?

Ele olhou para baixo e então para mim.

— *Agora é hora de tomar uma atitude.*

Caramba.

Até o biscoito da sorte estava se perguntando por que ele estava demorando tanto. Tive que rir por dentro da ironia.

— Interessante — falei.

Ele soltou um suspiro profundo que pude sentir do outro lado da mesa.

— É... muito interessante.

Ele continuou a me olhar de um jeito que estava me dando a impressão de que queria algo a mais comigo. Aquele homem ia me deixar louca.

Então ele finalmente disse:

— Quer ir andando?

— Claro.

Começamos a caminhar para casa, mas estava bem frio lá fora, então Jake chamou um táxi quando viu um se aproximando.

Me sentar ao lado dele no banco de trás era o mais perto que eu tinha chegado dele fisicamente a noite toda.

Em determinado momento, o taxista dobrou à direita com tudo e eu caí bem em cima de Jake. Em vez de voltar para o meu lugar, fiquei encostada nele e pude sentir seu peito se contrair. Ele não se mexeu enquanto olhava pela janela.

Demorei demais para voltar ao lugar, então fiquei com a orelha no seu peito e escutei as batidas do seu coração, que estavam cada vez mais rápidas, um ritmo que eu tinha certeza de que tinha provocado. As batidas do coração nunca mentem. Aquilo me dizia que era uma situação "preto no branco". Ou ele não me queria ali de jeito nenhum ou me queria muito ali. Precisava descobrir logo qual dos dois era antes que perdesse completamente o juízo.

Fechei os olhos e escutei sua respiração. No topo da minha cabeça, pude sentir seu hálito quente, que cheirava a álcool. O contato próximo e o cheiro da sua pele misturado à colônia estavam me deixando molhada. O álcool dentro de mim e os feromônios no ar deixaram meu desejo por ele dez vezes mais forte, quase insuportável. Coloquei a mão no seu peito, observando-o subir e descer contra o trovão do seu coração palpitante.

Quando o táxi de repente parou em frente à nossa casa, me levantei com relutância e ele pagou ao motorista enquanto saíamos do carro.

— Depois de você — ofereceu, se virando para mim, seus olhos vidrados ao abrir a porta de entrada do prédio.

— Você só quer olhar para a minha bunda espetacular — brinquei, tentando aliviar a tensão depois de ter me jogado nele no táxi.

— Você me pegou — ele respondeu, ao subir as escadas atrás de mim.

Quando entramos no apartamento, a sala estava escura, mas a luz do quarto de Tarah estava acesa e tive certeza de que ela e Ryan estavam lá.

Totalmente bêbada, parei em frente à porta do meu quarto e desejei desesperadamente que ele entrasse comigo.

— Obrigada mais uma vez pela noite. Era exatamente do que eu precisava.

— Fico muito feliz que tenha se divertido. — Ele ficou ali parado com as mãos nos bolsos por alguns segundos antes de dizer: — Boa noite.

E, com isso, ele foi em direção ao seu quarto, fechando a porta.

Eu não teria a resposta para a minha pergunta preto no branco até um encontro por acaso no banheiro mais tarde naquela noite.

12

Não era preciso dizer que não consegui dormir de jeito nenhum. Depois de me trocar e colocar um short de algodão e uma regata, me sentei na cama, balançando o pé nervosamente, tentando entender qual era a dele.

Ele me disse à queima-roupa que eu era linda e me fez sentir a única mulher naquele bar inteiro, mas, quando tinha a oportunidade de tomar uma atitude, não saía do lugar. Até a porra do biscoito da sorte estava frustrado.

Eu ainda estava sob efeito do álcool. Puxei as cobertas e fui até o banheiro, notando pela fresta da porta fechada que a luz do seu quarto ainda estava acesa.

Quando entrei no banheiro, o peito nu de Jake me estapeou na cara.

— Ei! Você está bem? — ele perguntou ao esfregar o polegar calejado na minha testa. Ainda tinha um pouco de álcool no seu hálito. Seu cheiro e o rápido contato do seu peito contra os meus seios me deixaram fraca.

— Sim... estou bem. Desculpe. Não pensei em checar se você estava aqui. A luz do seu quarto estava acesa, então imaginei que estivesse lá.

Ele se apoiou na pia e cruzou os braços.

— O que está fazendo acordada?

— Não estou conseguindo dormir, então vim fazer xixi.

Ele se afastou da pia.

— Ah... bem, eu deveria te deixar fazer isso, então.

— Sim, provavelmente.

— Certo — disse ele antes de sair e fechar a porta.

Me sentei para fazer xixi, mas, mesmo precisando muito ir, não saía nada porque ainda estava pensando nele.

Depois de abrir a torneira e deixar a água correr por uns vinte segundos, finalmente consegui porque o som de água corrente me ajudou a relaxar.

Quando saí do banheiro, vi que Jake tinha deixado a porta do quarto bem aberta e encarei isso como um convite silencioso para entrar.

Era uma da manhã e ele estava sentado na cama com o notebook. Ele o fechou quando me viu na porta. Fui até ele e me sentei na beira da cama. Ele ainda estava sem camisa e com uma calça de moletom azul-marinho de cós baixo, mostrando um pouco da cueca boxer cinza.

Ele se sentou mais reto.

— Como foi seu xixi?

— Fantástico.

— Que bom. — Seus olhos passearam pelos meus seios, fazendo os meus mamilos enrijecerem.

Bingo.

— O que você estava olhando? — indaguei.

Minha pergunta interrompeu sua encarada e ele, de repente, me olhou atordoado.

— Hã?

— No seu notebook.

— Ah... no meu notebook... sim. Só besteira.

— Entendi.

Ficamos só olhando um para o outro por alguns segundos quando nosso silêncio foi interrompido pelo som da cama no quarto vizinho rangendo repetidamente.

Ótimo.

Não apenas eu não tinha a menor vontade de ouvir Ryan, que era praticamente um irmão para mim, transar com a minha melhor amiga, mas isso tornou uma situação já constrangedora muito pior.

Dava para cortar a tensão sexual no ar com uma faca, mas nós dois levamos na brincadeira.

— Você acha que eles estão transando? — perguntou Jake sarcasticamente.

Olhei para baixo, envergonhada.

— A gente finge que não está acontecendo?

— Sim. Quer fazer uma aula de Matemática? — ele brincou, enquanto os barulhos no quarto ao lado continuaram a ficar mais altos.

— Claro.

— Vamos ver... podemos falar sobre a probabilidade de um meia-nove.

Eu ri.

— Eu diria que, com base nesse barulho, é muito alta.

Jake pendeu a cabeça para trás rindo e vi seu piercing na língua. Era tão incrivelmente sexy e eu queria saber como era tê-lo contra a minha língua.

Finalmente os barulhos pararam e estávamos mais uma vez sem palavras, mas eu não ia a lugar algum.

Jake estava puxando nervosamente o fiapo no edredom, jogando-o no chão. Estava olhando para baixo quando fez um comentário que me deixou chocada.

— Aposto que aquele imbecil do seu ex-namorado era ruim de cama.

De todas as coisas que ele poderia ter dito, eu com certeza não estava esperando isso, mas não iria esconder nada esta noite.

— De fato, ele era mesmo... de verdade.

Ele parou o que estava fazendo e se sentou mais ereto contra a cabeceira da cama, quase se afastando de mim.

— Então, você *já* fez sexo.

— O que quer dizer com isso?

— Viu, agora te fiz corar. Desculpa. Você me dá a impressão de ser um certo tipo de garota.

— Que tipo de garota é esse?

— Nada de ruim. Só... inocente... talvez virgem. — Ele olhou para o teto e sorriu maliciosamente. — O tipo de garota que caras como eu são loucos pra corromper.

Merda.

Continuei calada.

E eu estava louca pra ser corrompida por você.

Limpei a garganta.

— Bem, em resposta à sua pergunta... sim, eu já fiz sexo, mas foi só com ele.

— Ele foi seu único e era ruim de cama? Que triste.

— Sim. É *triste*. Na verdade, eu nunca... você sabe... com ele.

— Nunca o quê? — Seus olhos se arregalaram quando ele entendeu o que eu quis dizer.

— Você nunca gozou? Nunca nem mesmo teve um orgasmo?

Eu hesitei.

— Não com outra pessoa.

Ele estava olhando para baixo e começou a mexer no edredom de novo, mas não tinha mais nenhum fiapo. Parecia frustrado e desconfortável. Por vários segundos, o silêncio no quarto era ensurdecedor. Depois ele disse:

— Então você goza quando se toca.

— Sim.

Ele fechou os olhos brevemente e, de repente, olhou para mim.

— Sexo não conta se ele não te fez gozar, Nina. Você essencialmente ainda é virgem. — Ele mordeu o lábio e acrescentou: — Ele fez sexo. Você não.

Era incrível como o mesmo par de olhos podia me mandar tantas mensagens diferentes só com a maneira como ele me olhava. Os mesmos olhos que podiam me intimidar, brincar comigo, me confortar e me fazer sentir como se tudo fosse ficar bem... agora me olhavam como se ele quisesse me comer viva. E eu desejei mais do que tudo que ele fizesse isso logo.

Pulei quando ele se mexeu porque achei que ele fosse me tocar. Em vez disso, ele se levantou abruptamente e abriu a janela. O ar frio entrou quando ele foi até a cômoda ao lado da cama e procurou seus cigarros, pegando um e acendendo-o. Inspirando fundo, ele soprou lentamente a fumaça para fora ao se sentar na beira do parapeito.

— Por que você está fumando? Achei que tivesse parado.

Ele balançou a cabeça.

— Eu parei, mas realmente ansiava por um e preciso manter distância agora.

— Por quê?

Ele não me respondeu e continuou a alternar entre inspirar, expirar e jogar as cinzas pela janela.

— Por que você está fumando? — repeti.

Ele prendeu a respiração e finalmente se virou para mim.

— Quer mesmo saber por que estou fumando?

— Sim. — Balancei a cabeça.

— Porque está mantendo minha boca ocupada e me impedindo de fazer algo que não deveria agora. — Ele deu outra tragada. — É melhor você voltar para o seu quarto.

Meu coração acelerou.

— Você está fumando e me mandando embora porque quer me beijar?

Ele olhou para o teto e riu como se não quisesse. Então inspirou e olhou para mim. Fumaça saía da sua boca quando ele disse:

— Eu não te falaria pra ir embora se só quisesse te beijar, Nina. Estou te pedindo pra ir embora porque quero te provar e te fazer gozar até você gritar de todas as formas possíveis e imagináveis. É só no que consegui pensar a noite toda. Por isso não consegui dormir. Mas agora que você acabou de me dizer que nenhum homem fez isso antes... porra. É por isso que estou fumando, se quer mesmo saber.

Ele conseguiu me deixar completamente chocada e não sabia dizer se minha calcinha estava só molhada ou se eu tinha feito um pouco de xixi.

— Acho que você deveria voltar para o seu quarto — ele repetiu com um sussurro rouco.

Apesar da sua sugestão direta, meu corpo não saiu do lugar na beira da cama. Ele continuou na janela, olhando para fora mesmo depois de apagar o cigarro. Seu lindo perfil se iluminava com a luz da lua.

Algo não estava certo. Se ele me queria, por que não ficava comigo? E eu tinha mostrado a ele que o queria. *Ele* com certeza não era virgem. Sabíamos disso desde o primeiro dia.

O ar no quarto estava ficando cada vez mais frio desde que ele tinha deixado a janela aberta. Ele finalmente a fechou e se virou para mim, olhando para os meus seios. Sabia que ele conseguia vê-los através do pijama fino. Ele lambeu os lábios lentamente, fazendo meus mamilos enrijecerem ainda mais. E continuou a manter distância.

Quando olhei para baixo e percebi que ele estava completamente ereto por baixo da calça, minha frustração aumentou ainda mais. Ele estava respirando fundo e engoliu em seco quando viu que percebi sua excitação. Continuou a me olhar sem dizer absolutamente nada.

Me levantei da cama e fui em direção à janela, parando a alguns centímetros dele, na sua frente. O calor irradiava do seu corpo e pude senti-lo me respirando. Estava me consumindo com todos os sentidos... exceto pelo toque. Finalmente, ele levou a mão lentamente em direção à minha cintura, agarrando o material da minha blusa e me acariciou. Senti suas unhas se enterrarem em mim e seu hálito quente soprar pelo meu peito. Quando achei que ele fosse tirar minha blusa, ele afastou a mão trêmula de mim.

— Porra — rosnou entre os dentes.

Eu estava ofegante e meu estômago estava dando um nó pensando na pergunta que estava prestes a fazer, para a qual não queria mesmo saber a resposta.

— Quero saber o que você faz quando vai pra Boston todo fim de semana — soltei.

Ele piscou algumas vezes e evitou o contato visual, olhando para o chão, e então olhou de volta para mim. Foi pego de surpresa e parecia preocupado, permanecendo em silêncio por vários segundos antes de responder:

— É complicado, Nina.

Quando as palavras saíram da sua boca, senti meu coração afundar para o estômago. Ele não ia me dar nenhuma resposta direta esta noite, mas essas três palavras foram suficientes para confirmar que provavelmente havia outra pessoa.

Tinha uma grande área cinzenta nessa situação preto no branco, no fim das contas.

Quis ser direta e perguntar o que ele quis dizer, se tinha uma namorada séria ou se era algo completamente diferente, mas perdi a coragem e, de novo, sinceramente, uma parte de mim nem queria mesmo saber. Nesse momento, o que eu sabia era que estava brincando com fogo e que precisava seguir seu conselho e ir embora.

— Boa noite, Jake.

Ele só ficou ali parado sem dizer uma palavra e me deixou ir.

Na manhã seguinte, meus olhos estavam vermelhos e tive aquele pressentimento que lembro de ter quando adolescente, de que um garoto ia partir meu coração. Sabe, aquele em que você acorda e se esquece dele por uma fração de segundo e, então, quando percebe que não foi um sonho, o completo terror se instala.

Olhei a hora: 9h45. Tinha dormido demais e perdera a primeira aula.

Jake já tinha saído para o trabalho, claro, e estaria fora durante o fim de semana de novo, mas dessa vez eu estava aliviada de não o ver por alguns dias.

Tarah estava na cozinha e o som do café coando parecia aumentado devido à minha ressaca.

— E aí, menina? — disse ela, quando cheguei na sala.

— Oi — respondi com uma voz rouca. Minha cabeça estava me matando e me sentia enjoada.

— Você tá com uma cara péssima, amiga. Tá tudo bem?

Não tinha certeza se deveria confidenciar a ela sobre o que tinha acontecido com Jake. Nem mesmo sabia como resumir a noite anterior corretamente.

Dividimos uma scorpion bowl, ele falou que eu tinha a bunda grande, o biscoito da sorte falou, e então ele teve uma ereção e me expulsou do seu quarto.

— Está tudo bem. Só a noite que foi longa.

— Você saiu com Jake. Ele me disse.

— O que ele te contou? — perguntei rispidamente.

— Relaxa... só falou que vocês saíram e voltaram tarde ontem à noite. Antes de sair pro trabalho, ele pediu pra eu dar uma olhada em você hoje, que poderia não estar bem porque bebeu demais ou algo assim.

Ou algo assim.

Ele sabia que eu não estaria bem porque foi ele quem me magoou.

— Sim... fomos para aquele bar Kung Pao Karaoke.

— Então foi tipo um encontro?

— Não. Nada como um encontro.

— Nina, você está bem? Porque não parece bem.

Droga. Meus olhos estavam começando a lacrimejar.

— Não, T. Não estou nem um pouco bem.

— Vai me dizer o que está acontecendo? O que foi que ele fez?

— Não é o que ele fez. É o que ele não fez. O que ele não diz. O que não vai acontecer entre a gente. Digamos que eu precisava saber se seríamos mais do que amigos e recebi minha resposta na noite passada.

— Sinto muito, amiga.

— Não diga nada ao Ryan, ok?

Tarah me deu um abraço.

— Já vi a maneira como o Jake te olha quando você nem nota. Não sei o que ele fez ou disse ou não disse na noite passada, mas aquele cara com certeza tem sentimentos por você.

— Acho que é só... complicado — respondi, revirando os olhos.

Quando estava saindo da aula de Inglês naquela tarde, tomei a decisão impulsiva de pegar o elevador em vez das escadas. Não tinha mais o mesmo medo que existia antes de conhecer o Jake e do nosso piquenique no elevador, mas me dei conta de que ainda os evitava todos os dias.

Talvez só precisasse provar para mim mesma que não precisava mais dele.

Felizmente, o elevador estava vazio. Estava extremamente tensa, mas me senti no controle quando apertei o botão e fechei a porta.

Cerrei os olhos e enfrentei a ansiedade e o pânico crescentes, contando mentalmente enquanto o elevador descia os seis andares.

Quando as portas se abriram, senti um alívio imenso porque agora sabia que conseguia fazer isso sozinha. Foram só seis andares, mas isso significou tudo para mim. Fiquei extremamente emocionada ao sair para a calçada.

No caminho de casa, meus pensamentos voltaram para Jake e para aquele dia no elevador, quando ele colocou a música que me tocou profundamente, *Stuck in the Elevator*. Eu a tinha baixado no meu iPod e a coloquei para tocar enquanto descansava em um banco no parque.

A música me levou exatamente de volta àquele momento com ele, quando eu estava tão repleta de esperança e excitação sobre como ele fazia eu me sentir. Era doloroso aceitar que eu teria que parar com aqueles sentimentos de repente, quando estavam indo a todo vapor. Eles não iriam embora. Só precisava reprimi-los, porque era a única maneira de sobreviver morando com ele.

Uma lágrima escorreu pelo meu rosto enquanto a música continuava a tocar. Então o celular vibrou na minha perna. Olhei e vi que era uma mensagem de Jake.

Por favor, me diga que não te perdi como amiga ontem à noite.

Minhas emoções transbordaram com a música ainda tocando quando a mensagem chegou. Não fazia ideia do que responder, mas, independentemente das palavras exatas, a resposta teria sido a mesma.

Nina: Claro que não.

Jake: Sei que eu estava agindo totalmente errado. Me desculpe.

Nina: Tudo bem. Provavelmente ainda estávamos bêbados, né?

Houve uma longa pausa e não achei que ele fosse me responder, mas então meu celular vibrou de novo.

Jake: Eu me importo com você. Sinto muito se te magoei.

Nina: Não magoou.

Mentirosa.

Jake: Até segunda.

Nina: Até.

Jake: Ainda somos amigos?

Nina: Sim. Ainda somos amigos.

Jake: Só pra saber.

E, com essa, ainda me sentido incrivelmente magoada, me resignei com o fato de que amigos era tudo o que seríamos.

13

Pelo resto dos dias, até o fim do semestre, Jake e eu fizemos um bom trabalho em fingir que aquela noite no seu quarto nunca aconteceu.

Ele parecia estar se esforçando muito para agir como "amigo" ultimamente, com cuidado para não ultrapassar nenhum limite.

Apesar disso, nossa conexão não física parecia estar crescendo. Ele estava passando mais tempo na sala com Tarah, Ryan e eu à noite. Nós dois às vezes ficávamos mais tempo acordados até tarde, tomando sorvete ou alguma sobremesa que eu fazia enquanto conversávamos na cozinha.

Os assuntos das nossas conversas ficaram mais pessoais também. Ele se abriu mais sobre sua infância. Eu soube que ele, na verdade, tinha crescido em Chicago, não em Boston, e que a sua mãe era viciada em drogas quando adolescente, mas que se endireitou quando conheceu seu pai. Ainda mais surpreendente: o fato de que a irmã de quem ele era próximo só chegou em sua vida oito anos atrás porque ela tinha sido dada para adoção quando a mãe de Jake tinha quinze anos. Ele me contou uma história que me deixou de queixo caído, sobre como a tinha conhecido por acaso em um cemitério.

Era adorável como seus olhos se iluminavam quando falava das sobrinhas gêmeas. Costumava cuidar delas quando eram bebês e partilhou muitas lembranças engraçadas sobre esses dias; me divertia muito imaginar um cara com essa aparência durona trocando fraldas e levando golfadas.

Dávamos muitas risadas e, às vezes, eu pegava os seus olhos fixos nos meus ou indo em direção à minha boca. Essas eram dicas sutis de que uma parte dele queria mais, apesar de algo estar obviamente o segurando.

Toda noite ele ia para o seu quarto e eu, para o meu, relembrando tudo o que tínhamos conversado. Apesar da minha promessa de reprimir meus sentimentos, eles estavam crescendo com mais força do que uma tempestade de verão.

A última quarta-feira do semestre passou e, quando recebi minha última prova do professor Hernandez, sabia que a nota não seria boa. Na verdade, nem terminei os dois últimos problemas. Talvez fosse porque Jake e eu tínhamos conversado mais do que estudado ou porque, secretamente, eu queria essa última punição dele.

Naquela noite, quando Jake chegou do trabalho, fiquei parada em frente à sua porta com o meu notebook.

Estava tirando a jaqueta e estava lindo, com uma camisa preta de botão levemente aberta em cima. Cheirava a colônia misturada com ar frio e me irritava que meu corpo consistentemente reagisse a ele de uma maneira nada conveniente para uma amiga platônica.

Ele pendurou a jaqueta e me olhou.

— O que foi?

— Recebi minha nota.

Um sorriso lento e diabólico se abriu em seu rosto, porque ele podia ver pela minha expressão que não foi boa. Ele estendeu a mão.

— Vamos ver.

Virei o notebook na sua direção e ele prendeu a respiração:

— Tirei 6,9!

De todos os números, eu sei.

— Nina Kennedy... isso é terrível — disse ele, tentando conter o riso.

— Eu sei que é, mas ainda vou ter média 8,0 no fim do semestre. — Fingi um sorriso.

Ele não pareceu gostar da minha resposta.

— Sério, por que você tirou uma nota tão baixa?

— Não sei. Acho que fiquei com preguiça. Sabia que com as outras notas eu tiraria pelo menos um 7,0 de todo jeito e não tenho dormido bem nos últimos dias.

— Isso não é desculpa. Você também poderia ter ficado com média 8,0 se tivesse se saído melhor nessa — ele respondeu com um tom sério.

Suspirei.

— Me desculpe se te decepcionei.

Sua expressão séria se transformou em um leve sorriso e ele pareceu se animar muito rápido, batendo palmas.

— Dito isso, estou empolgado pra caramba por não ter sido uma nota boa. — Agora ele estava radiante.

— Sei que você estava esperando por isso.

Jake coçou a cabeça e rodou pelo quarto procurando seu notebook, então deitou na cama, levantando os pés.

— Você não tem aula amanhã, né? — ele perguntou enquanto digitava.

— Não... sem aula até o Natal.

Seu sorriso ficou ainda maior enquanto ele digitava. Quando fui em direção ao notebook, ele o fechou e me espantou.

— Sai daqui. Você não pode ver isso.

Fiquei parada na frente dele, batendo o pé nervosamente, observando-o digitar e me perguntando o que ele estava aprontando.

— O que está fazendo, Jake?

— Planejando nosso dia amanhã.

— Não pode me dar pelo menos uma dica?

— Tudo o que vou dizer é que você precisa estar pronta de manhã bem cedo, tipo umas cinco da manhã. Pode fazer isso?

— Posso.

Ele continuou a digitar.

— Ótimo. Tenho que tirar folga do trabalho amanhã pra isso.

— Você vai tirar folga do trabalho para passar o dia inteiro me assustando?

— De nada.

— Sério? É uma viagem?

— Eu tenho tempo.

— Pode, por favor, me dizer o que vamos fazer? Estou começando a entrar em pânico.

— Qual é a novidade? De jeito nenhum. Você vai saber na hora certa.

Tomei banho à noite porque não teria chance de fazê-lo de manhã. Sob a água, meu coração estava palpitando, repleto de ansiedade pelo dia seguinte. Fazia muito tempo que eu não encarava meus medos nos termos de Jake e testava meus nervos. Sem contar que tinha um pressentimento com relação a esse.

Quando voltei para o meu quarto — pasme —, tinha um morcego de origami me cumprimentando na mesa de cabeceira. Ele sempre esperava eu ir tomar banho para poder entrar no meu quarto. Quando o abri e vi o que dizia, meu coração quase parou.

Para nosso último momento,
Darei uma dica. É uma cidade com vento...
Onde Jake morava quando era um rebento.

Ele ia me levar para Chicago.

Talvez por algum milagre haveria uma ameaça terrorista ou uma emergência médica e essa aeronave ficaria no chão. Na verdade, eu provavelmente me tornaria a emergência médica. Essa era minha última esperança, porque os passageiros já embarcaram e as portas do Boeing 737 estavam fechadas agora, com todos nós presos dentro.

Estou oficialmente sem controle da minha vida. Por que o deixei fazer isso comigo?

Porque eu faria qualquer coisa que ele me pedisse.

— Segure minha mão, Nina. Aperte tanto quanto precisar. Respire — disse ele.

O cheiro das máquinas ligando me lembrou de queijo queimado.

Pela maneira como eu estava inspirando e expirando e a maneira como Jake estava segurando minha mão, a fila 9, assentos E e F, parecia mais uma sala de parto.

Até os comissários de bordo agora estavam sentados naqueles assentos laterais estranhos, afivelados e inúteis. O destino deles estava nas mesmas mãos: as de um homem que podia ter acabado de tomar umas doses de uísque no saguão do aeroporto.

Esqueça o elevador, esse era o momento mais aterrorizante da minha vida. Voar estava no topo da lista de coisas que me assustavam. Como rainha dos “e se”, eu criava muitos cenários possíveis do que podia dar errado e não conseguia sequer compreender todos eles.

Enquanto a aeronave taxiava pela pista, minha respiração estava completamente fora do controle e meu corpo inteiro tremia involuntariamente. Como essa coisa ia sair do chão e permanecer no ar? Não sabia nada da mecânica dela e, mesmo se me explicassem, provavelmente ainda não pareceria lógico.

Com as contas de um rosário na mão, uma velha senhora do outro lado do corredor fez o sinal da cruz. Ela certamente não estava ajudando nem um pouco a minha situação.

Jake viu que estava me perdendo rápido. Eu estava começando a hiperventilar. Ele pegou sua fiel mochila preta da morte e tirou uma sacola de papel marrom.

— Respire aqui.

Não estava ajudando, porque eu tinha me convencido de que não conseguia respirar e entrei em pânico, o que alimentava a hiperventilação.

Enquanto o avião pegava velocidade, a preocupação nos seus olhos cresceu quando minha respiração ficou mais curta.

A última coisa de que eu me lembrava antes de estarmos completamente suspensos no ar era de Jake se curvando para amarrar o cadarço dos sapatos. Que bizarro, pensei, ele fazer algo assim quando eu estava à beira do colapso. Logo percebi que ele não estava amarrando o cadarço dos sapatos dele.

Estava desamarrando os cadarços dos meus.

A quase hiperventilação se metamorfoseou em riso incontrolável e histérico enquanto ele ficou curvado para baixo, atacando meus pés com o pior ataque de cócegas da minha vida.

Eu me agitava na poltrona e o chutava repetidamente, chorando de rir, e ele também.

— Jake... para!

— Para.

— Para.

— Para.

“Para” era tudo que eu conseguia dizer entre rir e bater nele. Não era exagero dizer que o avião inteiro estava olhando para nós como se fôssemos loucos.

Quando ele finalmente parou, já estávamos alto e meus nervos se acalmaram depois de perceber que não tínhamos caído durante a decolagem. Suas cócegas tinham me distraído tanto que foi impossível focar em qualquer outra coisa.

Minha respiração ainda estava pesada, mas eu não estava mais nem perto de hiperventilar. Finalmente me virei para ele, exausta.

— Por que você fez isso comigo?

— Não tive escolha. Tem poucas coisas que posso fazer desse assento pra tirar sua mente do medo. Você só pode lidar com uma coisa de cada vez. Percebi que, se te fizesse perder o controle daquele jeito, provavelmente não ficaria assustada o suficiente pra entrar em pânico. — Ele pôde ver que eu estava começando a abrir um sorriso e o devolveu.

— Funcionou... não foi?

— Acho que sim, mas nunca mais faça isso comigo.

Ele abriu um sorriso travesso.

— Faço o que for preciso pra te salvar de você mesma.

Alguns minutos depois, minha respiração se acalmou consideravelmente e me rendi ao fato de que não tinha escolha a não ser tentar relaxar.

Jake tirou o iPod da mochila e me entregou.

— Aqui. Fiz uma playlist pra viagem. — Ele rolou a página e vi que o seu título era *Crash and Burn*[9].

— Muito obrigada.

— De nada.

Coloquei o fone e respirei durante *Leaving on a Jet Plane*, de John Denver.

Quando a música seguinte tocou, não entendi até chegar no refrão: *I'm Going Down*[10], de Mary J. Blige.

Olhei para ele e balancei a cabeça. Ele estava ouvindo o meu iPod e tirou o fone por um momento.

— Mary J. Blige?

Fiz que sim com a cabeça e revirei os olhos.

---

9 "Cair e queimar." (N. T.)

10 No sentido literal: "Eu estou caindo", mas a frase também é uma gíria para sexo oral. (N. T.)

Ele soltou um riso sarcástico e colocou o fone de volta no ouvido, se encostando no assento e fechando os olhos de novo.

A música seguinte, no típico estilo de Jake, me deixou pasma. Era uma música *country* suave sobre como as chances de sobreviver ao amor eram pequenas se comparadas a um avião, que as pessoas não embarcariam nele se soubessem que a probabilidade de cair eram altas. Ainda assim, apesar de saberem as chances, as pessoas embarcavam no amor o tempo todo. A música era apropriadamente intitulada *If Love Was a Plane*[11], de Brad Paisley.

Olhei para ele, que me olhou de volta e sorriu. Não tinha certeza se ele percebia em que música eu estava ou se sequer tinha algum significado para ele, mas tinha para mim. Queria que soubesse como meu sentimento era forte e que eu estava disposta a arriscar tudo pra estar com ele. Caramba, na minha cabeça, eu estava fazendo isso naquele momento, naquela nave para Marte. Apesar de o que quer que o estivesse impedindo de dar o próximo passo comigo, nada tinha conseguido me impedir de precisar dele, nem mesmo saber que ele estava escondendo algo de mim.

O carrinho de bebidas parou em frente à nossa fileira e Jake não me deixou pedir nada que não fosse um Bloody Mary para relaxar. Claro, a comissária peituda e mais velha lambeu os lábios e fez uma expressão galanteadora antes de entregar a bebida a ele e passar por nós. Ele sorriu de volta para ela e me instigou a beber meu drinque, que virei imediatamente.

Ele levantou meu copo vazio.

— Com sede?

— Sim.

O voo de duas horas parecia durar uma eternidade, mas, quando o piloto ligou os avisos de afivelar os cintos e a velha senhora do outro lado do corredor tirou o rosário, entendi que estávamos perto de aterrissar.

A turbulência com a perda de altitude trouxe de volta meus sintomas de pânico com força total. Meus ouvidos estavam estalando. Ele não disse nada, só segurou minha mão porque sabia que eu precisava disso.

Um balanço em particular me forçou a apertar sua mão com ainda mais força. Ele me surpreendeu quando veio até mim, pegando minhas mãos na sua.

---

11 "Se o amor fosse um avião." (N. T.)

— Estamos quase lá, Nina. Você foi bem — ele sussurrou em um tom tranquilizante.

Foquei apenas no calor da sua mão derretendo meu corpo como manteiga para sobreviver à descida lenta. Quando finalmente aterrissamos, olhei para a *Senhora Rosário*. Sorrimos uma para a outra e fizemos o sinal da cruz ao mesmo tempo.

14

Eu estava absurdamente feliz por estar de volta ao chão. Não despachamos bagagem, então Jake e eu saímos do aeroporto lotado num piscar de olhos. Era revigorante sentir o ar de outra cidade no rosto ao sairmos pelas portas automáticas. Aquele era um lugar que eu provavelmente nunca teria visitado ao longo da vida e, mais uma vez, era grata por Jake ter me trazido até ali.

My Kind of Town, a música de Sinatra sobre Chicago, tocava na minha cabeça enquanto uma animação boba para explorar a cidade cresceu dentro de mim.

Pegamos um táxi e ele disse ao motorista para nos levar para a Willis Tower.

— O que é isso? — perguntei.

— Você vai já descobrir.

Falei cedo demais em estar grata por ele me trazer até ali e estava esperando relaxar no resto da viagem. Peguei o celular para procurar no Google e logo descobri que a Willis Tower era um ponto turístico famoso em Chicago, conhecido como "A Borda", uma caixa de vidro que saía do prédio Skydeck a quase 400 metros de altura. Aparentemente, até pessoas que normalmente não tinham medo de altura se assustavam ao ficar nessa coisa.

Ele se inclinou em direção ao meu ombro.

— Então já descobriu, hein, Sherlock?

— Eu já não fui torturada o suficiente por um dia?

— Vamos só fazer isso e eu prometo: no resto do dia, vamos só relaxar. — Ele cruzou o indicador com o dedo médio.

— Que horas é nosso voo de volta?

— Tarde... só depois das nove.

Eu estava oficialmente na velha montanha-russa da ansiedade de novo, subindo devagar.

Quando o táxi nos deixou no prédio em South Wacker Drive, olhei para cima e engoli em seco.

— Tá brincando, né?

— Vamos. — Ele gesticulou e me guiou pelas portas de entrada até os elevadores.

Meu pânico nem teve tempo de crescer completamente porque, no que pareceu menos de um minuto, chegamos ao centésimo terceiro andar a toda velocidade.

Não sei se é porque tinha acabado de sobreviver a um voo a milhares de pés de altura, mas estar ali não era tão ruim quanto esperava. Mal podia esperar para acabar com aquilo, mas, em comparação a voar, causava muito menos ansiedade porque pelo menos tinha um meio de escapar.

Me senti uma criança quando Jake parou e disse aos funcionários que era minha primeira vez lá e eles me deram um adesivo.

Uma calma inesperada me inundou quando olhei para a vista.

Tinha textos expostos por todo o lugar explicando qual parte da cidade estávamos vendo em cada lado.

Jake me levou até um binóculo de alta tecnologia.

— Olha, esse é o lado sul da cidade, onde cresci. — Ele apontou para o seu antigo lar. Isso me deixou feliz e triste por ele, porque fazia anos que ele não vinha ali. Me perguntei se estava pensando no pai ou no que tinha deixado para trás quando se mudou para Boston.

Depois de uns dez minutos, sabia que tinha uma última coisa que ele ia me obrigar a fazer.

— Vamos lá, vamos tirar uma foto na borda — disse ele.

Merda.

Sabia que não ia sair dessa, então me pendurei nele, agarrando sua jaqueta enquanto ele praticamente me arrastava para a aterrorizante plataforma de vidro.

Continuei a me segurar nele nervosamente, flutuando pelo momento, ficando com vertigem enquanto minhas pernas tremiam. Quando um funcionário tirou uma foto nossa, tomei cuidado de não olhar para baixo.

Por sorte, ele não me forçou a ficar nela por muito tempo. Quando saímos, foi um alívio imenso, mas eu estava feliz por ter feito isso. Jamais poderia ter sonhado em tentar fazer aquilo sem tê-lo do meu lado. Eles nos entregaram nossa foto e ela me tirou o fôlego. Nós dois estávamos nas alturas e era exatamente como eu me sentia.

A aventura seguinte era uma viagem de metrô até a antiga vizinhança de Jake.

Era precária, com casas degradadas muito juntas umas das outras. Tinha uma vendinha na esquina que ele costumava frequentar quando criança. Ele me contou que comprava balas baratinhas lá depois de juntar todo o seu troco. Me levou lá dentro e comprou balas de limão e outras balas cremosas.

Desviamos das crianças brincando nas calçadas estreitas e nos aproximamos de uma casa bege com a grade enferrujada e uns degraus íngremes.

— É aqui. É onde a gente morava — ele falou com um olhar de deslumbramento infantil enquanto eu o seguia pelos degraus da frente.

Ele bateu na porta, mas ninguém respondeu.

— Que droga. Esperava poder ver lá dentro.

Me senti mal por termos vindo até ali e ele não poder ver sua antiga casa.

Jake colocou a mão no fim das minhas costas ao descermos de volta e isso me deixou arrepiada.

— Vamos, vamos entrar pelos fundos.

Ele não parecia se importar com o fato de estarmos invadindo; estava claro que ele sentia que as lembranças lhe davam certa autorização.

Não tinha nenhuma cerca impedindo o acesso ao quintal, que era uma pequena área retangular de grama com uma borda de concreto a cercando.

— Olha só — disse ele, me levando a um canto escuro.

Entalhadas no concreto estavam as palavras: *Jake Ama Buffy*.

— Buffy, hein? Garota de sorte — respondi ao nos sentarmos no chão, perto do entalhe.

— Buffy. Eu tinha nove anos. Ela foi meu primeiro amor.

Não acredito que acabei de sentir uma pontada de ciúmes de uma menina de nove anos!

— Como ela era?

— Ela adorava dar mordidinhas, se é que me entende.

— Mordidinhas?

— Ela fazia qualquer coisa por mim. Eu a tinha na palma da mão.

— Sério? Quer dizer, imaginei que você tivesse habilidades, mas com nove anos?

— Buffy era corpulenta. Adorava comer. Então, contanto que eu lhe desse comida, ela ficava feliz. — Ele percebeu minha expressão transtornada e riu. — Era um hamster, Nina! Buffy foi meu primeiro bichinho de estimação.

Olhei para o céu e balancei a cabeça. Me senti tão idiota.

— Sério?

— Sim. Essa parte com grama bem ao lado do entalhe foi onde eu a enterrei. Foi um dia difícil.

— Sinto muito, Jake. — Esperava que não fosse ruim que eu ainda estivesse rindo um pouco quando ele disse isso.

— Parece tão bobo, mas, para uma criança, quando um hamster é a única coisa te esperando em casa todo dia e ele morre, bem, é um dia de merda.

— O que quer dizer com a única coisa te esperando em casa?

— Eu era filho de mãe solo. Ela tinha que trabalhar em dois empregos depois que meu pai morreu e não podia pagar uma babá. Então, quando o ônibus me deixava na esquina, eu vinha pra casa e chegava em um lugar vazio. Trancava a porta com cinco ferrolhos diferentes, fazia um sanduíche de pasta de amendoim e banana e esperava pelo melhor.

Eu definitivamente não estava rindo agora; meu coração doía por aquele garotinho.

— Meu Deus, que triste.

— Era ok. Eu não conhecia outra realidade. Minha mãe trabalhava muito e não tinha escolha. Me ensinou a cuidar de mim mesmo e a vizinha vinha dar uma olhada em mim de vez em quando, mas, por dois anos, eu ansiava por ver aquela criaturinha todo dia.

Eu não estava prestes a chorar por causa de um hamster.

Eu estava... prestes a chorar por causa de um hamster.

Meus olhos se encheram d'água e passei a mão pelo entalhe.

— Bem, para uma criança que passava o dia sozinha, você se saiu muito bem. — Eu o cutuquei divertidamente com o ombro. — Sério, você é a pessoa mais inteligente que eu já conheci.

Ele não disse nada. Só fechou os olhos com uma expressão plácida enquanto o vento soprava em nós. Me senti honrada de estar ali com ele no lugar onde ele tinha passado por tantas coisas que o moldaram.

Ele abriu os olhos e passou a mão no meu ombro.

— Está com frio? Já quer ir?

A verdade era que foi o mais quente que eu tinha me sentido o dia inteiro.

— Vamos ficar um pouco mais. Fizemos todo esse caminho até aqui.

— Ok. Obrigado.

Só ficamos sentados, sentindo o ar frio e ouvindo os sons de sirenes e de crianças à distância.

Queria tanto ler seus pensamentos enquanto ele olhava em volta. Estava claro que esse lugar ainda significava muito para ele.

Queria muito pegar na sua mão, então a alcancei e ele abriu a palma para mim, pegando a minha na dele, e disse:

— Obrigado por me acompanhar.

— Te deixa triste estar aqui de novo?

— Não se seguir meu próprio conselho e só pensar nas lembranças boas. O segredo é focar nas boas, lembra?

Apertei sua mão com mais força.

— Quais são algumas das boas?

Ele olhou para a casa.

— Ah, tenho muitas desse lugar. Os Natais com a minha mãe com certeza eram bons. Ela guardava o bônus de férias e o usava todo no fim de ano. Arrumava a casa com enfeites cintilantes cafonas e visco de plástico, comíamos comida chinesa gordurosa e brincávamos com jogos como *Banco Imobiliário*. Assistíamos *Uma história de Natal* inúmeras vezes porque é o melhor filme da vida. — Ele riu.

— E aí, é claro, tem as lembranças da adolescência. Digamos que ser um garoto sozinho não é tão ruim quando você quer trazer garotas pra casa com quinze anos.

Me contraí.

— Imagino.

— E então teve o dia em que encontrei minha irmã... voltei de lá e contei pra minha mãe. Ou o dia em que olhei a caixa de correspondência bem ali na frente e abri uma carta que dizia que eu tinha conseguido uma bolsa integral na Northeastern University. Caramba, nunca vou esquecer desse dia.

— Uau. Eu não sabia disso.

— Sim. Como dizem em Boston, eu era bem esperto.

— Bem, essa parte eu sabia.

— Enfim, muitas lembranças boas... foque na parte boa...

— Estou tentando. Não sei como me tornei uma pessoa tão negativa... tão falha.

Ele se virou para mim.

— Falha?

— Sim, você sabe, com todos os meus medos loucos.

Ele não respondeu imediatamente e parecia estar pensando em alguma coisa.

— Quando foi que o seu primeiro ataque de pânico começou mesmo?

— No último ano do ensino médio.

— O que estava acontecendo na sua vida na época?

Talvez devesse parecer óbvio, mas, por alguma razão, até esse exato momento, nunca tinha ligado minhas questões com a morte do meu irmão.

— Meu irmão tinha acabado de falecer... um mês antes do primeiro ataque.

Meu irmão tinha acabado de falecer.

— Viu, Nina? Eu nem tinha me dado conta disso. É realmente tão incomum alguém que passou por um acontecimento traumático perder o controle? Isso não te torna falha. Te torna real.

Olhei para nossas mãos entrelaçadas e de volta para ele.

— Sinceramente, nunca pensei nisso dessa forma. Sempre presumi que meus ataques de pânico eram um sinal de fraqueza.

Jake coçou o queixo e virou o corpo na minha direção.

— Estive pensando muito em uma coisa desde que te conheci. Todo mundo tem medos. Os seus são apenas mais tangíveis. Você os expressa. Acha que é fraca, mas é uma das pessoas mais fortes que conheço, porque só hoje você derrotou as duas coisas das quais mais tem medo uma por uma em um intervalo de tempo relativamente curto. Tem ideia de como é raro as pessoas fazerem isso? Algumas pessoas nunca têm a coragem de enfrentar seus medos em uma vida inteira, imagine em questão de meses.

Eu o empurrei com o ombro, brincando.

— A maioria das pessoas não tem colegas de apartamento malucos que se interessam em ajudá-las a fazer isso.

— Você acha que eu te ajudei... mas você me inspira, Nina, sem nem mesmo perceber. Ver como você confiou em mim o suficiente pra guiá-la através dos seus medos me faz pensar em enfrentar alguns dos meus.

— Não consigo te imaginar com medo de nada. Do que você tem medo?

— Quais são os meus medos? — Ele olhou para o céu e seu lábio tremeu enquanto pensava na minha pergunta, depois me olhou de volta. — Machucar as pessoas... decepcionar as pessoas com quem me importo. Coisas do tipo.

Isso era tudo que eu ia saber, porque ele desviou o olhar e eu sabia que um muro imaginário tinha acabado de se erguer. Jake era como um quebra-cabeça. Ele me dava pequenos pedaços da sua vida, mas nenhum deles se encaixava para contar uma história completa. Quanto mais silêncio se seguia, mais certeza eu tinha de que ele não ia desenvolver sobre o porquê de ter medo de machucar as pessoas e quem tinha medo de machucar. Decidi não arriscar me intrometer mais.

Um avião voou lá no alto e nós dois olhamos ao mesmo tempo. Mais tempo se passou em silêncio enquanto ficamos de mãos dadas, ainda invadindo o quintal daquela casa.

Uma repentina rajada de vento soprou meu cabelo bem no seu rosto, e eu disse:

— Não é brincadeira quando dizem que Chicago é uma cidade com muito vento. Desculpe.

— Não precisa pedir desculpas — ele respondeu, ainda olhando o céu antes de sussurrar: — Amo seu cabelo. — Ele disse isso tão baixo que eu não eu tinha certeza se ele queria que eu escutasse.

Mas eu escutei.

Ele soltou minha mão abruptamente e seus olhos saltaram das órbitas.

— Gosta de milkshake?

Que mudança mais aleatória.

— Claro.

Ele se levantou e eu fui logo atrás.

— Vamos embora daqui.

15

— Esse lugar é incrível — eu disse ao entrar com ele no Bernie's, uma lanchonete retrô a uns seis quarteirões da sua antiga casa.

O cheiro de batata frita e hambúrguer era um verdadeiro paraíso porque eu estava morrendo de fome.

— Espera só até provar a comida. — Ele estava sorrindo de orelha a orelha quando nos sentamos a uma mesa perto da janela. Ela tinha um daqueles mini jukeboxes e, por um dólar, podíamos tocar nossa escolha entre umas vinte e cinco músicas antigas dos anos 1950 e 1960.

— Esses jukeboxes estão aqui desde que eu era criança. As músicas são exatamente as mesmas. Muito louco isso.

— O que você vai tocar?

Ele colocou uma moeda na máquina.

— Meu pai costumava sempre tocar essa.

Eu a reconheci imediatamente e fiquei de queixo caído porque não conseguia acreditar no que estava ouvindo.

— *Crimson and Clover* — eu disse.

— Você a conhece?

— Essa era uma das músicas preferidas do Jimmy. Não era da nossa época, mas ele a adorava. Só que era a versão da Joan Jett que ele tocava. Quem canta essa?

Jake fechou os olhos e mexeu a cabeça lentamente com o ritmo da música antiga antes de me responder.

— Que louco isso do seu irmão. Essa era de longe a música preferida do meu pai. Essa é a original, de Tommy James and the Shondells. É uma das poucas músicas que me lembram da minha infância porque ele a tocava todo domingo quando vínhamos aqui.

— Não sabia que a outra era uma versão.

— Eu gosto mais da versão da Joan Jett, mas essa era a que meu pai sempre ouvia.

Quando a música terminou, uma garçonete veio pegar nosso pedido. Nem tínhamos olhado o cardápio ainda, então ela disse que voltaria depois.

Ele me entregou um.

— Já sei o que vou pedir, mas você decide. Os milkshakes são lendários e os hambúrgueres... não vou nem falar.

— Vou pedir o mesmo que você.

— Torta de anchova, então? — Ele deu uma piscadela e então fez um sinal para a garçonete e disse: — Vamos querer dois Bernie burguers e dois milkshakes de morango.

Enquanto esperávamos pela comida, ele brincou com o canudo, olhou para mim e perguntou:

— O que te fez decidir se tornar enfermeira?

— Sinceramente? Meu irmão. Tinha uma enfermeira que passava mais tempo com ele. O nome dela era Kerri. Era jovem, tinha acabado de terminar a faculdade. Na verdade, acho que ele era a fim dela. — Eu ri, pensando em como meu irmão era fofo. — Só lembro de ficar muito grata pelas vezes em que ela ficou com ele quando não podíamos por causa do trabalho ou da escola. Ele estava tão doente, mas se iluminava quando ela estava por perto. Lembro de pensar naquela época: "Meu Deus, se meu irmão sair dessa, prometo que vou retribuir e fazer o mesmo pelo irmão ou filho de alguém".

— Então depois que ele faleceu, você decidiu fazer mesmo assim.

— Sim. — Foquei na sua tatuagem de dragão, tentando não perder a compostura.

Ele percebeu que eu estava prestes a chorar.

— Tudo bem, Nina.

Minha voz estava trêmula agora, mas consegui me controlar.

— Só fiquei tão grata que ele tinha a ela... alguém que trouxe um pouco de luz para a vida dele em um período tão sombrio.

— Eu me identifico com isso — disse ele, olhando para baixo, brincando com o canudo de novo.

— Como assim?

— Precisar muito de luz durante um período sombrio... estar recebendo isso.

Então, de repente, ele olhou direto para mim. Não entendi completamente o que ele queria dizer, mas, antes que pudesse perguntar do que estava falando, nossa comida chegou.

Tomei um susto quando a garçonete colocou o prato na minha frente.

— Ok, esse hambúrguer é maior do que a minha cabeça.

Ele riu.

— Não se preocupe. Eu como o que você não conseguir.

Nossas mãos se esbarraram quando fomos pegar o sal ao mesmo tempo. Até mesmo uma fração de segundo o tocando me dava uma onda de choque.

Como sempre, comemos em um silêncio confortável e os sons que ele fez ao devorar o hambúrguer me lembraram de sua reação às minhas sobremesas. Ele realmente demonstrava quando estava gostando mesmo de alguma coisa.

O milkshake estava tão grosso que eu mal conseguia fazê-lo passar pelo canudo.

— Precisa chupar com mais força — instruiu, com um sorriso malicioso, erguendo as sobrancelhas.

Ele era o rei das indiretas sexuais. Eu geralmente não acompanhava, mas estava com um humor diferente hoje.

— Acho que minha boca está sem prática.

Ele quase se engasgou com o próprio milkshake, e o assunto da conversa terminou ali.

De repente envergonhada com minha ousadia, mudei de assunto.

— Então, você me perguntou por que decidi ser enfermeira. Por que você escolheu engenharia?

— Desde criança, eu gostava de desmontar as coisas e montá-las de volta. Então acho que foi a área que fez sentido.

Então, quando ele arrancar meu coração, vai ser capaz de consertá-lo.

Olhei para os seus braços sexy.

— Tenho certeza de que te perguntam isso o tempo todo, mas quais os significados das suas tattoos, como o dragão, por exemplo? É a minha preferida.

Apertando os olhos sarcasticamente, ele disse:

— Não... ninguém *nunca* me pergunta isso! — Ele riu. — Mas, falando sério, nada profundo. Todo mundo acha que tem que ter algum significado superprofundo por trás da tatuagem, mas só achei o dragão legal. A mesma coisa com essas. — Ele apontou para o braço direito, com várias tatuagens celtas e tribais, cruzes, rosas e outros tipos de arte. — Todas sem significado, menos essa bem aqui: a lua com as iniciais do meu pai. Fiz a maioria delas quando era adolescente.

Estendi a mão até o outro lado da mesa e passei o indicador pela tatuagem de meia-lua com as letras A.B.G. em volta.

— O que quer dizer?

— Alan Boyd Green.

— O que a lua significa?

Ele olhou para o meu dedo ainda no seu braço e respondeu:

— Meu pai costumava me dizer isso antes de sair de casa ou de me colocar pra dormir à noite. Eu dizia que o amava e ele respondia que também me amava, mas eu sempre o perguntava quanto. Ele dizia: "Até a lua... te amo até a lua".

— Que lindo.

Ele estava olhando pela janela.

— Às vezes, olho para a lua à noite e penso nele. Sei que isso é brega pra caramba... mas eu faço isso.

— Eu acho lindo.

Eu te acho lindo também e, Deus me ajude, quero tanto te beijar agora.

— Ele era daquele tipo motoqueiro, sabe? Mas tinha um coração de ouro e teria sido um pai incrível pra se ter por perto ao crescer. — Ele levantou o polegar, apontando para o anel que sempre usava nele.

— Esse era o anel de casamento do meu pai, na verdade.

Uau.

— Ele sabia que você o amava, Jake. Me arrependo de não ter dito mais ao meu irmão que eu o amava.

— Todos temos coisas das quais nos arrependemos... decisões que tomamos com as quais temos que viver. Não podemos nos martirizar com elas. Não muda nada.

Ficamos naquela mesa por pelo menos três horas. Tocamos algumas músicas no jukebox e contei ao Jake histórias sobre crescer na roça; ele não acreditou que eu dirigia um trator de verdade e disse que me pagaria se eu o deixasse ir para a minha casa e ver. Brincou que pagaria ainda mais se eu fizesse isso de biquíni.

Depois dividimos uma fatia imensa de bolo de "morte de chocolate". Ele me perguntou se eu queria explorar mais de Chicago, mas tinha algo tão sereno naquele lugar nostálgico. Respondi que preferia só ficar ali até termos que voltar para o aeroporto.

O sol se pôs, e a multidão chegando para o jantar começou a encher o Bernie's. Toda vez que o sino na porta soava, eu lembrava que estava um passo mais perto de entrar de novo em um avião. A ansiedade começou a crescer de novo.

Comi o último pedaço de bolo e, com a boca cheia, falei:

— Esse dia realmente me surpreendeu. Não fazia ideia do que você tinha reservado pra mim, mas acabou sendo um dos melhores dias que tive em muito tempo. E pensar que eu estava morrendo de medo. Agora só preciso sobreviver ao voo pra casa.

— Você pode escolher aqui e agora ficar no presente e se libertar do medo, ou pode escolher se deixar dominar. Nada pode te machucar naquele avião a menos que você deixe.

Coloquei o garfo no prato.

— Como foi que ficou tão sábio? Sério, você é como um homem de oitenta anos preso em um corpo gostoso e tatuado.

Que porra foi que eu acabei de dizer a ele?

Seu olhar era penetrante e seu sorriso divertido me mostrou que minha observação não tinha passado despercebida.

— Então... você me acha gostoso? — Seu sorriso era diabólico agora. Ele ia me torturar.

Não sabia o que dizer, então decidi responder algo sem nenhum sentido.

— Você entendeu o que eu quis dizer.

— Existem outros significados pra gostoso?

— Jake...

— Está ficando vermelha... para. Tô te sacaneando. Você torna isso tão fácil às vezes. — Ele riu e me assustou quando estendeu o braço e passou o polegar gentilmente pelo meu lábio e lambeu o dedo. Arrepios irradiaram pela minha espinha quando ele fez isso. — Você estava com a boca toda suja de chocolate. Achei fofo no começo, mas não queria que saísse daqui assim.

— Ah... obrigada — respondi, desviando o olhar, ainda com vergonha do que tinha acabado de admitir. Também estava desejando desesperadamente que ele tivesse lambido o chocolate direto da minha boca, para que eu pudesse prová-lo.

Estava completamente escuro lá fora e eu sabia que teríamos que ir embora em alguns minutos. Desejei que pudéssemos só ficar ali na mesa por mais tempo. De alguma forma, conseguimos abafar o som do resto do mundo pelas últimas horas. Ele me deixou louca de desejo por ele e tinha um jeito de me fazer querer lhe contar tudo, como os meus medos e desejos mais profundos. Às vezes, eu fazia papel de boba no processo porque, para ser sincera... *ele* era o meu desejo mais profundo.

— Pronta pra ir? Precisamos ir pro aeroporto — disse ele, ao tirar a carteira e pagar a conta.

— Tão pronta quanto jamais estarei.

Saindo do Bernie's, ele colocou a mão no fim das minhas costas de novo e minha respiração acelerou imediatamente. Toda vez que ele só encostava em mim, que dirá me tocar diretamente, meu corpo respondia e, ultimamente, os efeitos tinham sido cumulativos; estava me esgotando lentamente.

No voo para casa, antes da decolagem, ele segurou minha mão sem eu pedir. Acho que ele percebeu meus nervos começando a abrir caminho para o modo pânico.

Esse avião era maior do que o outro e estava quase vazio, e tínhamos uma fileira toda só para nós. Estava assustada, mas não me sentia tão fora de controle quanto no início do primeiro voo. Já era noite e, de alguma forma, isso era mais relaxante do que o sol entrando.

— Você acha que consegue sobreviver à decolagem sem cócegas?

Fiz que sim com a cabeça.

— Só não solta a minha mão, ok?

— Prometo. Não vou soltar.

E ele não soltou durante o voo inteiro. Mesmo quando já alcançamos altitude, mesmo quando a comissária de bordo veio com as bebidas, mesmo quando foi pegar algo na mochila, manteve a mão na minha. Era um gesto pequeno, mas foi a primeira vez que senti de verdade que ele a estava segurando porque queria, não porque eu precisava que fizesse isso.

Estava escuro no avião, exceto por algumas luzes individuais. Me sentar perto dele na luz fraca de nossa fileira vazia dava uma sensação de intimidade.

Jake criou um jogo para desviar minha atenção de uma turbulência.

— Cada um grita uma palavra e então nós dois temos que falar a primeira coisa que vier à mente.

Expirei, ainda abalada com o constante sacudir do avião.

— Ok.

— Pronta?

— Sim.

— Você primeiro — ele disse.

O primeiro assunto que me veio à cabeça foi:

— Chicago. — Eu mesma falei em seguida: — Bernie's.

Jake optou por:

— Casa. — Jake então escolheu o próximo tema: — Matemática.

Então falei:

— Tortura.

Já Jake foi com:

— Diversão.

— Sra. Ballsworthy. — Eu ri.

Nos entreolhamos divertidos e falamos juntos:

— Foder.

Ele disse o próprio nome:

— Jake.

E eu respondi:

— Bananas.

E ele:

— Gostoso.

Eu bati nele, e o imitei:

— Nina. — E, então: — Espetacular.

Jake fez uma pausa silenciosa e, em seguida:

— Deixa eu pensar sobre isso e te digo depois.

Bati nele de brincadeira de novo.

Continuamos a jogar até a turbulência amenizar. Ele tinha conseguido me distrair.

O dia tinha sido longo e decidi encostar a cabeça e fechar os olhos, mesmo estando nervosa demais para cochilar de verdade. Jake ainda estava segurando minha mão e, em determinado momento, começou a esfregar suavemente o polegar de um lado para o outro nela. Meus olhos ainda estavam fechados, mas estava me derretendo no assento, estremecendo entre as pernas com o gesto pequeno, porém sensual. Enquanto ele continuou a esfregar o polegar na minha mão, eu o imitei e comecei a esfregar meu polegar na sua. Por fim, nossos dois polegares estavam fazendo movimentos circulares suaves.

Quando abri os olhos de repente, fiquei surpresa ao vê-lo no seu assento completamente virado para mim. Presumi que estava virado para a frente de olhos fechados como eu. Em vez disso, estava só me encarando, e eu parecia tê-lo pegado no ato. Será que ele tinha ficado assim durante aquele tempo todo em que nossos polegares estavam dando uns amassos?

Ele estava respirando rápido e me olhando como se estivesse lutando para dizer alguma coisa, como se quisesse me beijar, como se quisesse estar dentro da minha alma, mas algo o estava contendo.

Ele tirou a mão da minha e a usou para colocar meu cabelo atrás da orelha, se ajeitou no assento e disse:

— Melhor colocar seu cinto. A luz acabou de ligar.

Não falamos mais nada pelo resto do voo. Meu coração estava acelerado, mas, dessa vez, não era pelo meu medo de voar. Era de medo por Jake. Porque eu realmente tinha achado que algo estava prestes a acontecer entre nós naquele momento, mas, no típico estilo de Jake, ele parou no último segundo. E aquelas borboletas no meu estômago? Estavam mortas de cansaço.

Quando voltei para o meu quarto depois do banho, naquela noite, no lugar de um morcego de papel, na minha mesa de cabeceira tinha um par de asas de piloto douradas de plástico que aparentemente eu tinha ganhado por ter sido uma passageira corajosa. Então, mais uma vez, Jake conseguiu fazer com que eu me sentisse uma criança.

Estava muito orgulhosa de mim mesma. O sentimento era conflitante porque, mesmo nossa viagem tendo sido incrível, tinha me deixado ainda mais confusa. Depois de hoje, tinha total certeza de que ele sentia algo por mim.

No dia seguinte, eu iria para casa passar o Natal e ficaria fora por quase duas semanas. O que eu não sabia é que, quando voltasse para o Brooklyn depois das festas de fim de ano, nada mais seria o mesmo.

16

Estava de volta à casa dos meus pais por um dia e já estava me coçando para ver Jake de novo. Era fim de semana, então ele devia estar em Boston, de qualquer jeito, mas era psicológico, porque sabia que ficaria aqui por vários dias. Ia ser a primeira semana inteira desde que o conheci que ficaríamos separados.

Me senti vazia e sem esperança, e essa era a primeira vez que me dei conta de que estava realmente ficando viciada nele.

Estava nevando muito e, em vez de apreciar a linda paisagem branca pela janela, isso só me fazia sentir mais presa aqui.

Me sentei no sofá de camurça, zapeando pelos canais da TV enquanto, na verdade, focava nos pensamentos do polegar de Jake se esfregando no meu.

Então, minha mente me levou até aquela noite no seu quarto, quando ele praticamente me expulsou. Tentava muito não pensar naquela noite, nas palavras que saíram da sua boca, que foram tão brutalmente cruas. Quase tinha um orgasmo só de relembrá-las e achei que ele estava falando sério sobre as coisas que queria fazer comigo. Estava tentando *muito* ficar longe. O pensamento tanto me excitava quanto me irritava.

No jantar, meus pais me interrogaram sobre a vida em Nova York. Eram bem conservadores e, se achassem que eu estava juntando as escovas de dente com alguém com quem queria transar, iam pirar. Então escolhi continuar a manter meus sentimentos pelo meu colega de apartamento em segredo.

— Então, querida, já conheceu algum rapaz legal na cidade? — minha mãe perguntou.

— Ninguém em especial.

Alguém incrível.

— Não acha que precisa sair mais? Talvez participar de algum clube da faculdade ou algo assim? Aposto que conheceria um cara legal se fizesse isso.

A menos que ele tenha piercings, uma tatuagem de dragão, queira me fazer gozar de todas as formas possíveis até eu gritar e seu nome seja Jake Green... não tenho interesse.

— Sim, talvez — respondi, sem absolutamente nenhum sentimento.

Minha mãe, Sheryl, sempre tentava me dar conselhos sobre homens. Infelizmente, não se podia confiar no julgamento dela. Além do fato de que ela achava que Spencer foi a melhor coisa que já me aconteceu, ela uma vez tentou me arranjar com o filho de um colega de trabalho que, de início, parecia interessante no papel. Ele supostamente trabalhava com "maquiagem" e se parecia com um ator famoso. Bem "Hollywood", né? A história acabou sendo diferente quando conheci o cara. Era embalsamador em uma funerária, que, apesar de me deixar desconfortável, poderia ter convivido com isso se a celebridade com quem ele *realmente* se parecia não fosse o Pee Wee Herman. Então mantive minha mãe fora da minha vida amorosa.

Depois do jantar, fui para o meu quarto sonhar acordada em paz e olhei pela janela as luzes de Natal da casa dos vizinhos. Paramos de colocar as luzes depois que Jimmy faleceu, mas nossos vizinhos, os Hardiman, sempre colocavam a mesma decoração todo ano desde que eu era criança. Olhar o jardim deles era nostálgico porque, apesar de tudo que perdemos quando Jimmy faleceu, ver o mesmo par de renas aceso e o mesmo Papai Noel inflável era um vislumbre de como as coisas eram em épocas mais felizes.

A noite seguinte era véspera de Natal. Costumava ser algo importante na minha casa, com muitos presentes sob a árvore e um presépio enorme lá fora. Depois que Jimmy morreu, minha mãe diminuiu significativamente. Tudo o que tínhamos este ano era uma árvore modesta e duas meias – a de Jimmy e a minha – na lareira.

Nossos planos eram ir a uma missa de fim de tarde na Igreja St. Margaret's e depois fazer uma pequena reunião com os amigos próximos dos meus pais aqui em casa.

Eu estava no meio da missa naquela noite quando minha solene véspera de Natal tomou um rumo interessante.

Meu celular vibrou no banco da igreja. Era uma mensagem do Jake.

Não queria ser rude e lê-la durante o sermão, mas não pude evitar.

Então, estou no meio de uma reunião de Natal na casa da minha irmã e ela está ouvindo a rádio Pandora. Aquela música do Divinyls está tocando e agora só consigo pensar em você. Muito obrigado.

Que música do Divinyls?

Estava me matando não saber do que ele estava falando. Consegui não olhar no Google até sairmos da igreja. Já no carro, procurei "Músicas do Divinyls" e a encontrei: *I Touch Myself*[12]. Eu conhecia a música, mas não sabia quem cantava.

Claro. Muito engraçado, Jake.

Por acaso vi outra música do Divinyls na lista. Era o título perfeito para uma música que descrevia como ele me faz sentir. Então o respondi:

Engraçado, porque tem uma música do Divinyls que me lembra você também. Se chama *Pleasure and Pain*[13].

Estava esperando que respondesse no típico estilo Jake, com um comentário espirituoso.

Jake: ;) Então, o que vai fazer hoje à noite?

Nina: O Natal é meio triste aqui em casa. Só fomos à igreja. Agora estamos indo pra casa jantar. E você?

Jake: Brincando de boneca com minhas sobrinhas. Não conta pra ninguém.

Nina: kkkk Você nunca deixa de me surpreender.

Uns três minutos depois...

Jake: Quando você volta pra cidade?

Nina: Só daqui a quase duas semanas.

Jake: Porra.

Nina: Vai sentir tanto a minha falta assim?

Jake: Na verdade, sim. Já sinto sua falta, pra ser sincero. Muita.

Ah.

12 "Eu me toco." (N. T.)
13 "Prazer e dor." (N. T.)

Nina: Também sinto sua falta.

Jake: Feliz Natal.

Nina: Feliz Natal.

Depois do jantar, meus pais ficaram comendo castanha assada com alguns amigos e pedi licença para voltar para o meu quarto. Me deitei na cama com dossel — não ria — e fechei os olhos, depois de olhar para as estrelas fluorescentes — não ria — que eu tinha colocado no teto anos atrás.

Só conseguia focar no que Jake disse sobre sentir minha falta. E quer saber? Era muito melhor do que focar no quanto sentia falta do meu irmão. Na verdade, esses últimos meses morando no Brooklyn foram a primeira vez desde que Jimmy morreu em que me senti viva de novo.

Ele me trouxe de volta à vida.

Ele me trouxe de volta à vida e pode ser muito bem a minha morte de novo.

Vale a pena o risco.

Mas ele está com todas as cartas.

Uma hora depois, eram umas dez horas quando meu celular vibrou.

Jake: Viu a lua hoje?

Sorri e imediatamente fui até a janela. A lua não estava bem cheia, mas quase, e estava incrivelmente brilhante. Junto com a neve no chão e as luzes de Natal brilhando do outro lado da rua, a combinação estava surpreendentemente linda. Aqueceu meu coração pensar em Jake olhando a mesma lua, pensando no pai esta noite.

Nina: Nunca pensei em olhar para a lua na véspera de Natal, mas estou feliz que o fiz. Você sempre tem um jeito de abrir meus olhos para as coisas.

Jake: Não tem mais nada que eu preferisse olhar agora, na verdade.

Nina: A lua está linda.

Jake: Eu estava falando dos seus olhos.

Por reflexo, coloquei a mão no coração como se fosse impedi-lo de pular do peito. Ele tinha a habilidade de me chacoalhar até o âmago e transformar meu corpo em mingau com uma simples frase. Precisava responder, mas não conseguia formar uma frase coerente.

Jake: São os olhos mais lindos que eu já vi. Me perco neles às vezes. Eles me confortam de uma maneira que nada mais consegue.

Minha mão estava tremendo enquanto eu escrevia.

Nina: Também amo seus olhos.

Jake: Sei que estou te confundindo. Me desculpe. Precisamos conversar quando você voltar pra casa.

Meu coração estava pulando porque não sabia como reagir ao "precisamos conversar".

Nina: Também acho que precisamos conversar.

Esperei uma resposta, mas aparentemente esse era o fim da nossa conversa. Adormeci confusa, sem saber se estava inconsolável ou feliz por ele querer conversar sobre nós dois.

Meu celular ainda estava na mão quando acordei na manhã seguinte, dia de Natal. Olhei para baixo e vi que, na verdade, ele tinha me mandado mais uma mensagem, horas depois, no meio da noite.

Jake: Já sei a resposta... Anjo. É minha resposta pra sua pergunta no avião. O que Nina me lembra.

Não sabia exatamente o que tinha dado nele, mas estava gostando disso. Quando levantei, porém, a euforia se transformou em um medo prolongado que começou a me inquietar.

Ao longo do dia, sua admissão de que precisávamos conversar quando eu voltasse tinha começado a me consumir.

Não tive apetite durante o jantar de Natal porque meu corpo tinha simplesmente se fechado de preocupação.

Quando meus pais e eu nos reunimos mais tarde para assistir a *Um duende em Nova York*, minha mente não estava concentrada no filme e não achei engraçadas as partes que costumavam me fazer gargalhar. As diferentes teorias sobre o que ele queria me dizer inundavam meu cérebro.

Então cheguei a uma conclusão doentia. Eu realmente não achava que conseguia mais viver sem o Jake e sentia que meu mundo iria desmoronar sem ele. Apesar de querer tanto dar o próximo passo com ele, ao mesmo tempo sabia que, se as coisas continuassem assim, nunca teria que me preocupar em perdê-lo. Algo me dizia para manter as coisas como estavam.

O fato de ele não me mandar mensagem desde o domingo de Natal me deixou mais apreensiva.

Na terça seguinte, Jake estava de volta a Nova York, quando me mandou mensagem pela primeira vez desde a véspera de Natal.

Jake: A casa está um saco sem você. Nem cheirar sua lingerie melhorou meu mau humor. Se eu cheirar essa cinco vezes, você vai aparecer magicamente?

Nina: kkk! Saia da minha gaveta de lingerie!

Jake: 36C? Eu sabia.

Nina: Agora sei que você está mentindo porque errou por um tamanho de bojo.

Jake: 36D? Sério? Porra.

Nina: 34D, mas sim.

Jake: Mas essa foi uma maneira esperta de descobrir seu tamanho de sutiã, não foi?

Nina: O que você está fazendo mesmo?

Jake: Só de bobeira, na verdade. Tarah e Ryan vão descer pro Eleni's pra jantar. Acho que vou com eles porque não tenho nada melhor pra fazer sem você aqui pra perturbar.

O fato de ele descer para o Eleni's naquela noite me aborreceu e me fez querer embarcar no próximo ônibus de volta. Se Desiree estivesse trabalhando, iria usar a oportunidade de Jake estar de vela sem mim para cravar suas garras sujas nele.

Nina: Legal. Divirtam-se.

Jake: Que dia você volta mesmo?

Nina: Em algum momento durante o fim de semana de 8 de janeiro.

Jake: Merda. Não vou estar em casa. Te vejo segunda, dia 9, então?

Nina: Sim.

Jake: Vamos marcar de sair nessa noite.

Nina: Ok. Divirta-se no jantar.

Jake: Falando nisso, onde é essa gaveta de lingerie?

Nina: (Revirando os olhos)

Jake: ;)

No fim das duas semanas, acabei chegando ao Brooklyn em um sábado à tarde. Uma parte de mim estava esperando que, por algum milagre, Jake tivesse deixado de ir para Boston só dessa vez, mas ele não estava.

Tarah e Ryan também não estavam, então decidi sair para correr, já que o clima estava ameno para janeiro. Correr era uma boa maneira de gastar um pouco dessa energia nervosa que tinha se acumulado nas últimas duas semanas.

Depois de colocar uma legging e um moletom com capuz, peguei meu iPod e uma garrafa de água na geladeira e corri para a porta. Descendo as escadas, ouvi um gemido vindo do apartamento da sra. Ballsworthy que me fez parar nas escadas em frente à sua porta e escutar.

Estranho.

Geralmente, os únicos sons vindos daquele lugar eram impropérios ou um programa de auditório ressoando na televisão.

Os barulhos continuaram e fiquei paralisada, sem saber o que fazer. De repente, vieram as palavras:

— Socorro! Me ajudem!

Ah, meu Deus!

O que eu devo fazer? Morro de medo dessa mulher. Ela me assusta pra caramba.

Deixando o terror de lado, girei a maçaneta, surpresa em descobrir que a porta estava aberta. Trotei nervosamente nas pontas dos pés até os fundos do apartamento e segui o som vindo de um dos quartos.

Ela estava no chão, agarrando o peito, e se virou para mim.

— Me ajude, Nina. Me... ajude.

— Sra. Ballsworthy?! — Corri até ela, que agarrou minha mão, apertando-a, e liguei para a emergência. — Sim, preciso de uma ambulância imediatamente para a rua Lincoln, 1185. Acho que minha vizinha está tendo um infarto. Sra. Ballsworthy, o que está sentindo? Consegue falar?

Ela mal conseguia formar as palavras.

— Peito... aperto... dor... braço.

Segui as instruções da pessoa ao telefone.

— Ok... Ok... Sim, claro. Vou ficar com ela. Sim... ela está deitada. A senhora tem aspirina?

Ela apontou para o banheiro do outro lado do corredor.

Corri e peguei um frasco no armário. Voltei para ela e coloquei uma em sua boca, em pânico. Abri a minha garrafa d'água e a ajudei a beber um pouco.

— Não me deixe sozinha, Nina.

— Não vou deixar. Estou bem aqui. Não vou a lugar algum — garanti, segurando sua mão por uns cinco minutos até o som das sirenes à distância ficarem mais próximos.

Como meu pai sempre costumava dizer: "Nós fazemos planos e Deus ri". Eu estava saindo para correr, mas acabei em uma ambulância com uma mulher cujas únicas palavras para mim até hoje tinham sido: "Vá se foder".

A mulher ao meu lado não era mais aquela pessoa infeliz que achei que conhecia; estava só... assustada. De alguma forma, o cara lá de cima me escolheu para segurar sua mão naquele momento, e eu com certeza ia fazer meu trabalho.

— Sra. Ballsworthy, a senhora tem alguém da família para quem eu possa ligar?

Ela ainda estava com dificuldade para falar, mas conseguiu dizer:

— Minha... filha.

— Pode me dizer o número dela?

Ela falou os dígitos lentamente entre as respirações e eu os disquei enquanto ela falava.

Uma mulher atendeu.

— Oi, meu nome é Nina Kennedy. Você é filha da sra. Ballsworthy?

— Sim.

— Sou vizinha dela. Sua mãe pode estar tendo um infarto. Ela está bem agora, mas estamos em uma ambulância a caminho do Brooklyn Hospital Center.

A mulher disse que iria nos encontrar lá imediatamente e desligou.

Quando chegamos ao hospital, eles a levaram lá para dentro e me pediram para ficar na sala de espera. Descobri que o nome dela era Laurice.

Uma bela mulher de pele cor de caramelo e tranças longas e finas entrou correndo na sala de espera e eu me levantei.

— Você é a filha da Laurice?

— Sim. Onde está minha mãe?

— Eles acabaram de levá-la e não me deixaram entrar. Me disseram para esperar você aqui e falaram que um médico viria dar notícias.

Ela cobriu a boca em choque, andando de um lado para o outro.

— Ela vai ficar bem?

— Acho que sim. Estava consciente e respirando.

— Como você a encontrou?

— Eu moro no andar de cima. Estava indo correr e a ouvi gritar por socorro.

— Ah, meu Deus — disse ela, e então me surpreendeu quando me deu um abraço. — Você pode ter salvado a vida dela.

— Qualquer pessoa teria feito o mesmo.

— Obrigada por ter sido tão diligente. — Ela estendeu a mão. — Meu nome é Daria.

— Nina. Prazer em conhecê-la.

Vários minutos depois, uma enfermeira veio nos dizer que a sra. Ballsworthy estava estável, mas iria para o centro cirúrgico. Insisti em ficar com Daria até sua mãe sair da cirurgia. Sabia que eu não ia querer estar sozinha naquela situação.

Um médico veio mais ou menos uma hora e meia depois e nós duas nos levantamos.

— Olá, sou o dr. Tuscano. Qual de vocês é a filha?

Daria levantou a mão.

— Sou eu.

— Sua mãe vai ficar bem. Ela estava com uma artéria obstruída que causou um infarto de leve a moderado. Realizamos uma angioplastia imediatamente e colocamos um *stent* para manter a artéria aberta. Você teve muita sorte de ela ter sido encontrada naquele momento, pois o risco de dano ao coração aumenta significativamente quando não é tratado por mais de noventa minutos. No caso da sua mãe, acredito que a trouxemos a tempo para tudo ficar bem.

— Quando posso vê-la? — ela perguntou.

— Alguém virá em uns vinte minutos para chamá-la quando você puder entrar. Ela está na sala de recuperação agora.

— Obrigada, doutor. Muito obrigada.

Um olhar de imenso alívio apareceu no rosto de Daria e nos abraçamos.

— Nina, você salvou *mesmo* a vida da minha mãe.

— Fico feliz de estar lá na hora certa.

Nos sentamos de novo e ela olhou para mim.

— Você conhecia minha mãe antes disso?

— Digamos que eu já tinha me encontrado com ela, mas não a conhecia de verdade.

— Ela por acaso já disse algo *inapropriado* a você?

Não sei se devia contar a verdade naquelas circunstâncias, mas só tinha uma resposta.

— Ela já mandou... eu me foder... várias vezes.

Daria olhou para o chão e balançou a cabeça.

— Eu sinto muito. Preciso explicar o comportamento dela.

— Tudo bem. Sei que não é nada pessoal. Ela faz isso com todos os meus colegas de apartamento e com alguns dos vizinhos. Mas por quê?

— Minha mãe tem tido esses episódios nos últimos dez anos. Uma hora, ela está bem e, na outra, está falando palavrões para todo mundo. É um tipo de reação pós-traumática. Começou depois que meu pai foi assassinado. Ele estava voltando para casa do trabalho tarde da noite e foi assaltado, levou um tiro e morreu. Pegaram os caras. É uma longa história... mas, naquele dia, meus pais tiveram uma briga horrível. A última coisa que ela lhe disse da janela quando ele foi embora foi "Vá se foder". Nove horas depois, os policiais nos acordaram para dizer que meu pai tinha sido assassinado.

Puta merda.

— Eu sinto muito, Daria.

— Esses episódios não apareceram logo, mas ao longo dos anos ela começou a ter flashbacks e isso a faz dramatizar às vezes. Nunca se perdoou pela maneira como as coisas ficaram entre eles. Esses episódios de insultos parecem ser um estranho tipo de mecanismo para lidar com a situação. Ela é uma boa pessoa e não faz com intenção. É só uma reação muito estranha a um acontecimento devastador. Então, em nome da minha mãe, peço desculpas.

Coloquei a mão nas costas dela.

— Não precisava, mas obrigada por me explicar.

Lição aprendida. As pessoas nem sempre são o que parecem por fora.

Fiquei com Daria até ela poder ver a mãe. Combinamos de almoçar em breve, já que ela insistiu, como uma forma de me agradecer.

Quando eu estava indo embora, fiquei presa em um labirinto de corredores. Toda vez que eu dobrava em um, me perdia de novo.

Depois de uns cinco minutos chegando em becos sem saída, acabei parando para me situar em frente a um dos quartos dos pacientes. Uma jovem adolescente que tinha perdido todo o cabelo estava sentada sozinha olhando inexpressivamente para uma televisão.

Quando estava prestes a sair, a garota percebeu que eu estava olhando e perguntou:

— Você é da carreta da alegria?

— Como?

— Você sabe... o pessoal da carreta da alegria. Aqueles voluntários chatos de hospital. Eles têm vindo bastante ultimamente.

— Não, não, não sou.

— Ótimo... porque eles são um saco. Vêm aqui com seus sorrisos falsos, como se fosse pra eu acreditar que isso aqui é a Disney ou alguma merda assim. — Ela fez uma pausa. — A propósito, eu tenho câncer.

— Eu sei... eu... imaginei...

— Porque estou parecendo o Caillou?

— Caillou?

— Personagem de um desenho estranho que passa na TV a cabo, careca sem motivo nenhum.

— Ah.

— Sério, por que você está aqui? Está aqui por minha causa? — Olhei para o seu olhar esperançoso.

— Talvez eu esteja.

— Ótimo. Porque hoje quero falar de sexo.

— Como é?

— Qual é o seu nome?

— Nina.

— Não seja cagona, Nina.

— O quê?

— Desculpe o meu palavreado, mas não me reprimo mais. A vida é muito curta pra gente não ir direto ao ponto. Enfim... eu disse que queria falar de sexo e, pela maneira como você está vestida, parece estar aberta a isso. Esperei alguém assim como você aparecer, na verdade. — Ela fez um sinal com a mão. — Entra aqui e fecha a porta.

Olhei por cima do ombro e então para mim mesma timidamente e entrei no quarto. Eu estava em um programa de câmera escondida? Eu juro, entre a sra. Ballsworthy e agora isso, aquele dia definitivamente parecia um episódio de *Além da imaginação*.

Me sentando em uma cadeira próxima à sua cama, perguntei:

— Quantos anos você tem mesmo?

— Tenho quinze.

— Qual é o seu nome?

— Skylar — disse ela, desligando a televisão.

— O que você quer saber, Skylar?

— Não posso conversar sobre essas coisas com minha mãe. Ela teria um troço.

Suspirei, me preparando para suas perguntas.

— Ok...

— Minha primeira pergunta é... com que idade é cedo demais pra transar?

Ah, meu Deus. Por que eu?

Ri para mim mesma com o absurdo da situação em que tinha acabado de me meter e pensei em como responder.

— Na verdade, não existe só uma resposta pra essa pergunta... mas quinze anos com certeza é cedo demais.

— E se a pessoa não viver pra ter idade suficiente?

Dava para ouvir um alfinete cair no chão. Fiquei completamente sem palavras.

Felizmente, ela continuou antes que eu tivesse uma resposta.

— Então... tem um garoto. O nome dele é Mitch. Ele é meu melhor amigo e sempre foi desde que éramos pequenos, mas ele não sabe que eu, na verdade, estou apaixonada por ele. Nós moramos em Nova Jersey, mas estou aqui no Brooklyn pros meus tratamentos nos últimos meses porque meu pai mora aqui e meus médicos são aqui. Então me mudei temporariamente e não o vejo há algum tempo. Estou com muito medo de que ele me esqueça.

— Por que você o perderia se ele é seu melhor amigo?

— Não acho que ele deixaria de ser meu amigo intencionalmente, mas muitas garotas são a fim dele porque ele é um gato. Elas nem mesmo o conhecem como eu. Só querem uma casquinha e, bem, ele é homem, então...

— Já disse a ele como se sente?

— As coisas começaram a ficar um pouco estranhas entre nós antes do meu diagnóstico. Ele estava me olhando diferente, e eu estava começando a achar que algo poderia acontecer. Sempre me agarrei a essa fantasia de que eu seria sua... você sabe... primeira. E ele seria o meu primeiro. Mas, se eu não estiver por perto, ou por causa dos meus tratamentos ou... por outra razão, e ele conhecer alguém, posso nunca ter a chance. A cada segundo que estou longe, sinto como se o estivesse perdendo.

Uma bebida forte viria bem a calhar agora.

— Ele vem te visitar? — perguntei.

— Aí é que está. Ele está implorando para eu deixá-lo vir. Não sabe em que hospital estou porque não lhe digo. Não quero que me veja assim, mas sinto tanta falta dele... Está me matando. — Ela pegou o celular e mostrou uma foto. — É ele. Esse é o Mitch.

— Ele é bem bonito — eu disse quando ela o mostrou para mim. E era mesmo. Com o cabelo escuro e um pouco longo, um boné dos Yankees e grandes olhos azuis, entendi por que ela se sentia assim em relação a ele.

Ela parecia desesperada.

— O que eu vou fazer?

— Bem, Skylar, vou dizer o que um velho sábio, mas na verdade... um sábio homem tatuado e com piercings me disse uma vez: você pode escolher ficar no presente e se libertar do medo ou pode escolher se deixar dominar.

— Ele parece gato.

— Ele é. A questão é... você está se preocupando com o que pode acontecer em vez de usar esse tempo para estar com a pessoa de quem gosta. Ele quer te ver. Está com medo do que ele vai achar? Você é linda. — *E ela era*. Nem todo mundo ficava bem careca, mas ela estava angelical.

— Quer ver o que é linda? — Ela procurou no celular e me mostrou outra foto de Mitch e dela. Ela tinha o cabelo castanho-avermelhado e solto, um pouco mais de carne nos ossos e de cor no rosto e os dois pareciam um anúncio da Abercrombie & Fitch.

— Você era linda com seu cabelo e é linda agora sem ele. O que posso fazer pra você perceber isso? Precisa deixá-lo te ver.

Ela parecia estar lutando contra a minha sugestão, mas finalmente balançou a cabeça, concordando.

— Tudo bem, então. Vou precisar da sua ajuda. Vou precisar de apoio.

— O quê?

— Apoio! Para a *Skylar Seymour Finge que Não Tem Câncer Edição Transformação Extrema*. Tenho uma peruca, mas ela é sem graça. Vou precisar de uma muito boa, com cabelo humano de verdade e luzes como as suas. Precisa ser *in-crí-vel*. E vou precisar de maquiagem e um sutiã *push up*.

— Sutiã *push up*?

— Aqueles que deixam os peitos maiores. Não esperava que você soubesse o que é, Dolly Parton.

Olhei para os meus seios. Ela tinha razão.

— Preciso ficar ainda mais bonita que antes.

— Apesar de eu achar que você está perfeita agora, farei o que for preciso para garantir que se sinta confiante o suficiente para vê-lo.

Porque sei como é estar louca por um cara que também é seu melhor amigo.

Coloquei a mão no seu joelho.

— Me dê alguns dias, ok? Minha colega de apartamento trabalha em um salão de beleza no centro. Acho que ela pode me arranjar cabelo humano.

— Ótimo.

No que foi que eu tinha me metido? O que quer que fosse, me revigorou e me deu um senso de propósito. Se era possível se apaixonar à primeira vista por aquela pessoa, acho que posso ter me apaixonado.

— Skylar, com que frequência esse pessoal da carreta da alegria vem dançar?

— Dançar? Seria mais interessante se fossem dançarinos. Eles vêm visitar algumas vezes por semana.

— Bem, vou falar com alguém e descobrir como ser da sua carreta da alegria pessoal de agora em diante.

— Você tem namorado, Nina?

— Não, mas tem alguém especial de quem gosto muito. Ele é tipo o meu Mitch. O nome dele é Jake.

— Você já fodeu ele até o talo?

— Skylar...

— E aí, já?

— Não.

— O que é que *você está* esperando? Você já tem idade.

— Eu sei disso. Mas as coisas são complicadas. Vamos conversar em breve, então...

Por que eu estava me metendo nisso?

Ela se ajeitou na cama avidamente.

— Vai me mandar mensagem se algo acontecer?

— Eu... acho que sim.

— Ótimo. — Ela pegou meu celular e salvou seu número nele.

Olhei para sua cabeça lisa e seus olhos radiantes, aos quais acabei de devolver um vislumbre de esperança, e me dei conta de que não estava nem um pouco perdida mais cedo. Algo tinha me guiado exatamente até onde eu deveria estar. Eu só não sabia dizer quem estava destinada a quem.

17

O dia seguinte, domingo, 8 de janeiro, era meu vigésimo terceiro aniversário, mas eu não tinha dito a ninguém, nem mesmo ao Jake. Ryan devia saber quando era meu aniversário, mas ele com certeza não tinha me dado nenhum indício de que lembrou esse ano, então não teria nenhuma comemoração. Estava planejando um dia tranquilo — depois dos acontecimentos de ontem —, tentando me preparar para quando Jake voltasse de Boston. Ele disse que chegaria bem tarde naquela noite e que sairíamos no dia seguinte e teríamos aquela "conversa". Meu estômago estava embrulhado. Fazia duas semanas da última vez que nos vimos. Sentia muita falta dele.

Eu tinha chegado em casa à tarde depois de uma corrida e encontrei uma grande caixa de presente na minha cama. Abri o pequeno cartão.

Se você achou que a gente ia esquecer do seu aniversário, estava enganada. Jantar. Hoje à noite. 19h. Eleni's. As bebidas são por conta do Telly. Dança Grega bêbada. Use seu vestido de festa. Beijos, Tarah e Ryan.

Apertei o cartão contra o peito e ri, secretamente feliz que eles lembraram. Imediatamente abri o papel de presente roxo estampado. Dentro da caixa, tinha um lindo vestido curto e sem alças. Tarah e eu tínhamos ido fazer compras algumas semanas atrás e eu tinha experimentado esse mesmo vestido, mas achei que não podia pagar.

— Você vai ficar muito sexy nele, aniversariante.

Me virei e ela estava parada na porta do quarto.

— Muito obrigada, mas não acredito que você gastou esse dinheiro todo comigo.

Tarah entrou no quarto e me abraçou.

— Não foi nada. Fiz um bom extra ontem. Pode me retribuir me deixando te maquiar de novo hoje à noite.

— Por que você teria esse trabalho todo? É só o Eleni's.

— Não é só o Eleni's. É seu aniversário e open bar pra gente. E nunca se sabe, você pode conhecer algum grego gostoso lá, chamado Taso ou Christos.

— E vamos embora e seremos felizes para sempre em Mykonos.

— Viu? Agora sim!

— Eu de biquíni tomando um martini em Santorini. — Balancei os quadris quando disse isso e tive uma crise de riso.

— Essa é a minha garota! Mas, falando sério, vai por mim, você vai querer ficar bonita hoje à noite. Tenho uma ideia pro seu cabelo.

— Falando em cabelo, como está indo a busca pelo cabelo humano?

— Ah, esqueci de te falar. Encontrei um perfeito. Parece bastante com aquele da foto que você me enviou dela com o cara gato.

Skylar tinha me mandado a foto dela com Mitch para que eu a usasse para encontrar uma peruca que parecesse com seu cabelo de verdade.

— Você sabe que ele tem quinze anos, né... — eu disse.

Ela deu de ombros.

— Sim, tanto faz. Enfim, é lindo, longo, castanho-avermelhado, igualzinho ao da foto. Devem entregar no salão na próxima semana.

Mal podia esperar para contar à Skylar quando fosse visitá-la na quarta-feira.

Tarah tinha realmente se superado. Fiquei de cabelo solto e ela fez duas tranças finas, que juntou atrás da minha cabeça. Estava bem romana. Para a maquiagem, ela insistiu que eu usasse um batom vermelho para combinar com a roupa. Quando coloquei o vestido sem alças, recebi uma mensagem de Skylar.

E aí? Já pegou?

Balancei a cabeça. Essa menina era louca por sexo. Eu iria respondê-la mais tarde. Ryan colocou a cabeça na porta do meu quarto.

— Quase pronta?

— Sim... só um segundo.

Ele ficou parado na porta.

— Tarah teve que dar uma passada na farmácia. Ela vai encontrar a gente lá embaixo. Falando nisso, um amigo meu do trabalho vai jantar com a gente. O nome dele é Michael Hunt. Acho que você vai gostar dele.

— Como assim... você acha que eu vou gostar dele?

— Ah, ele é bonito, solteiro e eu falei de você pra ele.

Merda. Merda. Merda.

Foi por isso que Tarah quis me arrumar. Foi arranjado!

— Por favor, não me diga que planejou esse jantar de aniversário pra fazer um encontro arranjado.

— Não, não é nada disso. É mais como se eu tivesse planejado esse encontro arranjado como um jantar de aniversário.

— Ryan!

— Vamos, Troll. Você não teve um encontro decente desde aquele mauricinho, e acho que vai se dar bem com o Michael.

Era evidente que Ryan não fazia ideia dos meus sentimentos pelo Jake e que Tarah tinha cumprido a palavra em não contar para ele. Não podia culpá-lo por tentar. Enfim, era tarde demais agora. Tinha que tirar o melhor disso.

Dei de ombros.

— Ok, mas, por favor, não espere nada com isso. É só um jantar entre amigos.

— Claro. Relaxa.

Quando chegamos ao Eleni's, Telly nos cumprimentou na porta.

— Aí está a aniversariante! — ele gritou.

— Oi, Telly. Obrigada pelo open bar hoje à noite — eu disse.

— Tudo pelos meus melhores clientes.

Ryan e eu tínhamos acabado de sentar quando ele acenou para um cara alto e magro de cabelo curto e ruivo que entrou pela porta da frente e foi até nossa mesa.

Ryan se levantou e eles se cumprimentaram.

— E aí, Michael. Que bom que você veio. — Ele se virou para mim.

— Nina, esse é Michael Hunt. Michael, essa é Nina Kennedy.

— Prazer em te conhecer, Nina. — Ele sorriu e estendeu a mão.

— O prazer é meu.

Não tinha nada de errado com ele. Era bonito e educado, mas vi imediatamente que isso não ia a lugar nenhum.

— Então, Ryan me falou muito bem de você. Ele disse que vocês dois são como irmãos.

— Somos sim.

Talvez, se eu o entediasse até a morte, ele fosse embora.

Ryan acenou para a porta de novo, me virei e vi Tarah se apressando para a nossa mesa.

— Desculpem o atraso. Tive que sacar dinheiro. — Ela se inclinou para me dar um beijo no rosto e então olhou para Michael e Ryan.

— E quem é esse?

Ela estava mesmo se fazendo de doida?

— Esse é o meu colega de trabalho, Michael. Michael, essa é minha namorada, Tarah.

— Prazer em conhecê-lo, Michael.

— O prazer é meu — disse Michael, se levantando e estendendo a mão.

Tarah apertou os olhos para Ryan. Fiquei me perguntando por quê. Será que ela não estava sabendo disso?

Nós quatro ficamos ali como o perfeito encontro duplo quando Desiree se aproximou da mesa, parecendo presunçosa.

— E aí, pessoal. O que vocês vão querer?

Pedimos nossas bebidas e, quando ela tirou o cardápio de bebidas, olhou para Ryan.

— Jake não vem hoje à noite?

Eu quis vomitar.

Ryan balançou a cabeça.

— Ele está em Boston.

— Que pena — respondeu Desiree.

Vai embora. Xô!

Ela se foi e pude respirar de novo. Michael começou a puxar assunto comigo, e permiti. Como eu disse, não tinha nada de errado com ele. Eu tinha que sobreviver a esse encontro casual gostando ou não.

Quando Ryan começou a conversar com Michael sobre o trabalho, sussurrei para Tarah:

— Então, agora sei por que você tentou me embonecar toda. Boa tentativa, mas não funcionou.

Ela suspirou.

— Nina, eu não sabia de nada.

— Mentirosa — sussurrei.

Ela olhou para eles para ter certeza de que não estavam ouvindo.

— Eu realmente quis te arrumar pra um cara hoje... mas não pra esse. Era para o...

— Jake! — gritou Ryan.

Me virei e vi Jake vindo em direção à nossa mesa. Senti meu coração começar a bater de novo depois de um hiato de duas semanas. Estava arrumado, com uma camisa de botão azul-marinho muito sexy, com as mangas dobradas e uma calça jeans escura. Seu cabelo estava úmido. Estava tão incrivelmente gato. E senti como se fosse derreter.

Ele estava olhando direto para mim quando se aproximou e disse:

— Desculpe o atraso. Feliz aniversário, Nina. — Me encolhi quando ele se aproximou e me beijou no rosto, o cheiro da sua colônia agora invadindo meus sentidos permanentemente. Então seus olhos dispararam até Michael e Ryan do outro lado da mesa. Ele percebeu a disposição dos assentos: Ryan em frente a Tarah e Michael em frente a mim. Houve um silêncio constrangedor.

Olhei para Jake, que agora os estava olhando feio. Ele percebeu no que tinha se metido.

Ryan falou primeiro:

— Esse é nosso colega de apartamento, Jake. Jake, esse é Michael Hunt, meu colega de trabalho.

Jake estendeu a mão.

— Mike, né? Mike Hunt? — Jake estava com um olhar diabólico e eu soube exatamente no que estava pensando.

Mike Hunt. Meu cu.

Ninguém disse nada. Então a merda só piorou quando Desiree veio com as bebidas.

— Jakey... aí está você. Achei que eles tinham dito que estava em Boston.

— Engraçado você falar isso, Des. Tarah me disse que era o jantar de aniversário da Nina, então vim mais cedo pra casa pra surpreendê-la. — Ele olhou para mim. — Na verdade, eu que fui surpreendido.

Ah... meu Deus. Ele acha que eu planejei esse encontro?

Ele entregou a ela o cardápio de bebidas.

— Vou querer uma vodca pura, Des.

Eu odiava que ele a chamasse de "Des" e tive vontade de arrancar os cabelos.

— É pra já — disse ela, piscando os cílios, insinuante, antes de sair.

Tarah se levantou e declarou:

— Jake, tem algo lá em cima que esqueci de te mostrar. Está quebrado e não quero esquecer de te falar. Você se importa... antes de a gente pedir a comida?

Ele ergueu uma sobrancelha para ela e olhou para mim. Parecia chateado e eu quis gritar de frustração. Então ele se levantou e a seguiu até a porta.

Tentando recuperar a compostura, conversei com Michael e tomei meu vinho branco, que eu realmente esperei que fizesse efeito logo. Ele começou a me perguntar sobre minhas aspirações com a enfermagem. Enquanto eu estava respondendo, só conseguia focar no que Jake e Tarah estavam conversando lá em cima.

Quando voltaram para o restaurante, Jake se sentou de novo perto de mim e virou a vodca que Desiree tinha trazido, batendo o copo vazio na mesa. Ele me olhou e me deu um sorriso. Não tinha mais nenhuma raiva nos seus lindos olhos verdes.

Depois que pedimos a comida, Michael continuou a me fazer perguntas, se esforçando para me conhecer. Tropecei nas palavras quando a mão quente de Jake, de repente, deslizou para debaixo da mesa e foi até minha coxa nua. Minha respiração parou e eu congelei quando sua mão foi para debaixo do meu vestido. Seu polegar roçou na minha linha do biquíni. Então ele apertou minha coxa e deslizou a mão com força pelo seu comprimento. Minha pele queimou com a fricção do seu toque. Ele estava reivindicando o que era dele e o meu corpo estava recebendo a mensagem em alto e bom som. Eu estava tão molhada e excitada que senti que estava prestes a ficar louca.

Felizmente, Ryan começou outro assunto com Michael, então não precisei mais usar o resto de inteligência que me restava para formular frases. Mordi o lábio inferior e olhei para Jake, que estava deslizando o piercing de língua entre os dentes, parecendo frustrado de novo, quase com raiva.

Ele tirou a mão da minha perna e se levantou da mesa. Achei que estivesse indo ao banheiro até o meu celular vibrar.

Me encontre no corredor.

Tinha uma porta lateral que levava à escadaria do nosso prédio. Presumi que estivesse falando dela. Meu coração acelerou quando pedi licença da mesa para "ir ao banheiro". Quando abri a porta, ele estava de pé em frente às escadas com as mãos nos bolsos, parecendo estranhamente tímido.

— Oi — eu disse.

— Oi. — Um sorriso se abriu lentamente pelo seu rosto. *Aquelas covinhas.*

Era como se estivéssemos nos cumprimentando pela primeira vez, e tudo o que tinha acontecido até aquele momento não contasse.

— O que houve? — perguntei.

Ele suspirou.

— Aquele cara estava te olhando como se quisesse arrancar seu vestido com os dentes. Tive que sair de lá antes de matá-lo com minhas próprias mãos.

— Por que isso te incomodaria? — provoquei.

— Você sabe por quê.

Meu coração bateu mais rápido quando ele veio até mim até ficar a apenas centímetros do meu rosto.

— Por que não me disse que era seu aniversário?

— Achei que você estaria fora de todo jeito, então não falei.

— Eu *nunca* perderia o seu aniversário. Nunca. Você subestimou o quanto é importante pra mim, Nina.

— Desculpa.

— Você deveria ter me falado. Tarah me ligou na sexta quando eu já estava em Boston, então decidi te fazer uma surpresa hoje à noite.

— Você é furtivo.

— E você tá linda pra caralho.

Seus olhos se fecharam de repente depois de dizer isso, como se talvez ele se arrependesse de ter ido tão longe ou estivesse lutando contra seus sentimentos. Então, de novo, sua mão estava dentro do meu vestido bem ali em público.

Meu corpo estava murmurando entre as palavras saindo da sua boca e o cheiro da sua colônia misturado com vodca me perfumando. Nunca quis tanto beijá-lo.

— Obrigada. Você também não está nada mau — falei, puxando divertidamente o tecido da sua camisa, mas querendo mesmo arrancá-la dele. Senti como se estivesse perdendo o controle rápido.

— Tarah me explicou sobre o estranho lá. Ela não sabia que ele estaria aqui quando me convidou. Disse que Ryan te emboscou.

Não pude evitar e perguntei:

— E se nós *estivéssemos* em um encontro?

— Acho que, se ele te fizesse feliz, eu ficaria bem com isso.

— Entendo.

— Isso é mentira.

— Ah.

— Eu não ficaria bem com isso. Porra... eu senti sua falta. — A profundidade da emoção na sua voz ressoou pelo meu corpo inteiro. Então ele colocou a mão na minha cintura e a apertou.

Fechei os olhos por um breve instante quando ele pegou minha mão e a beijou. Não era o tipo de beijo pelo qual eu ansiava, mas o toque dos seus lábios molhados na minha pele quase me levou à loucura. Quase o envolvi com os braços, mas me segurei.

— Também senti sua falta.

— Vamos sair juntos.

— O quê?

— Passe o resto do seu aniversário comigo hoje à noite. Vamos sair daqui agora, ir pra algum lugar, qualquer lugar. Só quero ficar sozinho com você. Não posso dizer o que quero... fazer o que quero... nesse corredor.

Arrepios percorreram minha espinha.

— Como vamos fazer isso? — Suspirei.

Ele me deu um sorriso travesso.

— Vamos voltar para a mesa. Vou inventar uma história e sair primeiro. Então te ligo lá de fora e você pode fingir que é alguma emergência.

— Não posso preocupar Tarah assim.

— Foi ideia dela, Nina.

Ah.

— Ok... ok. — Sorri.

Ele deu uma piscadela.

— Vamos.

Comecei a voltar para o restaurante quando me virei para ele.

— Vou só ao banheiro primeiro enquanto você vai até a mesa e diz pra eles que está indo embora. Então vou te mandar mensagem quando tiver voltado pra que você saiba que pode me ligar em uns cinco minutos.

Ele colocou a mão no meu rosto e chegou perto. Pude sentir sua respiração quando ele disse:

— Adoro sair escondido com você.

Senti arrepios e meu corpo estava pegando fogo quando voltei para o restaurante lotado e fui até o banheiro, nas nuvens.

Não resta dúvida de que ele vai me beijar hoje à noite.

Depois que fiz xixi e saí da cabine, Desiree entrou no banheiro. Pense numa estraga-prazeres. Ela aparentemente não precisava usar o banheiro, porque só ficou perto da pia de braços cruzados. Logo entendi que ela tinha vindo para me confrontar.

— Nina... né?

— Sim.

— Eu vi você ir para o corredor com o Jake. Meio que entendi que tem algo rolando entre vocês. Enfim, vim aqui pra te informar que, apesar do que ele possa estar te falando, ele não faz o tipo namorado. Ele não é assim. Quero dizer, não me entenda errado, ele foi a melhor foda que já tive, mas deixou suas intenções muito claras. Não seria nada além de sexo. Vejo o brilho nos seus olhos quando você olha pra ele, então achei que poderia te poupar tempo e dor de cotovelo.

Fiquei ali congelada contra o secador de mãos e nem mesmo me assustei quando ele ligou depois de eu o empurrar acidentalmente. Não tinha certeza de quando o lugar começou a rodar. Foi quando ela terminou seu monólogo ou foi quando olhei para baixo e vi a grande tatuagem de rosa roxa no seu tornozelo? Era a mesma tatuagem que eu tinha visto na garota saindo do quarto do Jake no dia em que me mudei.

Ela só ficou ali parada curtindo o meu choque com uma expressão satisfeita.

Não chora. Não chora. Não chora.

Eu comecei a chorar.

Eu deveria voltar para a cabine e vomitar ali ou ver se conseguiria subir? Saí do banheiro e mandei uma mensagem para Jake.

Você comeu a Desiree???

Quando entrei de novo no salão, ele tinha acabado de se levantar da mesa quando o vi olhar para o celular. Quando ele entendeu a mensagem, olhou para os meus olhos cheios de lágrimas.

— Nina... — Sua voz tremeu.

Ele parecia apavorado quando passei correndo por ele e desviei das mesas para a saída do restaurante.

Quando estava quase na porta, pude ouvi-lo à distância gritando com Desiree:

— Que porra foi que você disse a ela?

18

Quis correr para o mais longe possível do restaurante e dele. Se não estivesse começando a nevar pesado lá fora, talvez eu tivesse feito isso.

Tudo estava nebuloso enquanto eu subia as escadas, atordoada. Meu coração nunca bateu tão rápido enquanto o pior tipo de raiva vinda do ciúme me consumia.

Eu não podia acreditar.

Ele tinha feito tudo que podia para impedir que as coisas ficassem sexuais entre nós. Não se entregava a mim, mas se entregou de boa vontade àquela puta.

Eu o odiava.

Eu o amava.

Eu tinha planejado abrir meu coração para ele esta noite e quase lhe disse como me sentia alguns momentos atrás naquele corredor. Como fui burra de achar que os sentimentos dele por mim eram igualmente fortes. Além de tudo, ele tratava Desiree como se mal a conhecesse na minha frente. Aparentemente, mulheres não valiam nada para ele.

Sem pensar, comecei a colocar algumas coisas em uma bolsa de lona: calcinha, sutiã, pijama e uma roupa extra. Não fazia ideia de para onde estava indo ou o que ia fazer, mas sabia que precisava ficar longe do apartamento naquela noite. Não podia nem olhar para ele agora, imagine dormir ali.

Quando comecei a sair do quarto com a bolsa, a porta da frente se abriu. Jake estava ofegante e seus olhos, desvairados quando ele veio correndo até mim.

— Nina, por favor... fala comigo. Por favor — pediu com uma voz rouca.

Apertei a bolsa contra o peito, usando-a como uma barreira entre nós.

— Sai de perto de mim. Não tenho nada... *nada*... pra te dizer.

Ele manteve distância, se afastando, mas ficou na frente da porta, bloqueando-a. Sua voz era baixa e sua respiração, rápida quando ele levantou as mãos em protesto.

— Precisa me deixar te explicar.

— Explicar! Você quer que eu fique aqui e escute você explicar como fodeu aquela puta com tanta facilidade enquanto deixou meus sentimentos em banho-maria por meses, me confundindo e mandando sinais confusos? Não teve problema em "fazer ela gozar até gritar"... teve? Acredite, foi memorável. Eu mesma ouvi.

Ele deu um passo para trás em choque e me lançou um olhar bravo. O vento uivava lá fora, mas era tudo o que se ouvia no cômodo até ele balançar a cabeça e perguntar:

— Porra... o quê? Do que você está falando?

Eu estava prestes a chorar, mas consegui me conter.

— Isso mesmo. No dia em que me mudei. Você estava trepando com ela no seu quarto. Lembra desse dia? Bem, eu estava aqui desfazendo as malas. Achei que estivesse sozinha e não percebi o que estava acontecendo até ser tarde demais. Eu ouvi *tudo*, Jake... tudo. — Uma lágrima escapou e desceu pelo meu rosto quando me lembrei de me esconder no meu quarto, alegremente ignorante de que estava ouvindo o homem por quem eu iria me apaixonar trepando com outra mulher.

Sua respiração se intensificou quando ele passou a mão pelo cabelo, fechou os olhos e mirou o chão, assimilando o que eu tinha acabado de revelar. Não disse nada por vários segundos. Então finalmente sussurrou, com a voz trêmula:

— Eu sinto muito.

— Agora, se me dá licença, por favor, saia da minha frente. Preciso encontrar outro lugar pra ficar hoje — exigi, tentando passar por ele de novo.

— Você não vai a lugar nenhum. Não até me ouvir.

— Eu já falei. Não tenho nada pra dizer a você.

Ele bloqueou minha passagem quando tentei chegar à porta e não me deixou passar. Meu corpo instantaneamente reagiu quando ele levantou as mãos e as colocou com firmeza nos meus braços.

— Eu vou embora hoje à noite, mas não vou a lugar nenhum até você me deixar explicar. Está me ouvindo?

Olhei para baixo, ainda segurando a bolsa, e senti uma das suas mãos deixar meu ombro e tocar meu queixo, colocando meu rosto alinhado ao seu.

— Olha pra mim — ele sussurrou.

Mesmo meu rosto estando virado para o dele, meus olhos estavam na direção do chão. Sua voz estava mais profunda e insistente quando ele repetiu:

— *Olha*... pra mim.

Quando o fiz, ele finalmente falou. Seus olhos estavam cintilando com uma intensidade flamejante e ele não os tirou de mim nem por um segundo.

— Eu dormi com a Desiree... duas vezes. A primeira vez foi uma semana antes de te conhecer e a segunda e última foi no dia que você se mudou. Não me orgulho disso, mas foi só sexo. Sei que isso soa muito mal, mas é a verdade. Ela não significa nada pra mim e nós acordamos antes que não iria além disso, e foi por isso que concordei.

— Entendi. Então você também é um puto que não quer nada além de sexo de uma mulher, tanto que concorda com isso antes? Bem, você teria tido exatamente o que queria de mim naquela noite no seu quarto, mas nem mesmo tentou. Claramente, não era a *mim* que você queria.

Ele não disse nada em resposta, só agarrou minha bolsa e a jogou no chão. Então pegou minha mão e me levou forçosamente pelo corredor. Eu odiava o fato de que meu corpo estava tão facilmente submisso a ele enquanto minha mente resistia.

— O que está fazendo?

— Não podemos ter a conversa que estamos prestes a ter no meio da sala, caso eles voltem aqui pra cima.

Meu coração acelerou porque não me dei conta de que haveria uma "conversa". Jake me levou para o meu quarto e eu fechei a porta, ligando a luminária para ter alguma luz.

Ficamos um de frente para o outro e cruzei os braços, como um mecanismo de proteção, quando ele veio na minha direção e me colocou gentilmente contra a parede.

Pude sentir sua respiração no meu rosto.

— Você acha que eu não te quero?

Fiz que não com a cabeça, mas não respondi.

— Essa situação com a Desiree... foi um grande erro. Se eu soubesse que você existia, que isso voltaria pra me assombrar e, o mais importante, que te magoaria... nunca teria acontecido. *Nunca*. Você entendeu?

Eu estava olhando para ele, mas, de repente, olhei para baixo porque pensar nele com a Desiree me deixava enjoada. Continuei calada.

— Precisa acreditar em mim. Não pensei mais em nenhuma outra mulher dessa maneira desde o dia em que você entrou por aquela porta. — Ele parou de falar até que eu o olhasse de novo. — Antes de te conhecer, eu estava só no automático na vida. Não sentia... nada... há um bom tempo.

Eu o olhei nos olhos. Os seus eram ardentes e sinceros quando disse:

— Meu coração não bate da mesma forma desde que coloquei os olhos em você, Nina. Desde esse dia, minha vida inteira tem sido fazer tudo que posso para *não* te querer dessa maneira... porque não quero te arrastar para a minha vida fodida. — Sua voz falhou. — Mas, apesar de fazer o que eu achava ser o certo, eu te quero mais a cada dia, mais até do que quero respirar.

Meu peito apertou ao ouvir essas palavras, que me fizeram derreter. Apesar do choque de descobrir sobre Desiree, eu acreditava nele. Ele sempre me deu sua total atenção e eu nunca o vi com mais ninguém desde que me mudei.

Ele colocou os braços ao lado do meu corpo, me prendendo contra a parede. Eu estava perdendo o fôlego, mas fiquei calada quando ele sussurrou:

— Venho tentando muito ficar longe de você... porque com você... seria muito mais do que sexo. Precisaria dar tudo de mim porque você merece tudo de mim e tem algo que não tenho tido coragem de te contar. Não sei se você vai entender. — Sua voz tremia. — Tô assustado pra caralho porque não quero te perder. Nunca me senti assim por ninguém antes... na minha vida inteira.

Minha garganta fechou e eu ainda não conseguia falar.

Nem eu. Eu te amo tanto. Não me importo com o que seja porque não acho que consiga viver sem você.

Palavras não faziam jus ao que estava sentido por ele naquele momento.

Ele aproximou o rosto do meu.

— Você é a primeira coisa em que penso de manhã e a última em que penso à noite. E então você invade meus pensamentos e sonhos. Tentei muito impedir esses sentimentos. Coloquei tantas barreiras quanto pude, mas elas estão desmoronando. Não consigo mais. — Ele colocou a boca perto de mim, sussurrando no meu ouvido com uma voz rouca: — Eu não consigo mais... não consigo mais... não consigo mais. — Suas mãos foram devagar até a minha cintura, agarrando meus quadris, e seus lábios foram até os meus quando ele disse: — Eu perdi o controle.

Ele pegou o meu rosto e me assustou quando uma investida de calor úmido encontrou minha boca faminta. Meu corpo inteiro enfraqueceu no exato momento em que seus lábios finalmente engoliram os meus inteiros. Ele abriu e fechou a boca lentamente na minha, antes de empurrar meus lábios impacientemente para abrirem. Provei o metal do seu piercing de língua, um pouco de vodca e a doçura do seu hálito. A sensação do metal frio misturado ao calor da sua língua circulando contra a minha me deixou instantaneamente molhada e de joelhos fracos. Me senti como uma boneca de pano em seus braços.

Ele me beijou vigorosamente e agarrou minha cintura com mais força enquanto puxava meu vestido. Poderia até tê-lo rasgado, mas eu estava muito envolvida com ele para perceber. Peguei na parte de trás da sua cabeça, passando as pontas dos dedos pelo seu cabelo, sentindo que era levemente áspero. Puxei seu rosto para o meu com mais força, porque queria mais da sua boca na minha. Ele gemeu e o som ressoou pelo meu corpo. Eu o puxei com mais força e foi quando o senti duro contra a minha barriga. Pude sentir o calor da sua ereção pela calça jeans e comecei a me esfregar nela, fazendo com que sua respiração ficasse ainda mais curta.

Senti um desejo tão forte crescer que achei que podia morrer se não o tivesse dentro de mim. Meu corpo doía de desespero quando ele se afastou, tirando as mãos da minha cintura, e então segurou o meu rosto.

— Preciso te contar uma coisa, Nina. Precisamos ter essa conversa agora.

A alegria rapidamente se transformou em medo, porque eu estava mais apavorada com o que ele tinha para me dizer depois do que já estive com qualquer coisa. Sabia que o que quer que fosse nunca mudaria meus sentimentos por ele, mas podia roubar esse momento que nunca vou ganhar de novo. Não estava pronta para ouvir. Entrei em pânico. Só precisava dele esta noite. Só *ele*... não os seus esqueletos no armário ou o que quer que ele achasse que eu não iria aceitar. Ele estava errado de todo jeito. Eu o amava e sabia que aceitaria o que quer que viesse com ele, não importava o que fosse. Queria saber de tudo, só não esta noite. Meu corpo não podia aguentar e o meu desejo por ele afogou todo o raciocínio lógico.

— Não me importo com o seu passado ou com o que está acontecendo em Boston. Por favor... estou te implorando. Não vamos fazer isso agora. Não diga nada esta noite. Vamos ter a conversa amanhã, como íamos fazer. O que preciso agora mais do que já precisei de qualquer coisa é que você faça amor comigo, Jake — falei pela primeira vez desde que nos beijamos.

Ele fechou os olhos, soltou um longo suspiro e suas mãos estavam tremendo quando ele segurou meu rosto.

— Você não faz ideia do quanto preciso estar dentro de você agora.

— Por favor... não quero ter a conversa agora, ok?

Ele acariciou meu lábio com o polegar.

— Nina, ou temos essa conversa agora ou você vai ter que me fazer uma promessa cega.

— Ok...

Meus lábios tremeram e ele colocou a testa na minha. Quando viu uma lágrima escorrer pelo meu rosto, ele a lambeu lentamente e sussurrou contra o meu rosto:

— Preciso que você prometa... que não vai me deixar.

Fiz que sim com a cabeça e ele segurou meu queixo.

— Tenha certeza de estar falando sério. Porque não posso fazer amor com você como quero esta noite só pra te perder no dia seguinte. Isso iria me *destruir*. Preciso saber que você vai ser minha, não importa o que eu conte para você. Me prometa.

— Eu sou sua. Nunca fui de mais ninguém antes... mas sei que sou sua — prometi em direção ao seu peito.

— Olhe pra mim e diga.

Olhei para os seus olhos.

— Eu sou sua. Não há nada que poderia me fazer te deixar porque acho que não conseguiria viver sem você.

Seus olhos foram de um lado para o outro com rapidez enquanto ele me olhava nos olhos. Parecia estar procurando sinceridade neles. Finalmente, ele me puxou e me abraçou, apertando seu corpo duro contra o meu.

— Bem, ótimo, porque eu *não estava vivendo* antes de você.

Ficamos abraçados pelo que pareceram ser vários minutos. Ele ainda parecia estar hesitante. Provavelmente não percebia o quanto eu precisava dele. Então decidi falar numa língua que ele pudesse entender.

— Preciso que você me foda, Jake.

Só não estava esperando que ele começasse a rir no meu ombro quando eu dissesse isso.

Bati no seu braço.

— Por que você tá rindo?

Ele beijou meu pescoço.

— Diga de novo.

— Eu quero que você me *foda*.

Ele me olhou, sorrindo, e beijou minha testa.

— Viu, só você diria algo tão obsceno e ficaria vermelha como um pimentão.

— Falar sacanagem é novo pra mim — revelei, olhando para o chão e mordendo o lábio para conter o riso.

Ele segurou meu queixo e olhou para mim.

— Eu sei que é. Você é muito adorável... tão doce e inocente. Amo isso em você. Me deixa excitado de um jeito que você nem imagina. Eu pretendo totalmente te foder esta noite, amor. Então vou fazer amor com você, mas não antes de te saborear.

Ele não estava mais rindo quando me soltou e saiu do quarto. Engoli em seco com nervosa expectativa, dando um suspiro de alívio quando ele voltou com um pacote de camisinhas e trancou a porta atrás de si. O barulho da fechadura me deu arrepios. Era a garantia que eu precisava de que estava prestes a ter o que desejava.

Ele jogou as camisinhas na mesa de cabeceira e se sentou na cama. Eu ainda estava de pé contra a parede onde ele me deixou. Acho que estava esperando sua direção.

— Vem cá — sussurrou, fazendo um gesto com o indicador.

Fui até ele. Jake continuou sentado enquanto fiquei na sua frente e ele traçou os contornos do meu corpo com a ponta dos dedos, seguindo-os com os olhos.

— Incrível — disse ele quando os seus dedos chegaram aos meus seios. — Você sabe quantas noites fiquei no meu quarto sonhando em te tocar assim enquanto você estava do outro lado do corredor? Toda noite desde que te conheci, eu ansiei por você. Isso é surreal. — Ele engoliu em seco e lambeu os lábios, o que fez meu corpo despertar.

Precisava daqueles lábios nos meus.

— Me beija — sussurrei, minha voz desesperada.

— Onde?

— Em todo lugar.

Ele alcançou minhas costas e abriu devagar o zíper do vestido, deixando-o cair no chão. Eu o chutei para longe e ele se levantou da cama, me ultrapassando depois que tirei os saltos.

Eu não podia mais esperar. Fiquei na ponta dos pés e o beijei, chupando seu lábio inferior e passando a língua repetidamente pelo piercing, algo que eu tinha fantasiado muito fazer quando estudávamos juntos no seu quarto.

Ele gemeu na minha boca quando puxei seu lábio com os dentes. O ritmo do beijo ficou mais urgente, então ele se afastou.

— Nina, você tá me deixando louco com essa língua, puxando meu lábio assim. Eu poderia gozar só de te beijar.

— Sempre quis te beijar aí.

— Eu sempre quis te beijar em vários lugares. — Ele acariciou meus seios com as mãos gentilmente antes de abrir o fecho do meu sutiã sem alças, deixando-o cair no chão. — Meu Deus — disse ele roucamente ao olhar para os meus seios nus.

— Como aqui, pra começar.

Ele continuou a massageá-los antes de colocar cada um na boca. Minhas unhas cravaram na sua nuca enquanto ele alternava entre lamber e chupar, se revezando em cada um deles.

Olhei para baixo e notei como ele tinha ficado duro, então comecei a esfregar a mão na sua calça enquanto ele chupava meus seios. Pude sentir a mudança no ritmo da sua respiração quando eu o tocava.

Ele parou de chupar e sussurrou no meu ouvido:

— Agora você sabe o que faz comigo. Quero sentir o que faço com você. — Eu sabia o quanto estava molhada, mas, quando ele puxou minha calcinha e colocou o dedo dentro, ele percebeu e disse: — Puta merda, Nina.

Ele continuou a colocar e tirar os dedos e pude sentir que estava perdendo o controle. Meus olhos começaram a revirar e meus músculos se contraíram. Quase gozei em menos de um minuto só com sua mão. Acho que ele percebeu, porque parou. Então quase perdi o juízo de novo quando ele lambeu os dedos devagar e fez um som gutural.

— Seu gosto é melhor do que eu poderia imaginar.

— Eu quase gozei.

Ele apertou minha bunda.

— Eu sei. Quase perdi o controle também porque adoro como você está excitada. Foi por isso que parei, não é como quero que sua primeira vez comigo aconteça. E acredite, Nina, essa vai ser a sua primeira vez *de verdade*.

Tive que me segurar, porque só aquelas palavras foram capazes de acabar comigo de novo.

Ele puxou minha calcinha até o chão para que eu ficasse completamente nua e esfregou a mão na minha vulva gentilmente. Normalmente, eu me sentiria vulnerável em ficar assim na frente de um homem e nunca tinha me permitido aquilo antes. Sempre me escondi, mas seu olhar era de completa adoração. Ele sempre tinha feito eu me sentir segura, e me mostrar assim nua não seria exceção.

Ele segurou meu rosto com ambas as mãos e me beijou.

— Você é a mulher mais linda do mundo inteiro.

— Eu também quero te ver nu.

Ele deu um sorriso safado e disse perto dos meus lábios:

— Tira a minha roupa. Eu sou seu. — Só sua voz já fez meus músculos se contraírem.

Eu estava salivando, sabendo muito bem a obra-prima que estava debaixo das suas roupas. Me senti como uma menina no Natal abrindo o presente especial que ela sabia estar na última caixa, enquanto eu desabotoava sua camisa e a jogava no chão. Parei para desfrutar da beleza do seu peito definido, que só pude admirar detalhadamente de longe. Seu coração estava batendo rápido quando o beijei e passei os lábios e a língua por todas as tatuagens nos seus braços, guardando o melhor para o final. A tatuagem tribal do lado esquerdo do seu torso sempre me provocou mais. Adorei estar tão perto dela quando me curvei e lambi sua pele salgada.

Me levantei e desabotoei sua calça e ele tirou os sapatos. Ele colocou as mãos nas minhas, me ajudando a tirar a calça. A cueca boxer preta era como o último pedaço de papel de presente. Pude sentir o calor da sua ereção irradiando dela. Ele tirou minhas mãos bem quando eu estava prestes a tirar sua cueca.

— Acho que preciso ficar com ela um tempinho.

— Por quê?

— Porque não quero perder o controle e me enterrar dentro de você antes de ter a chance de te fazer gozar com a boca.

Puta. Merda.

— Ah.

— Deita, linda — disse ele.

Imediatamente obedeci e me deitei na cama quando ele subiu em mim. Seus olhos verdes estavam transbordando de desejo, e pude ver o meu reflexo neles enquanto ele me olhava por vários segundos. Jake balançou a cabeça em descrença, então baixou a boca e lentamente lambeu meus lábios antes de me beijar com força e apaixonadamente. Adorava sentir o peso do seu corpo contra o meu e o envolvi com os braços e acariciei suas costas.

Minhas mãos foram até sua cintura e apertei sua bunda, empurrando-o contra mim. Ele gemeu na minha boca e rapidamente tirou minhas mãos dele.

— Não faz isso, amor. É o meu ponto fraco. Quero aguentar por você — pediu.

Adorei quando ele me chamou de "amor". Fiz uma nota mental de apertar sua bunda de novo muito em breve para que eu pudesse fazê-lo perder o controle, porque queria ver como era.

Ele baixou a boca lentamente para o meu pescoço e então parou nos meus seios, alternando entre chupar cada mamilo e esfregar o polegar neles em movimentos circulares, enquanto minhas pernas se agitavam embaixo dele.

Então ele passou a língua pela minha barriga em uma linha rápida, como um avião taxiando na pista, e sua boca aterrissou... bem... na *minha* pista de pouso.

Fechei os olhos em êxtase enquanto saboreava a nova sensação dos seus lábios quentes abrindo e fechando em mim.

Spencer nunca tinha feito sexo oral em mim, nem uma única vez. Ele esperava que eu fizesse nele e eu fazia, mesmo sem nunca ter gostado, mas ele nunca retribuiu o favor, e eu nunca pedi.

Jake começou a mexer a língua molhada em movimentos lentos e controlados com o seu piercing de língua no meu clitóris sensível. Não existia sensação igual a essa. Além disso, a visão dele entre as minhas pernas, seu cabelo, escuro e suado. Eu sabia que ia chegar ao orgasmo em segundos.

Minhas pernas estavam agitadas e minhas mãos agarravam os cobertores.

— Tudo bem... deixa vir — disse enquanto me devorava.

Ainda estava lutando contra isso porque queria que essa sensação durasse para sempre.

Ele tirou a boca, colocou os dedos dentro de mim e me esfregou com o polegar, beijando minha barriga. Era muito bom, mas eu queria sua boca de volta onde estava.

— Jake... — Eu mal conseguia falar.

— O que você quer, Nina? Diga.

— Quero que me chupe de novo.

— Ótimo, porque quero te provar enquanto você goza.

Essas palavras foram mais poderosas do que qualquer coisa que ele tinha feito comigo. Literalmente no segundo em que sua língua me tocou de novo, gritei em êxtase e pude sentir a vibração da sua boca gemendo contra mim enquanto eu gozava. Foi a sensação mais alucinante que já senti.

Ele beijou lentamente minha barriga, meus seios e minha boca. Senti meu gosto nele e isso me excitou toda de novo. Eu tinha acabado de ter um orgasmo segundos atrás e minha vagina já estava formigando, vibrando, pronta para outra.

Jake era uma droga e eu era uma viciada buscando o próximo barato antes mesmo de ter passado o primeiro. Até esse momento, ele tinha sido o meu vício emocional, mas agora era oficialmente físico também. Eu podia passar o resto da vida andando completamente drogada e não me importava. Eu queria mais.

— Eu quero mais — pedi, interrompendo o beijo.

Eu acabei de dizer isso mesmo em voz alta?

Ele sorriu contra os meus lábios e respondeu:

— Agora, eu quero... *você.*

Eu não pedi permissão quando tirei sua cueca e envolvi seu pau com a mão e comecei a acariciá-lo. Era quente e escorregadio. Sua respiração acelerou e ele ficou de joelhos, quando tive a primeira visão dele completamente nu. Ele me olhava com uma fome e afastou minhas pernas com gentileza. Era demais para absorver: seu belo rosto, seu corpo perfeito e tatuado e seu pau maravilhoso, maior do que eu esperava e supreendentemente... sem piercing. A cabeça estava lindamente intocada e brilhante quando estendi a mão e o esfreguei um pouco mais, circulando a ponta com o polegar, enquanto ele fechou os olhos e inclinou a cabeça para trás, quase perdendo o controle.

— Para. — Sorriu para mim. Então foi até a mesa de cabeceira e pegou uma camisinha, abriu a embalagem com os dentes e a colocou.

Ele olhou para mim e passou os dedos pelo meu cabelo.

— Nina... meu anjo — falou suavemente enquanto as pontas dos seus dedos percorriam meus lábios. Ninguém nunca tinha me olhado assim antes. Ele não tinha dito *aquelas três palavras* ainda, mas seus olhos estavam me contando uma história de novo. Dessa vez, me diziam que ele me amava e que estava com medo de que as coisas estivessem prestes a mudar entre nós. Se não desse certo, não tinha como voltar a ser como antes. Nós dois sabíamos disso.

Ele manteve o olhar em mim quando se abaixou e imediatamente o senti entre as pernas. O calor lá era imenso e ele nem estava dentro de mim ainda. Eu estava olhando para nós e não para o seu rosto.

— Me olha nos olhos — pediu.

Ele me olhou com suas lindas íris verdes, com manchas douradas espalhadas, como estrelas em um céu noturno, e disse:

— Quero que esqueça as outras experiências sexuais que acha que teve, porque *essa* é a sua primeira vez. Você sempre vai ser minha e, diferente do idiota do seu ex-namorado, *eu vou* terminar o trabalho. — Sorrimos um para o outro, e o meu coração quase entrou em combustão. Eu estava morrendo por ele e, de repente, senti a fricção e o prazer sem precedentes dele dentro de mim.

Ele me beijava enquanto entrava e saía com uma intensidade graciosa. Cada movimento era intencional e ele começou devagar, tirando quase tudo antes de começar a deslizar lenta e profundamente de volta para dentro. Quando contraí os músculos em volta dele e agarrei sua bunda, ele riu na minha boca porque sabia que eu o estava encorajando e perguntou:

— Você quer brincar assim, amor?

Eu ri na sua boca e fiz que sim com a cabeça. Então ele começou a enfiar com mais força e mais rápido, e tirei as mãos da sua bunda para que ele não perdesse o controle.

— Nina... meu Deus, você tá muito molhada. É lindo demais. Você é maravilhosa. Mais do que maravilhosa. Melhor do que qualquer coisa que já senti.

Seu beijo ficou mais urgente e pegamos um ritmo por vários minutos que era arrebatador. Nunca entendi o significado de se tornar um só durante o sexo até esse momento. Eu estava perdida nele e não tinha conceito de tempo.

Quando coloquei as mãos de novo na sua bunda, ele soltou um rosnado e se afastou da minha boca.

— Me diz que você tá perto... porque não sei quanto mais eu aguento. Você é gostosa demais. Estou perdendo o controle. Preciso gozar.

— Estava segurando pra você.

— Não segure, amor.

Fechei os olhos e ele disse:

— Abra-os... olha pra mim. Quero te olhar nos olhos quando a gente gozar junto.

Ele enfiou com mais força, sem tirar os olhos de mim. Queria soltar no exato momento em que ele soltasse. Contraí os músculos e o vi gemer alto e profundamente enquanto seus olhos reviraram antes de voltar para os meus. Ele começou a pulsar rápido dentro de mim e eu finalmente liberei e gritei enquanto me rendia ao melhor orgasmo da minha vida.

Puta merda. Acabei de transar com Jake.

Nossos corações batiam um contra o outro quando ele caiu em cima de mim e enterrou o rosto no meu pescoço. Só conseguia pensar em como ele estava certo. Essa noite tinha sido a minha primeira experiência sexual *de verdade*.

19

Eu não tinha contado o número de vezes ou maneiras que fizemos amor naquela noite, mas não paramos por horas. Eu continuava querendo mais e ele continuava me atendendo, cumprindo sua promessa de "me fazer gozar até eu gritar de todas as maneiras possíveis e imagináveis". Talvez estivéssemos no meio de outra rodada quando adormeci porque, quando acordei às três da manhã, nem mesmo lembrava de ter pegado no sono.

A luminária ainda estava acesa e, para o meu alívio, ele estava bem ao meu lado, adormecido. Ele me prendeu na sua pegada quente com o braço em volta da minha barriga. Quando olhei para o seu lindo rosto, quis chorar porque nunca estive tão feliz e tão assustada ao mesmo tempo em toda a minha vida. Esse momento era como um sonho do qual eu não queria acordar. Estava morrendo de medo do que ele precisava me dizer naquele dia, mais tarde.

Meus pensamentos me mantiveram acordada e eu realmente precisava ir ao banheiro, já que não tinha feito xixi desde que deixei o Eleni's na noite passada. Deslizando silenciosamente do braço de Jake, fui até o corredor nas pontas dos pés. Tinha um recado no espelho.

Fico feliz em ver que vocês fizeram as pazes. Pelo que pude ouvir, na verdade, fizeram as pazes várias vezes ontem à noite. — T

Eu lidaria com ela mais tarde.

Quando voltei do banheiro, ele estava adormecido na mesma posição, de bruços, com o braço estendido no meu lado da cama. Levantando-o, voltei para debaixo dele. Ao olhar para minha mesa de cabeceira, notei um papel dobrado que não estava ali na noite passada e o abri.

Eu conheci uma garota alguns meses atrás.
De olhos azuis enormes e com uns peitos incríveis demais.
Acontece que ela estava se mudando
E parecia um pouco com uma gêmea Olsen.
Ela aguentou minhas merdas e meu humor sarcástico.

E enfrentou minha ira quando ia mal em Matemática.
Até ela, fazia um tempo
Que ninguém me fazia sorrir de verdade.

Pode ter sido o destino, de alguma maneira...
ela se mudar naquele dia.
Descobri que, quanto mais tempo com ela eu passava,
Ela na verdade se tornava minha melhor amiga.

Quando fizemos amor, as coisas mudaram.
Na verdade, é bem estranho.
Aquela amiga entregue pelo destino?
Na verdade... ela era minha alma gêmea.

E enquanto estou aqui vendo-a dormir,
Percebo meus sentimentos fortes.
Porque eles queimam e cortam como uma faca.
Acho que a amo mais do que a vida.

Obs.: No meu segundo aniversário, você veio ao mundo e foi o melhor presente que eu nunca soube que ganharia. E esse ano? Melhor. Aniversário. Da. Minha. Vida.

O papel tremia na minha mão enquanto eu relia as lindas palavras e assimilava tudo.

Alma gêmea.

Ele me amava mais do que a vida. Era seu aniversário também?

Depois de alguns minutos, seu corpo se mexeu e eu pulei quando sua mão apertou minha cintura. Ele abriu os olhos e sorriu, sonolento.

— Vi que você leu o meu bilhete.

Me virei para que nossos rostos ficassem só a centímetros um do outro e lhe dei um beijo suave.

— Eu te amo, Jake. Os dias desde que a gente se conheceu foram os mais felizes da minha vida.

Ele me beijou com mais força, então disse:

— É verdade, cada palavra... menos a parte da gêmea Olsen. — Ele riu.

— Pra mim, você não se parece com elas. Ryan mencionou antes de você se mudar e eu brinquei com você sobre isso no primeiro dia. Você parece mais uma Brigitte Bardot jovem.

Nota mental: procurar Brigitte Bardot no Google.

Ele acariciou o meu rosto.

— Você adormeceu nos meus braços e não consegui dormir porque estava muito dominado pela emoção. Tive que colocá-la toda pra fora. Então fiz isso no papel, mas, agora, preciso te *dizer* que estou louco por você, Nina Kennedy.

Ele me puxou para outro beijo, chupando meu lábio inferior com delicadeza antes de soltá-lo devagar. Já estava molhada de novo. Meu apetite por ele era insaciável.

— Seu aniversário foi mesmo ontem também? Sério... 8 de janeiro?

Ele passou os dedos pelo meu cabelo e fez que sim com a cabeça.

— Não pude acreditar quando Tarah me mandou mensagem na sexta sobre o seu aniversário ser no domingo. Minhas sobrinhas tinham planejado uma festa pra mim nesse dia. Elas são muito fofas, mas eu não queria perder a oportunidade de estar aqui com você, então prometi para elas que adiaríamos para o próximo fim de semana. Mal podia esperar pra te dizer que a gente faz aniversário no mesmo dia. Ia dizer algo ontem à noite quando a gente saísse da multidão. Tinha planejado um jeito engraçado de como ia te contar, mas, como você sabe, o encontro nunca aconteceu. Acredite, a alternativa foi muito melhor.

Um pensamento me veio à cabeça e eu ri.

— Acho que vou ter que contar pros meus pais que me apaixonei pelo meu colega de apartamento nerd.

— Como é que é?

— Eu... meio que... te pintei de uma maneira que não é exatamente verdade, pra que eles não achassem que eu estava morando com um cara por quem me sentia atraída.

Seus olhos se arregalaram e ele sorriu.

— Então eles acham que sou nerd?

— Sim. Um engenheiro nerd. — Eu ri.

— Sabe o que seria muito engraçado?

— O quê?

— Se eu realmente interpretasse o papel. Tipo, colocasse uns óculos, usasse um protetor de caneta no bolso, tirasse todos os meus piercings e cobrisse as tatuagens quando você me levasse pra casa deles. Poderíamos nos divertir com isso. Eles ficariam felizes e confiariam em mim o suficiente para me deixar entrar no seu quarto. Poderíamos dizer que estávamos estudando. Então eu fecharia a porta, tiraria meu disfarce e te foderia na sua cama de dossel.

Nós dois começamos a rir histericamente com a ideia.

Ele me fazia tão feliz.

Eu o beijei.

— De jeito nenhum. Quero você do jeitinho que é o tempo todo. E quero que eles te conheçam.

Ele se levantou num pulo.

— Merda. Você me distraiu tanto ontem à noite que esqueci completamente do seu presente de aniversário.

— Aonde você vai?

— Está no meu quarto.

Jake saiu pelo corredor e voltou com uma pequena bolsinha de veludo preta com um cordão e se sentou na cama.

— Meu cunhado deu uma dessas pra minha irmã no Natal. Me fez querer te dar uma, então procurei na internet naquela noite e pedi. Nem sabia quando ia poder te dar. Acabou chegando pelo correio ontem. Eu diria que, depois de ontem à noite, o momento foi perfeito. Espero que goste.

Puxando o cordão para abri-la, tirei uma linda pulseira de prata com pingentes. Eu a coloquei na mão e me virei para ele.

— Jake...

Ele a tirou da minha mão, abriu o fecho e a colocou no meu pulso.

— Você pode entrar no site e customizá-las com os pingentes que quiser. Eles têm literalmente tudo o que você possa imaginar. Essas são as coisas que me lembram você. — Ele levantou minha mão até sua boca e a beijou.

Toquei cada pingente com as pontas dos dedos e fiquei pasma com a atenção que ele teve ao selecioná-los. Tinha um avião, um par de dados, um trevo de quatro folhas, um anjo... até um morceguinho.

— *Esse*... é o presente mais atencioso que já ganhei. Não acredito que você estava pensando em mim assim no Natal.

— Eu não conseguia te tirar da cabeça durante o Natal. Você sabia disso. Eu não deixei isso absurdamente claro?

— Um pouco. Mas eu amei. Amo você.

— Também te amo. Fico feliz que tenha gostado.

Levantei e me sentei em cima dele com as pernas abertas.

— Nem tive a chance de te dar um presente.

— *Você* é o meu presente.

Aquele momento foi o mais precioso da minha vida. Eu poderia ter lhe entregado meu coração em uma bandeja de prata — era dele.

Mas não demoraria muito para que ele o partisse em mil pedaços.

20

O alarme tocou ao meio-dia e eu ainda estava exausta. Jake deve tê-lo colocado antes de ir para o trabalho para que eu não dormisse o dia inteiro. Eu tinha adormecido nos seus braços pouco depois de ele ter me dado a pulseira no meio da noite e dormi feito uma pedra depois disso.

Me espreguicei e bocejei, sorrindo quando percebi um novo morcego de origami na mesa de cabeceira. Eu o abri.

Este morcego está louco por você. Te vejo hoje à noite.

Eu o beijei e o coloquei na gaveta com todos os outros, mas aquele era de longe o meu preferido. A noite passada mudou tudo entre nós e não tinha mais volta. Cheirei meu cabelo e pude sentir o aroma de Jake nele e pelo meu corpo todo. Sua colônia e o cheiro do seu corpo me cobriam depois da nossa longa noite de amor. Meus lábios estavam inchados e eu estava dolorida nos lugares certos, ainda encantada por ele.

Eu mal podia esperar que desse logo 18h, porque já estava ansiando por ele de novo. Estava distraída e zonza, mal conseguindo focar no que vestir. Olhei para a pulseira de pingentes e fechei os olhos. Como eu tinha passado minha vida inteira sem ele?

O medo logo se estabeleceu quando me lembrei de que teríamos aquela conversa hoje à noite. Só queria acabar logo com isso para que pudéssemos seguir em frente. O que quer que ele tivesse para me dizer, eu lidaria com isso. Ia ficar tudo bem.

Nós ficaríamos bem. Estávamos apaixonados e isso era tudo o que importava.

Tarah estava na cozinha fazendo uma batida quando saí do quarto. Me assustei ao vê-la porque tinha esquecido que o salão era fechado às segundas e que ela estaria em casa nesse horário. Me preparei para o interrogatório.

Ela parou o liquidificador.

— Olha só, bom-dia à uma e meia da tarde.

— Eu sei. Não dormimos muito ontem à noite.

— Ah, acredite, nenhum de nós dormiu.

Cobri o rosto com vergonha.

— Merda. A gente fez tanto barulho assim?

— Tenho certeza de que meus pais em Staten Island e meus primos em Nova Jersey ouviram vocês. Sim, vocês realmente fizeram barulho. Foi tão bom quanto parecia?

— O que você acha?

— Você tá corada. Acho que ele é tão bom de cama quanto parece, ou até melhor.

— Você tem razão.

— É... eu imaginei. Na verdade, quase desejei que você tivesse me deixado contar para o Ry dos seus sentimentos pelo Jake esse tempo todo, porque ele ficou muito chocado. Ele não fazia ideia de que vocês dois eram mais do que amigos.

— Eu sei.

— Nunca tinha percebido como Ryan era superprotetor com você até ontem à noite. Estava agitado e ficou dizendo que era melhor o Jake não te magoar ou ia foder com ele. E, você sabe, ele não fala assim normalmente.

— Merda. Não, ele com certeza não é assim. Bem, ele é o mais próximo que tenho de um irmão, mas não deveria se preocupar. Jake foi a melhor coisa que já me aconteceu. Ele me ajudou tanto. Nunca me senti tão segura com alguém a minha vida inteira.

— Fico feliz que vocês dois finalmente se acertaram. Sabia que isso acabaria acontecendo. — Ela parou e olhou para baixo. — Nina, preciso te dizer uma coisa. Eu... sabia do Jake e da Desiree.

Silêncio.

— Sinto muito por nunca ter dito nada. Foi antes de você, então não achei que importasse. Não sabia como tocar no assunto. Ela passou a noite aqui uma vez, tipo uma semana antes de você se mudar. Aquela cobra sempre se jogou nele. Eu sabia que era só um casinho e não quis que você pensasse mal dele porque sempre percebi que ele gostava mesmo de você. Além disso, não queria te deixar desconfortável no restaurante, já que sempre vamos lá. Estava tentando te proteger, mas ainda assim deveria ter te contado.

Soltei um longo suspiro.

— Tudo bem. Entendo por que você não contou. Quero dizer, como posso culpá-lo por algo que aconteceu antes mesmo de ele me conhecer?

— Fico feliz que não esteja chateada comigo.

Eu estava... um pouco.

Mudei rapidamente de assunto para tirar Desiree da cabeça.

— Você sabia que o aniversário do Jake foi ontem também?

— O quê? Tá brincando!

— Tô falando sério. E olha só o que ele me deu de aniversário. — Estendi o braço para mostrar a pulseira. Tarah segurou meu pulso e ficou de queixo caído.

— Uma pulseira de pingente. Que linda!

— Sim, com todas as coisas que o fazem lembrar de mim.

— Eu sabia que ele estava apaixonado, mas, caramba, menina. — Ela balançou a cabeça para mim. — Olha só você... está radiante!

— Não consigo evitar. Nunca me senti assim antes. Estou apaixonada por ele, Tarah.

Ela me deu um abraço apertado e então se afastou.

— Agora são duas pessoas que vão foder com ele se te machucar, então.

Jake me ligou do trabalho às 14h45 e atendi com a minha melhor voz rouca.

— Oi, gato.

— Nina?

— Sim, claro que sou eu, seu bobo. Estava pensando em...

— Me escuta, tá? Tenho más notícias. Está tudo bem, mas tenho que ir pra Boston hoje à noite.

— O quê?

— É uma emergência, então vou de avião em vez de pegar o trem. Estou indo para o LaGuardia agora.

Meu coração afundou para o estômago.

— Você está me assustando. Que tipo de emergência?

— Não tem por que ficar assustada. É uma situação relacionada ao que eu precisava conversar com você. Não podemos ter essa conversa por telefone. Deveríamos conversar hoje, mas vai ter que ser assim até eu voltar. Por favor, confia em mim. Tá tudo bem entre a gente. Tudo vai ficar bem e prometo te explicar em alguns dias. Nina... você está aí?

Fiquei em silêncio por alguns segundos e respondi:

— Sim.

— Te ligo assim que puder mais tarde. — Ele repetiu: — Preciso que confie em mim.

— Eu confio em você... mas não pode me culpar por ficar pensando e me preocupando.

— Eu sei, amor. Eu sei. É fácil falar, mas, por favor, não se preocupa, tá?

— Assim que você voltar, precisamos ter essa conversa. Não saber o que é está me matando.

— Eu prometo — disse ele entre buzinas de carro e pessoas gritando.

— Acabei de chegar no aeroporto. Te ligo mais tarde. Te amo, Nina.

— Também te amo.

Fiquei ansiosa o resto da segunda-feira, sem conseguir comer ou me concentrar.

Ryan tinha me perguntado onde Jake estava na noite anterior e expliquei que ele teve uma emergência em Boston. Ele passou a maior parte da noite me interrogando sobre o que eu realmente sabia sobre o Jake, tentando me convencer de que algo não parecia certo e me avisando para tomar cuidado. Tentei não o deixar perceber que estava me assustando.

Jake acabou me ligando mais ou menos meia-noite. Parecia extremamente cansado.

— Te acordei?

— Não. Não consigo dormir. Estou muito preocupada.

— Sinto muito por só poder te ligar agora. Tá tudo bem. Não tem nada pra você se preocupar. Acredita em mim. Eu estar aqui não muda *nada* entre a gente. Você me ouviu? Só me dê uma chance de te explicar pessoalmente. Não é algo que eu possa falar por telefone. Vou ficar aqui mais um dia e então pego o voo pra casa amanhã à noite e volto direto pra você.

Estava silencioso onde quer que ele estivesse.

— Tudo bem. Onde você está?

— Acabei de chegar na casa da minha irmã. Vou passar a noite aqui.

— Me liga amanhã?

— Prometo. Te amo, Nina.

— Também te amo, Jake.

Desliguei e rezei para o dia seguinte chegar logo.

Era mais ou menos 17h30 da terça-feira quando Ryan chegou em casa do trabalho. Ele entrou e pendurou o casaco.

Ele pendurou o casaco.

Normalmente, o ato de pendurar um casaco é algo muito insignificante, mas, para mim, o momento em que Ryan pendurou o casaco significou tudo.

Foi o último momento que eu conseguia lembrar de quando as coisas estavam normais. Foi o momento antes de tudo mudar. Porque, no segundo em que ele se virou para mim e me olhou nos olhos, eu comecei a sufocar.

— Nina, preciso que você se sente.

— O que está acontecendo?

Ele tocou meu braço delicadamente.

— Sente.

Fui até o sofá e me sentei. As palmas das minhas mãos estavam suadas e o meu coração batia mil vezes por minuto.

— Nina, não sei como te dizer isso...

Agarrei a almofada.

— Diga logo. O que é? Alguém morreu?

— Não... não é nada disso.

— O que foi?

— Depois da nossa conversa ontem à noite, fui investigar. Você sabe, eu trabalho na promotoria pública. Acho que já te falei que tenho acesso rápido a registros públicos e coisas assim.

Tum. Tum. Tum.

— Procurei os registros do Jake, fiz uma verificação de antecedentes e achei esse documento. Você sabe o que é isso? — continuou.

Ele me entregou um papel e eu o olhei. Ryan veio imediatamente até o sofá para perto de mim e colocou os braços em volta das minhas costas. Senti como se um tambor estivesse batendo nos meus ouvidos e o meu corpo começou a tremer descontroladamente.

Eu tinha suspeitado de que talvez Jake estivesse com algum tipo de problema com a justiça ou que tivesse uma namorada em Boston, mas jamais esperei isso.

Olhei o documento de novo e senti como se minha cabeça estivesse pegando fogo.

Jake Alan Green

Ivy Marie Macomber

Não. Jake não tinha namorada. Ele tinha uma esposa. Era casado.

PARTE 2

JAKE

21

— Sr. Green, sua esposa foi levada para o McLean Hospital. Achamos que ela tentou tirar a própria vida ontem à noite.

Não era a primeira vez que eu tinha recebido uma ligação como essa e provavelmente não seria a última. Era ir do céu ao inferno em questão de horas.

Antes da Nina, tudo na minha vida se resumia a... um inferno. Talvez escapar para o trabalho em Nova York durante a semana fosse o meu purgatório, mas com certeza não tinha paraíso, nenhuma trégua, nenhuma paz ou felicidade verdadeira... até ela chegar. Nina tinha se tornado o único conforto do pesadelo que eu vinha vivendo nos últimos cinco anos.

O carro de bebidas parou em frente ao meu assento e pedi a mais forte que tivessem. Nem mesmo me importava qual fosse. Eu precisava relaxar porque nunca sabia o que ia encontrar, especialmente dessa vez. Graças a Deus, pelo menos de acordo com o que me disseram, Ivy estava estável e na segurança de um hospital.

A comissária de bordo me cutucou.

— Com licença. Sua bebida, senhor.

Eu tinha ficado tão absorto nos meus pensamentos olhando pela janela que não tinha percebido a comissária entregar minha bebida.

— Obrigado — respondi, bebendo o licor forte, seja qual fosse, e o virando.

Soltei um longo suspiro e fechei os olhos. Meu foco deveria ser na Ivy, mas não conseguia evitar que minha mente vagueasse pela realidade que estava prestes a me socar na cara quando o avião aterrissasse.

Não haveria jeito de escapar dela ali.

Aqueles minutos, a muitos pés do chão, seriam os meus últimos momentos de paz por um tempo. Então escolhi fechar os olhos e focar na única coisa que levava a dor embora.

Eu nunca deveria ter deixado as coisas irem tão longe com a Nina, mas o que deveria ter acontecido e o que eu queria que acontecesse com todas as forças do meu ser eram duas coisas bem diferentes.

Fiquei viciado nela desde o momento em que apertei sua mão pela primeira vez e ela tremeu na minha. As mulheres sempre tinham reações fortes a mim, mas nunca desse jeito. Nunca tinha conhecido uma mulher tão linda e sexy, mas humilde e inocente ao mesmo tempo. Quis colocá-la no meu ombro, carregá-la para o meu quarto e fazê-la minha, o que era um pensamento louco de ter segundos depois de conhecer alguém. E essa foi só a atração física, mas, em alguns minutos, quando olhei mesmo para seus olhos e ela falou sobre as fobias, havia essa escuridão ali. Ela parecia como eu imaginava que eu parecia para alguém que visse através da minha fachada. Ali estava uma garota que eu tinha acabado de conhecer e tinha certeza de que nossas histórias de vida não poderiam ser mais diferentes, mas, de alguma forma, sabia que ambos estávamos vivendo o mesmo *tipo* de vida, apenas no automático, tentando encontrar algo para fazê-la valer a pena. Por alguma razão inexplicável, havia uma conexão com ela que eu nem mesmo sabia que estava buscando desesperadamente, mas era tarde demais. Minha vida já estava escrita. Então tive que descobrir uma maneira de ignorar o que estava sentindo.

Que loucura.

Qualquer homem são que estivesse no meu lugar teria saído dali no primeiro dia, feito uma longa caminhada e organizado os pensamentos... talvez até teria se mudado do apartamento.

Em vez disso, como eu lidei com as coisas? Fui direto para o meu quarto e fiz uma porra de um pássaro de papel para ela. Porque, depois de conhecê-la, a única coisa em que eu conseguia pensar era em fazê-la sorrir, em tirar um pouco da escuridão daqueles lindos olhos azuis.

Que babaca.

Só piorou a partir dali. Continuei procurando desculpas para estar perto dela. Sabia que ela tinha aqueles medos e realmente queria ajudá-la com eles, mas também queria a minha dose dela, estar perto dela, sentir o seu cheiro de baunilha ou tocá-la de maneiras sutis toda chance que eu tivesse, mesmo se fosse só na sua mão ou nas costas.

Ela me fez sentir vivo depois de anos morto emocionalmente. Eu vivia por cada momento passado com ela e tinha pavor dos fins de semana, quando tinha que ir embora. Achei que conseguiria ser amigo dela, contanto que me controlasse, sem deixar ir longe demais.

Por isso tive a brilhante ideia de ensinar Matemática a ela e, claro, da nossa aposta. Todos saíam ganhando. Ela tiraria notas boas, superaria seus medos e eu teria a dose do meu anjo. Ela teria o que precisava e eu precisava... *dela.*

As coisas começaram a ficar complicadas porque a cada dia eu me apaixonava mais e ansiava por mais. O fato de que senti que ela também estava atraída por mim não ajudou; só me deixava excitado e não tinha um botão de desligar. Tentei o meu melhor para reduzir minha necessidade física. Tentei mesmo. Digamos que eu me masturbei tanto que pude provar de uma vez por todas que o mito que minha avó me disse sobre isso era falso, porque não fiquei cego.

Além de querê-la fisicamente, havia essa constante necessidade de fazê-la feliz. Eu adorava fazer isso. Percebi Nina mudar conforme mais tempo passávamos juntos. Seus olhos começaram a se transformar. A escuridão deu lugar à luz e me perguntava se eu a tinha colocado ali. Ela sempre me olhava como ninguém jamais olhou e era tão atenta; devorava cada palavra que eu dizia. Eu a fazia rir e ela me confortava. Queria estar perto dela o tempo todo como uma abelha no mel.

Da maneira que eu via, nós éramos duas almas quebradas que se completavam como os dois últimos pedaços que faltavam em um quebra-cabeça de "vida fodida". Quando estávamos juntos, a vida finalmente fazia sentido; não era só trabalho, obrigação, culpa e medo. Era apenas incrível estar vivo. Ela precisava que eu a ajudasse, mas não percebia que eu precisava muito mais dela.

A primeira vez que eu soube que estava realmente em apuros foi quando ela cortou o dedo naquela noite tentando fazer uma sobremesa para mim. Senti a dor física — uma dor cortante — quando vi seu sangue. Nunca tinha sentido a dor de outra pessoa antes. Senti como se ela fosse uma extensão de mim. Foi quando comecei a suspeitar de que poderia estar me apaixonando por ela.

O momento em que eu *soube* com certeza que a amava foi em Chicago. Contei a ela coisas que nunca tinha dito a ninguém, como a história sobre o meu pai e a lua. No voo de volta para casa, quando estávamos de mãos dadas e eu a observava quando ela estava de olhos fechados, desejei que o avião estivesse nos levando para algum lugar bem longe, onde pudesse passar o resto da minha vida só com ela, fazendo amor com ela e não me preocupando com mais nada. Sabia que era egoísta, mas teria dado qualquer coisa para ter isso.

Nem tinha planejado levá-la a Chicago inicialmente. Minha ideia original tinha sido um passeio de helicóptero por Manhattan, mas ela continuou tirando notas acima de 9,0 e adiando. Durante aquele período, ficamos mais próximos e eu quis partilhar mais de mim com ela. Talvez fosse para compensar por não contar a informação mais importante. Algo que ela tinha todo o direito de saber, mesmo como minha amiga.

Durante o recesso de Natal, senti tanto a falta dela que era como se estivesse em abstinência. Percebi que continuar apenas como amigo não iria funcionar para mim. Eu precisava dela. A única maneira de estar com ela seria lhe contar a verdade e esperar que ela entendesse. Ela prometeu que nada poderia fazê-la me deixar, mas isso ainda seria mesmo o caso quando ela descobrisse sobre a Ivy? Talvez eu estivesse me enganando.

Se ela não quisesse ficar comigo depois que eu contasse a verdade, eu me mudaria do apartamento e me afastaria, porque morar com ela seria como amarrar uma garrafa de vodca em um alcóolatra.

Queria que ela tivesse me deixado tirar isso do peito ontem à noite, porque a verdade era que nunca seria um momento bom para explicar a ela minha situação fodida, mas ela me convenceu a esperar um dia para ter a conversa.

Quando percebi que ela me queria tanto quanto eu a queria, me transformei num animal enjaulado que era solto pela primeira vez. Quis tanto me afogar nela que cedi e esperei para dizer alguma coisa. Se tudo desse errado, a noite passada ficaria comigo enquanto eu vivesse e nada poderia tirar isso de mim.

Agora eu precisava descobrir como explicar o meu desaparecimento repentino e todo o resto no segundo em que voltasse para Nova York.

Como exatamente iria *dizer* à pessoa que eu amava que era casado com outra mulher, uma que talvez eu nunca pudesse deixar?

Os corredores estavam sinistramente silenciosos quando uma enfermeira me levou até o quarto. Ivy estava sentada na cama olhando para o relógio na parede. Aquele era um hábito que ela desenvolvera há mais ou menos um ano. Ela só observava os ponteiros andarem. Parecia acalmá-la.

— Ivy? — chamei enquanto me aproximava lentamente da cama. Ela não estava no meio de uma alucinação, mas também não parecia se afetar pela minha presença de um jeito ou de outro. Ela olhou para mim e depois voltou a olhar o relógio.

Ela estremeceu quando peguei na sua mão. Não gostava de ser tocada, mas cedeu e me deixou segurá-la. Eu estava aliviado que ela não estivesse me mandando ir embora dessa vez ou me acusando de tentar matá-la. Essa era a pior.

Apertei sua mão com força.

— Você está bem?

Ela fez que sim com a cabeça repetidamente com movimentos rápidos, sem fazer contato visual comigo, e então perguntou:

— Eles te ligaram?

— Sim. Eles disseram que você...

— Eu não fiz isso. Estão mentindo. Não deveriam ter te ligado.

Não queria discutir com ela. A verdade era que apenas ela realmente sabia se quis tirar a própria vida ou se foi um mal-entendido. Ela nunca admitiu ter tentado suicídio intencionalmente nas últimas vezes em que algo assim aconteceu.

— O que você fez, Ivy?

— Estava só tentando pegar um ar.

— Eles acharam que você tinha tentado pular da janela.

— Eu estava no telhado.

— Ivy...

Ela me interrompeu e gritou:

— Eu estava só pegando um ar!

Decidi não a interrogar mais. Era inútil. Mesmo aquele baixo nível de clareza dela era raro, e eu não queria incitar um novo episódio. Ela só precisava saber que eu estava ali para ela. Graças a Deus, dessa vez, eu estar ali não a enfureceu.

Ela continuou com a mão na minha e observei seus olhos voltarem para o relógio na parede. Além dos fracos sons de trânsito através do vidro vindos da rua abaixo e do relógio, estava tudo silencioso. Então, ouviu-se uma leve batida na porta.

— Sr. Green?

Me virei e vi uma mulher alta de meia-idade com um jaleco branco na porta.

— Sou a dra. Greally.

— Oi — eu disse, me levantando, e demos um aperto de mão.

— Posso falar com o senhor um minuto? — Ela fez um gesto para que eu saísse para o corredor com ela. Olhei de volta para Ivy, que ainda estava olhando para o relógio.

— Volto já. — E depois, para a médica: — O que aconteceu, doutora? — sussurrei.

— Ela aparentemente estava nua no telhado ameaçando pular se alguém não a deixasse em paz. Não havia ninguém a incomodando e ninguém nas proximidades. A equipe da clínica psiquiátrica teve muito trabalho para tirá-la de lá com segurança. Eles a trouxeram porque não sabiam mais o que fazer.

Esfreguei a testa vigorosamente com os dedos.

— Por quanto tempo ela vai ficar hospitalizada dessa vez?

— Pelo menos por alguns dias. Gostaria de conversar com o senhor sobre opções de tratamento.

— A senhora obviamente viu o histórico médico dela. Nada funcionou.

— Sim, mas percebi que nunca tentaram Clozapina.

— O que é isso?

— Bem, normalmente é prescrito como um último recurso para pacientes que nunca responderam a nenhum dos outros antipsicóticos.

— Por que é um último recurso?

— Há alguns potenciais efeitos colaterais preocupantes, como uma baixa perigosa na contagem de glóbulos brancos. Os pacientes que o tomam precisam fazer exames de sangue frequentes para monitorar a situação. Entretanto, tirando esse risco, pode ser um tratamento bem efetivo para algumas pessoas.

Senti um enjoo no estômago.

— Quando preciso tomar uma decisão?

— Pode tirar o tempo que precisar. Só saiba que é uma opção.

— Obrigado — respondi, coçando o queixo, sem ter certeza se valeria o risco. Teria que pesquisar mais.

Quando voltei para o quarto, ela estava dormindo. Me sentei ao lado dela de novo e, mais uma vez, me senti desamparado ao observar seu rosto sereno.

Quando ela estava dormindo, era fácil imaginar a antiga Ivy. Só pude conhecer aquela garota por menos de um ano antes de as coisas começarem a mudar drasticamente. Os últimos cinco anos tinham sido um declínio contínuo.

Ivy e eu namoramos por seis meses antes de fugirmos para Las Vegas por impulso, e só estávamos casados por mais ou menos seis meses quando seu comportamento começou a se deteriorar. De início, eu não entendia o que estava acontecendo ou mesmo como chamar aqueles episódios, aos quais só me referia como *inferno*.

Da primeira vez que a levei para o hospital, assim que ela recebeu alta, finalmente tinha um nome.

— A gente se saiu bem, não acha? — disse o meu colega de trabalho Henry quando saímos da reunião.

— Sim. Bora almoçar?

— Claro. No Ninety-nine? — sugeriu ele.

Virei a esquina em direção à minha baia.

— Te encontro em cinco minutos.

Estava fazendo estágio em uma empresa de tecnologia no norte de Boston. Era uma startup descolada e eu adorava o fato de que não estavam nem aí para os meus piercings. Contanto que você trabalhasse com afinco, eles te deixavam em paz. A gestão chamou alguns de nós para conversar sobre possíveis oportunidades de trabalho depois da graduação. Estavam sondando os alunos do estágio para cargos em engenharia da computação, na área de hardware. Desenvolveríamos chips de computadores, placas de circuitos e roteadores.

Não gostava de trabalhar tão longe, fora da cidade, onde morávamos. O comportamento de Ivy tinha se deteriorado bastante ultimamente e ela estava começando a me preocupar de verdade. Tinha desistido da faculdade e perdido o emprego várias semanas atrás, o que significava que ficava o dia todo em casa agora. Não estava em condição nenhuma de trabalhar, mas não ter nada para ocupá-la estava piorando uma situação já ruim. Eu não sabia mais como ajudá-la, mas perder o emprego não ajudaria nenhum de nós dois. Então eu dirigia os quarenta e cinco minutos todos os dias e a deixava sozinha, esperando o melhor.

Rachel, a recepcionista, ligou para o meu ramal quando eu estava contando o dinheiro para o almoço.

— Jake?

— Oi.

— Por favor, venha para a recepção.

Seu tom estava estranho. Eu imediatamente peguei minha carteira e fui até a recepção.

Meu coração parou.

Não.

Não.

Aqui não.

Ela estava ali no saguão com rímel escorrendo dos olhos, de pijama, o cabelo desgrenhado.

— O que você está fazendo aqui, Ivy?

Ela manteve distância e apontou para mim, seu dedo indicador tremendo.

— Você sabe o que estou fazendo aqui. Sabe o que tentou fazer comigo hoje de manhã. Eu sei que você tentou me envenenar!

Não.

Fechei os olhos brevemente sem acreditar que isso estava mesmo acontecendo no meu trabalho. Suas palavras não deveriam ter me chocado, apesar de que, toda vez que ela me acusava de algo assim, isso partia meu coração. Essa era a primeira vez que outras pessoas testemunhavam.

Olhei para trás e vi Rachel nos olhando como um animal preso em uma armadilha. Eu só podia imaginar o que isso deveria parecer para alguém que não conhecia minha esposa.

— Como você chegou aqui?

Ela não respondeu, mas, pelas portas automáticas de vidro do saguão, vi que tinha um táxi esperando lá fora.

Segurei seu braço.

— Vamos embora. Agora!

— Não me toque! — ela gritou.

Comecei a empurrá-la em direção à porta quando ela resistiu.

Seu grito ecoou pelo saguão.

— Ele tentou me matar hoje de manhã. Colocou alguma coisa no meu café antes de sair para o trabalho. Ele quer me ver morta já faz um tempo.

Olhei em direção à mesa e vi os três colegas que iam me encontrar para o almoço olhando para nós, pasmos. Balancei a cabeça para eles para que entendessem que não era o que parecia.

Bob, o gerente do escritório, saiu.

— O que está acontecendo aqui?

Comecei a suar.

— Bob, nós já estávamos indo embora. Essa é minha esposa, mas ela está doente e não sabe o que está dizendo. Ela não deveria ter vindo aqui. Peço desculpas pela cena.

Ela estava chorando e eu a puxei porta afora enquanto ela resistia. Segurei seu braço para que ela não fugisse enquanto colocava a cabeça na janela aberta do táxi.

— Ela pagou?

O taxista balançou a cabeça, então tirei a carteira com a única mão livre que tinha.

— Quanto foi?

— Noventa e sete dólares — ele disse.

Eu não tinha dinheiro suficiente. Porra.

Humilhado, me segurei à Ivy enquanto voltávamos para o saguão. Mais pessoas estavam ali agora para ver o drama. Henry veio até mim. Eu disse a ele que explicaria tudo mais tarde e ele me deu o dinheiro que faltava para pagar ao taxista. Enquanto Ivy ficava ali sussurrando para si mesma, acho que ele estava começando a ter uma ideia do que estava realmente acontecendo.

Paguei ao taxista antes de arrastar Ivy até o outro lado do estacionamento, onde tinha parado o meu Jetta. Ela ainda estava tentando fugir de mim e ameaçou chamar a polícia. Carros passavam em alta velocidade na rua próxima e eu tive medo de que, se ela fugisse, correria pelo trânsito e morreria atropelada.

Seu cuspe respingou no meu rosto quando ela disse:

— Eu te odeio pra caralho, Jake. — Eu a empurrei para o assento do passageiro e fechei a porta. Aquelas palavras acabaram comigo. Quando dei partida no carro, ela se virou de costas para mim, olhando pela janela. Olhei para ela, me sentindo desamparado, sem saber se deveria levá-la para casa dessa vez.

Só fiquei ali com o carro ligado. Não podia mais fazer isso sozinho. A mãe da Ivy tinha falecido pouco antes de nos casarmos. Ela não tinha pai nem irmãos. Eu era tudo o que ela tinha. Era a razão de eu ainda estar ali.

Levá-la ao hospital era algo que eu vinha evitando. Tinha medo por ela, com o que poderiam fazer com ela lá. Visões de paredes brancas forradas e isolamento me assombravam. Achei que poderia mantê-la a salvo sozinho, mas estava perdendo o controle mais rápido do que ela estava perdendo o juízo. Pobre Ivy. Não era culpa dela.

Ela se virou e olhou para mim, e eu entendi que ela estava voltando a si. Cada episódio era como um ciclo. Sempre passava, mas, depois que ela o superava, outro nunca estava longe de acontecer. Me sentindo derrotado e desesperado, meu peito se contraiu quando peguei sua mão. Quase desejei que ela ficasse fora de si para que não percebesse o que estava prestes a acontecer. Porque, quando saímos do estacionamento, eu sabia que, dessa vez, não a levaria para casa.

— Onde estamos? — ela perguntou quando paramos em frente a um grande prédio revestido de tijolos na saída de Boston. Não tínhamos falado durante o trajeto inteiro para o hospital.

Toquei seu cabelo gentilmente.

— Vamos buscar ajuda pra você, menina. — Eu a ajudei a sair do carro, e ela não resistiu.

Alguns dias depois, ela ainda estava internada quando o médico me chamou para seu consultório. Eu sabia que algo estava vindo, mas nunca estaria pronto para ouvir.

Estava olhando as fotos dos filhos sorridentes do médico quando ele disse:

— Sr. Green, sua esposa tem esquizofrenia.

Continuei a olhar inexpressivamente para as fotos. Um retrato de um menininho com um peixe em um barco ficaria para sempre gravado na minha mente como a imagem para a qual eu olhava quando ouvia aquelas palavras saindo da boca do médico. O resto daquela conversa unilateral foi um borrão, da qual só consigo lembrar de pedaços.

Alucinações Auditivas

Ilusões

Antipsicóticos

Controlável com medicação

Sem cura

Sem cura

Sem cura

Ele estava nos enviando para casa com algumas prescrições para a medicação começar.

Ivy pegou minha mão quando passamos pelas portas giratórias no hospital que simbolizavam o nosso novo normal, entrando e saindo de hospitais até que eu chegasse no meu limite.

22

Peguei um táxi do hospital para a casa da minha irmã, Allison, em Brookline. Ivy tinha ficado dormindo, então decidi dormir um pouco. Voltaria para o hospital pela manhã.

Eu tinha feito uma ligação rápida para Nina por volta da meia-noite, avisando que estava tudo bem aqui e lhe tranquilizando sobre nós dois, mas pude perceber pelo seu tom de voz que ela estava assustada. Quem poderia culpá-la? Ela precisava saber que porra estava acontecendo comigo, mas eu não ia dizer a ela tudo sobre Ivy por telefone.

Allison e Cedric tinham uma casa grande no estilo vitoriano com bastante espaço, então eu sempre ficava no seu quarto de hóspedes nos fins de semana, mas eles não estavam me esperando em um dia de semana. Sabia que minhas sobrinhas estariam dormindo e esperava que alguém estivesse acordado para me deixar entrar.

Grilos cricrilavam enquanto eu esperava na porta, me perguntando se deveria mandar mensagem para o celular deles porque não queria tocar a campainha e acordar as meninas.

Lembrei que minha irmã deixava uma chave reserva embaixo de uma pedra na lateral do jardim, então a peguei e abri a porta.

Meus olhos quase sangraram quando entrei na sala e vi a bunda nua de Cedric... enquanto ele estava montado na minha irmã no sofá.

Eu cobri o rosto.

— Porra, que...

— Jake? — Ouvi a voz da minha irmã, mas me recusei a abrir os olhos.

— Que porra você está fazendo aqui num dia de semana no meio da noite? — Cedric rosnou.

— Vocês nunca ouviram falar em quarto? — eu disse com os olhos ainda fechados.

— Você nunca ouviu falar em bater na porra da porta? — Cedric retrucou.

Quando abri as pálpebras e olhei para minha irmã, não consegui evitar de rir. Ela estava de botas vermelhas e vestida de... *Ah, meu Deus.*

— Sério? Que diabos você tá vestindo? É pra ser a porra da Mulher Maravilha?

Allison ficou vermelha e cobriu o rosto.

— Cala a boca. Ele gosta. Às vezes, eu uso.

— Que nojo. Ela é minha irmã, cara. Você é doente. — Fiz cara feia para Cedric.

Ele riu com sarcasmo enquanto terminava de vestir a calça de moletom.

— Isso vai te ensinar a não invadir nossa casa no meio da noite.

— Sim, eu vou precisar de terapia — respondi, fazendo Allison rir.

Então o tom dela ficou sério.

— Jake... o que aconteceu? Por que você está aqui? Está tudo bem?

Soltei um suspiro.

— Vim de avião hoje à tarde. É a Ivy. Ela está bem, mas está no hospital de novo. Eles a encontraram nua no telhado da clínica. Ela diz que estava tentando pegar um ar. Eles acharam que ela estava tentando pular. Quem sabe o que realmente aconteceu? É uma confusão. A médica quer que eu tente uma medicação que pode ter efeitos colaterais sérios, mas ela está bem, por enquanto... estável. Vai ficar no hospital por alguns dias, como sempre quando isso acontece. Estou arrasado.

Era triste que nenhum deles parecesse chocado, mas a verdade é que você fica imune a isso depois de anos do mesmo padrão com a Ivy.

Eu estava prestes a subir para o quarto de hóspedes quando minha irmã veio por trás de mim e me deu um abraço.

— Sinto muito que tenha que lidar com isso. Você é um santo, sabia disso? Te amo.

— Também te amo. Boa noite.

— Boa noite, Jake — disse Cedric, quando eu já estava subindo as escadas.

Quando entrei no quarto escuro, tirei os sapatos, a roupa e desmaiei na cama. Cansado como estava, não consegui dormir, agitado, preocupado com a decisão que tinha que tomar sobre a medicação. Então decidi tomar um banho no banheiro de hóspedes.

Era a primeira vez desde a viagem de avião que eu permitia minha mente escapar de volta para os pensamentos na Nina. Daria tudo para ter ela ali comigo debaixo da água. De olhos fechados, ansiei por estar dentro dela de novo. Só fazia vinte e quatro horas, mas parecia que fazia uma eternidade.

O sexo com ela tinha sido incrível, melhor do que eu tinha imaginado... o melhor da minha vida. Ela estava tão ávida, tão molhada, e isso me excitou demais, sabendo que eu era o primeiro cara a fazê-la gozar daquele jeito. Transamos muitas vezes e de várias formas diferentes até as camisinhas acabarem. Então ficamos criativos e usamos a boca, e não paramos por horas. Foi o máximo de sexo que já fiz de uma só vez a minha vida inteira e ainda não foi suficiente. Acho que é o que meses de frustração sexual entorpecente fazem com a gente.

Lambi os lábios, lembrando de como o gosto dela era doce, e peguei um pouco de xampu para me masturbar. Fingi que estava metendo nela e gozei em segundos quando pensei em como ela me olhava com aqueles lindos olhos azuis e inocentes quando chegava ao orgasmo. Seu cabelo loiro estava espalhado por todo o travesseiro como fios de ouro.

De volta à cama, rezei para que chegasse a ter tudo isso de novo com ela e que ela apenas me deixasse amá-la, apesar de toda a minha bagagem. Algo me dizia que eu iria precisar dessas orações porque sentia que isso não ia ser tão simples.

Na manhã seguinte, acordei e vi uma sobrinha de cada lado me puxando da cama. Elas me imploraram para levá-las para a escola, o que acabou sendo uma distração bem-vinda. Decidi voltar para casa depois e tomar café antes de voltar para o hospital pelo resto do dia.

Allison não tinha que trabalhar até meio-dia e Cedric decidiu ir para o trabalho mais tarde, então eles estavam tomando café juntos na sua enorme cozinha quando entrei. Tinha um pressentimento de que estavam esperando para me interrogar sobre as coisas. Eu tinha confidenciado a eles sobre a minha obsessão pela Nina no Natal. Apesar de estar lutando contra a culpa, os dois me encorajaram a ir atrás dela.

— Oi — eu disse, entrando na cozinha.

— Oi, maninho — respondeu Allison, sorrindo.

Peguei um pouco de cereal e me sentei à mesa, notando que os dois estavam me encarando.

— O que foi que houve? — perguntei.

Allison riu.

— *Eu* que deveria estar te perguntando isso. Pela sua cara, algo está rolando.

— Do que você tá falando?

Eu sabia do que ela estava falando.

— Ela quer saber o que aconteceu com a loirinha, mas está esperando você contar porque não quer parecer a irmã intrometida que é — disse Cedric, dando um beijinho na bochecha de Allison depois que ela o cutucou.

Minha boca estava cheia de cereal.

— Ah, sim. Quer mesmo saber o que aconteceu?

Ela se inclinou para a frente.

— Quero.

De repente, o tom da conversa mudou de jovial para sério. Eu suspirei, afastando minha tigela, e lhe respondi.

— Tudo aconteceu, quase de uma vez, e posso estar prestes a perder tudo tão rápido quanto aconteceu.

— Você quer dizer que... vocês...

Fiz que sim com a cabeça.

— Sim, várias vezes. E eu disse que a amava. Eu tô... apaixonado por ela.

Cedric arregalou os olhos.

— Uau. É sério, hein?

— Nunca falei tão sério em toda a minha vida. O problema é que não tive chance de contar sobre a Ivy. Planejei contar tudo ontem à noite, mas tive que vir pra cá. Ela não sabe de nada e acho que posso estar me enganando em achar que ela vai aceitar tudo.

Ele balançou a cabeça.

— Você ficaria surpreso com o que as pessoas podem aceitar quando se amam. Se ela realmente se importa com você, vai achar um jeito. Olha a sua irmã e eu... tudo o que escondi dela quando começamos a namorar, mas superamos isso porque estávamos destinados um ao outro.

Allison pegou no meu braço.

— Quero que você seja feliz e essa garota claramente te faz feliz. Nunca te vi com aquele olhar, quando você me falou dela pela primeira vez, no Natal. Você sofreu sozinho por cinco anos com a Ivy. Tem a vida inteira pela frente. É a pessoa mais leal que eu conheço. Amo isso em você... como é com a Hannah e a Holly e como sempre está aqui pra mim. Você ama muito, mas, nesse caso, isso foi uma maldição. Ninguém com a sua idade deveria viver como você tem vivido, Jake... ninguém. Você merece ter o tipo de amor que te completa, como eu tenho com Cedric, e não se sentir culpado ou como se não merecesse isso por causa do que tem passado.

— Eu sei que mereço, mas não é tão simples assim. Não posso simplesmente abandonar a Ivy. Eu fiz uma promessa. O que aconteceria com ela? Eu sou tudo o que ela tem. Meu nome está em tudo. Ela é minha dependente no plano de saúde. Tenho autorização legal sobre ela. Quem se relacionar comigo vai precisar entender isso. E se a Nina não entender? É por isso que eu não queria me envolver com ninguém. Nina não merece ser arrastada pra isso.

— Você ama a Ivy? — perguntou Allison.

— Não acho que eu sequer sabia o que era estar *apaixonado* até conhecer a Nina... comer, dormir e respirar alguém, sentir como se não pudesse viver sem ela. Achava que o que sentia pela Ivy quando tínhamos dezoito anos era amor. Olhando pra trás, era mais paixão, mas, respondendo sua pergunta, amo a Ivy da mesma maneira que amo você.

— Então você vai ficar casado com alguém que ama como uma irmã porque tem medo do que vai acontecer com ela? Você não quer ter uma família um dia?

— Eu quero, mana, quero sim. Você sabe o quanto amo as gêmeas. Adoraria ter filhos, mas considerei isso como perdido quando Ivy ficou doente. Nunca pensei sobre essas coisas de novo até conhecer a Nina, mas me divorciar da Ivy... não sei como eu viveria comigo mesmo se fizesse isso e algo acontecesse com ela.

Cedric colocou o café na mesa e me olhou. Esse cara tinha uns olhos azuis intensos.

— Deixa eu te falar uma coisa que aprendi bastante tempo atrás, Jake. O amor não tem consciência. Não sabe o que é certo ou errado. É um sentimento que não se pode afastar, que penetra na sua alma e não pode ser quebrado. Se você está mesmo apaixonado por essa garota, isso não vai mudar, não importa quais sejam as suas circunstâncias de vida. O tempo vai dizer se é amor verdadeiro ou não. Se for, você não vai conseguir viver sem ela. Fim de papo. — Ele olhou para minha irmã.

Eu sabia que ele tinha razão.

Allison levantou e me deu um abraço.

— Só queremos te ver feliz. Vamos ajudar no que pudermos. Se divorciar da Ivy não significa abandoná-la. Vou pesquisar planos de saúde alternativos e apoio do governo. Vamos ajudar, mesmo se Cedric e eu tivermos que pagar algumas despesas. Já conversamos sobre isso.

Eu nunca os deixaria fazer isso, mas, porra, eu tinha mesmo a melhor família do mundo.

— Não estou pronto pra pensar em divórcio, Al. Espera só eu contar à Nina o que está acontecendo primeiro e então a gente vê como ela reage.

— Oi, menina.

Ivy estava olhando pela janela do hospital quando cheguei. Ela se virou, sorriu e correu na minha direção, me dando o maior abraço que eu tinha recebido dela em um bom tempo.

— Aqui está o meu bonitão — disse ela.

Meu estômago se revirou com culpa. Ela e eu não tínhamos relações íntimas há anos, mas às vezes era como se sua mente voltasse para o passado por um breve momento. Vinha em ondas e nunca durava. Eu me apavorava quando acontecia.

— Como você está se sentindo?

— Muito bem... muito bem — ela respondeu, colocando a cabeça no meu peito.

— Quero passar o dia com você antes de voltar pra Nova York, mas venho de novo no fim de semana.

Ela se afastou abruptamente.

— Onde você estava ontem à noite?

— Fiquei aqui o tempo todo até você dormir. Então fui dormir na casa da Allison e do Cedric.

— Por que você foi embora?

— Acabei de te dizer.

— O que você estava fazendo mesmo?

— Dormindo, Ivy.

— Não acredito em você.

Lá vamos nós. Era sempre como um interruptor que ligava.

— Onde você acha que eu estava?

— Acho que estava com eles.

— Com quem?

— Com a polícia.

— Não, menina. Nada de polícia.

— Está tentando me tirar do país de novo, não é?

Era inútil tentar me defender em maiores detalhes quando a paranoia de Ivy começava assim. Aprendi com o tempo: era melhor simplesmente negar aquilo do que ela estava me acusando com respostas de uma ou duas palavras. Se ela ficasse chateada demais comigo, eu iria embora até que se acalmasse.

— Não, Ivy.

— Não acredito que você está fazendo isso de novo. Por que está tentando se livrar de mim?

— Não estou.

— Você não me ama?

— Eu te amo muito.

— Então por que está tentando me machucar?

— Ivy...

— Sai daqui! Sai daqui antes que eu grite!

Olhei para o teto, focando em uma rachadura na tinta enquanto ela continuava a gritar. Eu realmente não queria deixá-la, já que tinha que voltar para Nova York à noite. Quando ela começou a me empurrar, saí do quarto para ver se conseguia falar com a médica. Depois de uma espera de quinze minutos, a dra. Greally veio até a sala de espera e me chamou para o seu consultório.

— Já tomou alguma decisão sobre tentar a Clozapina?

— Ainda estou em cima do muro. Não estou por perto durante a semana porque trabalho fora do estado e me preocupo com os efeitos colaterais. Não sei se posso confiar nos funcionários da clínica psiquiátrica pra ficarem de olho nela.

— Faremos com que a assistente social garanta que ela chegue ao laboratório em segurança toda semana para o exame de sangue. Também posso verificar diariamente com o supervisor de lá. Se houver algum indicativo do que ela está passando por algo anormal, sempre temos a opção de suspender.

— Ok... Dou uma resposta em alguns dias, pode ser?

— Fique à vontade.

Quando voltei para o quarto de Ivy, ela estava com a televisão ligada, assistindo a um episódio de *Em Busca da Casa Perfeita: Mundo*, aquele programa de imóveis em que as pessoas têm que escolher entre três casas para comprar. Me sentei ao lado dela e olhei para o seu rosto para ver se era bem-vindo de novo.

Ela olhou para mim.

— Não sei qual eles vão escolher. É uma decisão difícil.

Dei um meio sorriso.

Sim, é.

Apoiei a cabeça no seu ombro e passamos a hora seguinte assistindo à televisão, até ela me mandar embora de novo.

23

Nina não respondeu quando lhe mandei mensagem do aeroporto umas 18h, avisando que estava entrando no voo para casa. Aquilo era atípico dela e me deixou inquieto, especialmente sabendo que eu iria colocar tudo em pratos limpos com ela naquela noite.

Quando aterrissei no JFK, ela ainda não tinha me respondido. Estava chovendo e eu não conseguia pegar um táxi.

Porra.

Quando finalmente entrei em um, mandei mensagem de novo.

Estou em um táxi a caminho do Brooklyn. Por favor, me avisa se recebeu essa mensagem.

Nenhuma resposta.

Depois de cinco minutos, nada.

Liguei para o celular dela três vezes seguidas e as ligações iam caindo no correio de voz todas as vezes. Deixei uma mensagem depois da quarta chamada.

— Nina, sou eu. Estou começando a ficar preocupado. Você não me respondeu o dia todo. Estou quase em casa. Acho que te vejo daqui a pouco. Me liga se ouvir essa mensagem. Te amo.

Ela não me ligou de volta e, quando o táxi parou em frente ao nosso prédio, um sentimento de pavor me dominou.

Quando abri a porta do apartamento, gritei "Nina?", antes de perceber que não tinha ninguém em casa. Olhei seu quarto duas vezes. Estava vazio.

Sentado na sua cama com uma mão na cabeça e a outra no celular, mandei mensagem de novo.

Estou em casa. Onde você está? Você me deixou muito preocupado.

Me deitei de costas, jogando o celular para o outro lado da cama.

Cinco minutos depois, olhei para o seu armário e notei que a pequena mala rosa que ela normalmente deixava embaixo das roupas penduradas não estava lá.

A mala dela não estava lá. Que porra?

Comecei a andar de um lado para o outro do quarto, esfregando as têmporas.

Pensa. Pensa. Pensa.

Então a porta da frente se fechou e corri para a sala e vi Ryan parado ali.

— Ryan, onde está a Nina?

Ele balançou a cabeça com um olhar presunçoso.

— Você é muito cara de pau, sabia?

— Como é?

— Você não vai descobrir onde a Nina está. Vai ficar bem longe dela. Está me entendendo?

Meu sangue estava fervendo e eu estava prestes a ir para cima dele, mas decidi me controlar até descobrir onde ela estava. Só isso importava.

— De que porra você tá falando, Ryan?

— Estou falando do fato de que você fodeu a minha melhor amiga e então foi pra Boston foder a sua esposa, seu filho da puta.

Meu coração parecia que ia sair do peito.

Isso não podia estar acontecendo.

Minhas mãos começaram a tremer e tive que cerrar os punhos para me impedir de lhe dar um soco.

Minha voz estava baixa agora quando falei entre os dentes, resistindo ao impulso de ir para cima dele.

— O que foi... que você... disse a ela?

— Sabe, eu sempre soube que tinha algo de errado com você. Depois de ter que ouvir você fodê-la dez vezes no meio da noite, tive certeza de que ia garantir que ela não se envolveria com uma pessoa suspeita. Quando você não voltou pra casa na segunda à noite, foi a gota d'água. Procurei suas informações no banco de dados do trabalho e olha só o que apareceu. A sua certidão de casamento! Tudo fez sentido de repente... as suas viagens pra Boston, o seu sigilo...

A cabeça de Ryan bateu na parede quando o agarrei, lhe dando uma chave de braço. Minha respiração estava irregular.

— Você não sabe *nada* sobre mim. Acha que descobriu tudo, mas não sabe de porra nenhuma da minha vida! Agora me diga onde a Nina está ou minhas mãos vão ficar onde estão.

Ele não tinha força para se soltar ou falar, então cuspiu na minha cara.

— Me... diga... onde... a Nina... está — repeti entre os dentes, apertando a chave com cada palavra. Sua cabeça foi para trás e bateu na parede quando o soltei.

Ele tossiu.

— Está na casa de uma amiga, mas não quer te ver. — Aquilo doeu.

Fiquei ali olhando feio para Ryan. Quando me acalmei, decidi que, considerando que ele não sabia nada da minha situação, não podia culpá-lo por achar que a estava protegendo. Precisava me acalmar e me fazer de bonzinho para descobrir onde ela estava.

— Escuta, não vou te explicar tudo até ter uma chance de conversar com ela. Não é o que você acha. Eu sou *legalmente* casado, sim, mas não é um casamento no sentido real há anos. É complicado, ok? A Ivy... ela tem uma doença mental. Ela mora em uma clínica psiquiátrica. Fui correndo para Boston porque eles acharam que ela tentou se matar. — Esfreguei as têmporas com frustração.

Ryan ficou ali parado, sem palavras.

O que você tem pra dizer agora, babaca?

— Se isso for verdade, eu nem sei o que dizer. Você deveria ter dito a Nina que era casado e com certeza não deveria ter dormido com ela.

Eu não ia perder tempo explicando minhas ações para ele quando a única pessoa que merecia uma explicação era a Nina.

— Onde ela está, Ryan?

— Na casa da Daria, filha da sra. Ballsworthy. Ela passou aqui logo depois que a Nina descobriu sobre você. Veio entregar uma cesta de presente para ela como agradecimento e a viu chorando. Eu a puxei para o lado e lhe contei o que aconteceu. Ela insistiu que a Nina fosse ficar com ela por pelo menos alguns dias, em Park Slope.

— Qual é o endereço?

— Eu prometi a ela que não ia te contar.

— Ryan, eu gosto de você. Gosto mesmo. Então vou ser franco e te dizer que vou quebrar a sua cara se você não me disser, e não quero mesmo ter que fazer isso.

Ele bufou e pegou o celular, me enviando o endereço por mensagem.

— Obrigado — eu disse ao sair pela porta.

Respirei fundo e tentei organizar meus pensamentos antes de entrar no prédio. A porta da frente estava aberta, mas tinha que apertar a campainha para ir para o segundo andar. Apertei o botão do apartamento 6.

A voz de uma mulher ressoou no meio da estática.

— Alô?

— Oi, aqui é o Jake. Sei que a Nina está com você e não quer me ver, mas, por favor, eu preciso conversar com ela. Posso subir?

Silêncio.

O silêncio continuou pelo que pareceu uma eternidade. Então, veio mais estática.

— Sinto muito, Jake. Ela não quer te ver. Por favor, vá embora.

Apertei a campainha de novo, mas não tive resposta. Continuei por uns quinze minutos, sem sorte. Elas só ficaram me ignorando.

Voltei para fora e dei a volta no prédio até os fundos para ver se tinha alguma janela. Uma saída de emergência levava até o sexto andar. Se eu conseguisse subir e bater na janela, talvez elas vissem como eu estava falando sério e me deixassem entrar. Merda, eu acamparia ali a noite toda se fosse preciso.

Comecei a subir pela saída de emergência, sem saber se o apartamento no topo era mesmo o certo. Cheguei ao sexto andar e olhei pela janela para um quarto escuro e vazio. Quando estava prestes a bater na janela e implorar para quem quer que morasse ali me deixasse entrar, uma luz acendeu.

A visão dela quase me deixou sem ar. Nina fechou a porta e se sentou na cama. Ela não me viu. Seu lindo cabelo longo cobria o rosto enquanto ela chorava com ele nas mãos, os ombros balançando para cima e para baixo. Então ela olhou para o teto e murmurou algo para si mesma. Senti que estava prestes a sufocar vendo-a sofrer por minha causa. Me odiei por infligir tanta dor à pessoa que amava mais do que tudo. Estava me massacrando. Não queria assustá-la, mas precisava fazer alguma coisa.

Ela deu um pulo quando bati no vidro. Com a mão no coração, ela se virou e me viu olhando pela janela.

— Nina... me deixa entrar.

Ela ficou ali, só olhando para mim, seu peito subindo e descendo.

— Me deixa entrar — insisti. — Não vou embora. Você precisa me deixar explicar.

Ela ficou congelada, seus lindos olhos azuis sombrios de novo pela primeira vez desde que a conheci.

— Por favor... eu te amo — eu disse.

Me doía pensar que ela provavelmente achava que eu era uma pessoa horrível que só a estava usando.

Decidi tentar entrar pela janela com cuidado, mas, veja só, eu a abri de primeira.

Entrei e a fechei atrás de mim.

Me doeu quando ela se afastou e se encostou na parede do outro lado do quarto. Não queria aborrecê-la, então mantive distância.

— Nina... não é o que você está pensando.

Uma lágrima escorreu pelo seu rosto.

Decidi ir direto ao ponto. Essa história precisava ser contada do começo e eu só tinha uma chance de contá-la direito. Me sentei na cama e respirei fundo, desviando o olhar do seu rosto triste.

— Eu tinha dezoito anos quando conheci a Ivy. Ela era diferente de qualquer pessoa que já eu tinha conhecido antes... tão cheia de vida e vibrante. Na primeira vez que a vi, ela estava dançando no meio de uma tempestade torrencial. Fui até ela e conversamos um pouco. Fizemos planos para aquela noite. Ela tocava violão, fez alguns pequenos shows e fui vê-la tocar em uma cafeteria. Achei que ela era muito incrível. Acho que foi uma paixonite. Ficamos inseparáveis e começamos a namorar. Uns seis meses depois, ficamos meio bêbados uma noite e ela decidiu que seria uma ideia brilhante pegarmos o próximo voo para Las Vegas e nos casarmos. Do que eu sabia nessa época? Era um adolescente impulsivo com uma namorada bonita e achei que seria uma história muito legal de contar um dia que fui casado pelo Elvis. Achei que soubesse o que era amor naquela época. Achei que a amasse o suficiente pra passar o resto da vida com ela.

Olhei para Nina para avaliar sua reação e ela estava olhando para o chão.

— Aquela viagem para Las Vegas foi a minha última lembrança boa... até te conhecer. Enfim, fomos morar juntos depois disso. Minha família ficou puta comigo por eu ter fugido pra me casar. Minha irmã não falou comigo por semanas. Eles não gostavam dela e achavam que ela era uma má influência, mas eu ainda estava na fase de lua de mel e não me importava com o que ninguém achava. Uns seis meses depois, nosso relacionamento começou a mudar. Ela começou a não ir pro trabalho, dizendo que estava doente, e parou de ir pra aula. Brigávamos o tempo todo sobre o comportamento dela. Comecei a perceber que se casar tinha sido mesmo um grande erro. Eu chegava em casa do trabalho e ela me acusava de estar com amantes o dia todo.

"Então, um dia, ela me disse que estava ouvindo vozes e que elas lhe diziam que eu estava tentando matá-la e que se mataria antes que eu fizesse isso com ela. Primeiro, achei que era só estresse, porque ela tinha perdido a mãe há pouco tempo de infarto. Ela não tinha família além de mim, mas todo dia era algo diferente. O comportamento instável continuou por meses. Um dia, ela apareceu no meu trabalho e, na frente dos meus colegas, gritou que eu estava tentando envenená-la. Foi quando a levei para o hospital pela primeira vez. Quando ela saiu, tinha sido diagnosticada com esquizofrenia."

Me virei para olhar para Nina, que agora estava olhando de novo para mim.

— Muitas pessoas podem levar vidas normais com esse transtorno, porque pode ser controlado com medicação. Tentamos todos os remédios, Nina. Nada funcionou. Eles chamam a condição dela de "resistente a tratamento" agora. Ela entrava e saía de hospitais e eu não conseguia mais cuidar dela. Eu me preocupava que ela se matasse enquanto eu estivesse no trabalho. Então, mais ou menos um ano depois do diagnóstico, cheguei ao meu limite e a coloquei em uma clínica psiquiátrica. Pouco depois disso, recebi uma proposta de trabalho que não podia recusar em Nova York, com os benefícios que eu precisava para ajudar a cuidar dela. Ela me fez prometer que a visitaria todo fim de semana. Isso foi quatro anos atrás e tenho mantido a promessa.

Nina soltou um longo suspiro. Parei de falar por alguns segundos para deixá-la processar o que eu tinha contado até aquele momento.

— Jake... Eu... — ela finalmente sussurrou.

— Por favor... não diga nada ainda. Preciso terminar.

Ela fez que sim com a cabeça.

— Fiquei assustado pra caralho nos primeiros anos, mas, com o tempo, acabou se tornando o meu normal. A maneira que eu via era: ajoelhou, tem que rezar. Me convenci de que conseguia lidar com isso. Eu só tinha 20 anos. Vinte anos e estava cuidando da minha esposa com um transtorno mental. Depois desses primeiros dois anos, nosso relacionamento mudou. Ficou menos marido e mulher e mais como irmãos. Não tivemos relações íntimas desde que ela se mudou para a clínica psiquiátrica, quatro anos atrás. Mesmo nos meses antes disso, era quase inexistente e, quando acontecia, não parecia mais certo. Fiquei em celibato por um bom tempo. Então, uns dois anos atrás, comecei a ir atrás de mulheres que eu sabia que poderia usar como uma válvula de escape sem compromisso. Eu tinha minhas necessidades e estava sozinho pra caralho.

— Mulheres como a Desiree — ela sussurrou.

Fiz que sim com a cabeça.

— Eu tinha aceitado o meu destino. Minha vida estava toda planejada e era isso. Continuaria legalmente casado com a Ivy, para que ela pudesse ser minha dependente e eu pudesse cuidar dela, e o resto da minha vida seria separado. Eu estava morto por dentro... até você.

Ela se virou para mim.

— O que aconteceu naquela noite... quando você teve que ir pra Boston?

— Eles acharam que ela tentou se matar. Encontraram-na no telhado. Ninguém sabe o que realmente aconteceu.

Nina fechou os olhos, como se minhas palavras machucassem.

— Então você ia me dizer tudo isso na noite em que a gente...

— Sim. Sim, Nina. Eu ia te contar tudo e esperar que, por algum milagre, você ainda quisesse ficar comigo.

Ela veio até mim e sentou na cama. Senti seu cheiro de baunilha. Queria tanto abraçá-la e enterrar o nariz no seu cabelo, mas me segurei, sem saber em que pé estávamos. Ela pegou minha mão e a apertou, e o meu corpo relaxou. Ficamos assim por minutos. Meu coração estava se partindo a cada minuto que passava.

— Nina, fala comigo — eu finalmente pedi, minha voz rouca.

— Não sei o que dizer, Jake. Estou tão confusa agora. Passei as últimas horas com muito ódio de você. Achei que estava traindo sua esposa comigo. Não queria te ver de novo nunca mais. E agora... não sei o que sentir. Foi muita coisa pra assimilar.

Balancei a cabeça em sinal de entendimento, mas, por dentro, estava me cagando de medo. Não sabia que outro tipo de reação eu esperava.

O que eu queria dizer era: "*Você disse que nunca ia me deixar*". O que eu realmente disse foi:

— Sei que isso é um choque e só posso imaginar como se sente. Precisa saber o quanto eu te amo e como você mudou a minha vida.

Seus olhos estavam se enchendo de lágrimas de novo.

— Você vai continuar casado com ela?

— Nunca planejei me divorciar porque nunca planejei me apaixonar por alguém. Não sei o que aconteceria com ela se não fôssemos casados legalmente, que direitos eu teria com relação aos seus cuidados. Ainda tenho que fazer muita pesquisa antes de cortar esses laços legalmente. Nunca poderia abandoná-la, Nina. Ela sempre vai ser uma parte da minha vida, mas, se me divorciar dela for uma condição pra ficar com você, então te digo aqui e agora que vou fazer isso.

— Eu jamais esperaria que você a abandonasse, Jake. Isso é horrível. Espero que não tenha achado que foi isso que eu quis dizer quando perguntei se vocês iam continuar casados.

Graças a Deus.

— Não pensei isso. Fico feliz que entenda.

— Mas não posso *ficar com você* se é casado. Não posso dormir com um homem casado — continuou.

Porra. Aonde ela quer chegar?

— Não me considero mais comprometido com ela nesse sentido. Não haveria mais casamento se não fosse pelo meu desejo de poder assegurar que ela está sendo cuidada, mas entendo o seu lado. Ainda sou legalmente casado com outra pessoa.

Fica comigo, Nina.

Ela soltou um longo suspiro.

— Daria me chamou para vir morar com ela. Esse é um quarto extra e ela já estava procurando por uma colega de apartamento, de todo jeito. Acho que é melhor morarmos separados por um tempo enquanto tentamos resolver as coisas.

Não. Eu não consigo viver sem você.

— Tudo bem. Se é do que você precisa.

Era como se eu a estivesse perdendo.

— Ainda estou em choque, ok? Preciso de um tempo pra assimilar isso.

Você disse que nunca ia me deixar.

Coloquei a mão no seu joelho e o meu peito se contraiu em agonia.

— O que você precisar.

24

Entrei em depressão profunda nas semanas seguintes. Nina levou o resto das suas coisas e o semestre na faculdade tinha acabado de começar, então eu não a tinha visto muito.

Nos encontramos num parque para conversar uma tarde. Ela parecia desligada e não fez muito contato visual comigo quando respondi a algumas das suas perguntas. Ela me questionou de novo exatamente quanto tempo fazia desde que eu tivera relações íntimas com a Ivy e com quantas mulheres eu tinha transado desde então. Estava inquieta e parecia aborrecida. Fui sincero com ela em relação a tudo, mas senti como se tivéssemos dado um passo para trás.

Fui para casa naquela noite puto com a vida e acabei esmurrando a parede do meu quarto, abrindo um buraco.

A questão era que, depois de vê-la, me senti mais apaixonado do que nunca. Essa necessidade desesperada de tirar a escuridão que voltou para os seus olhos tomava conta de mim. Estava morrendo para tocá-la quando ela estava sentada na minha frente naquele banco. Estava com um casaco branco de lã e parecia um anjo da neve, o nariz e as bochechas rosados do ar frio.

Isso tinha sido há mais de uma semana. Agora eu não conseguia nem mesmo passar pelo seu quarto vazio sem ficar com raiva. Em uma noite, me deitei no seu colchão sem roupa de cama, olhando para o teto e remoendo as lembranças da nossa primeira e última noite juntos nesse quarto. Abri a gaveta da mesa de cabeceira e a fechei com frustração depois de encontrar todos os morcegos de papel que eu já tinha feito para ela.

Sobretudo, estava com raiva de mim mesmo por não ter tido colhões de confrontar Ivy sobre o divórcio. O momento era ruim porque ela tinha acabado de começar aquela nova medicação arriscada. Estava esperando que lhe desse alguma clareza; isso tornaria mais fácil explicar tudo para ela. Então eu estava esperando, mas ainda não tinha feito efeito. Não tínhamos nenhuma garantia de que ia funcionar, especialmente quando nenhuma jamais funcionou para ela.

Quanto mais os dias passavam, mais eu tinha medo de que Nina seguisse em frente e percebesse que era boa demais para mim e toda a minha bagagem. Eu tinha lhe pedido para esperar por mim, mas o quanto isso era realista se eu não tinha nem ideia de quanto tempo um divórcio levaria? Aquele babaca do Ryan provavelmente estava planejando outro encontro às escuras para ela nesse exato momento. Sei que ele estava trabalhando contra mim. Precisava ficar de olho nele.

Em uma tarde de quinta, disse ao meu chefe que estava indo para casa porque estava doente, mas, na verdade, estava doente por causa da Nina. Andei pela cidade sem rumo até decidir que só precisava ir até ela. Peguei o primeiro trem de volta para o Brooklyn, sem saber o que ia dizer ou fazer. Precisava saber em que pé as coisas estavam. E eu só queria vê-la, enterrar o nariz no seu cabelo e dizer que a amava. Era seu dia de folga da faculdade, então eu estava contando com ela estar lá.

Depois de tocar a campainha várias vezes, não houve resposta do seu apartamento. Desesperado, eu até subi pela saída de emergência, esperando que ela estivesse no quarto e não tivesse me ouvido tocar. A cortina da sua janela estava fechada. Bati, mas ela não estava lá. Mandei uma mensagem.

Preciso muito te ver.

Não recebi resposta depois de cinco minutos esperando na porta da sua casa.

Minha cabeça foi à loucura me perguntando onde ela poderia estar, em certo momento, imaginando que ela estava com outro cara. Uma insegurança ciumenta como eu nunca tinha sentido na minha vida começou a se formar dentro de mim. Enviei outra mensagem:

Onde você está agora?

Depois de não receber nenhuma resposta, joguei o celular no chão e a tela rachou.

Porra.

Quando voltei para casa, felizmente, meus colegas de apartamento não estavam, já que ainda era fim de tarde. Ryan não fez nenhum segredo no fato de que não me queria com a Nina, então nós nos evitamos. Eu evitava completamente a sala quando ele estava em casa. Não tinha certeza de que lado Tarah estava.

Quando abri a porta do meu quarto, meu corpo inteiro estremeceu de choque.

A visão do seu lindo cabelo loiro caindo pela lateral da minha cama me fez tremer nas bases.

Ela estava dormindo na minha cama.

Estava dormindo como um bebê, seu corpo se levantando e abaixando devagar com cada respiração. Fiquei congelado a alguns metros de distância, sem querer acordá-la.

Vi o seu celular na minha mesa com as notificações das minhas mensagens. Ela não estava me ignorando; estava dormindo... na minha cama... o tempo todo.

Meu coração se encheu de amor e o meu corpo, de desejo quando me sentei ao lado da cama, absorvendo sua linda silhueta aconchegada em cima do meu edredom. A cada minuto que passava, ficava mais e mais tentado a me aconchegar ao lado dela e abraçá-la, mas mantive distância, com medo de que, se a acordasse, ela fosse embora.

Pensei na outra noite, quando pude jurar que tinha sentido o cheiro dela no meu travesseiro. Presumi que fosse minha imaginação pregando peças em mim. Ri para mim mesmo agora, percebendo que havia uma grande probabilidade de que ela, na verdade, tivesse estado na minha cama naquele dia. Ela sempre foi uma sorrateirazinha.

Eu a amava tanto que doía.

Depois de uns dez minutos, seu corpo se mexeu e ela abriu os olhos. Quando me percebeu parado ali, pulou.

Seus olhos estavam atordoados.

— Jake... me desculpa, eu...

— Shh. Tudo bem, amor. Não consigo expressar o quanto me faz feliz que você durma na minha cama quando estou no trabalho. Significa que está pensando em mim e não consigo parar de pensar em você. Tive que sair mais cedo hoje, porque não conseguia me concentrar. Fui ao seu apartamento. Se soubesse que você estava aqui...

Ela se encostou na cabeceira da cama.

— Ainda tenho a chave, então às vezes eu venho pra cá.

Estendi a mão para tocá-la. Ela fechou os olhos quando esfreguei o polegar no seu rosto e começou a chorar. Eu ia perder o controle. Sempre que ela chorava por minha causa, eu sentia como se estivesse levando uma facada no peito.

Fui até a cama e coloquei o rosto na sua barriga, com medo de que ela resistisse, mas ela não o fez. Em vez disso, acariciou meu cabelo com a ponta dos dedos. Esse era exatamente o conforto e a garantia de que eu precisava, que estava buscando desesperadamente hoje. Uma tempestade de emoções que tinham ficado dormentes por anos irrompeu dentro de mim, e chorei pela primeira vez na minha vida adulta. Senti que o peso dos últimos seis anos estava finalmente me esmagando e o seu corpo era o único lugar em que me sentia seguro o suficiente para liberar.

Meus ombros tremeram sem parar enquanto eu enterrava o rosto nela, as lágrimas encharcando o tecido fino da sua camiseta. Ela me abraçou com mais força e pude ouvi-la chorar também. Naquele momento, percebi a profundidade do seu amor por mim; só me preocupava se o amor seria suficiente para apagar a falta de confiança que existia agora.

Quando minhas lágrimas cessaram, funguei e mantive a cabeça na sua barriga. Não conseguia resistir a passar a boca pela sua pele. Ela soltou um gemido suave que meu pau sentiu instantaneamente. A necessidade de estar dentro dela crescia a cada segundo. Comecei a beijar sua barriga com mais insistência, roçando nela com os dentes, quase arrancando sua camiseta quando puxei o tecido.

Sabia que ela estava dividida e pude perceber que estava ficando tensa. Eu entendia por quê. Nina era muito literal e via a situação preto no branco. Aos olhos dela, eu era um homem casado, proibido. Na minha cabeça, um pedaço de papel não podia ditar quem era a dona do meu coração. E ela me tinha em todas as maneiras que importavam.

Apesar das suas reservas, eu também sabia que tinha um forte efeito físico nela. É por isso que ela tinha se mantido afastada de mim nessas últimas semanas. Seu corpo reagiu a mim desde o primeiro momento em que a conheci. Ela se retorcia com o mínimo toque meu. Isso sempre me deixou louco. Se eu continuasse a tocá-la assim, não seria questão de se ela deveria entregar a mim, mas quando. Só precisava decidir se deveria pressionar, sabendo que ela tinha me pedido um tempo.

Comecei a beijá-la mais embaixo e quase pude sentir seu gosto.

Foda-se o tempo.

Precisava dela como se minha vida dependesse disso, para me levar pelas próximas semanas, que seriam as mais difíceis da minha vida. Porque o meu choro só tinha confirmado o que eu já sabia. Levaria adiante a ideia de contar a Ivy sobre o divórcio porque Nina era o amor da minha vida e eu não podia viver mais um segundo sem ela.

Em um instante, minha boca desceu mais e comecei a devorá-la pela sua calça folgada.

Ela ficou ofegante, empurrando os quadris para encontrar minha boca.

Estávamos no mesmo ritmo agora.

Puxei a calça e a calcinha juntas devagar e sua respiração ficou ainda mais pesada quando minha língua encontrou seu clitóris. Sabia que ela adorava quando eu pressionava o piercing de língua nele rápido e repetidamente. Gemi nela. Suas pernas estavam agitadas, e eu jurava que podia sentir em seu gosto que ela ia gozar e, em segundos, ela o fez. Quando gritou, achei que meu pau fosse pular para fora da calça.

Voltei para cima para beijá-la, deslizando a língua para a sua boca avidamente enquanto nos esfregávamos um no outro. Pude sentir como ela estava molhada através das minhas roupas. Levantei sua camiseta e tirei seu sutiã, me revezando ao chupar seus lindos mamilos rosa-claro. Meu Deus, os peitos dela eram lindos. Eu os apertei e os lambi para cima e para baixo no meio deles.

Estava no paraíso de novo pela primeira vez desde a noite em que tínhamos feito amor.

Mas hoje era diferente. Eu tinha ficado calmo na primeira vez e quis ir devagar, agradando-a para que ela nunca esquecesse, mas agora eu estava faminto, me sentindo egoísta, carente e fora de controle. Estava morrendo para estar dentro dela e precisava saber que ela ainda confiava em mim o suficiente para me deixar fazer isso.

Quando ela colocou as mãos na minha bunda, abri o zíper da calça e abaixei a cueca, esfregando meu pau duro na sua abertura escorregadia. Queria só provocá-la primeiro, mas, em segundos, estava dentro dela de uma vez. O sentimento era indescritível.

A cada movimento, senti como se a estivesse reivindicando. Era nisso que eu queria acreditar. Porque não conseguia sobreviver ao pensamento de outro homem a tocando. Esse pensamento me deixava louco e eu a fodi com mais força, afastando suas pernas o máximo possível para que eu pudesse ir mais fundo. Chupei seu pescoço e apertei sua bunda com força, querendo marcá-la com minhas mãos e também com a boca.

A cada movimento, eu rosnava no seu ouvido:

— Meu corpo pertence a você.

— Meu coração pertence a você.

— Minha alma pertence a você.

— Só a você.

Meus impulsos ficavam mais fortes com cada palavra.

— Você... me... entendeu?

Parei de me mexer de repente quando ela não me respondeu, puxando seu rosto em direção ao meu e procurando seus olhos.

— Entendeu?

Ela fez que sim com a cabeça, com a respiração pesada, e parecia estar prestes a chorar de novo.

— Diga.

Ela estava ofegante e me puxou para perto dela.

— Sim, eu entendi.

Eu a fodi com ainda mais força. Senti o momento em que os seus músculos se contraíram e, quando ela gritou de prazer, eu liberei o meu orgasmo.

— Você inteira pertence a mim, Nina... a mais ninguém... nunca mais — eu disse ao explodir dentro dela.

Meu pau pulsou pelo que pareceram ser vários minutos. Na minha cabeça, eu estava marcando o que era meu, mas começava a ficar apavorado de perdê-la novamente no segundo em que saísse dela.

— Eu te amo tanto — sussurrei em seu ouvido.

Ela não falou nada. Fiquei imediatamente preocupado de ter sido agressivo demais com ela. Ficamos deitados por um tempo juntos em silêncio até eu me levantar e estender a mão. Ela a pegou e fomos em silêncio para o banheiro.

Ligando o chuveiro, eu a segurei contra mim e beijei suas costas devagar enquanto esperávamos a água esquentar.

— Você está bem? — sussurrei.

— Estou — disse ela, encostando a nuca na minha boca.

— Foi demais pra você?

Ela fez que não com a cabeça e empurrou a bunda contra mim. Meu Deus, eu já estava de pau duro de novo e a puxei para o chuveiro cheio de vapor.

Sob a água, outro desejo primitivo de tomá-la começou a crescer dentro de mim. Sabia que precisava me controlar dessa vez e ir mais devagar.

Coloquei sabonete na esponja e a lavei lentamente, da cabeça aos pés, indo devagar pelos contornos do seu corpo e especialmente entre suas pernas.

Ela pegou a esponja de mim, colocando mais sabonete e a passando lentamente pelo meu corpo, beijando meu peito enquanto acariciava meu pau antes de derrubar a esponja no chão. Ela se ajoelhou e lambeu a cabeça devagar, me provocando ao olhar para mim. Quando me engoliu inteiro, fechei os olhos em êxtase, segurando seu cabelo enquanto ela me chupava. Pude sentir o fundo da sua garganta e quase gozei, mas me contive, porque precisava estar dentro dela de novo.

Eu a puxei para cima e a segurei contra mim embaixo da água por alguns segundos para me situar, porque não queria ser agressivo com ela dessa vez, mas estava achando difícil ser gentil.

Ela chupou meu lábio inferior devagar, puxando o piercing com os dentes. Isso acabou comigo. Eu a levantei por cima do meu pau e me enterrei profundamente nela.

Meus movimentos eram intencionalmente lentos e controlados quando a segurei em cima de mim, agarrando sua bunda, que estava contra a parede de azulejo. Minha língua estava na sua boca, enquanto nos beijávamos freneticamente, seguindo o ritmo dos meus movimentos.

Ainda estava tentando muito ir devagar quando ela começou a foder meu pau com mais força, me dando permissão para liberar minhas inibições. Estava morrendo para pegá-la por trás e não podia segurar mais. Tirei o pau de dentro dela e a virei de costas para que sua bunda redonda e perfeita ficasse de frente para mim. Coloquei as mãos na sua bunda e enfiei o pau de novo imediatamente. O contato da nossa pele molhada fazia um som de tapa quando eu tirava e colocava, completamente incapaz de me controlar.

— Porra... sua bunda é muito linda, Nina. Eu adoro.

Ela gemeu em resposta, se balando com as mãos na parede de azulejo.

— É tudo meu — falei ao meter nela com mais força. — Tudo... meu.

Seus músculos se contraíram e o calor molhado do seu orgasmo repentino me provocou. Quando gozei dentro dela dessa vez, foi tão bom que era quase doloroso. Gritei como um maníaco e minha voz ecoou pelo banheiro.

Caímos para o chão do banheiro e nos beijamos sob a água. Peguei a esponja e a lavei gentilmente de novo antes de desligar o registro.

Peguei uma toalha e tirei a água do seu cabelo enquanto beijava o seu corpo todo antes de me secar.

De volta à cama, enquanto olhávamos para o teto, sua expressão me dizia que a realidade estava começando a bater de novo. Ela finalmente disse:

— Não pretendia que isso acontecesse. — Ela se virou para mim. — Não foi por isso que vim aqui. Só senti como se meu mundo inteiro estivesse desmoronando. Quis manter distância até você resolver toda a questão do divórcio, mas ainda precisava me sentir perto de você, então vim aqui algumas vezes. Nunca esperei que você chegasse a essa hora. Não deveríamos ter feito o que fizemos... mas senti tanto a sua falta.

— Você não tem ideia do quanto eu precisava ouvir isso — respondi, pegando sua mão e a beijando.

Ela olhou para nossas mãos juntas.

— Senti como se tivesse perdido o meu melhor amigo. Minha vida está vazia sem você nela, mas ainda sinto que o que acabamos de fazer foi errado. Eu sou tão fraca por você e...

— Amor, por favor, não me diga pra ficar longe. Lembra daquela noite aqui no meu quarto antes de ficarmos juntos, quando pedi pra você ir embora? Aquela foi uma das coisas mais difíceis que já tive que fazer, mas pude te afastar porque não te tinha ainda. Agora que eu realmente *sei* o que é estar com você, estar dentro de você, te amar, não só de longe, mas de todas as maneiras... não posso mais voltar atrás.

— O que aconteceu essa noite não deveria ter acontecido. Não precisa ser pra sempre. Só até o seu divórcio.

Não podia prometer que ficaria longe dela; era algo que eu sabia muito bem que não conseguiria cumprir. Eu a abracei até ela adormecer de novo. Devia estar esgotada do exercício que tínhamos feito. O sol estava começando a se pôr. Esperava que ela pudesse só ficar comigo naquela noite.

Enquanto a observava dormir, minhas emoções estavam descontroladas.

Senti o desejo de escrever algo para ela, então peguei um pedaço de papel e uma caneta na mesa.

Claro, Green. Foda-a com força como um animal e escreva um poema de amor piegas. É tudo questão de equilíbrio.

Nunca tinha escrito nada na minha vida antes de conhecê-la. Agora, não conseguia parar. Era como se uma empresa de cartões comemorativos fosse bater à minha porta qualquer dia agora para me contratar para escrever as mensagens. Começou como uma brincadeira, mas atualmente era algo que eu adorava fazer para ela.

Vá em frente... diga. Minhas bolas estavam em consignação e eu não tinha dinheiro pra comprá-las de volta.

Como desenhar, era uma maneira de expressar os sentimentos que eu tinha reprimido dentro de mim. Ultimamente, todos os meus desenhos eram dela também; alguns do seu corpo nu. Provavelmente a assustaria se ela encontrasse esse caderno, que escondi estrategicamente do resto.

Com relação a lhe dizer como eu me sentia, as palavras certas pareciam nunca vir quando eu as falava na hora, mas poder pensar com calma e especialmente observá-la deitada ali ao meu lado enquanto eu escrevia me inspirou.

Quando terminei, fiquei satisfeito que tinha escrito tudo o que queria dizer.

Ela decidiu passar a noite comigo. Quando estava se arrumando para ir embora, entreguei o poema dobrado e lhe pedi para lê-lo quando chegasse em casa e relê-lo quando se sentisse sozinha ou com dúvidas sobre as minhas intenções.

Achei que a minha vida estava definida
Até o momento em que toquei sua mão.
Meus olhos encontraram seu triste olhar
E tudo o que eu queria era fazê-lo brilhar
E todo dia que eles brilhavam,
me sentia bobo como um menino.
Com cada momento que passamos juntos,
entendi o que meu pai dizia
Quando ele disse a esse menininho, muito tempo atrás:
"Quando é amor, filho, você apenas sabe".

Tentei resistir e ser forte,
Já que o momento não favorecia a sorte.
Mas ainda assim eu me revelei.
Porque Você. É. Única. Pra. Mim.
E prefiro morrer a ter que dizer
Que você era a pessoa certa e foi embora.
Me diga o que tenho de fazer
Para provar que meu coração é casado com você.
Não vai ser do dia para a noite.
Só me dê tempo para acertar tudo.
Por favor, espere por mim, Nina.

Mais tarde naquela noite, ela me mandou uma mensagem.

Vou esperar.

25

Me segurando à promessa que ela me fez como segurança, dei a Nina o espaço físico que ela sentia que precisava. Passamos muito tempo conversando no telefone; às vezes, até tarde da noite. Durante uma das nossas conversas, ela parou do nada, mudou de assunto e disse:

— Me fale mais sobre ela.

Ela nunca tinha perguntado muito sobre a Ivy até aquele momento, querendo saber em que pé as coisas estavam. Talvez não estivesse pronta ou não tivesse se sentido segura o suficiente no nosso relacionamento. Passei a hora seguinte da ligação contando os últimos seis anos e partilhando lembranças da Ivy, tanto boas quanto ruins. Era libertador tirar aquilo do peito e finalmente partilhar tudo com ela.

Um mês se passou antes que eu pudesse tirar uma semana de folga do trabalho para ir a Boston. Não queria ter a conversa com Ivy sobre o divórcio em um fim de semana, caso eu precisasse ficar para as consequências. Também nunca sabia muito bem em que tipo de humor eu a encontraria. Uma semana me daria uma janela de tempo suficiente para assegurar que eu a pegaria em um dia bom.

Meu plano era usar o resto do tempo de folga para pesquisar sobre todas as questões legais. Se possível, queria poder manter meu poder de decisão. Ela não tinha mais ninguém de confiança para tomar decisões importantes.

Tínhamos parado com a medicação nova porque ela não estava se beneficiando o suficiente para fazer valer o risco. Então, esperar que fizesse efeito não era mais desculpa para eu adiar tudo.

Quando cheguei à clínica psiquiátrica na noite de terça, me preparei para ter a conversa tão temida.

Sua porta estava aberta, então bati devagar, mas ela não percebeu. Estava ouvindo um CD antigo que tinha gravado de si mesma tocando violão anos antes.

Meu peito apertou enquanto a observei sentada na cama de costas para mim. Estava balançando de um lado para o outro ao som da música. Eu daria tudo para saber no que ela estava pensando.

Toquei no seu ombro, assustando-a, e ela se virou e me olhou.

— Oi — disse ela. — Que dia é hoje?

— Terça-feira.

— O que você está fazendo aqui?

— Vim te ver. Tirei a semana de folga.

Ela se virou de costas, olhando para a janela, e eu me sentei ao seu lado na cama. Ficamos sem silêncio, ouvindo a melodia suave do violão. *A música da Ivy*. Fazia anos que ela não tocava, mas ainda mantinha seu Gibson escorado no canto do quarto, uma lembrança estranha do que costumava ser.

Ela se levantou e ficou de frente para mim. Seu longo cabelo vermelho estava desgrenhado e seus olhos pareciam cansados. Mesmo assim, ela ainda era uma garota linda. Foi a única coisa que nunca mudou, que não foi tirada dela.

Ela puxou meus braços, me levantando.

— Dança comigo — pediu.

Não pude evitar de sorrir. Era a última coisa que eu esperava. Seu comportamento sempre era imprevisível, mas esse era novo.

Ela envolveu os braços nos meus ombros e colocou o rosto no meu peito. Fechei os olhos e mexi o corpo lentamente ao som da música, acompanhando o ritmo dela.

Obviamente, eu não tinha vindo para dançar, mas momentos como esse com Ivy eram raros. Se dançar lhe desse alguma paz, eu faria isso a noite toda. Só queria levar sua dor embora. Nunca havia nada que eu pudesse fazer para tornar isso possível.

Sua respiração ficou trêmula e percebi que ela estava começando a chorar. Eu a abracei com mais força enquanto suas lágrimas cobriam minha camisa. Não sabia o que dizer ou fazer.

— Jake, estou com medo — ela sussurrou.

— Não tenha medo, menina. Estou aqui. — Meus olhos começaram a lacrimejar quando a música seguinte iniciou: a execução da Ivy de *Yesterday*, dos Beatles. Acariciei seu cabelo enquanto continuávamos a dançar, os últimos seis anos passando diante dos meus olhos.

Me ocorreu que talvez ela estivesse mais consciente do que eu imaginava. Talvez, em um momento de lucidez, tivesse ligado os pontos quando apareci do nada em uma terça-feira. Talvez soubesse que estava prestes a perder uma parte de mim. Eu não tinha certeza, mas o que sabia era que nenhuma conversa iria acontecer naquela noite. Não. Naquela noite, nós só iríamos dançar. Ela merecia isso.

Depois de visitar Ivy, minha cabeça estava doendo de ter me preparado mentalmente para a conversa, apenas para ter que adiá-la de novo por causa do seu estado emocional.

Só tinha uma pessoa que eu queria ver naquele momento.

Eu precisava muito da minha mãe.

Em vez de voltar para a casa de Allison e Cedric, peguei a Linha Azul do trem para a casa da minha mãe, Vanessa, em Malden.

Fazia alguns anos que ela e meu padrasto, Max, tinham se casado. Eles se conheceram pouco depois que nos mudamos para Boston, quando minha mãe começou a trabalhar como garçonete na lanchonete dele.

Quando ela abriu a porta, percebeu pelo meu olhar que eu estava passando por um momento difícil.

— Querido, você está bem?

Passei por ela e entrei na sala.

— Não, mãe. Não estou. — Me sentei no sofá com o rosto entre as mãos. Estava angustiado, mas me sentia melhor só em estar na casa da minha mãe.

Ela se sentou ao meu lado, segurando uma xícara de *chai* indiano. O aroma de alcaçuz pairava no ar.

— Você veio da Ivy?

Fiz que sim com a cabeça e suspirei nas palmas das mãos, exausto demais para falar. Mesmo no meu silêncio, minha mãe sabia de tudo; ela sempre sabia.

Ela colocou a xícara na mesa.

— Ainda não contou a ela.

Olhei para ela, apertei os lábios e balancei a cabeça.

Com o cabelo longo e escuro e os olhos verdes, minha mãe parecia uma versão mais velha da minha irmã. A semelhança entre elas era impressionante. Eu tinha sorte de ter duas mulheres fortes na família a quem podia recorrer. Ela colocou as mãos nos meus ombros e suspirou.

— Jake, eu já cometi muitos erros na vida, muitos desde cedo, como usar drogas e engravidar na adolescência. Quando conheci seu pai, estava começando a me endireitar, mas tinha coisas sobre o meu passado que eu precisava dizer a ele, mas morria de medo. Todo dia eu adiava. A constante preocupação com a reação dele quase me matou. Mas quer saber? Toda a preocupação não mudou nada. Quando finalmente tirei tudo do peito, fiquei livre. Não vai machucá-la nem menos nem mais esperar. É você quem está desmoronando, filho. Precisa acabar com isso pela sua própria sanidade. Não poderia ter mais orgulho de você. Depois que seu pai faleceu, você se tornou o homem da casa. Cuidou de si mesmo para que eu pudesse cuidar de nós dois. Nunca parou de querer cuidar das pessoas. Sei que sente como se estivesse decepcionando a Ivy, mas ela tem muita sorte de ter sido abençoada com você na vida dela, porque não são muitos homens na sua idade que teriam ficado. Sei que sempre vai cuidar dela, mas é hora de começar a viver de novo.

Era exatamente o que eu precisava ouvir da pessoa de quem eu precisava ouvir.

No dia seguinte, Ivy estava fazendo um sanduíche na cozinha quando cheguei à clínica psiquiátrica. Algumas das outras mulheres que moravam lá estavam do outro lado da cozinha junto com um funcionário.

— Você voltou? — ela perguntou.

— Sim, estou aqui a semana toda.

— Quer um? — Ela apontou para o pão.

— Claro.

Meu coração acelerou e meu estômago revirou porque sabia que aquele não era um almoço comum. Nos sentamos juntos no balcão comendo os sanduíches de peru que ela fez.

Quando terminamos de arrumar as coisas, eu a chamei para se sentar comigo no jardim. Tinha um terraço nos fundos que era o melhor lugar para ter a conversa.

Ivy estava mais coerente naquele momento do que em um bom tempo e eu estava grato por ter escolhido aquele dia.

— O que houve?

— Preciso conversar com você sobre uma coisa importante.

— Ok.

— Vem, se senta — pedi, fazendo um gesto para ela se sentar comigo num banco de balanço. Segurei sua mão. Ela estava me olhando nos olhos e esperando pacientemente que eu começasse a falar. Eu estava impressionado de ter aquele tipo de atenção dela e sabia que era agora ou nunca.

Lá vai.

Expirei devagar.

— Nunca vou esquecer do dia que te conheci, quando você estava dançando na chuva em frente a Northeastern. Você lembra?

Ela fez que sim com a cabeça.

— Claro que lembro.

— Algo dentro de mim me disse pra ir até você. O que quer que fosse, se eu pudesse voltar no tempo, ainda teria ido até você naquele dia. Você era cativante e eu era um garoto de dezoito anos, apaixonado pela primeira vez. Estávamos apaixonados um pelo outro na época. Apressamos as coisas.

— Eu estava louca por você.

— Nunca deveríamos ter fugido e nos casado tão jovens, mas o cara lá de cima tinha outro plano, porque sabia que você ia precisar de mim um dia. Sou feliz que ele tenha me escolhido pra cuidar de você. Eu só queria poder fazer você se sentir melhor, te deixar saudável de novo. Acima de tudo, queria poder lutar contra todos os seus demônios por você. Eu acabaria com todos eles, se pudesse.

Ela começou a chorar e sussurrou:

— Eu sei.

— Tem sido difícil te ver adentrando a própria mente ao longo dos anos. Em alguns dias, eu sinto muita falta da garota que conheci... a que tocava violão pra mim à noite enquanto eu me sentava do lado dela, desenhando no meu caderno, e que sempre iluminava onde chegava com seu sorriso. Dói quando você não me reconhece agora a maior parte do tempo, ou pior, quando acredita que estou tentando te machucar. Quando está em um dia "bom", como hoje, tenho vislumbres das suas expressões antigas, do seu senso de humor e da conexão que tivemos um dia. Sei que a garota doce e engraçada que ama a vida ainda está aí e sinto falta dela às vezes.

— Não consigo fazer isso, Jake. Não quero mais conversar. — Ela começou a se levantar, mas eu a parei.

— Ivy, preciso terminar o que tenho pra dizer. É importante. Preciso que me escute.

Ela se sentou de novo com relutância.

— Já sei aonde você quer chegar.

— Nada disso é sua culpa, menina... nada disso. Às vezes, coisas ruins acontecem com pessoas boas. Você é uma alma corajosa e tem uma cruz pra carregar, mas não tem que carregá-la sozinha. Vou continuar a garantir isso.

Ela estava olhando para baixo quando falou:

— Você está me deixando. Você disse que nunca ia me deixar!

— Eu nunca quis que você me visse desmoronar. Você já tem muita coisa pra lidar, mas a verdade é que estou sozinho e arrasado há um tempo. Nem sabia o quanto estava deprimido de verdade até conhecer alguém que me tirou disso.

Ela se virou e olhou para mim como se aquelas palavras a tivessem agredido. A tristeza nos seus olhos era palpável, mas eu tinha que continuar. Agora não tinha mais volta.

— Eu me apaixonei por outra pessoa. Não foi minha intenção, e sempre tentei muito evitar relacionamentos com outras pessoas porque queria poder te dar tudo o que eu tinha; você merece isso. Mas não temos um casamento de verdade há anos. Nem sei se já tivemos. Quis garantir que eu ainda podia te apoiar, então nunca considerei terminar nosso casamento legalmente.

— Você vai... você vai *se divorciar* de mim?

— Ainda não dei nenhum passo para dar entrada no divórcio, mas sim. Acredite, essa é a coisa mais difícil que eu já tive que fazer. Conheci alguém que amo profundamente. Não quero esconder mais isso de você. Certamente não é justo continuar casado nessas circunstâncias. Estou terminando nosso casamento legalmente, mas *não* vou te deixar. Eu nunca vou te abandonar, Ivy.

Ela balançou a cabeça repetidamente e lambeu as lágrimas que caíam na sua boca quando falou:

— Você diz isso agora. — Ela me empurrou e repetiu: — Você diz isso agora! Vai embora. Vai logo.

Meus olhos começaram a lacrimejar, mas tentei permanecer forte e continuei o que tinha planejado dizer.

— Sempre vou garantir que você esteja segura. Vou garantir que tenha plano de saúde, ainda que eu mesmo tenha que pagar. Eu...

— Vai embora! — ela gritou a plenos pulmões.

Senti como se ela tivesse me dado um soco no estômago. O funcionário provavelmente viria ali fora a qualquer momento se ela gritasse de novo.

Falei mais alto para que ela me escutasse:

— Estou te prometendo que não vou te abandonar enquanto eu viver. Sempre vou estar aqui pra você quando precisar de mim. Por favor, tente não me odiar. Eu sempre vou te amar.

Ela estava balançando de um lado para o outro com a cabeça abaixada e as mãos tremendo. Estava me matando, mas o que eu esperava? Eu era tudo o que ela tinha. Queria abraçá-la, confortá-la, mas sabia que ela não queria isso.

— Sai daqui antes que eu chame alguém — ameaçou.

Me levantei e fui em direção à porta, então me virei, querendo convencê-la de que nada iria mudar.

— Te vejo esse fim de semana, como sempre, Ivy.

Ela continuou se balançando no balanço enquanto eu ia embora, me sentindo como se tivesse acabado de ser atropelado por um trem.

26

Passei os outros dias daquela semana me encontrando com advogados e assistentes sociais, determinado a garantir que Ivy ficaria bem. Me disseram que, mesmo depois do divórcio, eu ainda poderia ser o seu tutor e ter o poder de decisão, a menos que, em um momento de lucidez, ela se opusesse. Ainda precisava encontrar um plano de saúde a longo prazo para ela e preencher alguns formulários de pedido de auxílio do governo. Foi uma semana longa e extenuante.

Quando voltei para a clínica psiquiátrica no sábado de manhã, Ivy estava de pé olhando para o relógio na parede. O único porta-retrato com uma foto nossa que ela tinha na cômoda estava quebrado; ela devia tê-lo jogado no chão naquela noite, com raiva de mim.

— Ivy?

Ela não respondeu e não tirava os olhos da parede ao se balançar para a frente e para trás, se apoiando nos dedos e nos calcanhares.

Me sentei na beira da cama e esfreguei os olhos com frustração, me perguntando se ela se lembrava de tudo da outra noite com clareza. Esperei que pelo menos se lembrasse de eu ter lhe dito que nunca a abandonaria.

Quando meus olhos foram até o canto do quarto, meu coração apertou: notei que as cordas do seu violão Gibson tinham sido arrancadas e estraçalhadas. Fui até ele e o peguei; meu coração parecia ter sido arrancado também.

— Eu vou consertar, menina — sussurrei. — Eu vou consertar. Sinto muito.

Ela estava contando para si mesma quando olhei para ela. Me senti impotente.

Sua assistente social entrou nesse momento.

— Jake?

Me virei em direção à porta.

— Oi, Gina.

Ela olhou para Ivy.

— Oi, linda.

Ainda em estado catatônico, Ivy a ignorou.

Gina e eu saímos para o corredor e ela sussurrou:

— Eles me disseram que ela teve um ataque na outra noite, jogando as coisas pelo quarto e ameaçando alguns funcionários se eles tentassem chegar perto. Não foi ruim o suficiente para uma hospitalização, mas me pediram para dar uma olhada nela todos os dias essa semana.

— Obrigado, Gina. Muito obrigado.

— É meu trabalho. — Ela sorriu, me olhando nos olhos. — Como você está levando? Está tudo bem?

Ela sabia da conversa que eu tinha tido com a Ivy e do meu pedido de divórcio. Eu tinha certeza de que estava com uma aparência péssima. Não havia me barbeado a semana inteira e dormi muito mal.

— Sinceramente? Não mesmo. Tenho temido isso por cinco anos. Não quero levá-la a um estado ainda pior. Nunca poderia viver comigo mesmo se algo acontecesse com ela.

— Você sabe com quantas dessas situações eu me deparo todos os dias, em que a pessoa não tem absolutamente ninguém olhando por ela? Não conheço nenhum esposo na sua situação que tenha ficado tanto quanto você; com certeza nenhum da sua idade.

— Eu sempre vou cuidar dela.

— Você é um homem bom, Jake.

Eu queria acreditar nisso, mas a culpa tinha começado a me consumir.

Naquele sábado à noite, de volta à casa da minha irmã, fechei a porta do quarto e liguei para Nina. Ela tinha acabado de chegar na casa dos pais no norte do estado de Nova York, para o recesso de primavera. Ficaria lá a semana inteira e até o outro domingo.

Tínhamos nos falado pela última vez por telefone há algumas noites, logo depois de contar a Ivy sobre o divórcio. Eu estava extremamente triste depois de sair da clínica psiquiátrica. Nina ficou comigo no celular por horas, só me ouvindo desabafar sobre tudo o que tinha acontecido. Era um alívio não ter mais que esconder dela nenhuma parte da minha vida. No fim da chamada, ela disse que me amava. Foi a primeira vez que ela tinha dito isso desde que descobrira sobre a Ivy. Foi só aí que consegui liberá-la da ligação e dormir. Foi a primeira boa noite de sono que tive em muito tempo.

Mas, quando liguei para ela naquela noite, precisava muito mais do que o seu conforto. Sentia falta dela pra caralho e achava que ia perdê-la se não pudesse estar com ela logo. Mesmo tendo nos falado por telefone, fazia várias semanas que não nos víamos. A necessidade de estar com ela fisicamente estava ficando insuportável. Queria mostrar o quanto precisava dela.

— O que você tá fazendo agora? — perguntei.

— Acabei de lavar a louça, uma típica noite animada aqui em casa. Como você tá?

— Tô com saudade.

— Engraçado, porque eu estava justamente pensando no quanto eu tô com saudade.

Fechei os olhos, desejando mais do que tudo que ela estivesse comigo.

— Bem, eu estava pensando no quanto eu te *amo*.

— Também te amo. — Ela parou e disse: — Você sabe disso, né? Acho que as coisas foram tão estressantes ultimamente e não tenho dito muito, mas isso nunca mudou, Jake, nem mesmo por um segundo.

Eu ia explodir.

— Pode ir pro seu quarto?

— Sim. Tá tudo bem?

— Sim. Só quero ter certeza de que você está sozinha.

— Só um minuto. Estou indo pra lá. — O celular fez um som de estática enquanto ela andava. — Ok, cheguei.

— Feche a porta e tranque.

— Tem certeza de que tá tudo bem?

— Sim, amor, tenho. É só uma coisa que preciso muito te mostrar agora.

— A porta tá fechada. O que houve?

Soltei um longo suspiro pelo celular e fiquei confortável na cama. Esperava que ela entrasse na brincadeira comigo.

— Trancou?

— Sim.

— O quanto você sente a minha falta?

— Sinto que não consigo mais continuar longe de você. Eu realmente tentei fazer a coisa certa, mas...

— Eu daria tudo pra me enterrar em você agora, Nina.

— Tenho certeza de que eu deixaria hoje à noite.

— Porra. Queria que você estivesse aqui. Tô deitado. Você tá deitada?

— Humrrum.

Pelo seu tom de voz, soube que ela estava comigo e tinha entendido aonde eu ia chegar com isso.

— Fecha os olhos.

— Ok... fechados.

— Finja que eu tô aí com você agora, amor. Pode me sentir?

— Sim — ela sussurrou.

— Tira a calcinha.

— Não tô de calcinha.

— O quê?

— Tô de vestido.

— Sem calcinha?

Ela riu.

— Sim.

Caralho.

— Porra... levanta o vestido então — pedi, com a voz rouca.

— Ok...

— Me promete uma coisa.

— Prometo.

— Você não vai se tocar.

— O quê?

— Você *não* vai se tocar... até eu dizer. Ok? Pode fazer isso?

Sua respiração estava pesada no telefone.

— Sim. Sim, posso.

— Promete?

— Prometo.

Sabia que ela estava falando a verdade. Nina era honesta até demais.

— Abre as pernas pra mim.

— Ok...

— Mais.

— Tudo bem.

— Vou lamber o seu corpo todo agora. Pode sentir a minha língua? Está na base do seu pescoço e estou descendo... devagar.

Senti como se sua respiração estivesse penetrando o telefone.

— Hã-rã.

— Levanta um dos teus seios até a boca e lambe. Finge que estou fazendo isso com você.

Ela não disse nada, mas pude ouvir o som da sua língua lambendo a própria pele e quase gozei com isso. Fechei os olhos e tentei recuar do limite.

— Tô lambendo entre os seus peitos, indo mais pra baixo. Tô com o polegar no seu clitóris enquanto beijo a sua barriga e mal posso esperar pra te provar.

Nina suspirou de novo, mas não disse nada.

— Está excitada agora?

— Estou — ela suspirou.

— Eu sei. Posso praticamente sentir o gosto daqui. Tô salivando. Posso te comer?

Sua respiração ficou mais pesada.

— Humrrum.

— Estou deslizando a língua pelo seu clitóris agora. Caralho... seu gosto é tão doce. Tá gostoso?

— Está.

— Onde estão suas mãos?

Ela soltou um risinho.

— Agarrando os lençóis com toda a força.

— Ótimo. Continue com elas aí enquanto te provoco com o meu piercing. Você gosta quando esfrego ele no seu clitóris, não é? — Eu sorri. Eu *sabia* que ela adorava.

— Ah... meu Deus.

Eu estava muito excitado, mas prometi não me tocar também. Era duro... e eu estava mais duro ainda.

— Você me quer dentro de você?

— Quero... muito.

— Vou esfregar meu pau na sua entrada agora. Tá pronta, Nina?

— Sim... tô muito molhada.

— Sim, eu sei que você está. Posso sentir agora que estou esfregando a cabeça do meu pau em você.

— Jake...

— Não sei quem está mais molhado agora, você ou eu. Abre mais as pernas — comandei.

— Preciso me tocar, Jake.

— Ainda não. Só mais um pouco, amor.

— Aff — ela suspirou com frustração.

— Quanto você me quer dentro de você?

— Mais do que tudo... muito.

— Meu pau tá tão duro agora. Preciso te comer.

— Por favor... me come.

— Quer se tocar enquanto eu faço?

— Sim... sim... por favor... agora.

— Vou te foder um pouco primeiro e então te digo quando você puder.

— Agora.

— Ainda não.

— Por favor.

— Estou colocando agora. Pode me sentir dentro de você?

— Sim... sim.

— Coloquei tudo. Porra... você é muito gostosa.

Não aguentei mais. Abri o zíper da calça e comecei a acariciar meu pau.

— Jake... preciso me tocar.

— Você está sentindo isso, Nina? Quanto você quer... como se fosse morrer por isso? Isso... *isso*... é o que eu queria te mostrar... como me sinto quando não posso te tocar e quando você me diz que não posso te ter. Nunca mais quero sentir isso de novo.

Me masturbei mais rápido, sabendo que ela ia perder o controle. Queria gozar na mesma hora que ela.

— Pode se tocar agora... agora.

Sua respiração ficou rápida e eu sabia que ela estava finalmente satisfazendo seu desejo com os dedos. Minha vontade de gozar era esmagadora. Quando a escutei gritar, finalmente liberei meu orgasmo e gozei instantaneamente.

— Porra — gemi. — Eu te amo, Nina. Te amo muito.

Aquilo tinha sido tortura para mim também.

Ouvi uma batida ao fundo e escutei a voz de uma mulher.

— Nina, você está bem aí? A sobremesa está pronta.

Merda.

— Sim... estou chegando lá! — ela gritou.

Nós dois começamos a rir com a ironia disso. Era bom rir de novo. Me senti melhor do que em muito tempo, como se talvez as coisas fossem ficar bem depois da semana mais difícil da minha vida.

Deus nunca nos dá mais do que podemos suportar, certo? Bem, eu estava prestes a descobrir que, com relação a Nina, Deus iria me testar muito em breve.

27

Ivy tinha ficado estável, então eu podia voltar para o Brooklyn com a consciência limpa depois da semana em Boston.

Antes de voltar para Nova York, passei o domingo inteiro na clínica psiquiátrica com ela e não mencionei o divórcio, embora tivesse trazido uma carta em que resumi o que já tinha dito, para que ela tivesse meus sentimentos por escrito.

Não sabia se ela tinha lido ou não depois que fui embora, mas me fez sentir melhor lhe entregar a carta. Fiquei com ela até que me expulsasse naquela tarde, me acusando de colocar um chip no seu braço enquanto ela estava cochilando.

Era um alívio estar de volta a Nova York essa semana, mas queria que Nina estivesse comigo. Enviei para ela um morcego de origami todos os dias em que ela estava na casa dos pais. Parar no Fedex no caminho para o trabalho todas as manhãs era o ponto alto do meu dia.

Uma semana depois, era domingo à noite quando Nina chegou de volta ao Brooklyn e eu tinha voltado cedo de Boston. Eu tinha planejado correr para o apartamento dela no segundo em que ela chegasse em casa. Recebi uma mensagem quando estava indo em direção à porta.

Acho que não posso te ver esta noite. Não estou me sentindo muito bem.

Porra.

Peguei o celular imediatamente e liguei para ela.

— Você está bem?

Ela parecia cansada.

— Oi... não. Só tô me sentindo bem mal. Com dor de estômago. Tô naqueles dias e a viagem de ônibus foi longa. Podemos deixar pra outro dia?

— Acho que sim, amor, mas eu estava muito ansioso pra te ver. Que tal eu ir aí cuidar de você?

— Você é muito fofo, mas acho que só preciso dormir. Desculpa. Sei que tínhamos combinado de passar a noite juntos.

— Tudo bem, amor, mas amanhã à noite eu vou, faça chuva ou faça sol, ok?

— Ok. Boa noite, Jake.

— Durma bem, amor. Melhoras.

Na noite seguinte, desesperado para vê-la, fui direto do trabalho; nem mesmo liguei antes de ir para o seu apartamento.

Quando ela abriu a porta, seu cabelo loiro estava preso em duas marias-chiquinhas e ela parecia muito cansada. Também parecia ter perdido um pouco de peso.

Eu lhe dei um abraço apertado.

— Amor, senti tanto sua falta.

— Também senti sua falta.

Levantei a sacola de papel na mão esquerda.

— Trouxe comida chinesa do seu restaurante preferido.

— Ah — disse ela.

— O que houve, Nina? Fala comigo.

— Nada... só estou sem apetite. Ainda não estou me sentindo bem.

— Sinto muito — falei, ao colocar a sacola de papel na mesa. Coloquei a mão em sua testa e a beijei gentilmente. Sua pele estava fria.

Minha boca se demorou na sua testa quando ela olhou para mim.

— Eu que deveria estar pedindo desculpas por ser uma estraga-prazeres.

— Tudo bem. Você não tem culpa de estar se sentindo mal. — Peguei sua mão e a levei para o sofá.

— Vem aqui. Vamos sentar.

Ela deitou com a cabeça no meu colo e acariciei seu cabelo. Sua pele estava pálida e a respiração, curta.

Eu aceitaria estar perto dela de qualquer maneira que pudesse e estava com raiva de mim mesmo por ficar excitado. Sério, eu não tinha vergonha? Simplesmente tinha acontecido. Sentir sua respiração tão perto do meu pau me deixou duro. Fazia muito tempo que eu estivera com ela e acabou sendo uma reação natural do meu corpo. Fechei os olhos e pensei na verruga no queixo da minha professora da sétima série, a sra. Mortimer. Verruga. Peluda. Não estava funcionando. Merda.

Ela não parecia incomodada com minha ereção; pelo menos, não disse nada em relação a isso. Na verdade, ela não falou muito sobre nada. Quando olhei para seu rosto no meu colo, me surpreendeu que seus olhos estavam bem abertos, como se estivesse perdida em pensamentos. Tinha presumido que a razão pela qual estava tão calada é porque estava adormecendo. Sim, ela não estava se sentindo bem, mas havia mais algo de errado. Algo lhe aborrecendo. Não sabia como explicar, mas podia sentir quando Nina estava triste, da mesma maneira que senti sua dor quando ela cortou o dedo. Era uma conexão que eu tinha com ela e mais ninguém. Infelizmente, eu não podia ler a sua mente.

— Está tudo bem, amor?

— Só estou com muita coisa na cabeça. Tenho duas provas essa semana e, além disso, te falei da minha amiga, Skylar.

— A garota com câncer?

— Sim. Vou vê-la toda quarta-feira. Falei com ela hoje. Ela não está muito bem. A quimioterapia a está deixando bem mal.

— Que merda.

— Espero não ter que deixar de ir vê-la essa semana.

— Por você estar doente?

— Não posso ficar perto dela se ela correr o risco de pegar alguma coisa.

— Acho incrível você estar lá pra ela toda semana assim.

— Acredite... eu sou a pessoa de sorte. Se você a conhecesse, saberia do que estou falando.

— Talvez eu possa ir com você e conhecê-la alguma quarta-feira.

— Ela adoraria, mais do que você imagina.

— Por que diz isso?

— Ela é uma adolescente obcecada por sexo e viu uma foto sua. Fica me pedindo pra te levar lá. Ela te chama de "Jake colírio".

Eu ri.

— Ela é uma figura, hein?

— Você não faz ideia.

Nina acabou dormindo no meu colo. Eu a levei para o quarto e a coloquei na cama, e então fui até a cozinha esquentar um pouco da comida chinesa. A colega de apartamento dela estava fora, visitando o namorado em Washington, então estávamos sozinhos. Enquanto eu comia no silêncio da cozinha, pensei em como essa noite não estava sendo nada como eu esperava que seria depois de uma ausência tão longa. Não tinha certeza se deveria acordá-la e dar tchau, deixar um bilhete ou só me deitar com ela na cama.

Decidi passar a noite. Era tentador demais me deitar ao lado dela. Ela ainda estava adormecida quando tirei a camisa e a calça, ficando só de cueca. Levantei as cobertas e me deitei ao seu lado, colocando a mão na sua cintura. Ela nem sentiu. Escutei sua respiração estável até adormecer.

Em algum momento no meio da noite, ela se sentou na cama e me acordou. Parecia ansiosa e sua respiração me lembrou de como ela havia agido durante a viagem de avião para Chicago.

— Nina?

Ela estava tremendo um pouco.

— Só tive um pesadelo ruim, só isso. Estou bem.

Comecei a abraçá-la.

— Você não parece bem.

— Só me abraça, tá?

— Claro. Te abraço até de manhã se você precisar.

Depois de um longo silêncio, achei que ela estivesse prestes a dormir de novo quando me perguntou:

— Você vai voltar de novo pra Boston esse fim de semana?

Ela sabia que eu ia para Boston todo fim de semana, então essa era uma pergunta estranha.

— Está nos meus planos, sim.

— Então, mesmo depois do divórcio, você ainda planeja ir todo fim de semana?

Ela me pegou desprevenido.

— Sim. Quero dizer... ela fica sozinha a semana inteira sem ninguém da família. Te incomoda que eu planeje voltar todo fim de semana?

O fato de que ela não respondeu nada me disse que sim.

Estava escuro, então não pude ver se ela estava chorando quando sua voz ficou trêmula.

— Só vai ser difícil.

Eu a abracei com mais força, de repente me sentindo petrificado.

— Eu sei, Nina. Acredite, eu sei. Por isso não queria me envolver com ninguém, mas, porra, estou louco por você e não tem mais volta. Vamos dar um jeito. Temos que dar. Talvez você possa ir comigo alguns fins de semana. Sei que a minha irmã está louca pra te conhecer.

— Ir com você visitar a Ivy?

— Não, não visitar a Ivy, mas você e eu passaremos as manhãs e as noites juntos em Boston.

— Então você vai passar o dia inteiro com a Ivy enquanto eu perambulo pela cidade sozinha?

Merda. Merda. Merda.

— Nina...

— Tudo bem. Como você disse, vamos dar um jeito — disse ela.

Um sentimento louco me dominou enquanto ficamos em silêncio. De repente, as sementes da dúvida tinham sido plantadas. Eu tinha pensado mesmo nisso direito? Estava sendo realista ao esperar que ela aceitasse eu colocar a Ivy antes dela pelo resto das nossas vidas? Não era justo. Meu senso de obrigação com a Ivy era forte, mas não era mais forte do que o meu amor pela Nina. Eu tinha que pensar seriamente em como ia lidar com as coisas. Uma coisa era certa: eu não ia conseguir definir tudo naquela noite.

Pelo resto da semana, Nina deu uma desculpa todas as noites para não me ver. Na terça, disse que ainda estava doente. Na quarta, voltou tarde da visita a Skylar e precisava estudar. Então, na quinta, mais estudo. Eu era mais esperto do que isso. Se a pessoa quer mesmo ver alguém, sempre arranja tempo, mesmo que sejam só cinco minutos.

Então não nos encontramos antes de eu ter que voltar para Boston no fim de semana seguinte. Ivy estava passando por um momento ruim e teve que ser hospitalizada de novo brevemente enquanto eu estava lá. Eu tinha dormido muito pouco.

O fim de semana inteiro foi um borrão. Antes que eu me desse conta, estava de novo no Brooklyn. Era um ciclo sem fim e estava cansado dele.

Tão cansado.

Para deixar as coisas piores, Nina não tinha me respondido de jeito nenhum na segunda depois que voltei. Era o primeiro dia que ela havia ignorado completamente minhas mensagens. Quanto mais tempo passava sem uma resposta, mais desesperado eu ficava. Além disso, havia o fato de que Ivy estava péssima quando saí de Boston, e eu estava em um momento ruim.

Eu tinha decepcionado a pessoa que mais precisava de mim pela pessoa de quem eu precisava mais do que tudo e tinha conseguido foder com todas as nossas vidas nesse processo. O futuro era apenas um buraco negro agora.

Se Nina escolhesse me deixar, um dia não ia se passar sem que eu não me lamentasse por ela. Pensar nela seguindo em frente, transando com outros homens, se casando com outra pessoa e tendo filhos me fazia querer bater em alguém, de verdade. Eu sinceramente não sabia como lidaria com isso. Ela poderia me deixar fisicamente, mas ainda estaria no meu coração e na minha alma para sempre. Eu nunca mais teria ninguém.

Eu tinha que sair do apartamento antes que perdesse a cabeça. Peguei as chaves e minha jaqueta e saí, indo pela rua a esmo. Quando começou a chover, parei em um bar a vários quarteirões de casa.

Estava escuro e o som estava alto e só precisava afogar todas as minhas mágoas. Me sentei no balcão, pretendendo ficar bebaço.

— Uma Grey Goose pura — pedi à bartender.

Enquanto virava a primeira dose de uma vez, as duas vozes na minha cabeça estavam brigando entre si.

Tinha uma falando mais alto, me dizendo para nunca desistir da Nina porque ela era minha e porque eu sentia com todo o meu coração que ela me amava de verdade. Então tinha aquela outra voz me dizendo para deixá-la ir porque ela merecia mais do que estar com um homem que nunca poderia lhe dar cem por cento. Queria abafar essa voz completamente, então pedi outra dose.

— Nunca te vi aqui antes. — Pela primeira vez, olhei para a bartender e notei que era uma loira atraente. Ela colocou o pequeno copo na minha frente, os peitos pulando de um bustiê de couro. De repente, o bar escuro e sombrio de alguma forma se transformou em "Show Bar".

— É porque eu nunca vim aqui antes — eu disse, antes de virar a vodca.

— Eu teria lembrado de você — flertou, antes de ir servir outro cliente.

Em alguns minutos, ela voltou com outra dose.

— Essa é por minha conta. O que eu posso fazer? Tenho uma queda por caras com tatuagens, especialmente os lindos. — Ela piscou.

— Obrigado — falei, virando essa também.

Ela se inclinou para a frente.

— Você parece triste com alguma coisa.

— Pode-se dizer que sim.

— Quer me contar?

— É uma história muito longa... hã... qual é o seu nome?

— Lexie.

— Lexie, é uma história longa pra caralho — repeti.

Ela chegou mais perto, se encostando contra o balcão. Era difícil não olhar para os seus seios porque eles estavam bem na minha cara.

— Bem, que bom que eu tenho tempo.

Eu ri baixinho.

— Não tem. Não pra essa.

— Qual é o seu nome?

— Jake.

— Tente, Jake.

Seu olhar de "me foda" sugeria que ela estava se referindo a tentar mais do que a sua atenção.

— Eu prefiro não falar disso com alguém que acabei de conhecer.

Ela veio até mim e fez eu me encolher quando me deu um beijo no rosto.

Que porra?

— Viu? Agora somos velhos amigos, Jake.

— Bem, *velha amiga,* eu realmente não estou a fim de falar disso.

— Tem a ver com mulher?

— Sim... com duas.

— Bem, qualquer mulher que seja burra o suficiente pra te deixar ir embora tem que estar louca.

Balancei a cabeça sem acreditar em como essa afirmação era errada e irônica. Como eu tinha chegado até ali... naquele bar e naquele péssimo estado? Olhei o celular.

Onde você está, Nina? Porra, preciso de você.

Não sei o que deu em mim, mas comecei a contar minha história de vida inteira para Lexie. Devo ter divagado por quase uma hora. Acho que precisava colocar para fora tudo o que estava me consumindo. Quando terminei, ela me serviu mais vodcas por conta da casa, e eu estava fora de mim.

Quando ela saiu para atender outros clientes, não tinha mais uma distração e a dor voltou com força total. Olhei o celular de novo para ver se Nina tinha retornado minhas ligações e, claro, ela não tinha. Havia uma mensagem de voz... da Ivy.

Fui para fora para fugir do barulho do bar e escutei a mensagem. Ela estava um pouco incoerente. Levando em conta que minha mente estava confusa, ainda por cima, a única coisa que consegui entender foi "adeus".

Merda. O que a Ivy estava tentando me dizer? Ela raramente me ligava. Liguei para o número geral da clínica psiquiátrica enquanto meu coração batia acelerado. O funcionário da noite me confirmou que ela estava no quarto e bem, depois de dar uma olhada nela, mas ouvi-la dizer "adeus" tinha me assustado pra caralho.

Ainda inquieto, voltei para dentro e fiquei no bar até eles fecharem. Acho que quase desmaiei na cadeira. Aquela foi a vez em que mais bebi em um bom tempo. Era hora de dar o fora dali.

As coisas estavam nebulosas quando saí do bar. Nem mesmo o ar frio batendo no meu rosto ajudou. Quando comecei a longa caminhada para casa, um Volvo branco mais antigo parou do meu lado.

— Jake... vamos. Entra. Eu te deixo em casa. — Era a Lexie.

Sem pensar direito, entrei no carro. Ele andou vários quarteirões e eu me sentia uma merda.

O carro cheirava a pêssego ou era o cabelo dela? Não sabia. O que sabia era que Lexie não era coisa boa, nem essa decisão que eu tinha acabado de tomar.

— Onde você mora?

— Na rua Lincoln, 1185. É em cima daquele restaurante grego, o Eleni's.

— Sim. Sei onde é.

Os postes e prédios pelos quais passamos se fundiram em uma grande linha manchada. Em menos de dez minutos, tínhamos chegado à porta do prédio.

Me virei para Lexie.

— Obrigado pela carona. Eu definitivamente bebi demais... graças a você.

— Bem, você estava bem chateado quando chegou e precisava se soltar mais. Depois que me contou o porquê, eu quis ajudar ainda mais.

Balbuciei um pouco as palavras quando respondi:

— Você conseguiu me ajudar a ficar bebaço. — Eu ri.— Então obrigado... eu acho.

— A seu dispor — disse ela, colocando a mão no meu joelho. — E eu falo sério.

— Ok... bem, boa noite. Obrigado mais uma vez — disse ao sair excepcionalmente rápido do carro, tropeçando um pouco. Pude perceber que ela ficou decepcionada por eu não tê-la convidado para entrar. Lexie era o tipo de garota que eu provavelmente teria procurado alguns anos atrás... sexo sem compromisso ou expectativas, mas Nina me arruinou para outras mulheres. Ela era tudo o que eu queria.

Consegui subir as escadas e entrar na sala, caindo no sofá enquanto ela girava. Liguei a televisão e fiquei fascinado com um comercial sobre zumba. Os dançarinos pareciam estar pulando da tela e tentando dançar comigo.

Alguns minutos depois, escutei uma batida na porta. Me levantei do sofá e a abri. Era Lexie.

Ela levantou um iPhone.

— Esqueceu alguma coisa?

— Putz. Obrigado. — Peguei o celular. — Como subiu até aqui?

— Você deixou a porta da frente aberta. Bati no andar de baixo, mas a senhora mandou eu "me foder", então achei que a porta número três aqui em cima seria a vencedora.

Antes que eu pudesse lhe dar boa-noite e mandá-la embora, ela abriu caminho e foi até o sofá, cruzando as pernas quando se sentou. Com as botas de cano longo pretas de couro que estava usando, parecia uma prostituta.

— O que você está assistindo?

— Zumba.

Ela começou a rir.

— Você é engraçado, Jake.

Levantei o dedo indicador.

— E bêbado. Não se esqueça de bêbado — eu disse, me sentando com ela no sofá. Coloquei a cabeça para trás. — Pare de malhar, vá pra festa — balbuciei.

— O quê?

— Deixa pra lá.

Se eu apertasse os olhos, com seu cabelo longo e loiro, Lexie quase parecia com Nina por um segundo. Essa garota definitivamente era sexy, mas Nina era muito mais linda e elegante. *Um anjo.*

Só sexy não servia mais para mim. Na verdade, nada além da Nina servia para mim.

Algum tempo passou, mas eu estava apagado demais para saber quantos minutos. Devo ter dormido, porque, quando acordei, Lexie estava sem sutiã e montada em mim.

Ela sussurrou no meu ouvido enquanto se mexia em cima de mim:

— Você é muito gostoso, Jake. Quero te chupar.

Merda.

Meu pau estava duro. Eu estava fora de controle, mas não o suficiente para querer uma coisa daquelas. Não conseguia imaginar me doar dessa maneira para outra pessoa. Eu amava a Nina. Mesmo se ela não quisesse ficar comigo agora, meu corpo era dela.

Eu a tirei de cima de mim.

— Lexie, saia.

— Eu *estava* tirando a saia.

— Eu quis dizer sair de cima de mim. Você nunca deveria ter vindo aqui. Eu realmente preciso fazer xixi. Quando voltar, quero que você já tenha ido embora, ok?

— Achei que você quisesse. Você ficou encarando meus peitos a noite toda e olha pra você... você está de pau duro.

— Lexie, com todo o respeito, você estava sentada no meu pau quando eu estava dormindo. Ele tem vida própria. E sobre os seus peitos, talvez, se você os tivesse coberto, eu não teria olhado pra eles. Agora, por favor. Você é uma garota muito legal *(... para uma puta)*, mas eu já te disse mais cedo: estou envolvido com outra pessoa.

Eu não disse mais nada e fui ao banheiro dar a mijada mais longa da minha vida. Devo ter ficado ali por uns dez minutos só olhando para o vaso sanitário enquanto minha cabeça estava girando. Uma grande ressaca me esperava na manhã seguinte.

Quando voltei para a sala, Lexie tinha ido embora.

Ela tinha ido embora, mas eu não estava sozinho.

Meu coração doeu. Isso não podia estar acontecendo.

Nina estava parada no meio da sala com lágrimas nos olhos.

O sangue subiu para a minha cabeça.

— Nina? Nina... amor, o que aconteceu? O que você acha que viu?

Ela só continuou parada na minha frente, mas não disse nada enquanto lambia as lágrimas que caíam e mantinha os olhos fechados.

Parecia estar prestes a hiperventilar.

Deus me ajude. Isso era péssimo.

Tentei manter a compostura, mas estava em pânico por dentro.

— Aquela garota que você viu... ela me deu uma carona de um bar. Eu tinha ido pra lá porque estava muito triste por sua causa. Você não estava retornando minhas ligações. Eu bebi demais. Ela me deixou em casa e voltou aqui porque esqueci o celular no carro. Nada aconteceu, Nina. Nada aconteceu!

Ela não dizia nada. Meu coração estava se partindo. Ela não acreditava em mim.

Porra, eu também não teria acreditado em mim.

— Eu não dormi com ela. Nem mesmo a beijei, Nina. Eu juro pela alma do meu pai!

Ela olhou para mim.

Fui até ela, que se afastou. Ainda estava sem palavras.

— Ela disse alguma coisa pra você? — perguntei.

Nina fez que sim com a cabeça lentamente, com um olhar de raiva. Ela soltou um longo suspiro.

— Na verdade sim, ela disse — Nina respondeu entre as lágrimas. — Ela me perguntou se eu era a Nina.

Eu balancei a cabeça.

— O quê?

— E quando eu respondi que sim... ela me agradeceu por abandonar meu namorado por tempo suficiente para ela fodê-lo até não poder mais.

Não.

Isso não podia estar acontecendo.

Eu estava chocado e balancei a cabeça vigorosamente.

— Não. *Não!* Nina... nada aconteceu. Eu dormi. Ela veio até mim. Ela... ela ten...

— Você pelo menos usou camisinha? — ela gritou a plenos pulmões, o rosto vermelho e os lábios tremendo.

Me tornei um louco furioso quando gritei mais uma vez entre os dentes, mexendo os punhos no ar:

— Não... aconteceu... nada!

Ela gritou comigo de volta:

— Ela estava colocando o sutiã quando entrei. Espera que eu acredite nisso? Que tipo de idiota você pensa que sou?

Uma que me amasse o suficiente para acreditar em mim.

Naquele momento, Ryan veio do corredor. Não sabia se ele estava ali aquele tempo todo ou se tinha chegado com a Nina.

— Vamos, Nina. Vamos embora daqui — disse ele, levando-a em direção à porta.

— Ela não vai a lugar nenhum. — Minha voz estava rouca de gritar.

— Claro que vai — ele respondeu, olhando feio para mim. — Você já não fez estrago demais na vida dela? Deixa ela em paz, Jake. — Ele a levou em direção à porta enquanto ela continuava a enxugar as lágrimas. — Só deixa ela em paz.

Aquela voz indesejada na minha cabeça, a que vinha me dizendo desde o começo para fazer isso porque ela era boa demais pra mim, de repente, surgiu através de Ryan. Se ela não acreditasse em mim em relação a Lexie, então podia muito bem ser verdade. Eu nunca teria como provar o contrário.

Ryan lhe pegou pelo braço, guiando-a até o hall de entrada. Ela olhou para mim uma última vez com tristeza nos olhos, que atingiu o meu coração como uma faca. Sentindo a dor dela irradiando através de mim junto com a minha, eu estava paralisado, impotente e despedaçado. Aquela voz venceu. Deixei-a ir sem brigar quando ela sumiu de vista. Não tinha certeza se a veria de novo. A garota que tinha me trazido tanta alegria, que tinha me dado uma razão de viver, que tinha penetrado na minha alma... foi embora. Era o pior momento da minha vida.

Quando achei que as coisas não podiam ficar piores, olhei para baixo e vi que tinha perdido uma mensagem de voz da Nina. Ela deve ter me ligado mais cedo, quando meu celular estava no carro da Lexie. Meu peito apertou quando escutei.

Oi, sou eu. Sei que estive distante essa semana. Precisava de um tempo longe de você pra entender como realmente era... ver se viver sem você era mesmo uma opção pra mim. E quer saber? Não é, Jake. Não é mesmo. Sei que preciso sacrificar algumas coisas, especialmente o meu tempo com você, se vamos fazer isso dar certo. Como você me disse uma vez, às vezes, é preciso suportar um pouco de dor na vida para experienciar um prazer que a gente não saberia que existia de outro jeito. Você é o meu único prazer e estou te dizendo que você vale toda a dor e o sacrifício do mundo. A ausência faz o amor crescer, certo? Preciso te ver hoje à noite. Tem muito mais que eu preciso dizer. Estou indo para aí agora. Espero que esteja acordado. Desculpa se te deixei preocupado. Eu te amo tanto.

28

Oitenta e cinco: número de vezes que escutei aquela mensagem de voz.

Trinta: número de dias que se passaram até eu ver o rosto da Nina de novo.

Um: o número de grandes erros que quase cometi depois de perder a cabeça assim que finalmente a vi de novo.

Passei as semanas depois que Nina foi embora tentando me convencer de que era melhor assim, mesmo estando péssimo. Nenhuma noite se passou sem que eu não lutasse contra a ideia de ir ao seu apartamento e implorar por ela. Sempre decidia que não porque não podia aguentar lhe causar mais nenhuma dor. Se ela não tinha acreditado em mim naquela noite, não iria acreditar agora. A maneira como ela me olhou quando foi embora ia ficar para sempre gravada no meu cérebro. Era um olhar de completa tristeza e decepção. A lembrança me assombrava. Mesmo eu não tendo feito nada de errado além de me embriagar, me puni desenhando aquela expressão no seu rosto repetidamente, para que eu nunca esquecesse da decisão ruim que me arruinara.

Ryan, Tarah e eu não nos falávamos de jeito nenhum. Nos evitávamos como o diabo foge da cruz e comecei a procurar outro apartamento.

Ironicamente, em um momento de lucidez, Ivy concordou em cooperar comigo no divórcio e me permitiu continuar como seu tutor. Era a única coisa dando certo para mim, mas não tinha certeza se importava mais agora que eu tinha perdido o amor da minha vida.

Tirando a papelada, nada tinha mudado com a Ivy. Eu ainda estava indo para Boston todo fim de semana e, na verdade, passava mais tempo na clínica psiquiátrica, mesmo quando ela estava no seu pior. Me ajudava a tirar a cabeça da Nina e a tranquilizar Ivy de que o divórcio não mudaria nada com relação a estar ali para ela. Eu tinha todo o tempo do mundo agora que não tinha ninguém para voltar em Nova York.

Eu não me importava mais com o divórcio nem de um jeito nem de outro, mas minha família me convenceu a seguir com ele, já que agora existia um plano pós-casamento.

De volta ao Brooklyn uma noite, bateram na porta e abri sem olhar pelo olho mágico.

Algo me atingiu no rosto e quase quebrou meu nariz.

— Que porra?!

Cobri o rosto com as mãos e estava prestes a encher de porrada a pessoa até que olhei para a arma: uma bolsa. Tinha uma imagem brega de uma *boy band* nela. A agressora era uma garota pequena sem cabelo. Então entendi quem era.

— Idiota! — ela gritou.

Toquei o nariz de novo, vendo se tinha saído sangue.

— Skylar?

— Isso foi por magoar minha amiga, seu babaca — disse ela, passando por mim e entrando no apartamento.

— Prazer em te conhecer também, finalmente. Entra — respondi com sarcasmo.

Ela soltou a bolsa e se jogou no sofá. Parecia pálida e fraca. Merda... essa garota não deveria estar aqui.

— Você tem água? — ela perguntou.

— Sim... claro. — Corri para a cozinha para pegar um copo d'água e cutuquei meu nariz, que estava formigando, enquanto a olhava. Ela claramente não estava se sentindo bem. Me impressionou que tivesse ido até ali, doente e tudo, para defender a amiga.

Eu lhe entreguei a água e ela a pegou, bebendo de uma vez só.

Me sentei do lado oposto do sofá.

— Como está se sentindo?

— Como eu pareço que estou — falou abruptamente.

— Como chegou aqui?

— Peguei um táxi.

— Você saiu do hospital?

Ela se inclinou para trás e jogou os pés em cima do sofá.

— Olha, não tô aqui pra bater papo.

— Ok.

— Você trepou ou não com aquela vagabunda?

Olhei-a nos olhos intensamente.

— Eu juro pra você que não. Eu juro. Sei que a Nina não acredita em mim por causa do que ela acha que viu.

Ela me olhou nos olhos e disse:

— Eu meio que imaginava isso.

— Imaginava o quê?

— Que talvez você não tivesse feito isso.

— Por quê?

— Porque você teria que ser um idiota pra trair a Nina. Ela tem um coração de Madre Teresa e um corpo de Barbie. Bem, talvez mais de uma Barbie gostosa. Enfim, ela é gata. Ela é tudo de bom.

E era verdade.

— Você acredita em mim?

— Pra ser sincera, eu não tinha certeza até te olhar nos olhos agora. Tenho uma intuição sobre isso e acho que você tá falando a verdade.

Aliviado, soltei um longo suspiro.

— Obrigado. Obrigado, Skylar.

Ela começou a tossir e eu me levantei imediatamente para pegar mais água para ela, coloquei o copo na mesinha de centro e me sentei de novo.

— Enfim, ela tá péssima. Tá me deprimindo pra caralho e isso é bem difícil pra alguém que já tem câncer.

Eu ri, mesmo sabendo que provavelmente não deveria.

— O que você acha que eu devo fazer? Me diga. Faço qualquer coisa.

Eu estava mesmo pedindo conselhos a uma garota de quinze anos? Momentos desesperados pediam atitudes desesperadas. Mas essa garota parecia sábia para sua idade.

— Você precisa ser homem, cara. Se defenda até que ela não veja nada além da verdade nos seus olhos. Pegue de volta o que é seu! Pode levar cem tentativas, mas não pode desistir.

Fiquei em silêncio, balançando a cabeça, concordando até que tive um estalo.

— Lutar por ela... — Ela se sentou e deu um tapa no meu braço.

— Você é um gênio, Tommy Lee.

Skylar ficou mais ou menos uma meia hora. Falou sem parar de um cara chamado Mitch e eu só escutei. Era o mínimo que eu podia fazer, porque a inspiração que ela acabara de me dar não tinha preço.

Insisti em lhe dar dinheiro para o táxi de volta. Antes de sair pela porta, ela se virou para mim e disse:

— A vida é curta, Jake. Você vai se arrepender pelo resto da vida se a deixar ir embora.

Ela tinha razão.

— Skylar, nem sei como te agradecer por acreditar em mim.

— Ah, espera... antes que eu esqueça. — Ela tirou o celular e o colocou no modo câmera.

— Fica de pé e mostra os músculos.

— O quê?

— Vai logo. Dobre as mangas, pra eu ver suas tatuagens... e sorria.

Fiz o que pediu e ela tirou uma foto. E deu uma piscadela.

— Pra limpar a vista na volta pra casa.

Balancei a cabeça, rindo, enquanto ela ia embora. Ela era uma alma corajosa. Eu reconhecia um anjo na Terra quando via um? Eu tinha certeza de que não reconheceria se me socasse na cara.

A visita de Skylar me deu a coragem de que eu precisava. O fato de que pelo menos uma pessoa próxima a Nina estava do meu lado significava tudo para mim.

O dia seguinte marcava exatamente um mês desde que Nina tinha saído da minha vida. Decidi tirar a terça-feira de folga para ir até sua casa e tentar falar com ela. Não sabia o que ia dizer, mas queria que ela olhasse nos meus olhos e visse que eu estava dizendo a verdade.

Era um dia de vento na primavera e saí da estação de metrô até sua vizinhança em Park Slope.

Meu estômago estava embrulhado e meu coração batia acelerado quando eu recitava o que queria dizer a ela. Não fumava havia meses, mas senti que precisava de verdade de um cigarro. As pessoas passando me olhavam com estranheza porque eu estava falando sozinho e gesticulando.

Quando me aproximei da entrada do prédio onde ela morava, meu coração parou. Imediatamente me escondi atrás de uma árvore.

Nina estava caminhando em direção aos degraus do prédio e não estava só. Um cara de cabelo castanho e óculos a estava abraçando. Não conseguia ver bem seu rosto, mas o que sabia era que estava com um suéter de botão bem cafona, estilo sr. Rogers[14], e eu quis acabar com ele.

Eles se sentaram juntos nos degraus de entrada e ele tirou o suéter, colocando-o nos ombros dela. Ela inclinou a cabeça para trás, rindo de algo que ele tinha dito, e meu peito se contraiu. Ver a alegria no seu rosto era como ir ao paraíso por uma fração de segundo. Ela tinha o meu coração, pelo amor de Deus. Como não podia ser bom ver seu coração feliz? Por outro lado, era como estar no inferno, porque não fui eu que tinha colocado aquele sorriso ali; foi tudo por causa de outro homem. Nunca tinha sentido tanto ciúme de outro ser humano a minha vida inteira.

Observando cada movimento deles, fiquei congelado atrás da árvore. Ela estava tão linda, com um vestido amarelo que realçava o cabelo loiro, que brilhava na luz do sol. Quis tanto passar os dedos nele, cheirá-la, abraçá-la. Vê-la me fez perceber o quanto eu tinha sentido sua falta.

Ele tocou o joelho dela e meus punhos se contraíram em resposta. Meu coração batia feito louco e eu estava suando muito.

Porra, isso estava me matando.

Ele parecia estar lhe contando uma história, fazendo gestos com as mãos, e, toda vez que ela ria, eu sentia como se a estivesse perdendo um pouco mais. Fiquei só parado ali como um *stalker*, absorvendo tudo. Depois de vários minutos torturantes, eles dois se levantaram. Ela estava de costas para mim e o meu corpo começou a tremer quando ele se inclinou para beijá-la. Acho que posso ter finalmente entendido o que Nina sentia quando hiperventilava, porque eu simplesmente não conseguia recuperar o fôlego.

---

14 Fred McFeely Rogers, mais conhecido como Sr. Rogers, foi um pedagogo e artista norte-americano, ministro da Igreja Presbiteriana, que se notabilizou como apresentador televisivo, autor de canções educativas e apresentador de programas televisivos infanto-juvenis. Tinha uma coleção de suéteres. (N. T.)

Eu a estava mesmo perdendo.

Eu estava dormente. Não deveria ter me surpreendido que alguém aparecesse para conquistá-la tão cedo. Ela era um partidão e eu era o tolo que a teve e a deixou ir embora. Ela me amava e eu tinha conseguido estragar tudo.

O cafonão lhe deu um abraço de despedida e ela ficou sozinha por um momento, observando-o ir embora.

Tudo dentro de mim queria que eu corresse para ela naquele momento, mas meu corpo não se mexia. Então ela se virou, subiu os degraus e sumiu de vista.

Toda a confiança que tinha crescido em mim mais cedo foi exaurida pelo que eu tinha acabado de testemunhar. Skylar tinha dito que Nina estava deprimida e triste por minha causa. A Nina que acabei de ver parecia... mais feliz sem mim. Não ia tirar isso dela. De jeito nenhum. Eu a amava demais.

Quis anestesiar a dor e quase fui para um bar no caminho de casa para beber até esquecer, mas lembrei que tinha sido assim que me colocara naquela confusão, para começo de conversa. Em vez disso, prometi nunca mais beber de novo, com tanta raiva do álcool ter destruído minha vida.

Em vez disso, fui direto para casa. Deprimido nem começava a descrever os meus sentimentos.

Devastado.

O telefone fixo tocou na tarde seguinte. Normalmente eu não teria atendido, mas, se tinha uma chance de que fosse a Nina, queria ouvir sua voz, mesmo tendo prometido ficar longe.

— Alô?

— A Nina está?

Era uma voz de homem e meu corpo imediatamente entrou em modo ataque.

— Quem é?

— Spencer.

— Spencer...

— Sim. Ela está?

Spencer: o imbecil do ex-namorado da Nina.

Cerrei os punhos e tentei ao máximo fazer uma voz cordial:

— Sobre o que seria?

— Sou um... velho amigo. Estou visitando um cliente no Brooklyn hoje e esperava dar uma passada e colocar o papo em dia com ela. Não tenho seu celular novo. Sei que ela se mudou para o apartamento do Ryan Haggertly. Peguei esse número dele. Esse é o telefone fixo dele, certo?

— Sim. É aqui mesmo.

— Então, ela está?

— Na verdade... ela acabou de sair. Foi até a loja da esquina e deve estar voltando pra casa em alguns minutos — menti. — Pode vir e ficar esperando, se quiser, cara. O endereço é Rua Lincoln, 1185.

— Ok, vou fazer isso. Obrigado.

Esse cara escolheu o dia errado para vir à cidade.

Quinze minutos mais tarde, ele interfonou e eu o deixei subir. Quando bateu na porta, eu a abri com um sorriso do tamanho do Texas. Devia parecer que tinha acabado de engolir um frasco de antidepressivos.

— Spencer! — eu disse em voz alta, lhe dando um tapa nas costas com tanta força que alguém poderia pensar que ele estava engasgado ou algo assim. — Entre.

Ele tinha mais ou menos a minha altura, estava com um terno cinza e parecia um típico mauricinho. Me olhou de cima a baixo, claramente me julgando. Me deixava doente que esse cara tivesse ficado com a Nina. Cerrei os dentes e me contraí com o pensamento.

— Quem é você? — ele perguntou.

— Eu sou o Jake. Nos falamos no telefone.

— Você mora aqui... com a Nina?

— Sim. Fique à vontade.

Ele foi até o sofá e se sentou, hesitante.

— Você disse que ela estaria de volta em alguns minutos?

— Algo assim... — Fui até a cozinha, peguei uma banana e me sentei de frente para ele.

— Então... — disse ele, batendo palmas, parecendo desconfortável.

Ótimo. Eu o estava deixando nervoso.

— Então... — zombei dele. Descascando a banana, dei uma mordida enorme e falei de boca cheia: — Nina me falou muito de você.

Ele parecia chocado.

— Falou?

— Você ainda gosta de colocar as pessoas pra baixo?

— Não estou entendendo.

— Sabe, fazer as pessoas se sentirem uma merda pra você se sentir melhor... para compensar o fato de que tem o pau pequeno.

Ele se levantou.

— Que porra...

— Não se preocupe. A Nina te perdoa. Sabe, depois que transamos, ela percebeu que não era culpa dela de jeito nenhum que você nunca a fez gozar. Quero dizer, você só pode fazer com o que tem. A coitada não tinha nada com o que comparar. — Eu estava rindo, balançando a cabeça, e disse: — Ela achava que aquilo era normal!

Ele se levantou e apontou o dedo para mim.

— Você passou do limite.

— Sabe o que é passar do limite? Trair uma mulher perfeita, um anjo, que lhe deu a sua confiança e a porra da virgindade. Te fez sentir mais homem? Porque pra mim você é um covarde de merda. Sabe, comer mais de uma mulher ao mesmo tempo não vai fazê-lo crescer, Spencer.

Ele foi até a porta e se virou antes de ir embora.

— Não sei quem você pensa que é, mas, se a Nina esteve com lixo como você, ela merece toda a dor que já causei a ela.

Enquanto ele foi embora, praticamente correndo pelo corredor, eu gritei:

— Já vai? Estava prestes a fazer um chá de arsênico!

A porta da frente bateu.

Sim... eu estava perdendo a cabeça, mas, porra, foi ótimo.

Uma semana depois e mais outra viagem para Boston, eu ainda estava mal.

Uma noite depois do trabalho, a caminho da porta do prédio, Desiree saiu do restaurante, com um vestido preto curto e salto alto. Parecia mais uma gogo-girl do que uma garçonete.

— Oi, Jake.

— Oi — eu disse, sem fazer contato visual, e continuei a andar, passando por ela.

Seus altos arranharam a calçada.

— Espera.

Me virei.

— O que foi? — Ainda deprimido e com raiva, fui curto e grosso com ela.

Na verdade, eu não tinha esbarrado com a Desiree desde que ela abordara Nina no banheiro, no dia do nosso aniversário. Aquela acabou sendo a melhor noite da minha vida. Mesmo agora, uma semana depois de ver Nina com outro homem, meu amor por ela ainda estava forte como nunca. Estar separado não queria dizer deixar de amá-la. Significava aprender a viver sem ela, apesar de amá-la mais do que a vida.

Desiree interrompeu meu monólogo interno:

— Queria pedir desculpas pelo que eu disse a Nina no banheiro naquela noite. Foi desnecessário. Eu estava um pouco amarga porque as coisas não deram certo entre a gente, mas nunca quis causar uma cena daquelas.

— Sim, tanto faz. Já passou. — Coloquei a chave na porta da frente.

— Espera.

Me virei de novo.

— O que foi?

— Como estão as coisas... com a Nina?

Doía só de ouvir o seu nome. Eu lhe dei a única resposta sincera.

— A gente terminou.

Ela parecia pesarosa, mas eu não sabia se era genuíno.

— Sinto muito. Foi por causa do que eu disse a ela?

— Não.

— Bom, eu sinto *muito*. De verdade. Você é um cara legal. E sempre foi franco comigo; nunca me prometeu nada. Estávamos nos divertindo e eu não tinha nenhum direito de ficar com raiva de você ou com ciúme dela.

— Tudo bem, Des.

— O que vai fazer agora?

— Eu ia subir e tentar comer alguma coisa.

— Você parece pra baixo. Por que não vem pro restaurante? Peço pro chef preparar seus pratos preferidos.

Sabia que, se eu subisse, as imagens da Nina e daquele cara se beijando se repetiriam na minha cabeça, e pensar nisso me deixava enjoado. Apesar de uma parte de mim querer estar sozinho e remoer minha dor, fazia sentido tentar tirar a cabeça disso.

Suspirei e a segui pela porta.

— Tudo bem. Obrigado.

Ela me colocou em uma mesa no canto e foi até a cozinha, voltando com uma enorme bandeja com os meus pratos gregos preferidos. Ela se sentou de frente para mim enquanto eu comia. Mesmo não tendo muito apetite, comi mais ou menos metade de cada prato.

Com seu cabelo preto e longo e grandes olhos castanhos, Desiree era uma garota bonita, só não igualmente por dentro. Nós definitivamente éramos compatíveis na cama, mas parava por aí. Ainda assim, com ela, o sexo era só sobre o resultado. Não tinha nem como comparar com o que eu tinha experimentado com a Nina.

Não só a Nina era fisicamente a mulher mais linda do mundo para mim, mas amá-la com todo o meu coração e alma tornava o sexo com ela arrebatador, algo que eu nunca queria que terminasse. A comida começou a voltar quando a imaginei transando com o cara de óculos. Doía tanto que eu literalmente balancei a cabeça para apagar a imagem da cabeça.

— Que tal levarmos a sobremesa lá pra cima? — Desiree sugeriu.

Soltei um longo suspiro. Deveria ter lido nas entrelinhas, mas estava com tanto medo de ficar sozinho que entrei na onda.

— Sim... claro. Por que não?

Lá em cima, a coisa começou inocente. Fizemos um café e Desiree colocou os pratos no balcão. Por sugestão minha, trouxemos tudo para o meu quarto porque não queria que Ryan e Tarah entrassem e a vissem comigo. Nos sentamos na minha cama, comendo os bolinhos fritos de canela e mel em silêncio. Nem um momento se passou em que eu não estivesse pensando na Nina. Em determinado momento, minha garganta fechou e deixei a sobremesa de lado.

— Jake, o que você tem?

Forcei um sorriso.

— Não acho que você realmente vá querer saber.

— Por que diz isso?

— Porque tem a ver com a Nina.

— O que tem ela?

Eu ia mesmo falar desse assunto com ela?

— Eu te disse que nós terminamos. Bem, semana passada, eu a vi com outro cara. Me deixou um pouco louco.

A sutileza do ano.

Me abrir com Desiree, dentre todas as pessoas, sobre a Nina não fazia sentido, mas estava doendo tanto que eu precisava tirar isso do peito.

— Não sei o que aconteceu entre vocês, mas ela é uma tola por te deixar ir embora.

Não tive energia para rebater, então só respondi:

— Obrigado.

Então Desiree parou de falar; ela nunca foi muito de conversa, de todo jeito. Veio por trás de mim e começou a massagear meus ombros. Fechei os olhos e só foquei na sensação, tentando relaxar e deixar a dor ir embora.

Eu não era burro. Sabia por que ela quis subir e uma parte de mim quis deixar isso acontecer; qualquer coisa para anestesiar a saudade e a tristeza.

Ela levantou minha camiseta e começou a esfregar com mais força minhas costas, e eu continuei de olhos fechados. Enquanto ela me massageava, minhas emoções foram da tristeza à raiva pelo fato de que Nina havia me deixado por uma mentira. A razão da minha dor era muito absurda. Quanto mais bravo eu ficava, mais queria apagar meus pensamentos. Então, quando Desiree tirou o vestido, pressionando os seios nas minhas costas enquanto me esfregava, não fiz nada para impedi-la.

Nada mais importava.

A ira continuou a crescer dentro de mim. Desiree parou de me massagear e subiu em mim, envolvendo minha cintura com as pernas. Fechei os olhos e baixei a boca, passando a língua pelos seus seios. Era no mínimo mecânico, enquanto eu continuava obcecado pela Nina. Eu chupava Desiree com força, frustrado com a minha incapacidade de me perder nela.

Ela lambeu meus lábios, abrindo minha boca com a língua. Estávamos nos beijando e, de repente, a raiva se transformou em culpa, porque isso parecia mais íntimo e, apesar de tudo o que tinha acontecido, meu corpo ainda achava que pertencia a Nina. Lutando contra esse sentimento, eu a beijei com mais força, mexendo a língua bruscamente contra a dela. Quase arranquei sua boca.

Então ela puxou meu piercing da boca com os dentes, o que Nina adorava fazer. Recuei, ofegante. Não estava funcionando. Não estava ajudando em nada a apagar a dor. Estava tornando-a pior.

Precisava mandá-la ir embora ou acabar logo com aquilo. Uma imagem da Nina sorrindo para seu novo namorado passou pela minha cabeça. A culpa se transformou em raiva de novo. Desiree estava alheia à batalha interna pela qual eu estava passando.

Ela tirou a calcinha e começou a dançar em cima de mim. Eu estava um pouco duro, meia-bomba na melhor das hipóteses, o resultado medíocre da minha mente e corpo estarem fora de sincronia.

— Mal posso esperar pra te sentir dentro de mim de novo — disse ela. — Me fode... agora.

Seus olhos estavam fechados enquanto ela se mexia em cima de mim. Olhei para o seu rosto. Ela estava em êxtase; eu estava em desespero.

Foda-se.

Eu fecharia os olhos, lhe daria o que queria e talvez estar dentro de outra mulher me ajudaria a tirar esses pensamentos da cabeça.

Eu a tirei de cima de mim e me levantei, abrindo a gaveta da mesa de cabeceira para procurar uma camisinha. Meu estômago estava embrulhado e minhas mãos, trêmulas quando tirei uma da embalagem e ela caiu no chão.

O que eu estava fazendo?

Quando me curvei para pegar a camisinha, notei um pedaço de metal brilhando no meu tapete.

Minha mão tremeu ainda mais quando o peguei.

Era a pulseira de pingentes da Nina.

Congelei com ela na palma da mão e me sentei na beirada da cama, olhando-a, como se fosse um pedaço dela. Passei os dedos pelos pingentes e uma imensa tristeza me dominou, superando todas as outras emoções. Entre a culpa, a raiva... a tristeza venceu. Era tudo o que restava.

Desiree estava com a respiração pesada e parecia frustrada quando olhei para o seu corpo nu.

— Desiree... não posso fazer isso. Eu sinto muito. Isso foi um erro. Eu só não estou... pronto, eu acho.

Não acho que jamais estarei pronto.

Ela suspirou.

— Tem certeza?

Fiz que sim com a cabeça em silêncio, os olhos ainda fixos na pulseira.

Eu tinha muita certeza.

— Ok, como quiser — ela respondeu, colocando o vestido de volta.

Nem mesmo olhei para ela quando disse:

— Obrigado por entender e pela comida.

— De nada, Jake. Você sabe onde me encontrar quando *estiver* pronto. Estou aqui pra você, diferente de uma certa pessoa.

Desiree se vestiu e saiu do meu quarto em silêncio, me deixando sozinho no mesmo lugar onde fiquei pela próxima meia hora. Enquanto passava o dedo sobre os pingentes de novo, algo me ocorreu. Eu especificamente me lembrava da Nina usando isso na noite em que entrou e viu a Lexie. Os pingentes tiniam quando ela balançava a mão com raiva de mim. Era uma péssima memória, mas uma revelação incrível. Se essa pulseira estava no meu quarto agora... significava... que a Nina estivera ali depois daquela noite.

Ela dormiu na minha cama de novo. Não acabou.

Não sabia quando ela estivera ali e não importava. Era disso que eu precisava — uma prova de que talvez ela ainda me amasse, que talvez houvesse esperança. Sabia agora, sem sombra de dúvida, que o cafonão tinha um rival.

Minha mente estava a mil quando eu andava de um lado para o outro da sala com a pulseira — a esperança — na palma da mão. De repente, minha raiva de mais cedo tinha se transformado em grandes porções de energia revigorante... clareza. Como poderia ter sido tão fraco para desistir tão facilmente? Cheguei à conclusão de que os altos e baixos e a culpa que eu tinha sentido no último ano me quebraram, de alguma forma me fazendo sentir desmerecedor da felicidade que ela havia me trazido, desmerecedor da sua inocência. Apesar da montanha-russa de emoções, meu amor por ela sempre tinha sido uma constante.

Estava ficando tarde. Eu não podia ir até ela naquela noite, porque o que eu havia planejado levaria tempo.

O dia seguinte seria um novo dia, um que não iria terminar até eu ter tentado tudo que podia para tê-la de volta.

Em noites como aquela, eu queria que meu pai estivesse presente para me dar conselhos. Ele provavelmente me daria um tapa na cabeça por duvidar do meu valor e por não perceber antes que o amor era uma coisa pela qual valia a pena lutar.

Um vento brusco soprou pela janela e, quando me levantei para fechá-la, senti arrepios pelo corpo quando reconheci a melodia vinda de um jipe parado no sinal lá fora. Era *Crimson and Clover*, a música preferida do meu pai. Olhei para o céu escuro da noite e vi que também era noite de lua cheia.

Decidi deixar a janela aberta... deixar meu pai entrar um pouco. Fechando os olhos, saboreei a brisa com a confiança de que ele estaria do meu lado no dia seguinte.

Eu tinha adormecido e acordei coberto de suor mais ou menos à meia-noite. Meu coração estava batendo acelerado e um sentimento estranho me dominava. Não estava com dor física, mas doía de uma maneira diferente. Era só um sentimento ruim, de que tinha algo errado.

Tentei voltar a dormir, mas não consegui. Mais ou menos uma hora depois, meu celular tocou. Era o Ryan.

Por que ele não estava aqui dormindo e por que estava me ligando a essa hora?

— O que você quer, Ryan? — atendi

— Jake?

— Sim... quem mais?... o que foi?

— Estou no New York Methodist Hospital. Você precisa vir até aqui o mais rápido possível. É a Nina.

29

Ryan não me falou muito da condição da Nina. Disse que tinha acabado de chegar lá depois da colega de apartamento dela ter ligado e que não sabia de detalhes ainda, mas que ela estava viva e estável. Soltei o suspiro de alívio mais longo da minha vida inteira.

Graças a Deus.

Ele só disse para eu me apressar e então desligou.

Meu corpo inteiro estava tremendo e me apressei para procurar uma camisa. Quando saí correndo pela porta, nem sabia se a tinha trancado. Só comecei a correr e liguei para uma empresa de táxi porque não consegui pegar um na rua.

Felizmente, um táxi apareceu na esquina alguns minutos depois e me levou para o hospital. Os olhos de Nina eram tudo que eu conseguia ver com a cabeça apoiada no assento e rezei para que ela ficasse bem. Não conseguiria viver comigo mesmo se algo acontecesse com ela, especialmente já que tantas coisas não foram ditas.

Quando chegamos, joguei uma nota de cinquenta dólares para o taxista e lhe disse para ficar com o troco. Atravessei a rua correndo e quase fui atropelado por uma ambulância que estava saindo. A sala estava girando com os sons dos telefones, crianças chorando e macas sendo levadas. Porra, eu só precisava chegar até ela.

Sem fôlego, eu disse à mulher da recepção:

— Estou procurando Nina Kennedy. Ela chegou aqui há mais ou menos uma hora.

— E você é...?

Não conseguia nem pensar direito e hesitei, sem saber o que responder.

— Eu sou um... amigo... Jake Green.

Ela pegou o telefone e discou.

— Onde está Nina Kennedy? — perguntou para alguém na linha.

Meu peito acelerava com nervosa expectativa enquanto o pânico se estabelecia.

Ela desligou o telefone.

— Ela está em um quarto no nono andar. Vá por aquele corredor e dobre à direita. Você verá os elevadores. As enfermeiras lhe darão as instruções.

Comecei a correr antes de ela terminar a frase e quase derrubei um velho atrás de mim.

Quando cheguei ao andar em que Nina estava, meu coração parou quando vi o cafonão saindo de outro elevador.

Que porra ele estava fazendo ali?

Estava assustado demais para ficar puto. Andamos lado a lado até onde Tarah, Ryan e Daria estavam.

— Onde está a Nina?

— Um médico a está examinando agora. Eles pediram para esperarmos aqui — disse Tarah.

— O que aconteceu?

Ryan olhou para Tarah. Tarah olhou para Daria. Daria olhou para o cafonão. O cafonão olhou para mim.

O que diabos ele estava olhando? E por que não me diziam o que estava acontecendo?

O olhar de Ryan estava especialmente desconfiado.

A voz da Daria estava trêmula quando ela colocou a mão no meu ombro.

— Ela estava perdendo sangue. Não sabemos o que está acontecendo, mas ela estava consciente o tempo todo. Ela vai ficar bem. Tenho certeza disso. O médico só a está examinando.

— Acho que vamos saber de alguma coisa em breve — Ryan disse, olhando para mim.

Algo não estava certo. Não acreditei que eles não soubessem de nada.

Olhei feio para o cafonão.

— Quem é você?

— Sou amigo dela, Roger. Daria me ligou.

Roger. Tá de brincadeira...

— Amigo, né? Isso é papo furado. Eu vi vocês dois semana passada de mãos dadas e se beijando na entrada do prédio dela. Não pareciam amigos pra mim.

Ele balançou a cabeça.

— Nós somos só amigos, Jake.

— Como você sabe o meu nome? — Eu fervia de raiva.

— Ela fala de você o tempo todo. Como eu não saberia quem você é?

— Do que você tá falando?

— Foi assim que ficamos amigos, na verdade, por causa dos términos dos nossos relacionamentos. Sou amigo da Daria. Passo muito tempo na casa dela. Nina e eu ficamos próximos nesse último mês.

— Deixa eu ver se entendi direito. Ela tem falado de mim enquanto está *beijando* você?

Daria e Roger se entreolharam sorrindo quando ele disse:

— Não sei o que você acha que viu... mas aquilo não foi um beijo na boca, talvez um beijinho no rosto. Jake... eu preferia beijar *você*... Ok? Eu sou gay.

— Eu sei o que eu... — Parei de falar, me dando conta do que ele tinha acabado de confessar. — Você disse que é gay?

— Disse.

— Gay...

— Que eu me lembre, sim.

Meu corpo relaxou. Me senti burro, mas aliviado. *Eufórico*. Ela não tinha me esquecido. Fiquei tão feliz que poderia ter lhe dado um beijo... e ele teria adorado.

Roger era gay. Era um dia lindo em Nova York.

Agora eu só precisava que a Nina ficasse bem. Meu Deus, por favor, faça tudo ficar bem. O médico estava demorando uma eternidade. Andei de um lado para o outro no corredor, parando em um ponto para olhar para Roger.

— Me desculpe por ter exagerado, cara.

— Sem problema. Só estamos todos aqui porque nos importamos com a Nina e acredite em mim quando eu digo que ela ainda se importa com você... muito.

Meu peito apertou quando ele disse isso.

Ela ainda se importava comigo.

Dez angustiantes minutos depois, a porta finalmente se abriu. Meu coração estava batendo para fora do peito porque eu podia vê-la pela fresta da porta. Ela estava sentada na cama com uma bata de hospital, o cabelo em um rabo de cavalo de lado, bagunçado. Parecia assustada. Era esmagador e eu quase corri para o quarto quando o médico perguntou:

— Quem é Jake?

Praticamente pulando para a frente, levantei a mão e respondi:

— Sou eu.

— Nina gostaria de vê-lo.

Passei por ele em uma fração de segundo, meus olhos colados nela quando entrei no quarto, fechando a porta atrás de mim.

Meu anjo. Ela pediu pra me ver.

Ela começou a chorar imediatamente quando me viu e abriu os braços, um convite para abraçá-la. Derrubei a jarra de água de plástico que estava na beira da cama na minha pressa para chegar até ela. Ela segurou minha cabeça contra o peito e a envolvi com os braços, grato por ela estar bem, mas ela estava transtornada, então as notícias não poderiam ser só boas. Eu estava apavorado.

— O que aconteceu? Me diga o que aconteceu com você — sussurrei para ela. Ela arquejava para pegar fôlego entre as lágrimas.

Eu a abracei com mais força.

— Shh... fique tranquila, amor. Está tudo bem. Estou aqui agora.

— Não está tudo bem, Jake — disse ela, se afastando de mim.

Levantei a cabeça para olhá-la e me sentei na mesa de cabeceira.

— Como assim?

Ela fechou os olhos e lutou para encontrar as palavras.

— Eu falhei com você.

— O quê? Do que você está falando?

Ela me estendeu a mão para apoio e uma lágrima caiu pelo seu rosto.

— Você vai me perdoar um dia?

— Perdoar pelo quê? Você não fez nada de errado.

— Eu parei de acreditar em você. Acreditei naquela vaca em vez de na sua palavra e te joguei fora.

— Não. Você não jogou nada fora, amor. — Toquei seu coração e continuei: — Você não sabe que tem meu coração? Está sempre bem aqui com você. Nunca me perdeu, nem por um segundo, e nunca vai me perder.

— Eu te amo tanto.

— Nina, me olha nos olhos. Eu também te amo. Sempre vou te amar. Não há nada que você possa dizer ou fazer para mudar isso.

— Lembra quando você me pediu pra fazer uma promessa cega? De que eu não iria te deixar... antes de me contar sobre a Ivy?

— Sim, claro.

— Bem, estou te pedindo para fazer o mesmo por mim agora. Porque tem algo que eu preciso te dizer.

— Ok. Sim. Eu te prometo. Nunca vou te deixar... por nada.

Ela chorou mais.

— Não consigo.

Enxuguei suas lágrimas com o polegar, segurando seu lindo rosto.

— Amor, por favor, me diga o que está acontecendo. Você está me assustando pra caralho.

Ela fechou os olhos e soltou um longo suspiro.

— Ryan estava lá... na noite em que você estava bêbado e aquela puta estava no apartamento. Ele viu tudo. Sabia que nada tinha acontecido mesmo entre vocês dois, mas não me contou.

Meu maxilar enrijeceu.

— O quê?

— Ele estava no quarto dele. Quando a ouviu vir até a porta, te observou do corredor sem você saber. Viu que ela chegou em você enquanto estava dormindo e que você a estava mandando embora.

Olhei para o teto sem acreditar e então de volta para Nina.

— Eu disse a você.

— Eu sei. Estou tão envergonhada. Ele mentiu pra mim esse tempo todo, mesmo vendo como eu estava arrasada. Ele só me contou a verdade ontem à noite.

Eu lidaria com ele mais tarde.

— O que mudou?

— Essa é a parte que estou com medo de te dizer.

Peguei suas mãos e as beijei suavemente.

— Vamos, amor. Depois de toda a merda que te fiz passar? Eu não vou a lugar nenhum.

— Confidenciei uma coisa a Ryan e ele não teve escolha a não ser jogar limpo.

— Não estou entendendo.

— Quando voltei para casa do recesso de primavera, eu fiquei doente. Você lembra?

— Lembro.

— E então eu desapareci por um tempo...

— Sim... como eu poderia esquecer? Você explicou na sua mensagem de voz que estava só pesando a decisão de estar comigo a longo prazo por causa das minhas responsabilidades com a Ivy, e eu entendo.

— Não... não entende. Não era só por causa da Ivy. Esse era um fator, mas...

Eu estava suando.

— Me diga.

— Comecei a me sentir mal nos últimos dias do recesso de primavera. Estava vomitando na casa dos meus pais. Não tinha apetite.

— Tudo bem...

— Então fiz um teste de gravidez. — Ela inspirava e expirava profundamente. — Deu positivo, Jake.

Meu corpo foi para trás com uma inspiração brusca quando ela disse aquelas palavras. Minhas mãos começaram a tremer quando começou a ficar evidente por que ela estava ali.

Porque tinha sangue.

Porque todos estavam se olhando com suspeita na sala de espera. Todos, menos eu, sabiam que meu filho podia ter morrido naquela noite.

— O bebê está... — Eu não conseguia nem dizer, nem mesmo entender.

Ela começou a chorar mais, fechou os olhos com força e mal dava para ouvir.

— Não sei.

— O que você quer dizer?

— O médico acabou de fazer um exame pélvico. Agora fizeram um exame de sangue e estão vindo fazer um ultrassom. Vamos saber em breve.

Cobri a boca, falando pela minha mão.

— Não.

Uma vez passado o choque inicial, fechei os olhos e imediatamente comecei a rezar.

Meu Deus, por favor, faça o nosso bebê ficar bem.

Minha mão se movia gentilmente pela sua barriga como se estivesse coberta de cacos de vido.

— Você estava passando por isso sozinha. Por que não me contou?

— Assim que descobri, fiquei muito assustada. Você estava passando por tanta coisa. Como eu iria te dizer que ainda por cima estava prestes a ser pai? Então eu adiei. Menti pra você naquela primeira noite de volta da casa dos meus pais. Te disse que estava menstruada e que só não estava me sentindo bem, mas, na verdade, era enjoo. Então comecei a surtar, me perguntando como eu ia continuar a faculdade e cuidar de um bebê quando você iria todo fim de semana visitar a Ivy. Foi por isso que acordei em pânico naquela noite. Depois disso, sabia que tinha que ficar longe de você, porque não conseguiria te olhar nos olhos e esconder, mas não estava pronta pra te contar, porque isso o teria tornado real.

— Meu Deus... você ia me contar um dia? — Meu tom beirava o irritado.

— Sim... claro. Quanto mais os dias passavam, mais eu percebia o quanto sentia sua falta, que jamais poderia viver sem você ou com o pensamento de não ter o nosso filho. Sou muito jovem e o momento é errado, mas a cada dia eu tinha mais certeza de que era pra ser. Eu tinha uma parte de você crescendo dentro de mim. Sabia que amava meu filho... nosso filho. Sabia que era hora de te contar. Foi quando te deixei aquela mensagem de voz e fui direto para o apartamento.

— A noite em que você viu a Lexie lá — concluí em voz baixa, fazendo que sim com a cabeça em confirmação.

— Eu ainda ia te contar se isso não tivesse acontecido. Só não sabia como tocar no assunto, já que não estávamos mais juntos. Eu estava esperando a marca dos três meses na próxima semana para ter certeza de que a gravidez seguiria antes de virar o seu mundo de cabeça pra baixo.

— Me diga o que aconteceu na noite passada.

— Eu confessei ao Ryan sobre a gravidez. Precisava contar pra alguém.

Apesar de saber como ele se sentia com relação a você, ele é como um irmão pra mim. Eu não estava pronta pra contar aos meus pais. Claro, ele sabia que o bebê era seu. Teve uma crise de culpa e me contou a verdade sobre a noite em que te peguei de surpresa. Não ia me contar porque queria você fora da minha vida. Nunca achou que você fosse bom pra mim.

Eu quis matá-lo.

Ela continuou:

— Fiquei tão chateada com ele por esconder isso de mim que bati nele. Eu o odiei de verdade pelo que ele fez, mas estava mais chateada comigo mesma por não acreditar em você. Chorei a noite inteira. Estava tão dominada pela tristeza que achei que ia morrer. Então aquela música que o Jimmy e o seu pai adoravam, *Crimson and Clover*, tocou no rádio e eu perdi totalmente o controle. Tentei dormir um pouco, mas tudo o que podia pensar era em como tinha escondido algo tão importante de você por tanto tempo. — Ela estava começando a desabar de novo.

— Por favor, não chora. Eu te amo tanto. Vem aqui. — Eu a segurei nos braços por minutos até as lágrimas pararem e então ela continuou a história.

— Depois que Ryan foi embora, eu estava na cama e comecei a sentir uma umidade. Quando olhei para baixo, tinha sangue por todo o lençol. Fiquei muito assustada, porque senti como se estivesse perdendo o bebê. Foi minha culpa por ter ficado tão aborrecida. Eu...

— De jeito nenhum. Nina... você *não* vai se culpar por isso.

— É minha culpa.

— Se quer culpar alguém, me culpe. Fui eu que não usei camisinha naquele dia em que praticamente te ataquei quando te encontrei na minha cama. Nada disso teria acontecido se eu tivesse sido responsável e te protegido, mas, pra ser sincero, eu não voltaria atrás nem mudaria nada se esse bebê ficar bem. A única coisa de que me arrependo é de ter te causado dor, mas um filho com você seria uma benção. — Enterrei o rosto no seu pescoço e inspirei o seu cheiro delicado.

Pode não haver mais um bebê.

De repente, me lembrei do sentimento estranho que tive no meio da noite... uma meia hora antes de ouvir a mesma música tocar. Agora sabia que, de alguma forma, eu tinha sentido em um nível celular que o meu filho estava em apuros.

Meu filho. Nosso filho.

Uma parte de mim e da Nina.

Eu só sabia da sua existência há poucos minutos. De repente, não havia nada mais importante. Eu tinha desistido do meu sonho de um dia ser pai um bom tempo atrás, mas secretamente lamentava por isso. Não havia nada que eu quisesse mais do que poder dar a uma criança o mesmo amor que o meu pai tinha me dado no curto tempo que passamos juntos e poder fazer as coisas que nunca tivemos a chance de fazer.

Eu era pai.

Mesmo se, Deus nos livrasse, esse bebê não sobrevivesse, a partir daquele dia, eu sempre seria o pai de alguém... de um anjo no céu. Ninguém poderia tirar isso de mim.

O medo e a dor cresceram dentro de mim quando a realidade bateu. A situação não era boa. Tentei não criar expectativa. Como era possível estar exultante e arrasado ao mesmo tempo ia além da minha compreensão, mas aquela era a única maneira de descrever essa confusão fodida.

O som de um bebê passando chorando no corredor me assustou. Nina e eu nos olhamos. Era óbvio que estávamos pensando a mesma coisa. Eu podia ver nos seus olhos o quanto ela também queria aquele bebê. Me doía que ela tivesse passado por tudo isso sozinha. Não mais. Não importava o que acontecesse, eu tinha mais certeza do que nunca de que era esse o caminho traçado para mim: um futuro com a Nina e com o nosso filho... nossos futuros filhos, com sorte, muitos deles.

Seus olhos estavam fechados e eu me inclinei para beijá-la no rosto.

— Nós vamos sobreviver a isso. Não importa o que aconteça, vamos sobreviver a isso juntos.

O som da porta se abrindo fez com que nós dois nos sentássemos de repente. Peguei sua mão e a segurei como se nossas vidas dependessem disso.

O médico entrou com uma técnica que trouxe uma máquina de ultrassom. O som das rodas era estranhamente alto e alarmante, como um trovão. Me perguntei se Nina conseguia perceber como eu estava assustado, porque estava tentando parecer forte.

— Ok, Nina... vamos só abrir a sua bata. Você vai sentir um gel frio na barriga. Isso vai nos permitir dar uma olhada e ver o que está acontecendo.

O tubo de qualquer que fosse a merda que estavam colocando nela fez um alto barulho de esguicho.

Quando me afastei, Nina pegou minha mão de novo e eu a apertei com força enquanto eles estavam ajustando a máquina e esfregando aquela coisa na sua barriga, que ainda estava quase totalmente plana. Era difícil imaginar um ser humano crescendo ali dentro. Ela olhava fixamente para a tatuagem de dragão no meu braço esquerdo, onde sempre parecia focar quando estava realmente nervosa. Estava grato por qualquer coisa que pudesse confortá-la agora, porque eu não era nada além de uma inútil bola de nervos.

Minha mão começou a tremer. *Porra.*

Ela olhou para mim e disse entre lágrimas:

— Tudo bem. Tudo bem estar assustado.

Ela estava *me* confortando agora. Eu nem ia mais fingir força porque estava assustado pra caralho.

Articulei com os lábios silenciosamente:

— Te amo.

Depois, eles diminuíram as luzes, o que me assustou. Era como se estivessem prestes a exibir um filme de terror, exceto que, em vez de pipoca, a sala cheirava a antisséptico. A mulher ligou um monitor e eles colocaram um bocal na barriga de Nina, esfregando-o pelo gel. Depois de mais ou menos um minuto, ouviu-se um som bem estranho.

Swoosh. Swoosh. Swoosh. Swoosh.

Estava me assustando.

— Que som é esse?

O médico me olhou com um leve sorriso. *Ele estava sorrindo.*

— Jake, essa é a batida do coração do seu filho.

Ele virou o monitor na nossa direção e eu fiquei completamente fascinado com a visão da silhueta cinzenta na tela que parecia um alienígena com uma cabeça gigante e um corpo pequeno. O médico apontou para o coração batendo, que parecia um feijão minúsculo pulsando. Meus olhos não conseguiam sair do monitor, porque eu nunca tinha visto algo tão lindo quanto o coração do meu filho batendo, braços e pernas se mexendo dentro da barriga da Nina. Estava admirado, tomado de emoção, quando chorei pela segunda vez na minha vida adulta. Dessa vez, eram lágrimas de alegria.

A única vez que tirei os olhos da tela foi para olhar para Nina, cuja expressão de fascinação combinava com a minha.

Era inacreditável como a vida podia mudar num instante. De repente, todas as minhas outras prioridades ficaram em segundo plano. Nada importava mais do que aquele coração batendo dentro da Nina.

— Está tudo bem? — Nina perguntou.

— Receio que descobrimos uma possível causa para suas complicações, apesar de que sangramento normalmente não ocorre tão cedo quanto aconteceu no seu caso. Você tem uma condição chamada placenta prévia. Geralmente, não é descoberta até o segundo trimestre, quando o primeiro ultrassom normalmente é feito.

O rosto de Nina estava ficando branco. Eu balancei a cabeça.

— O que isso quer dizer?

— Significa que a placenta está cobrindo o cérvix. A maioria dos casos se corrige com o tempo. No entanto, se não se corrigir, torna-se muito sério e pode causar sangramento excessivo durante o parto, colocando a mãe e o bebê em risco. No seu caso, estou um pouco preocupado por causa da quantidade de sangue que você já perdeu tão cedo, junto com essa condição. Acredito que a melhor estratégia seja repouso total até podermos observar uma melhora.

Mais uma vez, a vida como eu conhecia mudou num instante. O médico continuou falando com a Nina sobre as precauções que ela precisaria tomar. Senti como se meu coração estivesse batendo na cabeça. A conversa estava abafada porque eu não conseguia focar em nada a não ser na imagem do nosso filho ainda na tela, sem conseguir tirar os olhos dele. Todo o resto se dissipou à distância. Quando o monitor voltou a ficar preto, não queria me despedir.

— Posso ouvir a batida do coração mais uma vez?

A técnica reposicionou o instrumento e o som de sussurro voltou. Era pura música para os meus ouvidos. Não havia dúvida de que eu daria a minha vida se isso quisesse dizer que esse bebê sobreviveria. Nunca entendi como as pessoas podiam dizer coisas assim e estarem falando sério... até aquele momento. Foi um amor instantâneo, desenfreado, junto com um medo desesperado que me estremecia até o âmago, porque eu não tinha absolutamente nenhum controle.

Não posso te perder.

Fechei os olhos e ouvi a batida do coração uma última vez antes de levarem a máquina embora. Eu nunca quis esquecer o som que tocaria na minha mente várias vezes desse dia em diante, se tornando a trilha sonora da minha vida.

30
NINA

UM ANO DEPOIS

Eu tinha pavor do sábado porque era o dia em que ele sempre ia vê-la. Tentava muito não ficar amarga e sempre sorria quando ele saía, mas alguns dias eram mais difíceis do que outros. Ele estava só fazendo o que era certo e não deveria ter que se sentir mal com isso. Eu sabia no que estava me metendo quando tomei a decisão de ficar com ele; ela sempre seria parte do acordo.

Ajudava um pouco saber no meu coração que ele preferiria muito mais ficar em casa. Estava estampado no seu rosto e eu podia sentir isso na intensidade do último beijo que ele me dava antes de sair, mas era impossível amá-lo feito louca e não sentir um pouco de ciúme por ele passar tempo com a ex-mulher. Não era como se estivesse indo visitar uma irmã. Era alguém que ele tinha amado e com quem já tinha feito amor, mesmo que fosse um bom tempo atrás. Ela tinha experimentado algumas das mesmas coisas que eu tive com ele e isso me deixava desconfortável.

Ao mesmo tempo, eu sentia pena dela, porque não conseguia imaginar estar no seu lugar, tendo que ver Jake semana após semana, sabendo que seu coração pertencia a outra pessoa. Ela não poderia tê-lo amado tanto quanto eu o amava, porque eu nunca conseguiria lidar com isso. Talvez sua mente estivesse tão longe às vezes que não a incomodava tanto quanto deveria. Eu nunca a conheci, provavelmente nunca a conheceria... mas sentia muito por ela.

Esse arranjo era um pouco mais fácil agora que morávamos em Boston. Estávamos ficando temporariamente no quarto de hóspedes na casa da irmã dele até que pudéssemos encontrar um apartamento. Jake finalmente tinha conseguido encontrar um emprego pelo qual valesse a pena sair de Nova York. Estar ali certamente tornava os sábados menos dolorosos porque significava que eu nunca teria que passar vinte e quatro horas sem ele de novo. Eu sabia que, quando ele ia vê-la, estaria de volta para mim de tardezinha e na minha cama à noite.

O irônico era que, por mais que ele ir vê-la me incomodasse... me fazia amá-lo ainda mais. Me mostrava como ele era profundamente dedicado às pessoas com quem se importava e isso era prova de que me trataria da mesma forma. Algumas das histórias que tinha me contado — o que Ivy tinha dito e feito com ele ao longo dos anos quando ela não estava com o juízo certo — eram horripilantes, o que tornava sua dedicação inabalável ainda mais extraordinária.

Ultimamente, a rotina era a mesma todo sábado. Ele acordava, tomava banho, tomávamos café da manhã juntos e então ele passava o dia fora para ir vê-la. Hoje o padrão seria quebrado, porque eu não estava pronta para dividi-lo.

Jake estava sentado na beira da cama, prestes a se levantar. Seu cabelo estava crescendo e espetando para todas as direções. Ele não se barbeava há alguns dias e estava com a barba por fazer. Alguns poderiam chamar de desleixo, mas para mim ele estava sexy pra caralho, mais do que nunca. Eu tinha a visão perfeita da tatuagem tribal na lateral do seu torso, a que sempre me provocava. Sua pele estava mais bronzeada do que o normal de trabalhar lá fora no jardim — um pagamento à sua irmã por nos deixar morar com ela por enquanto. Minha atração por ele tinha ficado mais forte com o tempo, mas ultimamente eu estava depressiva, presa nos meus próprios pensamentos, insegura, e parei de lhe dar o que ele precisava; mas agora estava vendo as coisas muito claramente, quase até demais, me sentindo possessiva e querendo que ele fizesse amor comigo mais do que tudo. Senti como se minha mente estivesse saindo de uma neblina. Fazia um tempo desde que eu o tinha mostrado de verdade o quanto o queria. Eu não ia deixá-lo sair dali com qualquer sombra de dúvida em relação a isso.

— Ei. — Cutuquei suas costas com o pé.

Ele se virou e colocou a mão na minha perna, alisando-a gentilmente.

— Ei... achei que estava dormindo.

— Não vai embora agora. Fica.

Ele viu meu olhar e seus olhos pularam das órbitas.

— Tem certeza?

Tirei os lençóis de cima de mim, revelando meu corpo completamente nu. Ele não me via assim, à luz do dia, há meses.

— Sim. Vem cá.

Ele soltou um suspiro longo e trêmulo e, em questão segundos, estava em cima de mim. Sua pele estava quente e ele estava completamente duro enquanto me cobria de beijos suaves do pescoço até minha barriga.

— Eu estava morrendo, amor. Senti falta disso. Senti sua falta. Meu Deus... eu amo... o seu corpo — ele sussurrava entre as respirações, me beijando de volta até minha boca.

Quis dizer a ele o quanto senti falta disso também, mas não conseguia falar, ficando completamente absorvida por ele depois que seus lábios cobriram os meus. O beijo começou lento, então ele abriu minha boca avidamente e tornou-se desesperado, como se estivéssemos competindo para provar quem queria mais o outro.

Ele se afastou apenas pelo tempo suficiente para dizer:

— Preciso estar dentro de você... agora... por favor...

Fiz que sim durante o beijo e ele abriu minhas pernas, entrando em mim sem mais permissão. Suspirei com a sensação, mais intensa depois de semanas de ausência. Eu tinha sido cruel, desmerecedora dessa recompensa... dele. Era melhor do que eu lembrava.

Fazia tempo demais.

Ele se movia dentro de mim rápido e com força; não tinha a opção de ser gentil depois da espera longa e torturante que o fiz passar. Gemia profundamente do fundo da garganta e era alto. Mordia meu ombro para abafar os sons do seu prazer, anulando o propósito, porque a sensação dos seus dentes me mordendo me fazia gemer ainda mais alto do que ele.

Então, bem na hora, veio o choro do outro lado do quarto.

Não.

Não.

Não.

Ainda não.

Jake falou no meu pescoço e empurrou com mais força dentro de mim em retaliação.

— Porra... agora não. Não consigo parar.

O choro ficou mais alto.

— Merda. Jake... eu tenho que ir lá. Ele não acordou para a mamada das quatro da manhã. Está com fome.

— Eu também — disse ele roucamente no meu ouvido. Ainda dentro de mim, seus movimentos desaceleraram quando ele reconheceu a derrota, finalmente tirando. — Eu sei... me desculpe.

Procurei meu roupão, e Jake se levantou, colocou a calça e foi para o canto do quarto, tirando nosso filho do berço. O cabelo escuro de A.J. estava ficando espetado, bagunçado e louco, igual ao do pai. Jake o beijou na cabeça.

— Te amo, seu empata-foda.

Eu ri ao me sentar encostada na cabeceira e pegar a almofada de amamentação enquanto ele me dava o bebê e eu o colocava no meu peito. A.J. começou a mamar imediatamente e fiquei feliz por pelo menos um dos meus garotos estar satisfeito por enquanto.

Jake se sentou ao meu lado e olhamos para o nosso filho, admirados, depois um para o outro. Seu desejo insatisfeito por mim ainda estava nos seus olhos quando encontraram os meus. Ele acariciou meu outro seio gentilmente com as costas do indicador.

— Você nunca esteve mais linda pra mim do que agora — elogiou, deitando a cabeça no meu ombro.

Eu queria muito continuar no chuveiro de onde havíamos parado, depois que A.J. terminasse de mamar, mas Jake já estava atrasado. Ainda por cima, eu o tinha pedido para vir para casa cedo, porque iríamos para Nova York naquela tarde. Seria nossa primeira vez de volta desde que A.J. nasceu.

— Preciso ir — avisou.

— Eu sei. — Fiz que sim com a cabeça, dando um leve sorriso, determinada a não mostrar minha tristeza.

Ele se levantou da cama e foi até o banheiro, se virando e fazendo um gesto para a calça. Ainda estava duro.

— Tenho que cuidar disso no chuveiro bem rápido — resmungou. — Preferia estar cuidando disso dentro de você.

Eu sorri.

— Deixamos pra mais tarde?

Ele andou de volta até a cama e se ajoelhou diante de mim, beijando minha testa.

— Estou muito feliz que esteja se sentindo melhor.

— Eu também.

Seus olhos arderam e sua expressão ficou séria.

— Quero que o mais tarde seja hoje à noite. Eu quero você... toda pra mim. Me promete.

Eu quero você agora. Quero que fique. Odeio quando me deixa pra ir vê-la.

— Prometo.

Ele balançou a cabeça e seus olhos pareciam cheios d'água.

— Eu te amo tanto, Nina.

Sabia que meu comportamento ultimamente o tinha assustado. Assustado de verdade. Ele achou que estivesse me perdendo. Porra, eu achei que estivesse *me* perdendo.

— Também te amo.

Sem tempo para o café da manhã, ele tomou banho e saiu, mas não sem parar para dar um beijo de despedida em mim e no A.J., demorando mais do que o normal dessa vez.

Olhei para o nosso filho, que agora estava adormecendo no meu peito, sua boca se movendo devagar, mas sem mamar mais.

— Agora somos só você e eu, carinha. O que quer fazer hoje? — Me inclinei para beijar sua cabeça, e sua respiração ficou mais lenta. — Acho que você já está fazendo agora.

Alan James foi batizado em homenagem ao pai do Jake e ao meu irmão Jimmy. Ele nasceu seis meses atrás, depois de uma gravidez difícil que me obrigou a deixar a faculdade de enfermagem. A maior parte desse período foi de repouso e terminou em uma cesárea agendada por causa da placenta prévia, que acabou nunca se corrigindo. A recuperação da cirurgia foi difícil. Tínhamos acabado de nos mudar para Boston logo antes de A.J. chegar, porque Jake tinha que começar no novo emprego. Apesar de a minha mãe ter vindo ficar conosco nas primeiras duas semanas, depois que ela foi embora, foi uma adaptação muito difícil. A irmã do Jake, Allison, foi incrível e tentava me ajudar a ter um descanso quando não estava trabalhando, mas morar ali, mesmo a casa deles sendo grande, não era a situação ideal.

Nós realmente precisávamos do nosso próprio espaço, mas estava sendo difícil encontrar algo acessível próximo à família do Jake, que era o que queríamos. Seis meses depois, ainda estávamos na casa da sua irmã, mas isso nos ajudou a economizar para a nossa própria casa.

Meus pais ainda não tinham conhecido Jake quando tive que contar que estava grávida. Eles ficaram extremamente contrariados no início, mas com o tempo aceitaram tudo. Depois de terem a chance de conhecê-lo, começaram a gostar um pouco mais dele. Minha relação com Ryan ainda estava difícil, apesar de ele e Jake terem discutido tudo uma noite, mas não antes de Jake dar um murro nele no calor do momento. Ryan e Tarah terminaram e ela saiu do apartamento. Ela e eu ainda conversamos por telefone, mas nos afastamos um pouco desde que A.J. nasceu. Ryan agora está morando com três novos colegas de apartamento.

Basicamente, minha vida inteira tinha virado de cabeça para baixo em um ano. Olhando para o meu filho dormindo em paz nos meus braços, vi que era a cara do pai. Eu sabia que tudo tinha acabado como deveria. Por mais difíceis que todas essas mudanças fossem, tinham me ajudado a crescer como pessoa.

Meu único arrependimento de verdade era como eu tinha tratado Jake nos últimos meses como resultado do que o meu médico diagnosticara como depressão pós-parto. Mesmo parecendo que eu estava saindo dela agora, quando estava no meu pior, eu nem mesmo o deixava me tocar. Estava convencida de que o meu corpo estava arruinado por causa do bebê, mesmo ele me assegurando que nunca me quis tanto e que eu estava mais linda do que nunca para ele.

Eu também tinha me sentido muito inadequada como mãe e comecei a me preocupar que não conseguiria cuidar do meu filho adequadamente. Tinha pesadelos em que eu o machucava e que me deixavam acordada a noite toda. Ficava muito tempo sozinha durante o dia e tinha tempo demais para pensar. Sentia como se estivesse ficando louca, mas, com uma leve dose de medicação que o médico disse ser segura para usar durante a amamentação e uma sessão semanal de terapia, eu vinha me sentindo bem melhor. Aparentemente, com o meu histórico de ansiedade e as mudanças hormonais pelas quais eu estava passando, era a tempestade perfeita.

Jake quis muito se casar antes do nosso filho nascer, mas o divórcio não foi finalizado até dois meses depois. Mesmo assim, eu lhe disse que era cedo demais para casar, logo depois do divórcio. Brigamos por causa disso, porque ele sentia que eu duvidava do seu amor por mim ou que poderia haver outra coisa me afastando, por causa da maneira como eu estava agindo. Agora percebo que os meus sentimentos na época eram um resultado direto da depressão pós-parto. Ultimamente, ele voltou atrás completamente sobre a questão do casamento. Na última briga que tivemos, prometeu nunca mais tocar no assunto enquanto vivesse. Eu quase desejei que ele o fizesse, porque agora me preocupava que tivesse desistido. E eu quero ser sua esposa... muito.

Quando ele saiu hoje, eu desejei muito que fosse.

Mas pode ser tarde demais. Minha forte relutância em oficializar assim que pudéssemos o aborreceu de verdade. Durante uma briga, eu o acusei de só querer se casar comigo por causa do bebê. Sabia que era golpe baixo e nunca acreditei mesmo nisso. Foi mais ou menos na mesma época em que parei de deixá-lo me tocar, no auge da depressão. Numa noite, ele chegou tarde do trabalho. Eu tinha acabado de colocar o bebê para dormir quando ele entrou e me colocou contra a parede em um beijo apaixonado. Então levantou a mão. Tinha tatuado o meu nome em volta do dedo anelar e disse com lágrimas nos olhos:

— Você não quer que seja permanente... eu acabei de fazer com que seja. — Aquilo me matou por dentro, mas minha cabeça ainda não estava bem o suficiente na época para consertar as coisas.

Graças a Deus eu estava saindo disso agora e podia ver claramente como era sortuda.

Eu precisava consertar as coisas.

Jake chegou em casa na hora exata, e A.J. e eu estávamos esperando na janela. Quando ele entrou pela porta, forcei minha pergunta de sempre:

— Como ela estava?

— Estava bem hoje... de bom humor — disse ele. — Não me expulsou. — Ele sempre me olhava nos olhos para ter certeza de que não estava me aborrecendo.

— Ótimo.

Ele me abraçou com força e senti seus músculos relaxarem nos meus braços.

— Ainda está se sentindo bem, amor?

— Sim... estou. — Eu sorri. — De verdade.

— Isso me deixa muito feliz. — Ele me beijou, gemendo baixinho.

— Vamos cair na estrada. Mal posso esperar pra te levar para aquele quarto de hotel hoje à noite.

— Pode começar a rezar pra ele dormir, então.

— Vou passar o trajeto de quatro horas inteiro rezando por isso.

Como era sábado, não tinha o trânsito da hora do rush e chegamos a

Nova York em menos de quatro horas. Jake segurou minha mão o trajeto inteiro, olhando de lado sorrateiramente mais do que o normal, aparentemente esperando algo acontecer ou o meu humor mudar. Em determinado momento, ele sorriu e falou:

— Por favor, me diga que o meu amor está de volta.

Olhar sua mão apertando a minha me lembrou da nossa viagem de volta de Chicago mais de um ano atrás. Era difícil acreditar no quanto tinha mudado daquela época para agora, mas uma coisa que continuava exatamente igual era como eu me sentia quando ele me tocava. Me dava os mesmos arrepios agora como na época. Estava ansiosa de verdade para nosso tão esperado "reencontro" mais tarde naquela noite.

Antes que pudéssemos chegar ao quarto de hotel, tínhamos uma parada muito importante para fazer logo depois da Ponte George Washington, em Nova Jersey, que era a principal razão da nossa viagem para Nova York.

Eu não podia acreditar em como o vestido sem alça branco era lindo quando o levantei... de tirar o fôlego.

Não era tanto o vestido, mas a pessoa dentro dele.

— Skylar... você está tão linda.

— Obrigada, maninha.

Eu adorava o apelido dela para mim. Ela me considerava sua irmã honorária, já que nenhuma de nós duas tinha uma. Prometemos cumprir esse papel uma para a outra durante todos os grandes momentos das nossas vidas. Ela estava muito doente para vir a Boston quando A.J. nasceu, mas estava bem melhor agora que o seu tratamento tinha acabado por enquanto. Uma vez, me dei conta de que o câncer tinha levado o meu irmão, mas, de uma maneira estranha, tinha me dado uma irmã. Se ela não estivesse no hospital naquele dia, eu nunca teria conhecido a pessoa que tinha me inspirado mais do que qualquer outra.

Então, como sua irmã mais velha, estava aqui para cumprir minhas obrigações fraternais.

— Pegue a fita adesiva. Você vai juntar os meus peitos — pediu.

— O quê? Por que você quer fazer isso?

— Decote instantâneo. Vamos... está bem ali.

Peguei um longo pedaço de fita enquanto ela apertava os seios de tamanho médio um contra o outro.

— Não acredito que estou fazendo isso — falei enquanto ela se virava.

— Bem, nem todas nós temos a sorte de sermos peitudas como você. Embora eu precise dizer: essa situação está ficando um pouco fora de controle.

— É porque estou amamentando o A.J.

— A.J. e um pequeno país de terceiro mundo, aparentemente.

— Cala a boca. — Eu ri. — Jake gosta deles.

— Bem, se um dia ele desaparecer, vou mandar as autoridades direto para a sua armadilha de peitos.

Estávamos morrendo de rir agora. Ela sempre me colocava para cima com o seu senso de humor. Coloquei o vestido branco por cima do seu novo decote enquanto ela se olhava no espelho de corpo inteiro.

— Muito melhor — disse ela. — Pode pegar minha peruca? Está na prateleira de cima do armário.

Apesar de o cabelo dela estar começando a crescer de novo, ainda estava muito curto, então ela optou por usar a peruca longa castanho-avermelhada que eu lhe dei. Depois que a coloquei na sua cabeça, enquanto olhávamos para o espelho, a expressão dela se iluminou.

Eu estava sorrindo tanto que minha boca doía. Ela parecia uma supermodelo.

— Mitch vai morrer.

Meu celular vibrou e então ouvi *Love in an Elevator*, do Aerosmith, que Jake programou como o toque de celular das suas chamadas. Clássico Jake.

— Oi, amor... sim, ela está quase pronta. Vocês podem vir em uns cinco minutos, ok?

Jake estava com A.J. do outro lado da rua, na casa do Mitch. Estavam lá enquanto eu ajudava Skylar a se arrumar. Mitch e ela ainda eram melhores amigos, mas Skylar estava apaixonada por ele. Eles ainda não tinham ultrapassado esse limite, e eu esperava que as coisas não saíssem do controle esta noite, porque ela ainda era muito jovem, mas sabia como os sentimentos dela por ele eram fortes, então tivemos uma conversa sobre tomar cuidado caso algo acontecesse.

Mitch a tinha convidado para acompanhá-lo no seu baile da escola vários meses atrás, quando ela ainda estava doente no hospital. Por um tempo, não tínhamos certeza se ela iria poder ir. Ele lhe disse que, se ela não pudesse ir com ele, ele também não iria. Graças a Deus ela está se sentindo melhor e pôde ir, porque esse era um dos seus sonhos se tornando realidade.

Ouvimos a campainha tocar e deixamos a mãe da Skylar atender enquanto eu retocava a maquiagem dela. Do topo da escada, pude ver que Mitch estava lá do lado do Jake, que estava com A.J. no peito, no sling.

Mitch estava muito bonito de terno preto, o cabelo castanho indomável arrumado à perfeição. Tinha amadurecido muito desde as fotos que eu vira dele quando conheci Skylar e agora tinha uma quantidade decente de barba no queixo. Estava virando homem.

Quando Skylar desceu as escadas, o olhar de Mitch mostrava um amor que estava reprimido, agora, finalmente libertado. Se havia qualquer dúvida sobre os seus verdadeiros sentimentos por ela, tinha sido apagada naquele momento, quando olhei para os seus olhos azuis ao vê-la.

— Skylar... eu... — Ele estava sem palavras.

No típico estilo da Skylar, ela quebrou o gelo:

— Tá, tá... você também está gato. Vamos embora daqui.

Depois de parar para tirar fotos, Mitch e Skylar foram em direção à limusine Hummer que os esperava e pegaria alguns dos seus amigos.

Jake parou Mitch antes de ele entrar.

— Ei, *Bitch*. Não esqueça do que eu disse. — Mitch olhou de volta para Jake e sorriu.

— Beleza, cara.

Me perguntei do que eles estavam falando, enquanto caminhei até o outro lado da limusine para dar a Skylar um abraço de despedida.

— Obrigada, maninha — ela disse, e não pude evitar de deixar cair a lágrima que se formou no meu olho.

— Te amo — respondi, agora completamente afogada em lágrimas.

Jake, A.J e eu ficamos no meio da rua de subúrbio vazia enquanto o sol começava a se pôr, observando a limusine até que ficasse completamente fora de vista.

Me virei para Jake.

— O que você disse mesmo ao Mitch?

— Pra não perder tempo com besteira... pra dizer a ela exatamente como se sente. Sabia que ele começou a chorar quando estava me contando sobre como teve medo de que ela não estivesse viva quando o baile chegasse, que dirá poder ir com ele? Ele tem sentimentos profundos por ela e é burrice reprimi-los, sabe?

— Uau.

Ele olhou para mim.

— Eu sei como pode ser assustador amar alguém com tanta força, mas não se pode viver com medo.

Eu o amava tanto.

Me peça em casamento agora. Eu juro que digo sim.

— E também dei umas camisinhas a ele — disse Jake.

— Você o quê?

— Vamos, não seja ingênua. Pode não acontecer, mas é bem melhor ele ter se acontecer.

— Acho que você tem razão, especialmente pela maneira como ele a estava olhando. Eu tive uma conversa com ela também.

Beijei A.J. na cabeça enquanto ele estava quieto nos braços do Jake no sling e disse com uma voz de bebê:

— A gente sabe muito bem as surpresas que o sexo sem proteção pode trazer.

— Falando de sexo sem proteção... eu planejo fazer um bocado hoje à noite — ele sussurrou no meu ouvido.

Eu mal podia esperar para chegar no nosso quarto também.

— Vamos embora, então.

31

Quando chegamos ao hotel, Jake me surpreendeu com uma suíte de dois quartos para que pudéssemos ter certa privacidade quando o bebê estivesse dormindo. Devia ter custado uma fortuna. A recepcionista nos deu dois cartões magnéticos.

— Esse é para você, e você pode dar esse para a sua esposa — disse ela.

Jake olhou bem para mim quando os pegou e a corrigiu:

— Minha *namorada*. Obrigado.

Ai.

Não tínhamos dito nada um para o outro no caminho para o quarto. Normalmente, sempre que estávamos em um elevador, Jake começava a soltar piadas sobre a nossa primeira experiência juntos em um, mas naquela noite ele não disse sequer uma palavra. Algo o estava aborrecendo.

A suíte era pequena, mas bonita, decorada com cores quentes e aconchegantes. Tinha um quarto menor ao lado do quarto principal e uma pequena copa. O hotel tinha colocado um berço no segundo quarto para A.J.

Eu tinha que alimentá-lo antes de colocá-lo para dormir, então esquentei um pequeno pote de vidro de purê de cenoura no micro-ondas.

— Deixa que eu faço isso — ofereceu Jake bruscamente, pegando o pote. — Vá tomar um banho.

Ele parecia tenso.

— Ok.

Enquanto a água batia em mim, continuei pensando sobre como seu humor parecia ter esfriado comparado com mais cedo, e como a palavra "namorada" tinha saído da sua boca com desdém lá na recepção. Eu esperava que aquela noite pudesse desfazer um pouco do dano que minhas ações tinham causado nele nesses últimos meses.

Quando saí do banheiro, o vapor escapava aos montes para o quarto enquanto eu segurava a pequena toalha apertada no peito, quase sem conseguir fechá-la em volta de mim. Meus seios estavam cheios, precisando ser esvaziados, já que A.J. estava atrasado para a mamada da noite.

Jake tinha terminado de lhe dar o purê e eu tinha agora um A.J. dormindo na cadeirinha do carro, então eu teria que acordá-lo em algum momento para amamentar antes de colocá-lo no berço.

Jake se sentou na beira da cama, me observando enquanto eu me esforçava para manter a pequena toalha branca do hotel fechada quando fui até a mala pegar o pijama. Eu podia senti-lo me seguir a cada movimento. Comecei a ir até o banheiro para me trocar. Quando eu estava entrando, ele veio atrás de mim e colocou a mão no meu braço, me parando.

— Aonde você vai? — Sua voz saiu rouca.

Me encostei na pia.

— Eu ia me trocar aqui.

— Longe de mim? Por que você não quer que eu te olhe mais? Você nunca se escondeu de mim assim.

Engoli em seco, nervosa, sem saber o que responder. Não estava tentando magoá-lo intencionalmente.

— Eu... acho que é só um hábito.

Aquilo não era resposta e eu sabia disso. Não tinha desculpa. Eu só tinha me acostumado a me esconder dele ultimamente por ainda estar insegura em relação ao meu corpo. Ele achava que era mais do que isso. Eu o olhava nos olhos e via que o medo que eu tinha gerado nele estava muito vivo. Um dia meu agindo normalmente, dizendo que as coisas estavam melhorando — mesmo que eu estivesse falando a verdade —, não poderia de repente desfazer semanas em que eu o estive negando, me fechando, nem mesmo o deixando me tocar. Pela primeira vez, vi de verdade como eu o tinha arruinado... *nos* arruinado.

— Não foi algo consciente, Jake. Eu não quis te magoar.

Ele baixou a cabeça até os meus seios e soltou um longo suspiro através da toalha em cima da minha pele, me abraçando contra a pia.

— Bem, eu não quis demonstrar... o quanto você me magoou. Me desculpe. É só que você se escondeu de mim agora e eu achei... que isso queria dizer... que tinha voltado.

— Você tem todo o direito de ficar com raiva.

Ele não respondeu.

Ele não olhava para mim. Sua cabeça ainda estava enterrada no meu peito. Sua respiração estava rápida e minhas mãos começaram a tremer porque eu o queria muito.

— Eu quero você — declarei. — Se estiver com raiva... desconte em mim... faça amor comigo.

— Não sei se você me aguenta... do jeito que estou me sentindo agora — ele falou contra a minha pele.

Tirei a toalha que nos separava, jogando-a no chão. Aquilo provocou uma reação visceral nele, que começou a chupar meu pescoço enquanto puxava meu cabelo com força. Meus seios cheios se arrepiaram, um lembrete de que eu precisava acordar A.J., mas eu não podia sair daquele lugar. Meus mamilos endureceram e, quando o leite começou a pingar, Jake chupou o excesso de cada peito. Era a primeira vez que ele tinha feito isso. A sensação da sua boca quente chupando o leite de mim enquanto ele gemia me deixou louca. Quase gozei e pude sentir líquido se acumulando entre as minhas pernas. Não me lembro de jamais ter ficado tão excitada com outra coisa na minha vida e senti como se não conseguisse enxergar direito.

Sua boca então desceu até o meu abdômen quando ele caiu de joelhos. Ele sabia que eu era mais insegura com relação à minha barriga. Quando me sentiu ficando tensa, beijou com mais força, arranhando-a com os dentes, inabalável na sua determinação de clamar pelo que era dele naquela parte do meu corpo, apesar das minhas inseguranças.

Ele me olhou com a palma das mãos na minha barriga, então passou o dedo pela cicatriz da minha cesárea gentilmente.

— Nunca esconda isso de mim de novo. É aqui que o meu filho estava, de onde os meus outros filhos virão. É preciosa pra mim e é linda. — Ele a beijou uma última vez suavemente. — Você é linda.

Pela primeira vez, acreditei nele quando disse isso.

Ele se levantou, ficando acima de mim. Seu cabelo estava desgrenhado e uma mecha caiu nos seus olhos verdes escurecidos de desejo. Sua ereção estava se destacando através da calça cargo bege e ele me olhava como se estivesse prestes a atacar. Então pegou meu lábio inferior e chupou-o com força, soltando-o lentamente. Eu estava ficando impaciente de desejo e puxei sua camiseta do Nine Inch Nails, tentando tirá-la por cima da sua cabeça. Pulei quando ele tirou minhas mãos dele abruptamente.

— Vá alimentar o seu filho. Vou tomar um banho. — Então ele saiu.

32
JAKE

Girei a alavanca para deixar a água mais fria. Precisava me acalmar. Não sabia o que tinha dado em mim ali, mas não era bom. Mesmo que ela estivesse encorajando, se eu tivesse dado outro passo adiante, teria sido como um tornado chegando. Me sentia incapaz de ser gentil e sabia que o resultado dos desejos possessivos fluindo em mim a teriam assustado pra caralho.

Eu tinha desabado hoje à noite, e foi mais do que apenas ela esconder o corpo de mim. Foi o fato de que, desde o começo, nunca senti como se a merecesse. Exceto pelos últimos meses, ela sempre apagou aquela dúvida com o seu amor e seu forte desejo físico por mim. Quando a depressão pós-parto aconteceu, quase do nada, ela começou a me repelir, e todas as minhas inseguranças vieram à tona, crescendo como um câncer que eu não conseguia impedir.

Todo santo dia naqueles dois meses, senti como se a estivesse perdendo mais. Nós deveríamos estar felizes porque finalmente tínhamos tudo o que queríamos, certo? O bebê estava saudável. O divórcio havia saído, mas foi ali que tudo começou a desmoronar. Eu queria a velha Nina de volta e aqueles últimos dias tinham sido os primeiros em semanas em que comecei a acreditar que ela estava voltando lentamente para mim.

No caminho de carro de Nova Jersey até o hotel, comecei a pensar sobre talvez pedi-la em casamento de novo hoje à noite. Sabia que ela podia perceber que tinha algo errado comigo pela maneira como estava me olhando no elevador do hotel. Minhas dúvidas tinham tirado o melhor de mim. Tinha me convencido que ela diria "não" novamente e eu não poderia suportar ouvir isso mais uma vez. Sem falar que prometi nunca a pedir de novo. Então tomei a decisão de segurar, o que me deixou de péssimo humor, porque eu não queria nada mais do que a Nina dizer que seria minha esposa. Eu queria isso pelo A.J., mas principalmente, em um nível egoísta, precisava saber que ela pertencia a mim de todas as formas.

Quando minha mente tinha se acalmado um pouco de pensar demais em tudo, ela saiu do chuveiro agarrando a toalha tão apertada que você poderia achar que eu era um urso. Foi quando eu quebrei, porque senti como um grande passo para trás, como se a qualquer minuto ela fosse me dizer para não a tocar de novo.

Isso teria me matado.

Quando vi o quanto ela parecia me querer, soube que tinha exagerado, mas, naquele momento, meu desespero por ela era tão forte que tive que dar um passo para trás e me acalmar. Se eu cedesse àquele tipo de energia sexual, alimentada pela raiva e pela frustração, sabia que teria sido muito agressivo. Considerando o quanto ela estava vulnerável ultimamente, eu precisava me controlar antes que a assustasse para sempre.

Quando saí do banho, ela ainda estava no outro quarto amamentando A.J., e eu sentei na cama, olhando para a porta fechada, pensando que eu não a teria culpado se ela nunca saísse de lá. Eu só poderia imaginar no que ela estava pensando agora que tivera tempo para refletir sobre o meu comportamento fodido.

Quando a porta se abriu dez minutos depois, tinha me sentido como se estivesse esperando há uma eternidade. Me ajeitei na cama enquanto ela veio na minha direção e, sem hesitação, desabotoou a blusa do pijama, jogando-a no chão. Ela então tirou a calcinha e a jogou atrás de si. Estava agora diante de mim completamente nua. Precisei de toda a minha força de vontade para não a tocar, mas algo me dizia para esperar, que ela estava no comando.

Seu peito se elevava com a respiração e pude perceber que ela ainda estava desconfortável com seu corpo exposto, mas estava levando adiante... por mim.

Acariciei sua pele muito branca com as costas da mão.

— Eu só fiquei assustado, amor. Me desculpa.

— Não peça desculpas por algo que eu criei. Eu fiz isso com você, Jake. Me perdi por causa dos meus hormônios loucos e, no meio disso, esqueci da coisa mais importante: que eu pertenço a você e que nada é mais importante do que fazer você ter certeza de que é amado por mim. Eu nunca vou te tratar assim de novo.

— Eu fui inseguro e impaciente. Você não podia evitar. Estava doente. Eu...

— Eu lidei com isso da forma errada. Corri de você em vez de correr pra você. *Eu* te deixei inseguro sobre nós. Sua reação quando eu me cobri agora há pouco... não me aborreceu; é prova do quanto você me ama.

Ela desviou o olhar, quase hesitante em continuar, então disse:

— Quer saber? Eu tenho inseguranças também. Já que estamos sendo sinceros... eu *odeio* que tenha que te entregar a Ivy aos sábados. Fico com ciúmes. Nunca te digo isso, porque está fazendo a coisa certa e já é difícil demais pra você. Apesar de saber que não a ama da mesma forma, isso ainda me deixa desconfortável porque não quero dividir você. Então, é assim que eu sei que a sua reação hoje foi só por causa do quanto me ama.

Eu não aguentava mais. Estava explodindo em vários sentidos. Ela ainda estava em pé diante de mim quando puxei seu corpo nu na minha direção. Ela veio para o meu colo enquanto continuei sentado na beira da cama. Eu já estava duro só de olhar para ela, mas, agora que ela estava em cima de mim, eu estava prestes a explodir.

Minha cabeça estava baixa, enterrada no seu cabelo dourado que cheirava ao xampu de coco do hotel. Falei em cima da sua pele:

— De todas as vezes que achei que tinha te perdido, nada foi tão assustador quanto os últimos meses. Ainda estou com medo pra caralho de que você vá me dizer a qualquer minuto pra não te tocar de novo.

— Aquela não era eu de verdade, Jake. Olha pra mim. — Ela colocou as mãos na minha cabeça e levantou o meu rosto para olhá-la. Seus olhos estavam úmidos. — Estou me sentindo melhor. Essa... sou eu. Sair de uma depressão de alguma maneira é como nascer de novo pra uma vida melhor. Se você consegue sobreviver ao pior, aprecia tudo o que considera importante, muito mais. É como o sol depois de uma tempestade. Não posso te prometer que a escuridão nunca vai atacar de novo, mas sei como identificá-la agora e aprendi como lidar com ela. Uma coisa que tenho certeza é que eu nunca vou te afastar assim... nunca mais. Você e A.J. são tudo pra mim. Me desculpe se te fiz sofrer junto comigo.

— Você não entende, Nina? Eu posso sofrer junto com você, amor. Não foi assim que começamos... eu segurando sua mão durante todos os momentos? Quero passar o resto da minha vida fazendo isso. Eu iria até o inferno e voltaria por você. O que eu não consigo suportar é te perder. Quando você se esconde de mim, quando me diz pra não te tocar, isso me assusta. Eu vou sofrer com você qualquer dia, contanto que me deixe te amar.

Uma lágrima caiu pelo seu rosto e passei a língua nela, enxugando-a.

— Não chore — sussurrei. — Me dói quando você chora. Eu te amo tanto.

— Eu não vou a lugar algum. Preciso que acredite nisso.

Não precisava dizer mais nada. Pude sentir seu coração batendo no peito e, com todo o meu ser, sabia que ela estava falando sério sobre tudo. Da mesma maneira que sempre pude sentir sua dor, senti seu amor por mim brotando da sua alma naquele momento.

Eu queria mostrar a ela da maneira que melhor sabia o quanto eu a amava também.

33
NINA

Jake enxugou minhas últimas lágrimas com beijos e olhou para mim. A ânsia que estava nos seus olhos mais cedo tinha voltado.

— Eu não quero mais falar — ele disse.

Ótimo. Nem eu.

Entre sermos interrompidos hoje de manhã e o meu anseio por ele enquanto visitava a ex-mulher e então ele me deixar no banheiro hoje à noite... eu estava superexcitada.

O fato de que ele estava mais do que incrível com a barba por fazer e o cabelo grande e desgrenhado não ajudou. Olhei para o contraste entre a minha pele branca e os seus braços bronzeados e tatuados envoltos na minha cintura. Estavam três tons mais escuros agora que estava trabalhando no sol ultimamente.

E esse homem lindo era meu.

Ele levou minha mão até a boca e a beijou. Era sempre agridoce ver o meu nome tatuado em volta do seu dedo, um símbolo de um compromisso não correspondido nascido de uma briga horrível. Como eu poderia tê-lo rejeitado quando ele me pediu em casamento? A vida que eu tinha antes dele chegar era vazia, consumida pelo medo do futuro e pelos arrependimentos. *Sem sentido.* Estar com o Jake era sempre viver no presente. Nossas vidas não eram perfeitas, mas ele era perfeito... para mim.

Eu ainda estava montada nele quando ele me virou na cama, me deitando de costas. Parou e seu sorriso desapareceu quando percebeu que eu estava com lágrimas nos olhos de novo.

Eu estava chorando por causa do quanto o amava, simples assim. Antes que ele dissesse qualquer coisa, passei os dedos pelo seu cabelo e revelei:

— São lágrimas de felicidade.

— Ok. — Ele sorriu. — Quero que relaxe agora, amor. Vou fazer você esquecer toda a dor dos últimos meses. Somos só você e eu agora. Quero que se perca em mim. Consegue fazer isso?

Mordi o lábio inferior com expectativa e ele baixou a cabeça e devorou minha boca com a dele. Abocanhei seu piercing na língua para provocá-lo e ele gemeu divertidamente.

— Faz isso de novo. Morde a minha boca assim, mas faz com mais força, puxa o piercing. Me deixa excitado pra caralho quando você me morde — pediu.

Voltei a prender sua língua com os meus dentes e ele rosnou quando fiz isso. Não conseguíamos nos cansar um do outro, sorrindo, rindo, provocando. Era o paraíso.

Quando ele começou a chupar meus mamilos, a sensação era extraordinária. Nós ríamos toda vez que leite saía deles e ele o lambia.

— Humm... tão doce, como você — ele disse.

Ele foi descendo, beijando o meu corpo, e a necessidade que alimentei por ele o dia todo era como uma queimação controlada entre as minhas pernas, então sua boca quente e molhada no meu clitóris foi como gasolina. O metal frio do seu piercing enviava uma onda de choque por mim. Ele movia a língua em círculos devagar em volta dele enquanto seus dedos entravam e saíam de mim. Ele gemia em êxtase, apreciando me dar prazer tanto quanto eu apreciava recebê-lo. Eu estava com as mãos na sua cabeça, guiando sua boca em mim.

— Puxa o meu cabelo com mais força — comandou, e eu obedeci. — Com mais força.

Ele estava me deixando louca.

Depois de alguns minutos, ele foi me beijando de volta até a minha boca e eu abaixei a sua cueca boxer.

— Eu quero você dentro de mim... agora.

Ele continuou me beijando, ignorando os meus apelos, seu pau escorregadio se esfregando na minha barriga. Meu desejo por ele era imenso. Abaixei a mão e comecei a masturbá-lo, mas ele a tirou.

— Hã-hã — disse ele, sorrindo na minha boca enquanto nos beijávamos.

Ele então se ajoelhou em cima de mim e colocou os dedos de volta dentro de mim, fechando os olhos e suspirando devagar. Seu cabelo molhado caía pela testa enquanto ele me olhava e soltava um longo suspiro que senti na barriga.

— Porra. Você está tão molhada. — Com os olhos fixos em mim, continuou movendo os dedos para dentro e para fora antes de tirá-los e lamber cada um, e quase gozei ao vê-lo fazer isso. — Eu nunca vou enjoar do seu gosto. — Ele lambeu os lábios. — Vire.

Obedeci e fiquei de joelhos, esperando-o finalmente ceder. Em vez disso, ele continuou colocando os dedos em mim.

— Jake, por favor... eu te quero tanto.

— Acredite. Você vai ter. — Ele desacelerou os movimentos dos dedos e o nível de desejo estava ficando quase doloroso.

Ele tirou a outra mão e moveu minha cabeça para o lado, puxando meu cabelo para trás para me beijar, gemendo na minha boca.

Ele tirou os dedos. Eu estava pulsando enquanto ele esfregava minha bunda gentilmente com as mãos.

— Eu ficava fantasiando com essa bunda espetacular... as coisas que eu faria com ela. Nunca imaginei que pertenceria a mim um dia. — Ele deu um tapa nela brincando e depois a apertou. — Você é um sonho. Se vire de novo.

— Você está me matando — eu disse, puxando-o para mim e beijando-o.

— Como você me quer, amor?

Eu sabia o que ele queria e se tinha uma noite em que eu queria lhe dar isso, era essa.

— Quero ficar em cima.

Ele fez que sim com a cabeça e pude ver pelo seu olhar que estava feliz com a resposta. Ele se deitou de costas e segurou o pau na mão, acariciando-o.

Quis lhe dar um pouco do seu próprio remédio, então esfreguei devagar minha abertura na cabeça do seu pau. Sua boca tremia enquanto ele observava cada movimento meu e, quando me sentei nele abruptamente, ele soltou um grunhido alto que tive certeza de que acordaria o bebê. Ele agora estava bem dentro e mim e comecei a mexer os quadris em cima dele.

Ele segurou minha cintura.

— Caralho... você vai me fazer gozar... devagar. — Nossos olhares se encontraram e o meu cabelo tinha caído pelo peito. — Coloca o cabelo pra trás, eu quero ver os seus peitos lindos se mexerem enquanto você fica em cima de mim.

Depois de alguns minutos, senti seu corpo começar a tremer e sabia que ele estava perdendo o controle.

— Preciso gozar, amor. Goza pra mim... pra que eu possa soltar — pediu.

Ele me olhou nos olhos quando meus músculos se contraíram em volta dele. Jake sempre sabia exatamente quando eu ia gozar. Naquele momento, sua boca se abriu em um grito silencioso quando me puxou para ele com mais força durante o seu orgasmo quente.

Sim. Ele definitivamente valia a espera.

34

Na manhã seguinte, acordei com dois garotos de cabelo bagunçado deitados ao meu lado. A.J. estava no peito do Jake, chupando o dedo mindinho do pai.

Jake o entregou para mim.

— Ele estava com fome, então lhe dei mingau de aveia. Não adiantou muito, mas quis deixar você dormir um pouco mais.

A.J se agarrou a mim imediatamente.

— Opa... cuidado, amigão. — Jake riu. — Papai pegou um pouco pesado com eles ontem à noite.

— Mamãe gosta quando ele pega pesado.

Jake ergueu a sobrancelha.

— Ela gosta agora?

Sorrimos um para o outro, ambos ainda sonolentos, mas saciados depois da noite anterior. Jake beijou minha testa.

— Quais são os nossos planos pra hoje?

— Eu disse a Daria e Tarah que as encontraria pra tomar um café antes de voltarmos pra casa à noite.

— Ok. Por que não deixa uma mamadeira de leite pro A.J. e eu fico com ele essa tarde pra você ter um momento só com suas amigas?

— Sério? Tem certeza?

— Sim... mas só por algumas horas. Tem um lugar que quero te levar antes de irmos embora.

Depois do meu momento sozinha, Jake me pediu para encontrá-lo na rua 32, porque combinamos de jantar em um dos restaurantes coreanos de lá.

Ele ainda não tinha me visto enquanto eu me aproximava deles. Estava tão lindo, encostado em uma parede de tijolos, o cabelo desgrenhando sob um boné do Red Sox. Estava com A.J. no sling e meu coração se derreteu quando ele beijou nosso filho na cabeça, sem perceber que eu os observava.

— Oi, pessoal.

A.J. começou a agitar os bracinhos e pezinhos animadamente ao me ver.

— Oi, mamãe. Estávamos com saudade — disse Jake antes de me beijar apaixonadamente no meio da calçada movimentada.

— Também fiquei com saudade.

Depois de uma parada em uma loja de departamentos para que eu pudesse amamentar A.J. em um provador, apreciamos um delicioso jantar de arroz frito com kimchi e sopa de macarrão.

Quando saímos do restaurante, me virei para Jake.

— Para onde vamos agora?

— Você vai ver. — Ele me deu um sorriso diabólico e a maneira como disse isso me lembrou das nossas velhas expedições de enfretamento de medos.

Continuamos andando até que ele parou... bem em frente ao Empire State Building.

— Jake... o que você está fazendo? — perguntei nervosamente. — Não quero subir lá agora.

— Vamos, Nina. Achei que já tivesse superado isso.

— Eu também achei que sim... mas... só não estou no clima.

— Pode fazer isso por mim? Quero apreciar a vista da cidade com a minha família. É algo que eu sempre quis fazer com você.

Olhei nos seus olhos esperançosos e não pude dizer não. Respirei fundo.

— Tudo bem... Ok, vamos.

Ele ficou radiante e nos guiou pelas portas da frente. Pagamos pelos ingressos para que não tivéssemos que esperar nas filas longas.

Fechei os olhos durante a subida do elevador e respirei fundo. Mesmo eu conseguindo ficar dentro de um agora, ainda me deixava desconfortável. Com tudo o que eu tinha passado no último ano, minhas velhas fobias tinham se dissipado, ficando em segundo plano em relação a todo o resto. Isso não queria dizer que eu fosse amar elevadores, altura ou aviões. O importante era que agora conseguia enfrentar essas coisas se precisasse.

Quando finalmente chegamos no mirante, a vista era espetacular, já que era um dia limpo. Claro, estar em um lugar tão alto ainda me deixava desconfortável, mas, quando vi a expressão de Jake enquanto ele olhava para a cidade, tudo valeu a pena.

Estávamos no lado leste, olhando para o Brooklyn. Jake falou suavemente para A.J:

— Está vendo ali? Foi ali que a mamãe e o papai moraram quando se conheceram. Agradeço a Deus todos os dias por Ele a ter trazido pra mim.

Então entendi por que ele tinha me levado até ali. Ele ia me pedir em casamento.

Era isso.

Meu coração acelerou quando olhei para Jake, que estava olhando para a frente, admirando a vista. Ele apontava coisas para mim, e eu fazia que sim com a cabeça, me perguntando quando ele ia fazer e como ia chegar ao assunto do pedido. Depois de uns quinze minutos, ele colocou o braço em volta de mim e disse:

— Pronta pra voltar pro hotel, amor? Está quase na hora do checkout.

Mordi o lábio e fiz que sim com a cabeça nervosamente, de repente me sentindo idiota e percebendo que deveria ser mais esperta. Levaria muito mais do que uma noite de normalidade para fazê-lo confiar em mim o suficiente para me pedir em casamento de novo. Ou talvez ele mantivesse a palavra e nunca mais fosse me pedir.

De todo jeito, isso não ia mudar a surpresa que eu tinha para ele naquela noite.

Tínhamos mais ou menos uma hora antes de termos que fazer o checkout do hotel e isso me daria tempo suficiente para alimentar o bebê e arrumar nossas coisas antes de voltarmos para casa.

Jake ainda estava com A.J. no peito quando segurou a porta do elevador para mim. Fechei os olhos e bocejei quando o elevador começou a subir e então... veio.

Um tranco.

Segurei sua camisa.

— Jake... o que que aconteceu?

Um largo sorriso se abriu no seu rosto e logo percebi que o seu dedo estava no botão de parar. Essa aparentemente era uma recriação da nossa "primeira vez".

— Onde está o champagne? — brinquei.

— Sem champagne hoje, amor.

— O que você está fazendo, Jake?

— Lembra daquele dia? Sabe, eu estava começando a me apaixonar por você, naquele momento. A música suave que coloquei pra tocar... estava tentando te dizer os meus sentimentos, mesmo achando que nunca poderia te ter.

— Eu adorei aquela música — sussurrei, lágrimas começando a se formar nos meus olhos.

— Você e A.J. são o meu mundo. O último um ano e meio com você me devolveu cada pedaço de inocência que perdi nos anos antes e um pouco mais. Nesse ponto da minha vida, eu faria qualquer coisa por você. Se me dissesse hoje que não poderia aceitar eu continuar presente para a Ivy, então eu não teria escolha senão deixar essa parte da minha vida, não importa o quanto me sentisse culpado. Você me ama o suficiente pra garantir que eu nunca tenha que escolher, que nunca tenha que viver com essa culpa ou arrependimento. Sei que não é fácil pra você quando eu saio, te deixando no sofá dando de mamar enquanto vou ver a minha ex-mulher. Sempre vi a tristeza nos seus olhos. Você lidou com isso... por mim. Não existe uma única vez em que eu saia por aquela porta nesses dias e meu coração não doa de amor por você. Você é forte o suficiente pra saber lá no fundo que eu cuidar dela não muda o quanto te amo. Me deu uma vida que eu jamais poderia ter imaginado... um sonho do qual eu tinha desistido anos atrás, porque nunca achei que seria possível conhecer alguém que me amasse o suficiente pra aceitar tudo que vinha junto comigo. Eu não mudaria uma única coisa dolorosa na minha vida... se significasse não acabar bem aqui preso nesse elevador com a minha família.

Fechei os olhos por um breve momento, dominada pela emoção. Quando os abri, percebi que Jake tinha colocado algo na mão do nosso filho. Era um pássaro de papel. Ele não fazia um desses pra mim desde que A.J. nascera. Esse não era preto... era branco: um pombo.

— Eu falei que não ia te pedir em casamento de novo. E falei sério — ele disse.

Ele deve ter percebido meu olhar decepcionado, porque acariciou meu rosto e sorriu.

— Mas eu não disse que *ele* não faria isso.

Meus olhos começaram a se encher de lágrimas.

— Você tem algo pra mim, rapazinho? — Meu coração estava pulando quando tirei o pombo que agora estava amassado pelos dedinhos de A.J. e o abri.

Está vendo esse cara... Jake?
Quero que dê um desconto a ele.
Não só porque ele é meu pai...
Mas porque ele te ama demais.
Ele disse que não ia mais pedir pra você se casar com ele.
Bem, mamãe... ele mentiu.
Depois de tudo que passamos... E
le ainda quer muito se casar com você.
Olha pra ele... ele está desorientado.
Por favor, diga sim.

Ele *estava* desorientado, lindo, com lágrimas nos olhos, quando o puxei para mim, com cuidado para não esmagar A.J.

— Sim... sim... um milhão de vezes... sim — aceitei em meio às lágrimas.

Ele encostou a testa na minha.

— Sei que você disse pra esperarmos. Ver Skylar e Mitch ontem me lembrou que a vida é curta, e não quero esperar mais sequer um segundo pra me casar com o amor da minha vida.

Enxuguei os olhos.

— Eu não mudaria nada também, Jake... o bom ou o ruim. O que momentos tão perfeitos como esse significam se não há nada para comparar a eles? Cada dor que eu passei pra chegar até aqui valeu a pena.

— Não tive tempo pra comprar um anel. Na verdade, procurei enquanto você estava com as suas amigas, mas não consegui encontrar o certo a tempo. Vou te levar pra comprar em Boston.

Momento perfeito.

— Não precisa — eu disse, incapaz de conter minha alegria.

— Como assim... não precisa?

Eu estive escondendo a mão esquerda na manga nas últimas duas horas. Levantei-a para mostrar seu nome tatuado no meu dedo anelar com a mesma fonte da tatuagem do meu nome no dedo dele.

Seus olhos se iluminaram com puro choque.

— Mas que... quando você fez isso?

— Cancelei o café hoje. Era algo que eu precisava fazer e você me deu a oportunidade perfeita. — Eu sorri. — É permanente, sabia?

— Sim. — Ele levou minha mão até a boca. — Nós também, amor. Nós também.

— Eu te amo tanto — eu disse.

— E eu amo você. — Ele me beijou e se virou para A.J., que estava dando gritinhos. — E você, meu parceiro... eu te amo até a lua.

FIM

AGRADECIMENTOS

Primeiro e acima de tudo, obrigada aos meus pais pelo amor e apoio, apesar de a minha mãe ainda insistir que eu escreva um livro para todas as idades (muito improvável).

Ao meu marido. Obrigada pelo amor, paciência e senso de humor, e por inspirar as músicas nos meus livros.

À Allison, que acreditou em mim desde o início. Obrigada por me incentivar a perseguir meu sonho.

Às minhas melhores amigas, Angela, Tarah e Sonia. Eu amo tanto vocês!

À Vi. Não lembro de uma época sem você. Obrigada por estar sempre aqui nas primeiras horas da manhã e além. Deveríamos escrever um livro juntas... não, pera...

À Julie. Obrigada pela amizade e por ser uma amiga incrível, indie e marota. Mal posso esperar pra ver o que mais você vai fazer!

À minha editora, Kim. Obrigada pela atenção total a todos os meus livros, capítulo por capítulo.

Ao meu inestimável fã-clube do Facebook, Penelope's Peeps, e a Queen Amy por conduzir o barco. Amo vocês todas e não sei o que faria sem vocês!

À Erika G. Obrigada pelo seu espírito amável, pelo seu poder de fogo e por tudo.

À Luna. Obrigada pela amizade, pela natureza protetora e pela criatividade imensurável e dedicação aos meus livros e personagens — especialmente ao seu Jake.

À Mia A. Obrigada por trazer humor à minha vida diariamente via mensagens de texto e no privado — às vezes, simultaneamente.

À Aussie Lisa. Que presente poder ter finalmente te conhecido esse ano!

À Natasha G. Obrigada pelas nossas conversas e pela paciência admirável. Não é brincadeira!

A todos os blogueiros/divulgadores que me ajudam e me apoiam. Vocês são a razão do meu sucesso. Tenho medo de listar todos aqui porque sem dúvida esquecerei de alguém sem intenção. Vocês sabem quem são e não hesitem em me contatar se eu puder devolver o favor.

À Letitia, da RBA Designs. Obrigada por sempre trabalhar comigo até a capa ficar exatamente como eu quero. Suas capas são fenomenais.

Aos meus leitores. Nada me faz mais feliz do que saber que proporcionei a vocês uma fuga dos estresses diários da vida. A mesma fuga foi o motivo de eu começar a escrever.

Não há alegria maior do que ouvir de vocês diretamente e saber que algo que escrevi os tocou de alguma forma.

E, por último, mas não menos importante, aos meus filhos: a mamãe ama vocês. Vocês são minha motivação e inspiração!

SOBRE A AUTORA

Penelope Ward é autora bestseller do *New York Times*, do *USA Today* e do *Wall Street Journal*.

Cresceu em Boston com cinco irmãos mais velhos e passou a maior parte dos seus vinte anos como âncora de telejornal antes de mudar para uma carreira mais compatível com a família.

Penelope vive para ler livros de romance *new adult*/contemporâneo, café e sair com os amigos e família nos fins de semana.

É a mãe orgulhosa de uma linda menina de onze anos com autismo (a inspiração para a personagem Callie, de Gemini) e um garoto de nove anos. Ambos são a luz da sua vida.

Penelope, o marido e os filhos moram em Rhode Island.

Mande um e-mail para Penelope:
penelopewardauthor@gmail.com
Assine a Newsletter:
http://bit.ly/1X725rj
Página da autora no Facebook:
https://www.facebook.com/penelopewardauthor
Fã-clube do Facebook (Peça para entrar!)
https://www.facebook.com/groups/715836741773160/
Instagram: *https://instagram.com/PenelopeWardAuthor*
Twitter: *https://twitter.com/PenelopeAuthor*
Site: *www.penelopewardauthor.com*

Editora
Charme